海外华文教育教材

ZHONGGUO GUDAI WENXUE JIANSHI

中国古代文学简史

沈玲　编著

中国·武汉

内容提要

作为面向海外华人的系列师资培训教材之一，本书系统地描述了中国文学从萌芽时期到近代的发展历程。鉴于中国古代文学历史悠久，作家众多，作品浩繁，为适合海外学生的阅读需要，本书以朝代为序安排章节，每章特设概述部分总体介绍中国文学各个发展时期的历史文化背景和文学发展情况，正文部分大都以文体为线索，重点介绍各类文体的代表作家和代表作品。其中，对一些在文学史上占重要地位、有重要影响的作家作品则分章专门论述。每节的最后有思考题以供读者阅读后思考。本教材广泛参考了各类文学史教材，并借鉴了时贤的最新研究成果，力求使海外读者对中国古代文学的发展历史和研究现状有较为清晰的了解。

本书适合作为海外师资培训的教材，亦适合海外古代文学爱好者阅读。

图书在版编目(CIP)数据

中国古代文学简史/沈玲编著. —武汉：华中科技大学出版社，2011.11（2025.2重印）
ISBN 978-7-5609-7527-6

Ⅰ.①中… Ⅱ.①沈… Ⅲ.①中国文学-古代文学史-高等学校-教材 Ⅳ.①I209.2

中国版本图书馆 CIP 数据核字(2011)第 245086 号

中国古代文学简史 沈 玲 编著

策划编辑：袁 冲 封面设计：范翠璇
责任编辑：狄宝珠 责任校对：何 欢
责任监印：徐 露
出版发行：华中科技大学出版社（中国·武汉） 电话：(027)81321913
武汉市东湖新技术开发区华工科技园 邮编：430223
录 排：华中科技大学惠友文印中心
印 刷：广东虎彩云印刷有限公司
开 本：710mm×1000mm 1/16
印 张：16.75
字 数：309 千字
版 次：2025 年 2月第 1 版第10次印刷
定 价：36.00 元

中国古代文学源远流长，作家作品不计其数，汉民族与各少数民族的文学共同构成了中国文学史的全部，一本薄薄的小册子无论如何也不能囊括文学史的全貌。考虑到本教材的阅读对象以海外汉语教师为主，对于他们而言，了解中国古代文学在不同时期的发展情况，并熟悉如诗歌、散文、小说等文体的发展线索，掌握文学史上有代表性的作家与作品是首要任务，故本教材尽可能在简短的篇幅里对中国古代文学的面貌进行总体勾勒。

本教材充分借鉴了现有各类文学史教材与学界同仁的研究成果，限于篇幅原因，不能一一列举，在此一并表示感谢。因本人学识有限，不足之处，敬请专家和读者批评指正。

编　者

二〇一一年八月

目
录

先秦文学

先秦文学是指秦始皇统一中国以前的文学，它是中国文学发展的第一阶段。先秦文学最早可追溯到文字产生以前的远古时期，因为在汉字没有产生之前就已经有了口头创作的原始歌谣和神话，它们是中国文学的源头。先秦文学的下限是公元前221年，正是在那一年，秦始皇统一中国，建立了我国历史上第一个统一的多民族国家。

先秦时期是我国原始社会经由奴隶社会向封建社会发展的时期，先秦文学也大致经历了夏商文学、西周春秋文学和战国文学三个时期。与这一历史阶段的社会形态、政治、经济、文化的多样发展变化相对应，先秦时期没有出现今天严格意义上的纯文学。先秦文学的表现形式和风格丰富多样，有些作品既是文学作品，又是史学作品或哲学作品。先秦文学经历了一个从远古时期的口头创作到后来的书面文学的创作阶段。创作主体的身份、地位不断发展变化，既有劳动人民的集体创作，也有原始宗教文化的承担者与传播者——女巫男觋的创作，还有后来的贵族、史官和春秋战国时新兴的士阶层进行的创作。因为年代久远，先秦时期有些作品或仅有存目，或早已经过后人篡改加工，不再是原来的样子，而有些作品的创作时代，创作者的身份、地位等情况在今天已难以确定。从文体来看，诗歌、散文是这一时期的主要文体。就诗歌而言，早期诗歌与音乐、舞蹈的关系非常密切，大约到春秋以后诗歌才渐渐脱离音乐文学而向着书面文学的方向发展。先秦时期出现了中国最古老的一部诗歌总集——《诗经》，战国后期出现了伟大的诗人屈原，他创作的《离骚》与《诗经》里的《国风》一起被后人并称为“风骚”。就散文而言，说理散文如《论语》、《孟子》、《老子》、《庄子》，叙事散文如《春秋》、《左传》、《战国策》等也随着春秋战国时期哲学界和思想界的繁荣而蓬勃发展。

第一节 原始歌谣和神话传说

原始歌谣和神话传说产生于远古时期，是中国文学的源头。某种意义上可以说，原始歌谣中孕育了后世的诗歌，而神话传说里也萌生了后世的散文、小说等文体。但可惜的是，由于原始歌谣和神话传说出现在文字产生之前，在它们诞生之初，我们的先民们无法进行记录，只能通过口耳相传的方式代代流传，因为年代久远、传播手段不足，最终导致原始歌谣和神话传说佚失。文字出现之后虽然有歌谣和神话传说被记录下来，但多是一鳞半爪，且有的已被后世之人出于各自的目的和不同的原因进行了改造，所以今天我们看到的歌谣和神话传说大多原貌已有了改变，而像《击壤歌》、《卿云歌》、《南风歌》等歌谣都是后人伪托之作。

据《礼记·郊特牲》记载，神农时代出现的《蜡辞》是今天我们可以看到的较早的歌谣。而《吕氏春秋·音初篇》中的“候人兮猗”是比较可信的夏代歌谣的遗留，虽然只有短短的一句，两个实词，两个虚词，但对后世四言诗的形成还是有一定的影响。

总的来说，原始歌谣的内容多与原始人的实际生活相联系，多是祭祀、狩猎、农事、劳动等生活的反映。当然，因为生产力水平低下，原始歌谣中表现出的先民对自然和社会的认知有一定的局限性。

在生产劳动中，原始先民们同时创造出了另一种口头文学：神话。神话是先民们用幻想的方式、夸张的手法对自然、社会现象进行的加工，极富浪漫色彩。神话的内容丰富，有关于人类和世界起源的神话，也有关于战争、自然现象的神话，还有关于发明创造的神话。故事的主人公常常是神，有自然化的神，也有人格化的神，还有神化了的英雄人物。他们有着神奇的力量、坚强的意志，常与自然、命运进行不屈不挠的抗争，结局多是悲剧性的，从而使中国古代的神话蒙上了一层悲壮之美。

中国古代的神话丰富多样，但和原始歌谣一样，是集体的口头创作，因为年代久远，保存不易，同时也因为儒家“不语怪力乱神”观念的影响，对神话采取了一种排斥的态度，所以今天看到的神话记载非常少，零散且不成系统，有的只是一个片段，完整性与情节性皆备的神话不多。约成书于战国初年到汉代初年的《山海经》是古代神话保存最多的一部书，其他一些神话则保存在《诗经》、《楚辞》里，或者保存在《左传》、《国语》等史书中，还有《庄子》、《孟子》、《韩非子》、《吕氏春秋》、《淮南子》等书中也可找到关于神话的记载。需要指出的是，因为这些书中记录的神话有的已经经过后人的改造和补充，所以我们看到的只是原始神话的部分痕迹。后世的神话或成为寓言一类的文学作品，或被儒家改造成为历史，或成为道教的仙话。

除了盘古开天地、鲧禹治水、夸父逐日、精卫填海等神话外，在中国还广泛流传着女娲补天、共工触山、后羿射日、嫦娥奔月这四大神话，它们都被收录在《淮南子》中。

女娲补天的神话见于《淮南子·览冥训》：

> 往古之时，四极废，九州裂，天不兼覆，地不周载，火爁炎而不灭，水浩洋而不息，猛兽食颛民，鸷鸟攫老弱。于是女娲炼五色石以补苍天，断鳌足以立四极，杀黑龙以济冀州，积芦灰以止淫水。

这则神话讲述了往古之时，天崩地裂，火灾、水灾肆虐，猛兽鸷鸟伤害无辜生灵，神通广大的女娲炼五色石补天，用鳌足撑起苍天，并为民除害的故事，反映了原始先民们征服自然的理想。传说中的女娲曾抟黄土作人，是人类的创世始祖。她的形象在母系氏族社会就已产生。

共工触山的神话见于《淮南子·天文训》：

> 昔者共工与颛顼争为帝，怒而触不周之山，天柱折，地维绝，天倾西北，故日月星辰移焉；地不满东南，故水潦尘埃归焉。

这则神话向我们解释了为什么中国地势西北高、东南低，日月星辰为什么向西北移动的原因，从中可以看出原始先民们对宇宙世界进行的思索。

后羿射日和嫦娥奔月的神话也都见载于《淮南子》。据《淮南子·览冥训》记载：

> 羿请不死之药于西王母，姮娥窃以奔月。

东汉高诱注曰："姮娥，羿妻；羿请不死之药于西王母，未及服之，姮娥盗食之，得仙，奔入月中，为月精。"从中我们可以知道，在神话中后羿和嫦娥是一对夫妻。其中作为神射手的后羿为民除害，射杀了天空中一起出现的十个太阳中的九个，西王母赐他不死之药，但被嫦娥偷食逃入月宫，成为月精。

上古神话来源是丰富的，影响是巨大的。虽说有些内容充满幻想与怪诞

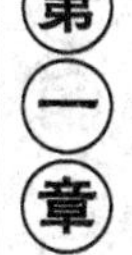

色彩，但都是先民们对世界的综合看法；神话里表现出来的人类的思维还是不成熟的、非理性的，但都表现了人类的创造力；而那些出现在神话中的种种人或神的形象，丰富了中国文学的人物形象画廊，神话中表现出来的不屈不挠、勇往直前等精神更是激励了后人，成为中华民族前进的动力。

思考题

1. 为什么说今天看到的歌谣和神话都有了改变？
2. 中国的原始歌谣和神话都有哪些内容？
3. 中国的“四大神话”指的是什么？
4. 请简要谈谈你对神话的理解。

第二节 《诗经》

一、概述

《诗经》原名《诗》，有作品311篇，是我国最古老的一部诗歌总集。因小雅中的《南陔》、《白华》、《华黍》、《由庚》、《崇丘》、《由仪》6篇即所谓的“笙诗”，有目无词，故实有305篇，因此《诗经》又被称为“诗三百”。在《庄子·天运》中，《诗》被称为经，但指的是“书籍”的意思。据《汉书·武帝纪》的记载，汉武帝时曾经罢黜百家，表章六经，“置五经博士”。据说经过孔子整理的书都被称为“经”，也就是从那以后《诗》被尊为经典，称作《诗经》。《诗》曾毁于战火，不过因为它容易记诵，靠大家口耳相传才得以保全其中的作品。汉代有齐、鲁、韩、毛四家传授《诗经》。齐、鲁、韩“三家诗”因为是用隶书书写的，故被称为“今文诗”，后出的《毛诗》因为是用先秦古文字书写的，故被称为“古文诗”。一开始“三家诗”是官学，《毛诗》不受重视，但到了东汉，《毛诗》慢慢兴盛，后来“三家诗”先后失传，我们今天看到的《诗经》就是《毛诗》。

《诗经》的作品有几种分类方法，按音乐和地域来分，可分为“风”、“雅”、“颂”三部分。这一分类法最早见于《荀子·儒效》篇。关于“风”、“雅”、“颂”的内涵，历来众说纷纭。一般认为，“风”指音乐曲调，国风就是指各地区的民间音乐。《诗经》十五国风共有作品160篇，包括周南、召南、邶风、鄘风、卫风、王风、郑风、齐风、魏风、唐风、秦风、陈风、桧风、曹风、豳风。周南、召南、豳风是地名，目前难以确定地域；王是指东周王畿洛邑（今洛阳附近）；其他的都是诸侯国的名称，从名字就可大致看出产生的地域。“雅”即正，指朝廷正乐，是周王朝直接统治地区的音乐。“雅”诗一共105篇，分为“大雅”和“小雅”，其中，大雅31篇，小雅74篇。大、小雅的大部分都是西周时期的作品，供宫廷宴享时所用。小雅中有少数篇目可能是东周时的作品。“颂”是宗庙祭祀时用的音乐，共有诗40篇，其中周颂都是西周初期时的作品，共31篇；鲁颂产生于春秋中叶，共4篇；商颂是商中后期的作品，共5篇。从《诗经》的作品分类可以看出，《诗经》的作品都是可以合乐演唱的，而且产生的地域非常广阔，以黄河流域为中心，向南到江汉流域，包括了当时中国的大部分地区。

《诗经》作品具体的创作年代已经很难一一考订。总体来看，大约作于西周初年至春秋中叶，前后五百多年。在“风”、“雅”、“颂”三者之中，“颂”的产生时代最早。《诗经》所收作品的作者同样难以确证。除了少数提到作者的作品如“家父作诵”的《小雅·节南山》、“寺人孟子，作为此诗”的《小雅·巷伯》，还有如《左传·闵公二年》明确记载“许穆夫人”作的《鄘风·载驰》外，大部分作品不知作者为谁。不过可以肯定的是，《诗经》的作者既有地位高贵的公卿大夫，也有新兴的中下层士人，还有下层的平民百姓。《诗经》作为一部诗歌总集，何人编订，何时成集，因为先秦古籍不曾有明确记载而难以确定。历史上曾经流行过“献诗说”、“采诗说”和“删诗说”。其中，周代公卿列士献诗，先秦史书《国语》中就有记载。汉人的采诗说虽不能确定，但《诗经》作为一部诗歌总集，如果没有人采集，像国风中的那些诗就很难被朝廷收集，故这一说法有其合理的一面。只有相传孔子删《诗》成三百篇的说法已经确定是不可信的，因为在孔子生活的时代已经有了和今天所见的《诗经》很接近的本子。总之，《诗经》中的诗或由周王朝乐官保存宗教祭祀和宴飨时所用的乐歌，或采集于民间，或由公卿列士献上。这些诗歌一开始主要用于典礼、娱乐、讽谏等，后来在各诸侯国流行，诸侯君臣在政治外交活动中赋诗言志，祭祀、宴饮等场合都用诗，诗的作用越来越大。

二、主要内容

《诗经》的内容非常广泛，对当时的社会、政治、经济、军事、文化等方面都有记载。在“风”、“雅”、“颂”三者当中，“雅”诗和“颂”诗是为了特定的目的而创作的，用于祭祀、宴饮等特定的场合，“风”诗和“小雅”中的一部分作品反映的内容是最深刻也是最广阔的。

大致来说，《诗经》里的诗主要有以下几方面的内容。

（一）祭祀诗和史诗

中国古人特别重视祭祀活动，在《诗经》的“大雅”和“三颂”中保存着一些歌颂祖先、赞扬神灵、祈求福祚的乐歌。如“大雅”中《生民》、《公刘》、《绵》、《皇矣》、《大明》5篇作品写了周族始祖后稷、公刘、周太王、王季、周文王与周武王的事迹，写出了周人从产生、逐渐强大到统一的发展历史，被认为是周民族的史诗。还有“周颂”中的《臣工》、《噫嘻》、《丰年》、《载芟》、《良耜》5篇用于春夏祈谷、秋冬报祭等祭祀场合，反映的是周民族的农业生产情况，为我们今天了解西周时期农业生产和人民生活提供了重要的资料。

（二）反映农业生产劳动的诗

我国是农业社会，农业生产活动历史悠久，农业在人民生活中占重要地位。《诗经》中有不少作品或直接描写劳动生活，或间接地反映出农业文明所具有的审美情趣和道德观念。《豳风·七月》是其中最优秀的一篇作品，它共8章88句，380个字，是《诗经》"风"诗中最长的一篇。透过这首诗我们能了解到三千年前的农村生活，农民们耕地、养蚕、纺织、打猎等，农闲时要给贵族修理房屋，冬天要为贵族凿取冰块，辛苦一年，吃的是苦菜、野果等，捕来的野兽大的要上交贵族，小的才能留给自己，采桑女忙着采桑养蚕，但还是不能有好的衣料做衣裳，因为好的衣裳要为"公子"留着，同时她们还要担心被那些"公子"欺负。无所事事的"公子"们不仅享受农民的劳动果实，在新年时节，还要让劳动者们一起祝他们"万寿无疆"。这首诗真实地写出了西周奴隶制社会贫富悬殊的社会现实。《诗经》中还有一些诗具体写出了劳动的场景。如《魏风·十亩之间》："十亩之间兮，桑者闲闲兮，行与子还兮。十亩之外兮，桑者泄泄兮，行与子逝兮。"全诗用简单的节奏唱出了采桑女子劳动时的愉悦和休息时的快乐。再如《周南·芣苢》"采采芣苢"重章反复，写的是女子采摘野菜的劳动场面。

（三）反映战争、徭役的诗

《诗经》大雅中的《江汉》、《常武》，小雅中的《出车》、《六月》，秦风中的《小戎》、《无衣》等都是反映战争的诗。这类诗一般不具体描写战斗的过程，像《江汉》、《六月》都从正面描写战争，写出了天子诸侯的武功和参战者们同仇敌忾、齐心协力共保家园的决心与勇气，诗歌充满自豪感和昂扬乐观精神。有的诗则表现参战者们对战争的厌倦、对和平生活的向往，这类诗歌中多充满着深深的忧伤。如《小雅·采薇》末章写道："昔我往矣，杨柳依依。今我来思，雨雪霏霏。行道迟迟，载渴载饥。我心伤悲，莫知我哀。"依依杨柳，无边春色，本应是欢乐的时节，但人却要离开家乡，而终于要回家了，本该是高兴无比，天却下起纷纷大雪。在这种今昔景色与情感的对比中，更加淋漓尽致地表现出离家时的依依不舍和战争结束归来时的悲伤凄苦。《诗经》中另有一些诗写出了为天子、诸侯服役的大夫和为国君服役的下层人民的生活，表现了他们的强烈不满。如《唐风·鸨羽》篇中"王事靡盬，不能艺稷黍，父母何怙？悠悠苍天，曷其有所"句，即生动地揭露了在统治者无休止的徭役重压下，人民没有办法耕地，无力奉养父母的事实。

有征人戍卒，就有思妇。《诗经》中除了写征人戍卒的痛苦之外，笔墨也触及了与征人戍卒分离的闺中思妇的生活和情感。如《卫风·伯兮》中的"自伯之东，首如飞蓬。岂无膏沐，谁适为容？"写一个独守闺中的女性因心爱的丈夫出征在外而无心打扮自己。全诗通过一个闺中少妇对丈夫的无尽思念，

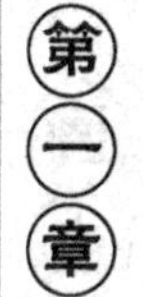

间接地反映了战争和徭役给人民带来的痛苦。再如《王风·君子于役》一诗，写天色晚了，鸡、牛、羊等家禽都纷纷归来，而在外服役的良人却至今未归，家中的妻子每日在担心与期盼中生活。整首诗有情有景，浑融一体。

（四）婚姻爱情诗

这是《诗经》中比重最大、数量最多，也是艺术成就最高的诗。它们或写男女相悦相思之情，或写男女约会之景，或写婚嫁场面，或写家庭生活，或写婚姻中妇女的不幸。如《周南》第一首《关雎》：

> 关关雎鸠，在河之洲。窈窕淑女，君子好逑。
> 参差荇菜，左右流之。窈窕淑女，寤寐求之。
> 求之不得，寤寐思服。悠哉悠哉，辗转反侧。
> 参差荇菜，左右采之。窈窕淑女，琴瑟友之。
> 参差荇菜，左右芼之。窈窕淑女，钟鼓乐之。

诗中唱出了一名男子对所爱女子的思慕之情，其中男子辗转反侧的思念和求之不得的痛苦被摹写得非常生动形象。《郑风·子衿》写的是女子对男子“一日不见，如三月兮”的相思。《召南·野有死麕》写年轻男女在林中密会，打猎的男子欲引诱娇美如玉的女子，男子的鲁莽和女子的害羞被描写得淋漓尽致。而《邶风·静女》中那个“爱而不见，搔首踟蹰”的男子形象也很生动。在写结婚与家庭生活的诗中，有反映夫妻幸福生活的诗，如《郑风·女曰鸡鸣》写一对夫妻天亮时的对话，从中流露出夫妻之间互相关心、亲密无间的深厚感情。还有诗反映女性婚姻的不幸，如《邶风·绿衣》中的妇女空有婚姻的形式，其实早已失去丈夫的宠爱，终日在痛苦中生活。而像《邶风·谷风》和《卫风·氓》是两首有名的弃妇诗。《谷风》中的女性不嫌男子家贫而嫁给他，婚后辛勤劳作，持家有方，但男子在富有之后，变心另娶，并赶走了年老色衰的女子。在《氓》这首诗中，女主人公自述了从恋爱、结婚直到被虐待、被抛弃的全过程。那名男子是中国文学史中最早出现的商人形象，他最初笑嘻嘻的，对女子献尽殷勤，但结婚之后就扯下了假面具，虐待她，最后无情地将她抛弃。而女子“三岁为妇，靡室劳矣。夙兴夜寐，靡有朝矣”，辛苦持家但没有得到应有的幸福。这两首诗写出了那个时代的女性在婚姻中的悲惨命运。

当然，《诗经》中的诗不只反映了以上的这些内容。《诗经》中有一类诗以君臣、亲友相聚宴饮为内容，表现的多是上层社会的生活，对周代的礼乐文化有所反映，如《小雅·鹿鸣》。西周末期，因为政治黑暗，还出现了大量针砭时政、讽刺权贵的怨刺诗，这些作品被后人称为“变风”、“变雅”，如《魏风·硕鼠》、《大雅·民劳》、《小雅·节南山》等。

三、艺术成就

《诗经》取得了极高的艺术成就，具体表现在以下几个方面。

（一）赋、比、兴的艺术手法

赋、比、兴是前人总结的《诗经》重要的艺术表现手法，称为“三用”，与被称为“三体”的风、雅、颂合称“六义”。关于赋、比、兴的意思，历来有多种解释，据朱熹《诗集传》的说法，“赋者，敷陈其事而直言之也”；“比者，以彼物比此物也”；“兴者，先言他物以引起所咏之词也”。

简单来说，赋就是平铺直叙，即诗人将有关事情，包括情感等直接表达出来，可以描写，也可以议论抒情，这是《诗经》中常见的一种手法。如《七月》一诗写农夫们一年四季的辛勤劳作，就使用了赋的方法。

比就是打比方，借另一个事物用比喻的方法来说明诗人的情感或说明本事。《诗经》中广泛使用了比的方法。如《硕人》篇的“手如柔荑，肤如凝脂，领如蝤蛴，齿如瓠犀，螓首蛾眉”，分别用白茅芽、冻结的油脂、天牛幼虫、瓠子、宽额的螓虫和蚕蛾的触须比喻女性的手指、皮肤、脖颈、牙齿、额头和眉毛，借以展现女性的美丽。再如《硕鼠》篇借老鼠打比方，说明那些奴隶主的贪得无厌；《新台》篇用丑陋的癞蛤蟆比喻荒淫无耻、抢了自己儿媳妇的卫宣公。可见，比的手法的使用可以让诗中的形象更为鲜明突出，也更容易让人在事物相似的联想中理解诗歌的感情。

兴就是触物起情，客观事物触动了诗人的某种情感，从而引起诗人吟咏唱叹。一般诗歌中的兴都是在作品的开头，通过其他事物引出诗人真正想要歌咏的对象，这是《诗经》中独特的表现手法。如《诗经》第一篇《关雎》首章：“关关雎鸠，在河之洲。窈窕淑女，君子好逑。”前两句就是起兴，诗人从河边成双成对的雎鸠鸟想到自己爱慕的淑女。《周南·桃夭》篇开头的“桃之夭夭，灼灼其华。之子于归，宜其室家”，是从茂盛的桃枝和灿烂明艳的桃花引出出嫁的美丽新娘和热闹喜庆的婚礼。再如，历来为人所称道的《秦风·蒹葭》中的开头，“蒹葭苍苍，白露为霜。所谓伊人，在水一方”，芦苇上凝结为霜的露水引起了诗人的思念之情，让他想起了在水一方的伊人。

需要指出的是，虽然《诗经》中多数的兴句与下文的内容有关联，但也有

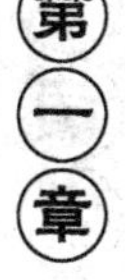

的诗，兴句虽然用在开头，却与下文的内容不一定有明显的联系，只是起到一种调节韵律或唤起情绪的作用，像《小雅·鸳鸯》和《小雅·白华》中都出现的“鸳鸯在梁，戢其左翼”就是如此。而且因为《诗经》中的比和兴都不是直接地表达情感，而是借助其他的事物间接地表达情感，所以，后人往往将比兴合称，表示用想象、联想等方法寄寓作者情感的创作手法。实际上，比兴手法的运用确实丰富了诗歌的表现力，让诗人更加形象、更加生动地刻画事物、表达情感。《诗经》中的赋、比、兴手法开启了后世诗歌的表现手法。

（二）强烈的现实主义精神

《诗经》中的绝大多数诗篇涉及当时现实生活的各个方面，其中流露的情感也多是由现实生活触发的真实感情。因其关注现实的创作精神，《诗经》被看做是中国现实主义文学的源头。从《诗经》中的诗歌，我们能看到当时中国社会生活的众多方面，特别是十五国风更是真实地反映了当时普通民众的生活和情感。比如《七月》一诗，农民一年的劳动生活就在三百多字中得以生动展现。全诗按时令顺序记载了农夫们种田、养蚕、纺织、染缯、酿酒、打猎、凿水、修理宫室等一年的艰苦劳动和生活情况。农夫们辛苦一年却一无所有的事实客观地反映了当时存在的贫富差距。像这样反映现实的诗在《诗经》还有很多，比如写伐木工人生活的《魏风·伐檀》，也是通过劳动者的控诉，向人们展示了当时劳动者忙忙碌碌却一无所有，而剥削者们不劳而获却锦衣玉食的社会事实。《诗经》中这类现实主义的诗歌多是通过具体的事物或人物来表现社会现实的。如前面提到的著名的弃妇诗《谷风》和《氓》就是通过女主人公被遗弃的遭遇反映婚姻中妇女无力自主的悲惨命运。即使是那些抒情性很强的作品，在抒情中也能生动地表现人物的形象和性格特征，如《郑风·褰裳》等。可以认为，《诗经》的内容包括天文地理、政治历史、典章名物、草木虫鱼，涉及了社会生活的各个方面和不同层次。《诗经》的这种现实主义创作精神极大地影响了后世的诗歌创作。

（三）丰富多彩的语言形式

《诗经》以四言为主，也有二言、三言、五言、六言、七言或八言，句式变化多端，极大地丰富了诗歌的语言美和表现力。《诗经》里的民歌一般多采用四言的句式。四言的句子节拍简单，读来虽略显短促，但节奏鲜明强烈，韵律齐整。如《郑风·野有蔓草》篇云：“野有蔓草，零露溥兮。有美一人，清扬婉兮。邂逅相遇，适我愿兮。”短短的四言，少女的清新可爱和诗人与少女邂逅相遇的喜悦之情跃然纸上。《诗经》中还有一类作品杂言交错，如《秦风·蒹葭》就是四言和五言相杂。诗云：

蒹葭苍苍，白露为霜。所谓伊人，在水一方。溯洄从之，道阻且长。溯游从之，宛在水中央。

蒹葭凄凄，白露未晞。所谓伊人，在水之湄。溯洄从之，道阻且跻。溯游从之，宛在水中坻。

蒹葭采采，白露未已。所谓伊人，在水之涘。溯洄从之，道阻且右。溯游从之，宛在水中沚。

这首诗三章的语言都很接近，每章只换用了几个字表现事物或情感的发展变化。这也是《诗经》语言上所具有的另一个特点：重章反复。各章的语言基本相同，在同一诗篇中只换用几个词来表达某种变化，或者整篇中用同一诗章重叠。比如《周南·芣苢》：

采采芣苢，薄言采之。采采芣苢，薄言有之。
采采芣苢，薄言掇之。采采芣苢，薄言捋之。
采采芣苢，薄言袺之。采采芣苢，薄言襭之。

在这首诗的三章中，"采采芣苢"多次重复，所不同的只是六个动词，但是整个采摘的过程被描述得非常清楚。诗人采用分章吟咏、重复回环的句式，在同一旋律下反复吟唱，余音袅袅，既将所要表达的内容完整地表述出来，又有一唱三叹的良好表达效果。

《诗经》中常用重言叠字。上面这两首诗都用了像"苍苍"、"凄凄"、"采采"等叠字，使得诗歌的音节舒缓悠扬，极具音乐的美感。除了叠字的使用外，《诗经》中还多处运用双声叠韵。双声如"参差"、"踊跃"、"栗烈"等，叠韵如"差池"、"绸缪"、"栖迟"等。这也是《诗经》语言上的一个特点。

从押韵来看，《诗经》除了句句用韵或一诗之中多韵换用和极少的无韵之作以外，常见的是隔句用韵，一章之中只有一个韵部，偶句押韵。这种押韵方式成为后世诗歌中最常见的一种。

当然，《诗经》的语言特点远远不只这些。风、雅、颂三者在语言风格方面也存在着不同。语言的不同表现出内容的差异，反映了时代的变化，表明了《诗经》创作主体在身份和社会地位上存在着一定的差别。比如，雅和颂中的作品多是整齐的四言，语言典雅厚重；国风多用杂言，重章叠句较多，语气词数量众多、变化多端，语言自由奔放；大雅和颂中较少出现重章叠句，小雅中却有不少重章叠句。

总之，《诗经》丰富多彩、形象生动的语言是我国语言宝库中不可多得的财富，它表明那时的创作者们已经具有极强的语言驾驭能力。《诗经》的影响是深远的，一代又一代诗人从《诗经》中汲取语言的养分。

思考题

1.《诗经》共有多少篇？请你谈谈《诗经》的分类。

2.《诗经》的主要内容和主要艺术成就有哪些？

3. 什么叫"赋"、"比"、"兴"？请举例说明。

第三节 先秦叙事散文

在我国散文史上，叙事散文是最早出现的，这主要与我国古代发达的史官文化有关系，与历史有关的事件经过史官的记录就得以保存。当然起初的散文是不成熟的，随着《尚书》、《春秋》、《左传》、《国语》、《战国策》等书的出现，我国的叙事散文才渐渐成熟。

清代末年在河南安阳发现的殷商时期的甲骨卜辞是现在能见到的最早的记事文字，它是商王盘庚迁都后一直到殷灭亡时遗留下来的东西，距今已有三千多年。古时占卜之风盛行，殷人将与占卜有关的事情，如占卜日期、占卜人、占卜的事或占卜之后的应验情况刻在龟甲、兽骨上，所以叫做甲骨卜辞。这些卜辞虽然记事简单，没有系统性，但记载的内容相当丰富，是我国散文的源头。而商周时期刻写在铜器上的铭文反映了我国早期记事文字从简单到复杂的发展历程。

和甲骨卜辞、铜器铭文时间跨度接近的《尚书》是记言叙事散文之祖。作为我国第一部历史散文集的《尚书》是商周时期记言资料的汇编，包括《虞书》、《夏书》、《商书》和《周书》四个部分，其中《虞书》、《夏书》等是由后代人追述或加工而成，不是当时人的记录，《商书》、《周书》基本上是商周时期的作品，当然也有后人的加工。比较可靠的殷代作品是《商书·盘庚》，它是我国记言文之祖。《尚书》主要记录了帝王执政的训令和讲话、大臣的誓词、文告等，语言古奥典雅，虽然不是一部有完整体系的著作，但都独立成篇，结构完整，直接影响了先秦历史叙事散文的发展。

经过孔子编定的鲁国编年史《春秋》是我国第一部编年体史书。它自成体系，以时间为顺序，记载了从鲁隐公元年到鲁哀公十四年的历史，短的一个字，长的不过四十多个字，记事简略，但记事时“以事系日，以日系月，以月系时，以时系年”，有着明确的时间意识。书中以一字寓褒贬的笔法表达了作者的爱憎，如同样有“杀”的意思，用“诛”表示杀有罪，用“杀”表示杀无罪，用“弑”表示是下杀上，这种“春秋笔法”成了后代史传文学中常用的手法。

不过，从甲骨卜辞、铜器铭文，到《尚书》、《春秋》，都还是散文发展的初级阶段，只有到了战国，散文发展才开始兴盛，这一时期出现了《左传》、《国语》、《战国策》等具有较高文学成就的叙事散文。

一、《左传》

《左传》是中国第一部叙事详细的叙事散文著作，它的出现标志着我国叙事散文的成熟。

《左传》是《春秋左氏传》的简称，又叫《左氏春秋》。司马迁在《史记》中认为是传述《春秋》而作，作者是左丘明，班固说左丘明是鲁太史，但唐宋以后常有人怀疑他们的说法。《左传》记录了从鲁隐公元年到鲁哀公二十七年共 255 年的历史，有个别战国初年的史料，所以今天一般认为《左传》大约在战国早期成书，最后的编定者是一个充分了解春秋时代诸侯国史料的学者。

《左传》以《春秋》为纲，又加了大量的历史事实和传说，比较详细地记载了春秋时期各诸侯国的政治、外交、文化、军事活动等方面的内容，反映了周王室的衰微、诸侯国的争霸、公室卑弱、卿大夫专权的历史过程。《左传》的历史观是进步的。书里对那些残暴荒淫的统治者进行了揭露，对忠良正直、爱国的人进行了肯定，特别重视人民的力量，要求以民为本。《左传》不再简单地通过个别字的褒贬来表现作者的爱憎，而是通过生动地叙述事件的全过程和描写人物的言行举止来表现自己的思想倾向，特别是用"君子曰"、"君子是以知"、"孔子曰"等在叙事中或叙事结束后直接发表议论，散文的感情色彩得到了增强。

《左传》以时间为顺序写事情的发生、发展和结果，但在叙述事情的过程中有时也使用回顾起因或交代事情相关背景等的倒叙手法，或者使用预叙手法先预见将要发生的事情和事情的结果等，虽然有神秘化和道德化的倾向，但颇有时代特点。而且《左传》多用全知全能的第三人称进行叙述，视角灵活，几乎不受限制。

《左传》特别擅长写战争，书中记录了大大小小几百次战争，特别是春秋时期几次大规模的战争被描写得非常出色。《左传》在写战争方面很有特点，常常从政治角度写战争，对战争的起因、经过和结果都有深入揭示，许多大的战役几乎一开篇就已暗示出胜负的结果。书中虽然很少集中地描写人物，但在对人物的行动、对话进行描写的同时，生动传神地塑造了人物形象。《左传》的记言文字也很出色，主要记录了行人应答和大夫辞令等外交语言，简洁精练又含蓄生动。《晋公子重耳之亡》、《秦晋崤之战》、《烛之武退秦师》等都是《左传》中的名篇。

二、《国语》

二十一卷的《国语》是中国第一部国别体史书，分别记载了周、鲁、齐、晋、郑、楚、吴、越八国的事情。因为主要是通过记录人物的言语反映当时的政治、外交、军事活动的，所以叫《国语》，又叫《春秋外传》。不过八个国家的“语”所占的比例不一，《晋语》篇幅最长，而且因为是当时各国史料的汇编，所以记言的水平不齐，风格也各有不同。相传《国语》的作者是鲁国史官左丘明，但后人也有不同的意见。《国语》约成书于战国初年，思想倾向以儒家为主，有对暴君的批判，对人民力量的肯定，在人神关系上，也从对天命的崇拜转向了对人事的重视，特别是《周语·召公谏厉王弭谤》一篇，有着初步的民本思想。

《国语》虽然记言多于记事，但也不纯粹是语录或大段的议论文字，在记言中也有大大小小的故事。不过有时在写一个国家的事件的时候，作者用笔墨集中写一个人的言行，如《晋语四》专写晋文公、《吴语》主要写夫差、《越语》主要写勾践等，这种笔法虽只是将一组小故事组合成篇，不是完整的人物传记，但已经有一种向纪传体过渡的趋势。总的来说，《国语》的艺术成就不如《左传》。

三、《战国策》

《战国策》也是国别体史书，共三十三卷，分国记载了春秋以后到秦统一天下约二百四十年内，东周、西周、秦、齐、楚、赵、魏、韩、燕、宋、卫、中山等十二个诸侯国的军事、政治等情况。《战国策》中的文章不是由一个人写成的，而是战国后期的纵横家和秦汉间的人写成的，最后由西汉的刘向重新进行校点整理，分成三十三卷，定名为《战国策》。

和《春秋》、《左传》、《国语》主要反映儒家思想不同的是，《战国策》主要记录了战国时那些说客谋臣的言论和他们之间纵横捭阖的斗争，反映了纵横之士朝秦暮楚、急功近利、崇尚谋略、玩弄权术、强调审时度势、追求功名富贵的政治观与人生观，表现的是纵横家的思想和人生价值取向，当然其中也有不少有意义的内容，比如肯定举贤任能、重视民心得失、坚持正义、不畏强暴等，这些思想都是那个时代人们思想的真实反映。

《战国策》成功地刻画了一系列“士”的形象，如苏秦、张仪、荆轲、鲁仲连等。除了用生动的细节、曲折的情节和个性化的语言来描写塑造人物之外，作者还不惜用虚构和想象的手法进行描写。写人时，既继承了《国语》相对集

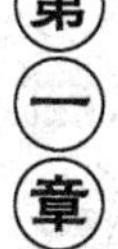

中编排同一人物的方法，又将一个人物的事迹集中于一篇中进行描写，如《齐策四》中的《冯谖客孟尝君》一篇，就是在一篇中通过几件事展现了冯谖的性格。这种表现手法为以人物为中心的纪传体作了示范。《战国策》是从《左传》的编年体向《史记》的纪传体的过渡。

《战国策》的语言辩丽横肆、铺张渲染、气势充沛，既有比喻，又有寓言故事，如鹬蚌相争、狐假虎威、画蛇添足、南辕北辙等，增强了论辩的说服力，标志着先秦语言艺术达到了一个新的水平。

先秦叙事散文对后世影响深远，后来的史传文学都直接继承了先秦叙事散文的体例和叙事技巧，而小说也从先秦叙事散文中得到不少启迪，唐宋以来的古文大家们更是将先秦叙事散文作为学习的典范。

思考题

1. 什么是“春秋笔法”？请举例说明。
2. 请简单谈谈《左传》中对战争的描写。
3. 请简单谈谈《战国策》的思想内容。

第四节　先秦说理散文

先秦时期除了《左传》等叙事散文之外，还有一类专门阐明哲理的说理散文。虽然从今天的文学观念来看，它们不能算是文学作品，但是在这类文章中包含了不少的文学因素，对后世文学影响较大。

早在《尚书》的记言文字中就已经有了说理的因素，而到了春秋战国时期，随着社会变革的出现，分封制度解体，上层贵族地位下降，庶民地位上升，在贵族和庶族之间，就出现了一个新兴的士阶层。随着贵族的衰落，士阶层地位的不断上升，官学和私家讲授也出现了危机，民间聚众讲学之风兴起，文化教育不再是只属于贵族的专利，文化开始下移。士阶层人数越来越多，出现了代表不同阶级、集团利益的诸子，如儒家的孔子、孟子、荀子，墨家的墨子，法家的韩非子等。又因为当时的统治者重用他们，人民尊重他们，他们就有了机会参与政治，有条件著书立说。但是诸子出身不同，立场不同，思想观点也不同，他们议论时政，互相争辩，形成了百家争鸣的局面。

先秦时期说理散文的发展和百家争鸣的发展阶段是一致的。战国初期是先秦说理散文发展的第一阶段，《论语》、《老子》、《墨子》是代表作，这一时期的说理散文以语录体和韵散结合体为主，虽然像《墨子》中有议论，但比较质朴；战国中期是先秦说理散文发展的第二阶段，也是说理散文文学价值最高的一个阶段，主要代表作有《孟子》、《庄子》，这一时期开始由对话体向专门的议论文过渡；战国后期是先秦说理散文发展的第三阶段，《荀子》、《韩非子》是代表作，这一时期的说理散文已经是结构严密的议论文了。

一、《论语》

《论语》是儒家的代表作，由孔子的弟子及其再传弟子编录而成，主要记载了孔子的言论和活动，也有少数篇章记载孔子的弟子的言论和活动。《论语》在战国初年成书，流传到汉代，有《古论语》、《齐论语》和《鲁论语》三种本子，今天通行的《论语》二十篇是《鲁论语》。语录体是《论语》的主要文体特征，或者是孔子只言片语的记录，或者是孔子和弟子及其他人的谈话，形式并不完整，每篇标题取自首章首句中的两个字，没有先后时间顺序，也没有共同的主题，离说理散文有一定的距离。但是，它记录了孔子的言行举止、生活习惯，塑造了孔子的形象，反映了孔子的政治思想、学术思想和教育思想，是研究孔子的重要文献。

孔子(前551—前479),名丘,字仲尼,春秋时鲁国陬邑(今天的山东曲阜)人。他是我国儒家学派的创始人,著名的思想家和教育家。他曾经做过鲁国的官吏,又曾经周游列国宣传他的政治理想,但都没有成功。他还整理过不少的古代典籍,并在鲁国聚徒讲学。他是一位对中国思想文化影响巨大的人物,在汉代以后就被奉为圣人。孔子一生的政治理想是推行德政礼治,恢复周礼,强调"君君、臣臣、父父、子子"的等级秩序。他的主张以"仁"为核心,教育上主张"有教无类"(《卫灵公》)、"诲人不倦"(《述而》)等,提出了一系列的教学方法,对文学也作出了自己的评论。他的这些主张在《论语》一书中得到了很好的展示。

《论语》的文学色彩首先表现在人物形象的塑造方面,不仅是和蔼可亲的孔子形象,还有安贫乐道的颜回、聪明机智的子贡等都在《论语》的篇章中有生动的表现。同时,《论语》的语言也值得注意,像"岁寒,然后知松柏之后凋也"(《子罕》)、"逝者如斯夫,不舍昼夜"(《子罕》)、"不义而富且贵,于我如浮云"(《述而》)等,都言简意赅却又令人回味;像"温故而知新"(《为政》)、"三人行,必有我师焉。择其善者而从之,其不善者而改之"(《述而》)、"学而不思则罔,思而不学则殆"(《为政》)等,成为后世的格言、成语。而且《论语》的语言以当时的口语为主,浅显易懂,语气词的使用更加强了文章的情感力量。《论语》言近旨远的语言风格成为先秦说理散文的主要风格。

二、《老子》

《老子》是道家学派的代表作。和《论语》的多人编写不同,《老子》主要是老子自己写成的,只有少数语句由后人增补。《老子》主要以韵文为主,韵散结合。《老子》反映的是老子的哲学思想,书分为上下卷,上卷从讲"道"开始,下卷从讲"德"开始,所以又称为《道德经》。不过,1974年在长沙马王堆汉墓发现的帛书《老子》写本是以"德经"为上卷,"道经"为下卷的。

老子的生平事迹虽然在先秦典籍中多次有记载,《史记》中也有四百多字的记述,但总的来看,老子其人仍扑朔迷离,后人的争论非常多。今天可以肯定的是,老子姓李,名耳,字聃,楚国人,曾经做过周朝守藏史,相当于国家图书馆馆长的职务,与孔子同时代,但比孔子年龄稍长一些,后来离开周朝,向西过函谷关时,在当时关令尹喜的请求下,写下五千言的《道德经》。所以,《老子》成书年代不会晚于战国初期。

《老子》一书主要讲述的是形而上的问题,它的文学性不在于对人物形象的塑造,而在于其中流露出的情感和诗意的语言。《老子》中常用形象的比喻、大量的韵语、排比和对偶句式来说明抽象的哲理，如“道可道，非常道；名可名，非常名”(一章)、“金玉满堂，莫之能守。富贵而骄，自遗其咎”(九章)、“祸兮，福之所倚；福兮，祸之所伏”(五十八章)、“合抱之木，生于毫末；九层之台，起于累土；千里之行，始于足下”(六十一章)等，在错落有致的语言中，别有一种音乐的美。

当然，《老子》和《论语》一样，论述也不够充分，结构也不完整，但是先秦说理散文注重情感性和形象性的基本特征就是从《老子》、《论语》而来的。

三、《墨子》

《墨子》是墨家学派的代表作，今天保存下来的有 53 篇，其中《尚贤》、《尚同》等 10 论 24 篇是墨子讲学的记录，另外有后期墨家的作品和墨子弟子们的言论及一些语录汇编。

墨子名翟，鲁国人(有人认为是宋国人)。根据《墨子》的记载，他被人称为“贱人”，会手工制作，大约是位出身比较低微的手工业者。他曾收徒讲学，在宋国做过官，又曾经游历诸侯国宣传他的学说。墨家学说在当时也是显学。据《淮南子·要略》的说法，墨子曾经“学儒者之业，受孔子之术”，可见墨子应该是儒者出身，后来创立了与儒家对立的墨家学派。墨子主张“兼爱”、“非攻”，要求“节葬”、“节用”，提倡“尚同”、“尚贤”。墨家学派不仅是个思想学派，而且是一个组织纪律严明的民间团体，有领袖“钜子”，且门徒众多。

《墨子》一书虽然还受语录体的影响，书中有大量的“子墨子曰”，但这些语录开始围绕着同一个论题进行论述，段与段之间有了内在的逻辑性，如《尚贤》、《尚同》、《兼爱》、《非攻》等篇的题目都已概括了论述的中心思想，而且都是结构完整、层次清楚的文章。因此可以说，《墨子》已开始由语录体向专论体过渡，已经形成了说理文体制。

四、《孟子》

《孟子》也是儒家学派的著作之一。《孟子》七篇是由孟子和他的弟子共同写成的，主要反映了另一位儒家大师孟子的思想和理论。

孟子(前 372—前 289)，名轲，战国中期邹(今天的山东邹县)人，小时候家庭极为贫困。他曾跟随孔子的孙子子思的门人学习，主张施行仁政，实行王道，也曾游历诸侯国宣传他的主张，但因为他的主张不合时宜，没有得到实施，晚年回到家乡讲学和著述。

《孟子》一书通过对话来表现孟子的主张，基本上还是语录体，但比起《论语》来，不再是简短的语录，而是长篇的论辩。孟子自己说过："予岂好辩哉？予不得已也。"（《滕文公下》）长于论辩也正是《孟子》一书的特点。和同样擅长论辩的《墨子》相比，《孟子》显得更富有文学色彩。《孟子》一书常常运用逻辑推理的方法，因势利导，将对方引入到自己的结论中，而且在论辩时爱用比喻和寓言，这样就强化了论辩的形象性。孟子的文章气势浩然，他自己说过："我善养吾浩然之气。"（《公孙丑上》）文章中排偶句和叠句等修辞手法的使用更进一步加强了这种气势。更重要的是，《孟子》一书的语言精练简约，浅近平畅，已经是成熟的标准书面语。

五、《庄子》

《庄子》是先秦说理散文中最有文学价值的一部著作，也是道家学派的代表作。它原来有52篇，现在保存下来的有33篇，分为内篇、外篇和杂篇三个部分。一般认为，内篇7篇是庄子所作，时间早于外篇和杂篇，外篇15篇和杂篇11篇是庄子门人及其后学所作。

《庄子》一书反映了庄子的思想。庄子名周，战国时期宋国蒙人。关于他的生卒年和故里，历来说法众多。他曾经做过漆园吏，生活虽然困顿，但却鄙视富贵权势，淡泊名利，追求一种超然物外、与自然融为一体的生活。在他的书中，他强调要"全性保真"，与万物为一，要求人回到原始的混沌状态，无物无我，无生无死，追求无己、无功、无名、无为的理想人格，这是一种消极的逃避现实的主张。但庄子深刻地揭示了社会的黑暗，要求人们摆脱精神的束缚，追求自由，这就给后世的知识分子提供了一个精神上的避难所，而庄子散文的艺术风格也影响了后世的文学创作。

《庄子》一书的创作方法是"以卮言为曼衍，以重言为真，以寓言为广"（《天下》），也就是说，用自然流露的语言，用长者、尊者、名人的语言，用虚拟的寄寓于他人他物的语言来表达自己的思想，传播自己的道理。其中，最重要的是寓言的使用。《庄子》书中有寓言故事200多则，既有对历史故事、神话传说的加工，又有作者自己的即兴创作。在这些虚拟的情节中，作者用超现实的手法表现深刻的哲理形象，如《德充符》、《应帝王》、《秋水》等篇几乎由一连串的寓言故事组成。

《庄子》一书想象奇特，超越了时间、空间和物我的分别，变化万千。像《逍遥游》中的神人，不食五谷，吸风饮露，连身上的尘垢都能造出尧舜来。而《外物》篇中的任公子，用五十头牛为钓饵在东海钓鱼，钓到大鱼时，白波若山，海水震荡，千里震惊。庄子笔下的草木、鸟兽、虫鱼都是不可思议的，它们会发表意见，会辩论，像骷髅论道、罔两问影，都是前人从没有想到过的。庄子就用这些超凡的想象将那些不易说清或明说的思想表达得非常形象。所以有人说："庄子文看似胡说乱说，骨里却尽有分数。"（刘熙载《艺概·文概》）

《庄子》中的文章不以逻辑推理作为主要的说理方式，而是通过形象的寓言故事，用比喻、象征的手法说明道理，而且这种道理是寄寓在寓言故事之中没有直接说出来，需要读者体味、领悟的。《庄子》书中充满感情，语言如行云流水，汪洋恣肆，而韵语的使用既让文章富有节奏感，也使庄子散文具有了诗歌语言的抒情特性。

六、《荀子》

《荀子》现存共 32 篇，大部分是荀子所作，集中体现了荀子的学说。

荀子，名况，又称荀卿、孙卿，赵国人，生卒年不能确定。他是战国末期继孟子之后儒家集大成的思想家。他继承了孔子的礼乐学说，主张性恶，重义不轻利，要求法后王，实行霸道。在他的书中，他对诸子百家的理论学说既有批评又有吸收，自成一家。

《荀子》中的文章涉及内容广泛，多数是长篇的专题学术论文，说理清晰，论证严密，逻辑性强。全书不仅单个章节论辩透彻，而且每个章节之间相互照应，结构严谨。在《荀子》一书中还使用了大量的比喻和排比句式，并用韵语描写、抒情，文章具有整齐流畅的美感和强烈的感染力。

荀子还有一篇《成相》辞和一篇《赋》。他是文学史上最早用"赋"命名文章的作家，对后来的汉赋有直接的影响。

七、《韩非子》

《韩非子》共 55 篇，是法家的代表作，大部分是韩非自己写成的，少量窜入别人的文章。《韩非子》集中反映了韩非的主张。

韩非（前 280？—前 233），韩国公子，荀子的弟子，口吃，不擅长言辞，但长于写作。他曾经多次向韩王上书要求任用贤人，韩王没有采用他的主张。后来他的书传到秦国，深受后来的秦始皇的喜爱，于是出兵攻打韩国，索求韩非。韩非到秦国后，他的同学李斯害怕韩非威胁到自己的地位，就诬陷他，使他入狱。最后韩非在狱中被害。韩非是战国时期法家的集大成者和诸子学说的集大成者，他主张法、术、势结合，要求实行中央集权，实行法制。

《韩非子》一书多数是针对现实问题而写成的长篇议论文，像《显学》、《五蠹》、《孤愤》等篇文笔峻峭，气势逼人，而像短篇《难一》、《难二》、《难三》、《难

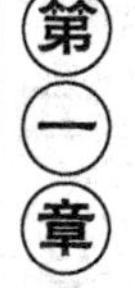

四》也都简洁而透彻。《韩非子》中有大量的寓言故事，文学气氛浓厚。可以说，到了韩非这里才开始有意识地收集、整理、创作寓言故事，像他的《内储说》、《外储说》、《喻老》、《说林》、《十过》都是寓言故事专集。他的寓言故事不同于《庄子》书中的超现实的寓言。《韩非子》中拟人化的动物故事和神话幻想故事很少，它的寓言主要来源于历史和现实。不过，韩非笔下的历史人物已经经过了他的修改，成了他思想的表达者，像他笔下的孔子就不是儒家的形象，而是法家的形象。《韩非子》中还有些寓言来自于生活和民间故事，如郑人买履、自相矛盾、守株待兔等，具有极强的讽刺力量。所以，虽然韩非的寓言题材平实，但精巧的构思、幽默的语言让他的寓言故事耐人寻味，文章也更加有说服力和感染力。

先秦说理散文无论是说理方法，还是散文的体制都深深地影响了后代说理文。后来的不少作家也从先秦说理散文中汲取养分，创作出属于他们风格的作品。而先秦说理散文在语言艺术上取得的成就更丰富了汉语的表现力，不少的词今天还在使用当中。

1. 什么是“百家争鸣”？请简单谈谈先秦说理散文与这一现象的关系。
2.《论语》、《老子》的文学色彩主要表现在哪些方面？
3. 为什么说《庄子》是先秦说理散文中最有文学价值的一部著作？
4. 请简单谈谈《韩非子》中的寓言创作。

第五节　屈原和楚辞

楚辞，既指战国时屈原创作的一种“书楚语，作楚声，记楚地，名楚物”的新诗体，又指西汉刘向编的一部诗歌总集《楚辞》，书中辑录了屈原、宋玉等人的作品和汉代一些文人模仿屈原创造的诗体而成的作品。《楚辞》和《诗经》都是我国诗歌的源头。

楚辞产生于楚地，其中既有楚文化的特点，又融合着中原文化的某些特征。作品的浪漫主义风格就是楚文化中巫文化影响的产物。《楚辞》中的一些作品如《九歌》、《阳春》、《白雪》等都是当时楚地的乐曲名称。长短不一的句式、句尾或句中用语气词“兮”等特点也和中原地区的歌谣体式不同。而有些作品的四言句式和隔句句尾使用“兮”字则是受中原文化中《诗经》的影响。可以说，楚辞是中原文化和楚文化共同的产物。当然，如果没有诗人屈原的创造，也不会有楚辞的成功。

屈原(前340？—前278?)，名平，字原，是楚国的贵族。屈原一生经历了楚怀王和楚顷襄王两个时期。怀王时，曾任怀王左徒，他博闻强志，有一定的政治才能，对外主张联齐抗秦，对内主张举贤授能。屈原又有杰出的外交才干，“入则与王图议国事，以出号令；出则接遇宾客，应对诸侯”(《史记·屈原贾生列传》)，深受怀王的信任和重用。但因为他的改革措施触动了一部分旧贵族的利益，上官大夫靳尚在怀王面前对屈原进行诬陷，离间怀王和屈原的关系，屈原因此遭到怀王的疏远，被免去左徒之职，只做了一个负责宗庙祭祀和贵族子弟教育的官，后来还被怀王流放到汉北地区。屈原被放逐之后，他以前实行的政策全部中止，楚国开始由强盛转向衰败，不但损失了大片国土，最后连楚怀王也被秦国拘留，死在了秦国。楚顷襄王即位后，屈原因为反对令尹子兰等人的投降政策，再次受到谗害，被流放到江南沅水、湘水一带。在屈原再次被放逐的期间，公元前278年，秦国大将白起攻打楚国，楚国国都郢都沦陷，顷襄王外逃。公元前233年，楚国被秦国消灭。约在郢都沦陷的那一年，屈原投汨罗江而死，死的时间据说是夏历五月五日，后来人们每年的这个时间便到江边举办赛龙舟等活动来纪念他，端午节因此而产生。屈原是个非常热爱祖国的人，他的一生都在为让楚国强大而努力奋斗，虽然他失败了，但是他的爱国精神和为理想坚持不懈的精神却激励了一代代人。

屈原是中国文学史上第一个伟大的诗人，他一生创作了不少的作品，《史记》本传记载有五篇，《汉书·艺文志》记载有二十五篇，东汉王逸《楚辞章句》

记有二十五篇，但和《汉书·艺文志》的记载略有不同，而且有些作品的真伪一直有许多说法。今天一般认为屈原的作品有《离骚》、《九歌》(11篇)、《天问》、《九章》(9篇)、《招魂》，共23篇，这些作品全面表现了屈原的人生追求和爱国理想。

《离骚》全诗共370多句，2 400多字，是屈原的代表作，也是中国古典诗歌史上最长的抒情诗。关于这首诗的写作年代，有人认为是屈原在第一次被怀王放逐时写的，有人认为是在第二次被顷襄王放逐时写的。关于"离骚"的含义，不同的人有不同的说法，离屈原年代最近的司马迁在《史记·屈原贾生列传》中解释说，"《离骚》者，犹离忧也"，也就是说，《离骚》是遭受忧患的意思。《离骚》是作者的自传，是屈原在受到严重挫折时写下的作品，是作者在国家和个人遭受不幸时对过去和未来进行的思考，其中既有屈原对黑暗政治的愤慨，又有深切的爱国之心和为国效力不得的悲痛与哀怨之情，还有诗人光辉高洁人格的表现。

全诗分成两大部分，从开头到"岂余心之可惩"为第一部分，主要回顾过去的经历，用的是现实主义的写法，从"女媭之婵媛兮"到结尾为第二部分，主要写对未来道路的探索，用的多是浪漫主义手法。从一开始诗人就极力描写自己的崇高人格和对楚国的热爱与忠诚。他希望能帮助君王实现"美政"理想，但因为有"党人"的诽谤，再加上楚王的反复多变，他的理想不能实现。诗人面对理想和现实的冲突时，坚持理想，忠贞不屈，一再表示"亦余心之所善兮，虽九死其犹未悔"、"伏青白以死直兮，固前圣之所厚"、"虽体解吾犹未变兮，岂余心之可惩"。诗的后半部分诗人就在想象与幻想中对未来和前途进行探索。先有女媭劝告他不要再不合时宜，陷入苦闷的屈原在向重华(舜)陈述愤懑之后，开始"周流上下"的求索，但求索的过程表明想重获楚王的信任已不可能，而且连知音都没有了，最后诗人准备去国远游来摆脱自己的苦闷和困境，但最终因为对国家有着无限的眷恋和热爱，诗人再次流连，不忍离去，决定以死殉国，完成自己对崇高人格追求。

《离骚》中充满了深厚的忠君爱国之情，为我们展现了一个坚贞高洁的主人公形象，这一形象所蕴藏的人格精神和斗争精神得到了后人的广泛认同，成为了无数士子学习的榜样。同时，《离骚》的独特艺术风格也为后世诗人学习继承，产生了深远影响。在诗中诗人大胆想象和夸张，充分运用神话传说和幻想，充满了一种迷离神奇的浪漫精神。诗人同时运用了大量的比喻象征手法，特别是其中的"香草美人"。诗人有时用美人比喻自己，有时用来比喻君王，而香草既指品德和人格的高尚，又指政治斗争中与恶草相对的一方。

诗歌中还以婚姻爱情为喻，如用男女之间的感情不和来象征君臣之间的疏远关系，用众女对美女的妒忌比喻小人对贤臣的嫉妒，用求媒来比喻求通楚王的人等。《离骚》创造出来的“香草美人”意象成了以后文学中的一种传统。除此之外，《离骚》还创造了一种不同于《诗经》的四言句式。《离骚》中的句子或六言或七言，长短不一，非常灵活，加上“兮”字的运用，更能自由地抒情。同时，《离骚》的语言也很生动形象，不少楚地方言如“羌”、“纷”、“谇”等进入了诗的语言，诗歌更有生活气息。

楚辞中的重要作品还有《九歌》，这是屈原在江南楚地流行的民间祭歌的基础上加工改写而成的。《九歌》一共 11 篇，据闻一多先生的看法，《九歌》中的首章《东皇太一》是迎神曲，最后一章《礼魂》是送神曲，中间《东君》、《云中君》、《湘君》、《湘夫人》、《大司命》、《少司命》、《河伯》、《山鬼》、《国殇》九章是娱神曲。这九章中的每一章各祭一个神，是全部作品的精华部分。《九歌》中既有人神相恋、神神相恋的情感描写，也有对神灵的赞颂和对阵亡将士勇猛精神的歌颂，表达了祭者的虔诚心情。当然，最成功的还是其中对人神情感的描写，诗中充满着惆怅和哀怨，暗含了诗人长期被流放的悲伤心情。和《离骚》相似，《九歌》中也有着丰富的想象，风格浪漫，语言精美，像“帝子降兮北渚，目眇眇兮愁予。嫋嫋兮秋风，洞庭波兮木叶下”就被后人称为“千古言秋之祖”。

屈原还有一组抒情诗歌，其中包括《惜诵》、《涉江》、《抽思》、《思美人》、《橘颂》等九篇。西汉的刘向在编屈原作品时加上了“九章”作为这一组诗的总称。《九章》虽然以纪实为主，浪漫色彩少于《离骚》，但内容和《离骚》很相似，主要写屈原自己的身世和人生遭遇，作品中流露出的情感多是沉郁悲愤的。

屈原作品中最特别的要算《天问》。全诗 370 句左右。诗人对天发问，一口气问了 172 个问题，从天地的形成，到人事的兴衰，再到楚国的现实政治，表现了诗人对国事的担忧和失望。诗歌节奏明快，基本上是四言一句，四句为一组，每组一韵，也有少量五言、六言、七言和两句一韵的句式，整齐中又错落有致。

屈原借用楚国民间招魂辞的形式写了《招魂》一篇来招楚怀王的魂，全诗分为引言、正文、乱辞三部分，先铺写东西南北的可怕，后铺写楚国的繁荣与可爱，最后呼唤楚王“魂兮归来哀江南”。《招魂》想象丰富，极尽铺陈，辞藻富丽，直接影响了后来的汉赋。

屈原的爱国精神和文学成就让他成为中国文学史上第一个伟大的诗人。

无论是他的精神还是艺术成就，都极大地影响了后世的文学家们，如司马迁、李白、杜甫等都受到他的影响。

在他死后出现了一批深受他影响的楚辞作家，其中唐勒、景差没有作品流传下来，只有宋玉一人有作品流传。《九辩》是宋玉的代表作，长达255句，主要写作者怀才不遇的悲愁和不平，也有对楚国黑暗政治的批判。诗中不少句子直接或间接沿用《离骚》等文，但宋玉在《九辩》中对秋景的描写非常动人，其中交织着作者自己的失意和孤独，开创了中国文学史上的"悲秋"主题。宋玉还有《高唐赋》、《神女赋》、《登徒子好色赋》、《风赋》等作品，既继承了屈原的作品风格，又有所发展，成为楚辞到汉大赋的一个过渡。

思考题

1. 什么是"楚辞"？它与中原文化和楚文化的关系如何？
2. "离骚"有什么含义？
3. 请简单谈谈《离骚》的主要内容和语言特色。
4. 请简单谈谈《离骚》中比喻象征的艺术手法。

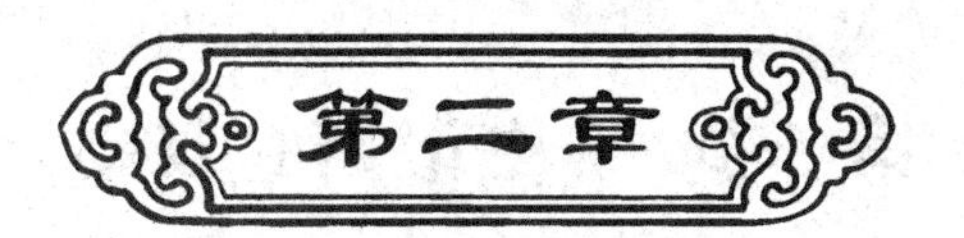

秦汉文学

公元前221年，秦始皇统一中国，建立了我国历史上第一个大一统的中央集权国家，但是因为秦王朝采取了一系列摧残文化的政策，再加上秦朝存在的时间很短，流传下来的作品很少，因此秦代文学成就不高。只有秦始皇统一六国前由吕不韦组织门客编写的《吕氏春秋》和李斯的散文，文学色彩较浓。

公元前206年到公元220年是两汉时期，其中，西汉政权从公元前206年到公元25年，包括公元9年到23年的王莽新政。公元25年，汉光武帝刘秀称帝，定都洛阳，东汉政权建立。公元220年，曹丕废汉献帝刘协，建立魏国，东汉政权结束。两汉共有四百多年，是我国历史上的繁荣时期。汉朝建国之初，以黄老思想为主，并采取了一系列有利于经济发展的政策，经过一段时间的休养生息，国家经济得到了一定的恢复和发展，国力不断增强。在文化上，汉王朝采取了和秦朝不同的文化政策，文学得到了蓬勃发展。

受上升的王朝影响，汉代的作家们以建功立业作为自己的追求，在他们的作品中充满了积极乐观、激昂豪迈的情绪，他们关注现实，批判历史，文学的表现力得到了前所未有的加强，既有对大一统帝国的歌颂，又有对黑暗现实的批判，还有对自己人生失意的悲慨。而自汉武帝罢黜百家，独尊儒术以后，儒家思想成为汉代的统治思想，儒学在一定程度上影响了作家的创作，像汉代的大赋多是铺张扬厉的，汉代文学作品有着浓郁的浪漫色彩，诗歌也以温柔敦厚为美。

汉代的代表文体是辞赋，汉代出现了不少著名的辞赋作家和作品。汉代散文在先秦诸子散文发展的基础上，继续发展，出现了我国历史散文的杰作《史记》。而汉代的诗歌在民间文学和文人创作的共同作用下也取得了极大的成就，除了乐府诗外，还出现了新的诗歌样式——五言诗，完整的七言诗句也开始出现。汉代文学的发展为魏晋文学自觉时代的到来奠定了坚实的基础。

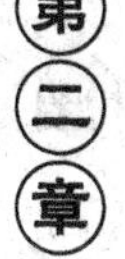

第一节 《史记》和《汉书》

秦代因为存在的时间太短，所以在文学上并没有取得大的成就。散文方面，只有《吕氏春秋》和《谏逐客书》影响较大。

汉代的散文远比秦代散文成就突出，是我国古代散文的另一个繁荣期，不仅政论散文发展迅速，历史散文也蓬勃发展，出现了我国第一部纪传体通史《史记》及我国第一部纪传体断代史《汉书》。

西汉在散文方面取得一定成就的有贾谊、晁错、司马迁、刘安和刘向等人。成就最高的散文家是司马迁。

司马迁(前 145? —?)，字子长，其生卒年和出生地在学术界一直存有争论。他出生在一个史官家庭，他的父亲司马谈曾任太史令。司马迁受家庭的影响，自幼喜欢读书，10 岁就开始读用先秦古文字写成的文献，儒学大师孔安国、董仲舒都是他的老师。在他继父亲职位任太史令的时候，他更是利用一切机会广泛阅读。除了从书本学习知识以外，20 岁的司马迁还曾亲身到各地漫游，实地考察访问，搜集资料，求证史书记载和历史传说的真伪。

司马迁的父亲司马谈一直想编写一部包括战国到秦汉历史的通史，但可惜的是，他这个修订史书的心愿一直到死也没有能完成，于是他将希望寄托在司马迁身上，临死前嘱咐司马迁不要忘记。司马迁接受了父亲的嘱咐，决定开始修史。从公元前 104 年开始，司马迁开始了《太史公书》(即《史记》)的写作。公元前 98 年，司马迁为战败投降匈奴的李陵辩护，惹恼了汉武帝，被捕入狱，并处以宫刑。李陵之祸给司马迁的心理带来了极大的影响，虽然他忍受着这个奇耻大辱，出狱后继续写作，但他的写史动机已从一开始的总结历史、颂扬圣君贤臣的功德变成了借写史书来抒发自己的愤懑不平，即从润色鸿业变成了发愤著书。到公元前 91 年，《史记》的写作基本完成。

司马迁的《史记》是我国第一部纪传体通史，记载了从传说中的黄帝到汉武帝元狩元年三千年的历史。虽然《史记》在许多方面借鉴和继承了先秦散文的写作风格，但司马迁在创作时就抱着“究天人之际，通古今之变，成一家之言”(《报任安书》)的宗旨，所以全书的体例和以往的历史散文不同。它不是《春秋》那样的编年体，也不是《国语》那样以国别来写成的史书，而是由 12 本纪、30 世家、70 列传、8 书、10 表组成，共 130 篇。其中本纪主要以年月为序记载帝王的言行事迹，时代越远的，记载越简单，时代越近的，记载越详细；世家主要记载王侯贵族之家的事情；列传主要记载不同阶层的重要人物，有一人一传，有多人合传，还有同一类人物归入一个列传的，如儒林列传、循吏列传、酷吏列传等；书记载礼乐、经济、文化、天文、历法等典章制度方面的内容；表是各个历史时期帝王诸侯国间的简单大事记。作为纪传体史书，本纪是全书的纲领，其他如世家、列传、书、表都以本纪为中心展开。这种以人物为中心的体例是司马迁的首创，全书中最有文学价值的部分也正是人物传记。

司马迁以神来之笔创作了这部历史散文《史记》，他在展示人物活动的同时再现了三千年的历史，但全书中有着作者自己身世之感的寄托，所以在人物传记的编排上，作者巧用匠心，既尊重历史事实，又有自己对事情前后因果关系所作的思索，同时又隐藏着自己的情感和评判。如项羽被司马迁归入本纪，一代儒学宗师孔子、农民起义领袖陈涉被归入世家，而且许多下层人物也被司马迁写进了书里。《史记》在塑造人物形象时，采用了互见法，即将一个人物的主要特征放在他的传记中，但在别人的传记中也有对这个人物其他方面的性格特征的介绍，所以必须将人物的相关传记放在一起阅读才能真正全面了解这个人的性格。因为作者广泛阅读各种文献，又多方面收集材料，除了去实地调查外，还和不同阶层的人物进行接触，所以《史记》的材料来源是丰富而且真实的。《史记》传记中的人物广泛，形象生动。书中有四千多个人物，帝王将相、布衣小民、诸子百家、刺客游侠等都有所涉及，每个人都有自己的特点，个性突出，人物之间绝不雷同。

作为我国史传文学的杰作、历史散文最高成就的代表，《史记》对后世的影响深远。一方面，后世的历史学家和散文学家都纷纷学习它的写作技巧、风格等，纪传体通史这一体例也成为后世史书惯用的体例；另一方面，《史记》作者“发愤著书”的精神和书中人物的人格魅力鼓舞了后代的作家，而且《史记》中的不少故事也成为了后代小说、戏剧等的素材来源。

东汉的散文有新的发展，不仅政论散文继续发展，历史散文也有新作产生，同时一些新的散文样式，如游记、碑文等开始出现。代表作家有班固、赵晔、王充、王符等人，其中以班固的《汉书》最为有名。

班固(32—92)，字孟坚，陕西人。他的父亲班彪曾不满当时人对《史记》所作的增补，写成《后传》65篇，想重修汉史。班固在父亲死后，继续写作。公元62年，有人告发班固，说他私自改作国史，班固被捕入狱，书籍也被查抄。他的弟弟班超给汉明帝上书为他辩护，最后汉明帝任命班固为掌管和校定图书的兰台令，并下诏让他编撰《汉书》。后来，班固跟随大将窦宪出征匈奴，兵败后，被免官，最后死于狱中。班固死后，他的妹妹班昭完成了《汉书》中一部分内容的写作。

《汉书》是我国第一部纪传体断代史，主要记叙了从汉高祖元年(前 206)到王莽地皇四年(23)共 230 年的历史。《汉书》继承了《史记》的纪传体体例，但也有了一些变化。首先，《史记》是通史，时间跨度长达三千年，而《汉书》只记载了汉代一个朝代的历史。其次，《汉书》有 12 篇纪、8 篇表、10 篇志、70 篇传，共 100 篇。《史记》的"本纪"在《汉书》被称为"纪"，"列传"被称为"传"，"书"则被改为"志"，《史记》的"世家"在《汉书》中被取消了，那些贵族世家一律被编入传中。最后，在内容上，《汉书》与《史记》有些不同。比如：《汉书》中多了《史记》中没有的《惠帝纪》，《史记》只写到汉武帝元狩元年，《汉书》则接着写了昭帝、宣帝、元帝、成帝、哀帝、平帝等 6 篇帝纪。《史记》中的《项羽本纪》在《汉书》中被移入《陈胜项籍传》。《汉书》的编写体例被后来的一些史书沿袭下来。

思考题

1. 请简单谈谈《史记》的编写体例。
2. 什么叫"互见法"？
3. 请简单比较《史记》和《汉书》在编写体例上的不同。

第二节 汉代辞赋

赋是汉代最有代表性的一种文学样式，但赋不是在汉代才出现的，早在战国后期就已产生了。据《汉书·艺文志》的记载，荀子作有10篇赋，这是赋的萌芽。后来在战国纵横家文章和楚辞的影响下，赋继续发展。汉代的赋是吸收了《诗经》、《楚辞》、战国纵横家的文章和先秦俳优等各种因素发展而成的一种有韵散文，因为赋和楚辞有一定的渊源关系，所以汉代人常常辞赋并称。

从形式来看，汉代的赋可以分为骚体赋、大赋和抒情小赋三种。骚体赋是对屈原、宋玉骚体作品的模仿，多用兮字句，通篇用韵，内容上多是抒发政治和身世之感慨；大赋一般辞藻华丽，铺张扬厉，体制巨大；抒情小赋篇幅短小，抒情色彩浓郁。

从发展线索来看，汉代的赋可以分为三个时期。第一时期是从汉高祖到汉武帝初年，主要以骚体赋为主，代表作家有贾谊、枚乘等。从汉武帝初年到东汉中叶，赋的发展进入一个繁荣期，主要以大赋为主，代表作家有司马相如、扬雄、班固等。东汉中期到东汉末，是汉赋发展的第三阶段，这一时期主要以抒情小赋为主，代表作家有张衡、赵壹等。

贾谊(前200—前168)是有作品流传下来的第一位汉赋作家。他的代表作有《吊屈原赋》、《鹏鸟赋》。公元前176年，贾谊被贬为长沙王太傅，在经过屈原放逐之地时，想到屈原的不幸有感而作《吊屈原赋》，赋中既对屈原表示了深深地同情与哀悼，又流露出对自己被贬、不为所用的怨恨和不平。《鹏鸟赋》则假借和鸟对话，用主客问答体的形式抒发了自己的人生感悟，老庄思想浓厚。

枚乘(？—前140)是汉初赋家中杰出的一位，代表作是《七发》。《七发》写的是楚太子有病，有一位吴客前往探病，通过音乐、饮食、车马、宫苑、田猎、观涛等事情启发太子，以此来劝诫太子。全篇用主客问答这一形式，只是偶杂有楚辞体句式，叙事状物铺张扬厉。《七发》在赋的发展史上有着承前启后的地位，它标志着汉大赋体制的正式形成。

司马相如(前179？—前118)，字长卿，成都人。他是汉大赋的奠基者，也是汉大赋创作成就最高的一位。他有赋29篇，今天存下来的有5篇，代表作是《子虚赋》、《上林赋》。这两篇作品虽然隔了十年，但内容上有一贯性，作者借子虚、乌有先生和亡是公三人之口，大力渲染了诸侯、天子的游猎盛况和天子上林苑的豪华，文章的最后借汉天子在享受奢华之后突然醒悟，表达了作者的讽谏意图。在赋中，司马相如以时空为序，用华丽的辞藻，夸张的笔法，极尽铺陈之能事，塑造了一个强盛的汉帝国的形象，宣扬了大一统的观念。后来有不少人模仿司马相如的写法来写京都、游猎、宫苑等，但都不能达到他的水平。

除了写作大赋之外，司马相如还写有骚体赋，如《大人赋》、《长门赋》等。《长门赋》细腻地写出了失宠的陈皇后的孤独哀怨之情，是汉代骚体赋中最有情境的一篇。

扬雄（前53—18），字子云，成都人。他是司马相如之后又一位赋作大家，代表作有《甘泉赋》、《河东赋》、《羽猎赋》、《长杨赋》，这几篇赋都模仿司马相如的赋作，写天子游猎、宫殿等。这四篇赋中，艺术成就最高的是《甘泉赋》。《甘泉赋》由远及近、全方位地对甘泉宫的景物进行了铺陈，在表现汉天子声威的同时也寄托了对统治者的讽谏之意。扬雄还写有《蜀都赋》，这篇赋成为后世京都大赋的先声。比起司马相如的赋作来，扬雄赋中讽谏的力度有所增加。扬雄在汉赋史上有一定的地位，后世常常将他和司马相如并称为“扬马”。

东汉的班固作有《两都赋》，分《西都赋》和《东都赋》两篇，主要针对汉光武帝定都洛阳事件而写。在赋中，班固为了表示对光武帝不选长安为都而选洛阳为都表示赞成，假托“西都宾”和“东都主人”的对话，先通过“西都宾”之口描图西都长安的历史、地理和各种景观，夸耀长安的繁荣富庶、奢侈豪靡，接着笔锋一转，借“东都主人”对“西都宾”的批驳，赞扬了东都洛阳的政治、文化、礼乐，在对比之中，褒扬东都贬低西都。赋中有作者的政治主张和见解，而不是只有歌功颂德。

继班固的《两都赋》之后，河南人张衡（78—139）模仿班固的作品创作了《二京赋》。《二京赋》分为《西京赋》和《东京赋》两篇，也是假托“凭虚公子”和“安处先生”的对答，先由“凭虚公子”夸述西京的繁华富丽，再由“安处先生”陈述圣贤之道，突出东京的简朴，在主客问答中表明了作者尚朴尚俭的主张。除了创作京都大赋外，张衡在公元138年还创作了一篇抒情小赋《归田赋》，在赋中作者表达了对仕途的厌倦和对归隐田园的渴望。这篇赋作语言清新、情感真实、意境优美，具有极高的艺术价值，它的出现表明在经过一段时间的发展后，东汉的抒情小赋已达到了一定的艺术高度，而张衡的创作也体现了汉代文学的一个转变。

东汉抒情小赋名篇还有甘肃人赵壹创作的《刺世疾邪赋》，赋中尖锐地批判了汉末黑暗的社会现实，并直接批判当时的最高统治者，指出是“执政之匪贤”造成了社会的黑暗。整篇赋作慷慨激昂，语言朴实。山东人祢衡的《鹦鹉赋》也是一篇绝好的抒情小赋，作者借鹦鹉被困笼中来抒发自己寄人篱下、无力把握命运只能任人摆布的悲哀之情。

思考题

1. 什么叫“赋”？它可以分为哪几类？
2. 请简单谈谈汉代赋的发展过程。
3. 请列举三位两汉著名的辞赋作家及其代表作品。

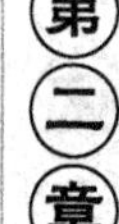

第三节 汉代诗歌

一代有一代的代表文体，一般来说，汉赋被视为汉代的代表文体，但实际上，汉代的诗歌也取得了不小的成就。其中最值得注意的是乐府诗和东汉的文人诗。

乐府本来是音乐机构的名称，秦朝时就已经有了，西汉在哀帝之前常设这一音乐管理部门。哀帝时，乐府人员遭到大量裁减，以后，汉代就没有了乐府这一建制。西汉的乐府机关既组织文人创作歌诗以供朝廷享宴、祭天时来演唱，又在民间广泛搜集各地的歌谣。东汉的乐府诗则主要由另一个类似于乐府的音乐机构——黄门鼓吹署负责搜集、演唱。这些经过汉代乐府机构或职能相当于乐府的音乐机构搜集、保存、组织文人创作的诗歌就是两汉乐府诗，简称乐府，它是汉代诗歌的精华。

魏晋时期还有人沿用一些旧的乐府歌辞，六朝时有人专门收集两汉乐府诗。到了宋代，郭茂倩将汉代到唐代的乐府诗搜集在一起，编成《乐府诗集》，在书中，他将乐府诗一共分成12类。今天保存下来的两汉乐府诗数量最多的是相和歌辞，郊庙歌辞、鼓吹曲辞和杂歌谣辞中也有一些。《乐府诗集》中可以肯定是西汉乐府诗的是《大风歌》、《安世房中歌》17章、《郊祀歌》19章、《铙歌》18首，还有几首民歌，其他的都是东汉的作品。

两汉乐府诗的作者既有帝王、文人，也有平民百姓。他们受到日常生活事件的激发而进行创作，作品现实针对性很强，都是“感于哀乐，缘事而发”（《汉书·艺文志》）之作，其中广泛涉及了社会生活的各个方面。

首先是描写爱情和婚姻的主题。

这是两汉乐府中所占比重最大的一类。它们大部分来自民间，出自中下层文人之手，在表达感情时，无论是爱还是恨，多是泼辣大胆、直截了当的。如著名的《上邪》：“上邪！我欲与君相知，长命无绝衰。山无陵，江水为竭，冬雷震震夏雨雪，天地合，乃敢与君绝。”诗中为了表达自己对爱情的坚贞不移，列举了五种正常情况下不可能出现的自然现象：高山变平地、江水枯竭、冬天打雷、夏天下雪、天地合为一体，发誓说只有这五种情况同时出现才会和心爱的人分开。可以想象女子对爱人的感情是多么的执著与热烈。

而一旦发现对方变了心，这种由爱而来的恨就变得那样的强烈，如《有所思》：“闻君有他心，拉杂摧烧之。摧烧之，当风扬其灰。从今以往，勿复相思！相思与君绝！”本来女子准备好了珍贵的美玉装饰的簪子要送给思念的情人，但听说对方另有所爱，就毅然决然地要把礼物折断烧毁，并表示从此以后，不再思念对方。这首诗读来让人觉得真实，诗中细腻地刻写出了处于恋爱痛苦之中的女子的矛盾心理，女子虽然对爱人的变心恨得那样彻底，表现得如此决绝，可是诗的最后也流露出丝丝的无奈和犹豫。

再如《上山采蘼芜》则是写弃妇与故夫偶遇的故事。被抛弃的妻子问前夫现在的妻子怎么样，尽管男子在比较后认为“新人不如故”，但还是抛弃了原来的妻子。诗中没有说明抛妻的具体原因，读来却让人深思。

汉乐府的杰作《孔雀东南飞》描写的也是一出婚姻的悲剧。作为我国第一篇长篇叙事诗，这首诗以350多句、长达1 700多字的篇幅，用朴素的语言，完整地叙述了焦仲卿和刘兰芝的悲欢离合。庐江府小吏焦仲卿和勤劳美丽的刘兰芝本是一对恩爱夫妻，但因为焦母不喜欢兰芝，对她百般挑剔，最后逼迫焦仲卿休了兰芝。焦仲卿不敢违抗母命，无奈之下，只得先让兰芝回娘家暂住，并允诺说日后将她接回。分手时两人发誓要忠贞于爱情。但兰芝回家后，兄长逼她改嫁给太守之子。兰芝与闻讯赶来的焦仲卿约好共赴黄泉。最后在太守家迎娶之日，刘兰芝投水自杀，焦仲卿则“自挂东南枝”，两人双双殉情。死后两家将他们合葬，在他们坟前的树上出现了一对鸳鸯鸟。故事通过焦仲卿和刘兰芝的悲剧，有力地控诉了封建家长制和封建礼教对人的摧残，表现了青年男女们要求婚恋自由的愿望，同时也生动地塑造了一位颇有叛逆色彩的女性形象。这个故事在后代一直流传不息，与《木兰诗》并称为“乐府双璧”。

其次，汉乐府有的作品深刻地反映了当时社会平民百姓的痛苦。

如相和歌辞中的《东门行》“盎中无斗米储，还视架上无悬衣”，家中连一点米、一件衣服也没有，生活已经陷入了极度贫困状态，家中的男主人不得不无视妻子的请求与劝阻，抛下妻子儿女去铤而走险。而《妇病行》写一个生病的母亲临死之前将孩了托付给丈夫，并对丈夫千叮万嘱，不要让孩子受饥挨饿，也不要打骂孩子，但是丈夫在妻子死后，不得不丢下孩子去外面乞讨，孩子在家中哭着要母亲抱。整首诗读来让人心痛。

《孤儿行》则写出了常年饱受兄嫂虐待的孤儿的痛苦。父母死后，孤儿被兄嫂当成不用花钱的奴仆，千里迢迢外出行商，风餐露宿，“头多虮虱，面目多尘土”，受尽苦难，但寒冬腊月回来后都不敢说苦。回家后立即就有一大堆繁重的家务活等着他来做，一刻也不得休息。孤儿在家中尝不到家庭的温暖，冬天没有御寒的短夹袄，夏天没有遮体的单衣，三月份忙着采桑养蚕，六月份又要收菜摘瓜。而瓜车在路上翻了，路人不但不帮他，反而纷纷来吃瓜。可

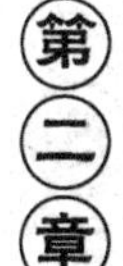

怜的孤儿只能苦苦哀求吃瓜的人将瓜蒂还给他，好让他回去向兄嫂报数，但他还没走到家门口，就已听见兄嫂的怒骂声。小小年纪的孤儿尝尽人间的痛苦，觉得生不如死，想到死去的父母，竟然想到了轻生。这些乐府诗都是用白描的手法，真实地展现了那些生活在社会最底层的百姓的不幸和悲哀。

再次，汉乐府也描写了那些富贵之家的奢华生活。

如相和歌辞中的《鸡鸣》、《相逢行》、《长安有狭斜行》三篇都有对富贵生活的大幅描写。富有人家外面是黄金的门，里面是白玉装饰成的厅堂，堂上的酒樽常满，有来自异域的歌妓浅吟低唱，庭中桂树飘香，堂内华灯高照。庭中有池，鸳鸯成行，鹤鸣东西厢。家中的女子们正在织布，织的也不是普通的布，而是绮罗和绢。这一家的二子是侍郎，骑的马用黄金为络头，回来的时候，路上看的人都会挤满道路。通过汉乐府对平民之家和富贵之家的描写，我们不难想象当时的苦乐贫富不均的社会现实。

汉乐府的内容丰富，除了上面所述的主题之外，有一些诗歌以妇女为主角，通过她们来反映社会生活，如《陇西行》、《羽林郎》都是以酒店妇女为主角，《陌上桑》也以美女秦罗敷为主角，写她机智地反抗使君；另有一些诗歌表现了社会动荡、战争给人民带来的痛苦，如《枯鱼过河泣》、《乌生》、《十五从军征》、《战城南》、《饮马长城窟行》等；还有的则表现出对生的渴望，对死亡的厌恶，如汉代流行的丧歌《薤露》："薤上露，何易晞，露晞明朝更复落，人死一去何时归！"将生命和露水相比，认为人命不如露水，又如另一首丧歌《蒿里》："蒿里谁家地？聚敛魂魄无贤愚。鬼伯一何相催促，人命不得少踟蹰。"写的就是对死亡的凄婉情感，而《日出入》、《艳歌》、《长歌行》、《董逃行》等乐府中则透露出对长生的幻想。同时在汉乐府中还有些诗涉及异域的风情，如《天马》写李广利从大宛获汗血马的事情，而《乐府》写胡商和他的奇异物品。总之，汉代的乐府诗广泛地写出了那个时代人们的生活，写出了人们的喜怒哀乐，具有极大的价值。

汉乐府也取得了极高的艺术成就，特别是在叙事艺术方面。在此之前，中国的诗歌如《诗经》、《楚辞》主要以抒情为主，到了汉乐府，叙事和抒情兼有，但叙事诗成就更为突出。许多乐府诗都是情节完整的作品，诗中运用对话、细节描写来使人物形象更加突出，场面描写也更加铺张。可以说，汉乐府的出现标志着我国叙事诗的成熟。

不仅如此，汉代乐府曲调来源多种多样，既有中土的音乐，还有少数民族的音乐，它们共同影响了中国的诗歌形式。同时，因为西汉乐府机构搜集了不少当时的五言歌谣，一定程度上也影响了东汉文人的诗歌创作。到了东汉，五言诗取代传统的四言诗，成为新的诗歌样式，同时也开始产生了完整的七言诗篇。

东汉较早进行五言诗、七言诗创作的文人是班固。他的《咏史》写西汉缇萦救父的故事，诗虽然朴实无华，但却是今天现存最早的完整五言诗，他写竹扇的《竹扇赋》虽然只存有残篇，但这些残存的部分是一首完整的七言诗。

张衡也是东汉五言诗、七言诗创作取得重要成就的文人。他的诗不像班固那样偏于叙事，而是以抒情为主。如他的七言《四愁诗》在形式上，整首诗除了每章首句中间有一个“兮”字外，其他的都是七言诗句。在内容上，诗人按东南西北方位依次描写，写美人以金错刀等物相赠，而诗人虽想以英琼瑶等物相回报，但山高水深、路险天寒，让他不能前往，只能空留满心的烦伤和忧愁。诗歌浓郁的抒情色彩影响了以后的东汉五言诗和七言诗。

从张衡以后，抒情成了东汉文人五言诗、七言诗的主要特点。东汉文人五言抒情诗成熟的标志——秦嘉的三首《赠妇诗》，主要写了秦嘉和妻子徐淑的生离死别，诗中就充满着离愁与怅惘。当然，东汉文人诗歌不是一味的温柔敦厚，到了东汉末年，像郦炎、赵壹、蔡邕等人用五言诗来表达他们对时俗的不满和对现实的批判，愤世嫉俗地大声疾呼、怀才不遇的愤懑成为这一时期诗歌的主要情感。

汉代文人五言诗最高成就的代表是《古诗十九首》。这是收录在《文选》第二十九卷中的一组诗歌，诗的作者是汉代一些没有留下姓名的文人，其中大部分是在外漂泊的失意的游子。这十九首诗并不是作于同一时间、同一地方，但这十九首诗主要写的都是游子和思妇的情感。

《古诗十九首》中有不少诗句表现游子对及早建功立业、显亲扬名的渴望和因为仕宦无望而带来的痛苦，前者也是他们抛家别妻在外游荡的主要原因。如《回车驾言迈》诗云：“盛衰各有时，立身苦不早。人生非金石，岂能长寿考。奄忽随物化，荣名以为宝。”因为人生短暂，他们才急着要早入仕途，让人生能获得不朽的价值。诗人们并不掩饰对功名的渴望，像《今日良宴会》所说：“人生寄一世，奄忽若飚尘。何不策高足，先据要路津。无为守贫贱，轗轲长苦辛。”他们不愿意再过贫贱辛苦的生活，而是想要早点占据显要的位置。但是现实不总是如他们所愿，炎凉世态使得他们中的大多数人不能顺利地登上仕途，于是由此而来的悲观失望、牢骚不满和及时行乐的思想就涌现出来。如《明月皎月光》中表现出的愤激和失意：“昔我同门友，高举振六翮。不念携手好，弃我如遗迹。”同门好友如今登上高位，但却没有帮助诗人，惹得诗人愤愤地说像功名这样的虚名根本就没有意义。

既然仕途无望，人生短暂，就只好及时行乐，这种情绪在《驱车上东门》中表现得非常明显："人生忽如寄，寿无金石固。万岁更相送，贤圣莫能度。服食求神仙，多为药所误。不如饮美酒，被服纨与素。"人生免不了一死，就只好趁现在拼命地饮酒，着华服来享受人生，《生年不满百》中的"昼短苦夜长，何不秉烛游。为乐当及时，何能待来兹"，同样是及时行乐思想的流露。

在外漂泊的游子最容易想念自己的家乡和家乡的亲人。《古诗十九首》中不少诗篇就是表现游子的思乡情绪的。如《明月何皎皎》写孤身在外的游子，月明之夜因思念家乡而忧愁不已，不能成眠，即使在外有饮宴听歌等许多的乐趣，但游子还是想要早点回去。游子思乡的同时，也在思念自己的妻子，像《涉江采芙蓉》的作者采摘了芙蓉、芳草想赠给自己的妻子，但突然想到长路漫漫，所爱的人在那遥远的地方，无奈之下，诗人只能望着故乡发出感叹："同心而离居，忧伤以终老"。不过纵然想归去，但是归乡的道路是那样的漫长，仕宦无着落的游子也没有回去的理由，"思还故里闾，欲归道无因"（《去者日以疏》），这又是何等的悲哀。

有游子就有思妇。如《迢迢牵牛星》中的牛郎和织女银河相隔，相聚无因，而人间的游子与思妇相隔天涯也不能相见。所以与游子的思乡思亲相对应的是家中思妇的盼归。《古诗十九首》对思妇的这一情感进行了生动的表现。当然这些诗的作者未必是女性，很可能是游子的假想，但其中的情感却是那样的真实感人。如《行行重行行》：

> 行行重行行，与君生别离。相去万余里，各在天一涯。道路阻且长，会面安可知？胡马依北风，越鸟巢南枝。相去日已远，衣带日已缓。浮云蔽白日，游子不顾返。思君令人老，岁月忽已晚。弃捐勿复道，努力加餐饭。

闺中的少妇正因日日相思而变瘦，而在外的游子可能另有新欢而不想归来，一想到这里，思妇虽无可奈何，但也只能宽慰自己多多加餐。再如《青青河畔草》中的美妇面对大好春光，直接地发出寂寞难耐的感叹。所以，一有远方游子托人捎来的东西，闺中人便会如获至宝，如《孟冬寒气至》中所述的："客从远方来，遗我一书札。上言长相思，下言久离别。置书怀袖中，三岁字不灭。一心抱区区，惧君不识察。"游子的书信被思妇视如珍宝。而《客从远方来》中的游子寄回一段绮，"文彩双鸳鸯"，思妇便会"裁为合欢被。著以长相思，缘以结不解。以胶投漆中，谁能别离此"。

总的来说，《古诗十九首》用浅显的语言，生动细腻地勾勒了东汉中下层文人的生活和心理，说它是“五言之冠冕”（刘勰《文心雕龙·明诗》）一点也不夸张。

思考题

1. 什么是“乐府”？什么是“乐府诗”？
2. 请举例论述汉代乐府诗的主要内容。
3. 请简单谈谈汉代乐府诗的叙事艺术。
4. 请举例论述《古诗十九首》的主要内容。

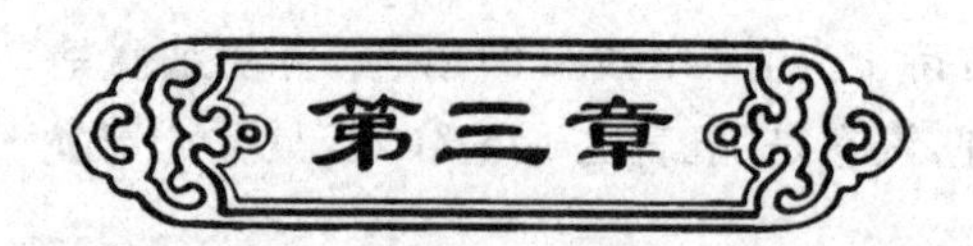

第三章

魏晋南北朝文学

从公元220年到公元589年是我国历史上的魏晋南北朝时期。这一时期社会动荡不安，短短的三百多年经历了汉末动乱、三国争雄、八王之乱、永嘉南渡、北方十六国混战、南北朝对立等事件，战争不断，政权更换频繁，人民生活在动乱之中。政治的混乱和儒学自身发展的衰颓使传统的儒家思想失去了维系人心的力量，老庄哲学受到人们的崇尚，在魏晋时期演变成玄学，而佛教的传入、佛学思想的流行，也使玄学中有了佛学的成分。魏晋南北朝时期出现了新的社会思潮，人们也有了新的价值观念，这些都影响了文学的发展。

魏晋南北朝时期的文学发生了巨大的变化。儒家思想的失落使文学摆脱了经学的附庸地位，进入了自觉发展的阶段。文学的地位获得了空前的提高，开始和儒学、玄学、史学并立。这一时期人们对文学的认识也达到了前所未有的高度，出现了一些探讨文学体裁、总结创作理论的著作，最著名的是刘勰的《文心雕龙》。作家们开始自觉地追求文学的审美价值，他们不再为政治教化而创作，追求文学上的成就成为文人新的人生追求，文学变成了作家个体的行为，他们在创作中展现自己的个性，描写自己的生活，抒发自己的情怀。

魏晋南北朝文学包括建安文学、正始文学、西晋文学（其中太康时期是西晋文坛的繁荣期，也有人以太康文学作为西晋文学的代表）、东晋文学、南北朝文学。

建安（196—220）是汉献帝的年号，文学史上一般以建安文学作为魏晋南北朝文学的开始，建安文学还包括魏文帝、魏明帝时期的文学，主要代表人物是“三曹”、“七子”，他们用诗歌记录了当时的社会情况，抒发了自己建功立业的理想，诗风慷慨悲凉，后来人们就以“建安风骨”来指称他们的诗歌风格。

正始（240—248）是魏齐王曹芳的年号，但正始文学一般包括正始以后到公元265年西晋建立之前的文学，主要代表是阮籍、嵇康。因为这一时期司马氏掌权，政治黑暗，而以何晏、王弼为代表的玄学也在这时期盛行，所以嵇康、阮籍在作品中揭露了礼教的虚伪，表现了自己的苦闷和对名教与自然的崇尚。

西晋文学已经没有了建安文学的慷慨气势，创作内容上没有什么可以称道的地方，文人们只在形式上下工夫，描写日趋繁复。这一时期重要的文人有陆机、潘岳、左思、郭璞等人。东晋时期，玄言诗统治诗坛，这一局面一直到南北朝刘宋时期谢灵运的出现才真正得到扭转。谢灵运大力写作山水诗，丰富了诗歌的题材和创作技巧。而晋宋易代之际，出现了魏晋南北朝时期最优秀的诗人陶渊明，他开创了田园诗这一题材，对中国文学产生了深远的影响。

南朝主要经历了宋、齐、梁、陈四个朝代。刘宋时期的寒门诗人鲍照，用诗歌唱出了对高门士族的不满和受到压抑的苦闷不平。齐梁时期则是诗体发生重大变革的时期，沈约、谢朓等“永明体”诗人进行了新的尝试，为新体诗的产生奠定了基础。而一方面受到南朝民歌的影响，另一方面出于统治者享乐生活的需要，梁陈诗坛描写宫廷生活和女性的宫体诗创作泛滥。

就南朝文学与北朝文学而言，地理环境、政治、经济、文化等的不同造成南北朝文学发展的不平衡。总的来说，南方文学发展比北方文学兴盛，南北文风也不同，南方清绮柔婉，北方刚健质朴，这一点在民歌中表现得特别明显。但是，北朝文学也有自己的特点，有自己的作家和优秀作品。而且，长期的南北分裂和对峙并没有能阻隔南北文化的交流和南北文学的融合，一批由南入北的文人促进了南北文风的交流，特别是梁代末年滞留北方的庾信更是为此作出了重要的贡献。

魏晋南北朝时期赋也有一定的发展，王粲的抒情小赋《登楼赋》、曹植的《洛神赋》都是杰作。讲究对偶、声律之美的骈文也在这一时期出现，如刘勰的《文心雕龙》即是用骈文写成的。而志人小说《世说新语》虽然篇幅短小，但在中国小说发展史上却有不可忽视的地位。

第一节　建安文学和正始文学

建安(196—220)是汉献帝的年号,但建安文学还包括魏文帝、魏明帝时期的文学。建安文学的主要代表是“三曹”、“七子”,他们胸怀建功立业的大志,渴求实现人生的价值,用诗歌来表现当时的社会,表达自己的壮志,情调慷慨悲凉,共同开创了中国诗坛的新局面,而“建安风骨”也成为建安文学的诗歌美学范畴。

三曹是指曹操、曹丕、曹植父子。

曹操(155—220),字孟德,小字阿瞒,安徽人。因为他的父亲是大宦官的养子,所以他的出身受到一些人的鄙视。曹操少年时生活放荡,但为人机敏有权术。他曾参与过讨伐董卓。196年,他将汉献帝挟持到许昌,从此以后“挟天子以令诸侯”,他也被封为大将军及丞相,后来又被封为魏王。在他死后,他的儿子曹丕取代汉朝,建立魏国,追封他为魏武帝。

曹操既是汉末杰出的政治家、军事家,又是建安文坛的领袖。他多才多艺,又非常爱好文学,除了不间断地进行文学创作外,还广罗天下英才,为他们提供施展文学才华的机会,在他的带动下,建安文学获得了繁荣发展。

曹操现存20多首乐府诗,一部分是写汉末的战乱和人民的痛苦。如著名的《蒿里行》一诗记载了汉献帝初平元年(190)关东义军讨伐董卓的事,诗中批评了当时关东义军只顾争权夺势、自相残杀的现象,表达了对生活在水深火热中的百姓的同情。这首诗中的“白骨露于野,千里无鸡鸣”也常常被人引用来说明汉末动乱的社会现实。

曹操是个有雄心的政治家,他常常用乐府诗表达他的壮志。如《短歌行》中,作者对着美酒高歌,抒发心中的忧思,人生短暂,时间流逝,功业未成,他朝思暮想并真诚期待着四方贤才们都能到他身边来,他表示自己一定会像周公那样爱护礼待他们。又如另一首有名的《步出夏门行·龟虽寿》,诗人连用“神龟”、“腾蛇”、“老骥”三个比喻,表示自己虽已暮年但还是很有壮心,其中的“老骥伏枥,志在千里”已成为千古名句。

曹操的乐府诗绝大部分是四言诗的形式,但他充分发挥了汉乐府“感于哀乐,缘事而发”的现实主义传统,诗歌语言古直,感慨悲凉。

曹丕(187—226),字子桓,曹操的第二个儿子,为人工于心计。建安二十二年(217)被立为太子。建安二十五年(220),曹操死,他继任为魏王兼丞相,这一年的十月,他代汉自立,建立魏国。死后谥号为文,后世称他魏文帝。

曹丕今天存下来的诗歌约有四十首。曹丕的诗形式多样，有乐府，有古诗，最著名的是《燕歌行》，这也是我国今天保存下来的第一首成熟的七言诗。全诗写思妇的感情，读来情韵婉转，感人至深。其一云：

> 秋风萧瑟天气凉，草木摇落露为霜。群燕辞归雁南翔，念君客游思断肠，慊慊思归恋故乡，君何淹留寄他方？贱妾茕茕守空房，忧来思君不敢忘，不觉泪下沾衣裳。援琴鸣弦发清商，短歌微吟不能长。明月皎皎照我床，星汉西流夜未央。牵牛织女遥相望，尔独何辜限河梁？

诗中写秋风起，愁思生，闺中的少妇看到南归的大雁，想到滞留他乡的丈夫，泪下沾衣，夜不成眠。全诗七言一句，一韵到底，余音袅袅，语言清丽，充分表现了文人诗感情细腻等特点。

曹植(192—232)，字子建，他非常有才华，“言出为论，下笔成章”，曾经深得曹操的宠爱，几次想要立他为太子，但是因为曹植为人狂放不羁，屡次触犯法禁，最终引起了曹操的不满。建安二十二年曹丕被立为太子，曹植在这场太子之争中败给了自己的同母哥哥。曹操死，曹丕继位后，曹植的生活发生了巨大的转折。在此之前，他是充满理想抱负的优游贵公子，在这之后，他是一个处处受到限制和迫害的失意藩侯。在曹丕生前，曹植就被几次贬爵和改换封地，曹丕死后，他的侄子魏明帝也仍然对他严加防范，并不理会曹植的用世之心。最后曹植在忧郁愤懑中死去，死时年仅41岁。因为他最后的封地在陈郡，死后的谥号是思，所以一般人称曹植为“陈王”或“陈思王”。

曹植的诗歌创作和他的人生经历密切相连。建安二十五年之前，因为生活安定，他的诗歌或是表现他的悠闲生活，或是表现他的理想抱负，情调多乐观激昂，如《白马篇》，诗中的主人公游侠儿英俊豪迈、武艺超群，又视死如归，在战场上不顾一切地冲锋陷阵、奋勇杀敌。作者对英勇的游侠儿既赞美又倾慕，并在赞赏中抒写了自己渴望建功立业的情怀。

建安二十五年(220)之后，随着人生境遇的改变，曹植诗歌的情调转向低沉悲愤，诗中交织着报国的理想和理想不能实现的苦闷。如《杂诗七首》中就反映了他的矛盾心理，诗中既有如“烈士多悲心，小人偷自闲。国仇亮不塞，甘心思丧元。拊剑西南望，思欲赴太山。弦急悲声发，聆我慷慨言”这样的慷慨陈辞，还有如“江介多悲风，淮泗驰急流。愿欲一轻济，惜哉无方舟。闲居非吾志，甘心赴国忧”之类的报国无门的苦恼，更有诗句明写思妇、弃妇，实际还是替自己言志抒情。

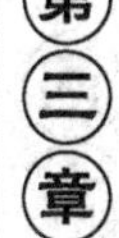

曹植有不少的诗篇都是借美女自喻，抒发自己怀才不遇的愤激，如《美女篇》、《浮萍篇》等，典型的是《七哀》：

> 明月照高楼，流光正徘徊。上有愁思妇，悲欢有余哀。借问叹者谁，言是宕子妻。君行逾十年，孤妾常独栖。君若清路尘，妾若浊水泥。浮沉各异势，会合何时谐？愿为西南风，长逝入君怀。君怀良不开，贱妾当何依？

诗中独居的思妇象征了不被魏王信任的诗人自己。曹植也写了许多的游仙诗，如《仙人篇》、《远游篇》、《升天行》等，在诗中诗人借美好的神仙世界表达了自己的理想。此外，曹植还用诗表达对曹丕父子猜忌迫害自己的朋友的愤懑，如《野田黄雀行》等，而《赠白马王彪》更是因为其中流露的真实鲜明的情感而成为文学史上的长篇抒情诗。

曹植是建安文学中成就最大的诗人。他今天存下来的乐府、古诗有九十多首，四言、五言、七言等都有，其中有六十多首是五言诗。可以说，文人大量地写作五言诗，曹植是第一位，而且他的五言诗抒情、叙事结合得非常好，影响了中国五言诗的发展。

建安文学在曹氏父子的带领下，取得了蓬勃的发展，涌现了不少的文人，著名的有"建安七子"：孔融、陈琳、王粲、徐幹、阮瑀、应玚、刘桢等，其中文学成就最突出的是王粲、刘桢。

王粲(177—217)，字仲宣，山东人。在归顺曹操之前，他曾经投靠刘表，但没有得到重用。王粲的文章写得很好，下笔立就，无所改定，让人以为是前一天就构思好的。王粲是"七子之冠冕"(刘勰《文心雕龙·才略》)，但他的诗歌只有23首保存下来。从这些诗来看，他的诗慷慨悲凉，情感真挚。《七哀诗》三首是他的代表作。其中第一首云：

> 西京乱无象，豺虎方遘患。复弃中国去，委身适荆蛮。亲戚对我悲，朋友相追攀。出门无所见，白骨蔽平原。路有饥妇人，抱子弃草间。顾闻号泣声，挥涕独不还。"未知身死处，何能两相完？"驱马弃之去，不忍听此言。南登霸陵岸，回首望长安。悟彼下泉人，喟然伤心肝。

诗写战乱时期，民不聊生，白骨遍野，一位可怜的妇人因为无力抚养孩子，只能将孩子丢在草中，但又舍不得，离开时一步一回头。诗人真实地记录了这一场面，反映了汉末的战乱及战争给人民带来的痛苦。后两首则真实地反映了滞留他乡的痛苦心情。王粲还有一些诗抒发了自己“虽无铅刀用，庶几奋薄身”的心愿及对曹操“筹策运帷幄”的赞扬，如作于归顺曹操之后的《从军行》五首。王粲的赋也写得很不错，有名的如《登楼赋》。

刘桢（？—217），字公干，山东人，为人豪迈，曾经因为在曹丕的宴会上平视曹丕的妻子甄氏，被以大不敬之罪服劳役。他在当时就以写诗闻名。现在保存下来的诗歌有20多首，代表作是《赠从弟》三首，第一首写蘋藻，第二首写苍松，第三首写凤凰，作者既用这些自然物来赞美其从弟，也是借此表现自己的品性和胸襟，最有名的是第二首。刘桢的诗虽然慷慨，气势充沛，但很少对语言进行雕饰。

建安时期还有一位非常有才的女诗人蔡琰（177—？），她原字昭姬，晋时，因为避司马昭的讳，改为文姬，河南人。她一生的遭遇很不幸，她那首可以和《孔雀东南飞》并列的五言体长诗《悲愤诗》就记录了她的亲身经历：在董卓之乱中她被俘到南匈奴，嫁给了左贤王，生了两个孩子。因为她是曹操好友蔡邕的女儿，所以后来被曹操赎回。她不得不和孩子分离，回来后再嫁董祀。其中诗的第二段真实地表现了她在胡地的生活和骨肉分离的悲伤，读来让人嘘唏不已。

随着三曹、七子的逝世，建安文坛创作趋于沉寂。而239年魏明帝死后，曹魏政局也陷入动荡不安的局面之中。先是年仅八岁的曹芳即位，由曹爽和司马懿共同辅佐朝政。后来，司马懿设计灭了曹爽三族，独揽了大权。自此司马氏逐渐掌握了魏的朝政。司马懿死后，他的儿子司马师在254年废了曹芳，立曹髦为帝。255年，司马师的弟弟司马昭继任大将军。260年，曹髦在讨杀司马昭的混乱中被弑，曹奂被立为皇帝，司马昭自称晋公。265年，司马昭之子司马炎逼曹奂退位，代魏建立西晋。

正始（240—248）是曹芳的年号，但正始文学一般包括正始以后到265年西晋建立之前的文学。这一时期因为政治动荡黑暗，文人们朝不保夕，早就失去了建安时期的政治热情。这一时期有名的是“竹林七贤”，他们是嵇康（224—263）、阮籍（210—263）、刘伶、向秀（227？—272）、山涛（205—283）、王戎（234—305）和阮咸，这七个人生活上不拘礼节，常常在河南山阳县的竹林下纵饮放歌。“竹林七贤”一开始与司马氏政权采取不合作的态度，但后来则发生了变化。嵇康坚持不与司马氏合作，被杀；向秀在嵇康死后不得已出仕；不满司马氏统治的阮籍、刘伶只能终日酣饮来保护自己免受迫害；山涛、王戎、阮咸则投靠了司马政权，其中，山涛、王戎做了高官，而阮咸却不太受重视。

“竹林七贤”中文学成就最高的是阮籍，他也是正始文学的代表。阮籍有《咏怀诗》八十二首，这些诗不是一个时期在一个地方写成的。作者表面是借自然界的节候变化来写时光飞逝，或写人世无常，或写游仙隐逸，实际上都是在抒发他的政治感慨。他的诗常用比兴、象征手法来表达自己的忧生之嗟、讽刺之意，而且诗中充满了难言的痛苦，如其中第一首：

> 夜中不能寐，起坐弹鸣琴。薄帷鉴明月，清风吹我襟。孤鸿号外野，翔鸟鸣北林。徘徊将何见，忧思独伤心。

写诗人夜不成眠，只能起来弹琴，但是看到的景色只是更增忧愁，而诗人为什么夜不成眠，他的忧愁又是什么？诗人没有明言。阮籍的诗隐讳曲折，这主要因为他处在那样一个动乱的时代，为了避祸，不得不小心谨慎。

七贤中的嵇康，为人旷达，精通音乐，文学创作以诗歌、散文为主。他今天保存下来的诗歌有五十多首，其中数量最多、成就最高的是四言诗。他的诗主要表现了他对富贵功名的厌恶和对“目送归鸿，手挥五弦。俯仰自得，游心太玄”的理想生活的追求。他的散文名篇《与山巨源绝交书》是写给山涛的一封绝交信，因为山涛升了官，想要让嵇康接替他原来的官职，所以嵇康向他写了这封信表明自己绝不踏入仕途的决心，并表明与山涛绝交。

思考题

1. 请列举建安文坛的主要代表诗人与作品。
2. 请简单谈谈曹植的文学创作。
3. 请列举正始文坛的主要代表作家与作品。

第二节　两晋文学

从公元 265 年司马炎称帝到公元 316 年被前赵政权消灭的这一段时间称为西晋。西晋王朝总共才 52 年，但晋武帝司马炎死后，从公元 291 到公元 306 年开始了长达 16 年的“八王之乱”，而西晋的五个皇帝，一个病死，两个死于内争，两个被杀。可以说，虽然西晋结束了东汉末年的混乱局面，但除了开国之初有过一段时间的安定之外，西晋王朝的政治一片混乱，王室内部矛盾尖锐。这一时期的文学已经没有了建安文学的慷慨气势，许多文人热衷功名，文学成了他们逞才的工具。再加上西晋门阀制度森严，占据高位的只能是士族，那些出身低微的庶族根本不能担任重要的职位，这就导致士族和庶族的鸿沟越来越大。士族文人在创作内容上没有什么可以称道的地方，只能在形式上下工夫。这一时期重要的文人有张华（232—300）、陆机、潘岳、左思、刘琨、郭璞等人，这里择要进行论述。

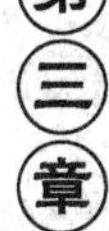

陆机（261—303），字士衡，今天的上海松江人。他出身于士族家庭，他的祖父、父亲都做过三国时期吴国的大官。父亲死后，陆机和弟弟接任父职。陆机 20 岁时吴国灭亡，他回到家乡读书。他 29 岁左右，和弟弟陆云一起到了洛阳，受到了当时文坛领袖张华的推崇。陆机本人非常有才华，可惜他和张华等人一样，功名心太重，卷入了当时的政治斗争。贾谧当权时，陆机成为其门下“二十四友”之一。赵王司马伦当政时，陆机做过相国参军。赵王篡位的事情失败后，陆机本应获死罪，但是受到成都王等的救助，免了死罪。后来在“八王之乱”时，受成都王的任命，陆机带领 20 万大军为前锋讨伐长沙王，失败后受到怨恨他的人的谗言，被成都王杀死，祸及三族。

陆机是西晋太康、元康时期最重要的文人。他诗、文、赋创作皆佳，就诗歌创作而言，他今天流传下来的诗有 107 首，多数是乐府诗和拟古诗。陆机的诗歌文采华丽，描写更加繁复。如他曾模拟《古诗十九首》创作了《拟古诗》十二首，但辞藻文雅华丽，没有了《古诗十九首》的朴素。他的乐府诗多数成为后来人拟作的样本。

陆机保存下来的文有 127 篇（包括残篇），赋作近 50 篇。除此之外，他的《文赋》是中国文学理论史上第一篇系统讨论创作的文章，他的《平复贴》是中国书法艺术的珍品，他还写过《晋纪》、《吴书》等历史著作。因为其突出的文学成就，陆机被称为“太康之英”。

潘岳（247—300），字安仁，河南人。他出身士族，人很聪明，小时候就被认为是神童。他容貌英俊，是当时有名的美男子。潘岳为人轻敏，重权势，和陆机一样，也是当时权臣贾谧的"二十四友"之一。他的功名心很强，母亲曾劝他要知足，可是他始终不改，最后在"八王之乱"时，被人诬陷想谋反，被赵王司马伦灭了全族。他今天保存下来的诗歌有18首，文有61篇。潘岳的诗歌有许多模拟之作，但和陆机一样，辞藻华丽，描写繁复。不过他的《悼亡诗》三首却是深情款款，情真意切，很好地表达了对死去的妻子的怀念之情。

就诗歌而言，晋初的傅玄、张华的诗歌已有形式主义的倾向，到了陆机、潘岳则自觉追求繁琐、华丽的诗歌之美。但这一时期也有像左思、刘琨(271—318)、郭璞等的创作与众不同。

左思，生卒年不可确考，出身寒门，不好交游，口吃，容貌丑陋，也不是特别聪明，小时候就被父亲认为很笨。他文思迟缓，虽然他的《三都赋》使"洛阳为之纸贵"(《晋书》本传)，但这是他花了十年才写出的。这一切都决定了在那个重出身、重外表的年代，左思的人生际遇不会很好。20岁左右，因为妹妹被晋武帝纳为美人，他跟全家迁到了洛阳。虽然他的《三都赋》让他在洛阳一时名声大振，但出身寒门的左思一直没有受到当局者的重用。他曾经也是贾谧的"二十四友"之一，不过在贾谧被诛之后，他就退隐了。

左思今天保存下来的诗有14首，赋有2篇，诗歌代表作是《咏史》诗八首，诗中表达了作为寒士的他在门阀制度的压制下的抑郁不平之情，以及对权贵和功名富贵的蔑视。比如第二首：

> 郁郁涧底松，离离山上苗。以彼径寸茎，荫此百尺条。世胄蹑高位，英俊沉下僚。地势使之然，由来非一朝。金张籍旧业，七叶珥汉貂。冯公岂不伟，白首不见招。

左思将自己比喻成松树，而将那些无真才实学只是凭着出身占据高位的人比喻成小草，在诗中倾注了自己对不合理的门阀制度的不满。总的来说，左思的咏史诗已不同于班固那种直接歌咏历史史实的咏史诗，而是借历史史实来抒发自己的情感，后来的诗人都仿效他的作法来借咏史来咏怀。

郭璞(276—324)，字景纯，山西人，为人博学多才，通阴阳历算、占卜之术。郭璞一直有着儒家的济世情怀，只可惜时运不济，处于乱世之中，才高位卑。东晋时他曾经任王敦记室参军，后来因为劝阻王敦谋反，被杀。死后被追赠为弘农太守，晋明帝还曾为他建了衣冠冢。郭璞一生著作很多，曾经注释《尔雅》、《方言》、《山海经》、《穆天子传》、《周易》等。他的诗今天存下来的只有 19 首，最著名的是《游仙诗》。郭璞的游仙诗不同于以前那些写求仙访药、追求长生的游仙诗，而是继承了《诗经》、《离骚》的比兴传统，借写隐逸生活来表达对现实的不满和心中的愤懑。郭璞的游仙诗极富形象性，文字华美，情调多慷慨。

从西晋末年开始，许多北方人为了避祸纷纷逃往南方，历史上称为“永嘉南渡”。西晋灭亡后，317 年，一批逃到江南的贵族、官僚、大地主和江南的大地主一起拥护琅琊王司马睿为王。318 年，司马睿在建康（今天的南京）称帝，国号还是晋。因为西晋灭亡后，北方陆续处在前赵、前秦等的控制下，司马睿建立的政权实际上只是偏安于江南，所以，历史上称为东晋。399 年，爆发了孙恩起义，恒玄趁机发兵攻打建康，废了东晋的皇帝，自己称帝。后来，刘裕起兵打败了恒玄，推司马德文为晋恭帝，但实际上东晋的政权由刘裕把持。420 年，刘裕废晋恭帝，自己称帝，国号为宋，历史上称为刘宋，至此，东晋灭亡。刘宋政权的建立标志着南朝政权的开始。

东晋政权一直存在了 104 年，因为东晋王朝的统治阶层中既有从北方来的贵族、大地主，又有江南的大地主，这两种势力一直互相排挤，叛乱不断，但即使如此，东晋还是有过几十年社会经济文化相对稳定的发展时期。东晋建国初，也曾有过几次北伐，但都失败了。社会的稳定和江南地区秀丽的风景让南渡的士人们慢慢不再想恢复中原，从中原地区起源的清谈之风在东晋继续盛行，再加上佛教的流行，文人的心态也发生了变化，他们一方面不再鄙视富贵功名，一方面却又以清谈玄理为雅，以诗酒生活为风流。东晋玄谈盛行的结果是文坛产生了以抒发老庄玄理为主的玄言诗。孙绰（314—371）和许询是其中的代表，人称“孙许”。

这一时期的文坛还有一位著名的人物：王羲之（303—361），山东人，出身高门大族，“永嘉南渡”后由东晋的司徒王导抚养长大。因为他曾做过右军将军，所以世人称他为王右军。他的书法非常有名，人称“书圣”。公元 353 年阴历三月三日，王羲之在浙江绍兴的兰亭兴起了一次集会，参加者四十多人，像孙绰、许询、谢安等都参加过。曲水流觞，与会者即席赋诗，抒发自己的山水之乐或玄理之思，这些诗共有 37 首，艺术水平并不高，但标志着文人以自然山水为审美对象的开始。王羲之在这次集会上所作的《兰亭集序》是千古名篇，兰亭雅集也成了中国文学史上有名的文人集会，对中国文人的生活情趣产生了重大的影响。

思考题

1. 请列举三位西晋文学的代表作家与作品。
2. 请简单谈谈左思的文学成就。

第三节　陶　渊　明

在东晋诗坛被玄言诗笼罩的时候，出现了一位伟大的诗人陶渊明。他一反当时以诗说理的风气，继续沿着魏晋诗歌的古朴风格进行创作，诗风平淡自然，开创了田园诗这一新的题材，给当时的诗坛带来了一股清新之风。

陶渊明(365？—427)，又名陶潜，字元亮，号五柳先生，江西人。他出身在一个没落的官僚家庭，曾祖父陶侃曾任晋朝大司马，祖父陶茂做过太守，他的父亲陶逸曾任过官职，但在他很小的时候就去世了，他的母亲是当时名士孟嘉的女儿。陶渊明的一生可以分为三个时期，29 岁之前他在农村读书、生活。29 岁开始过着时仕时隐的生活。他曾出任江州祭酒，但因为出身庶族，不被人所重视，所以他很快就辞职了。以后他又先后在桓玄、刘裕和刘敬宣幕中任过职，时间都不是很长。这一时期陶渊明选择出仕一方面是因为家庭生活贫困，另一方面也是因为他早年也有着建功立业的想法；而归隐则是因为他天性崇尚自然，再加上当时黑暗的政治常常让他感到失望，也与他的个性不合。到了公元 405 年 8 月，陶渊明请求改任彭泽县令，但这次他只做了 80 多天的县令，因为不愿意“为五斗米折腰向乡里小人”，就辞职归隐了，从此再也没有踏入仕途。从这一年开始是陶渊明人生的第三个时期。归隐以后的陶渊明“躬耕自资”，有一段时间生活还算不错，但后来生活日益贫困，有时得靠朋友的帮助才能生活，不过即使这样，他也坚持气节，不接受想拉他入仕的刺史檀道济的食物。427 年，陶渊明死。死后，他的好友颜延之为他作《陶征士诔》，大力赞扬了他的人格和气节，并在诔中给他一个“靖节”的谥号。

陶渊明今天保存下来的诗歌共 121 首，还有赋、文、赞、述等 12 篇，另有一些诗篇不能确定是不是他所作。他的诗歌按题材来分，大致可以分为田园诗、咏怀诗两类，其中写得最多最好的是田园诗。在陶渊明之前或同时，有不少的诗歌写到山水等自然风光，也有诗歌涉及农民的生活，但在诗中大量地写农村生活、农村风景、农民，并且写自己农村生活体验的只有陶渊明一人，而且陶渊明的田园诗语言朴素、意境优美，取得了前人不曾达到的艺术成就，可以说，田园诗是陶渊明的首创。

陶渊明的田园诗有的写农村的美景，如他有名的五首《归园田居》第一首：

少无适俗韵，性本爱丘山。误落尘网中，一去三十年。羁鸟恋旧林，池鱼思故渊。开荒南野际，守拙归园田。方宅十余亩，草屋八九间。榆柳荫后檐，桃李罗堂前。暧暧远人村，依依墟里烟。狗吠深巷中，鸡鸣桑树颠。户庭无尘杂，虚室有余闲。久在樊笼里，复得返自然。

田园生活是那样的美好宁静，屋后有榆柳，堂前有桃李，远处的村落炊烟袅袅，周围的一切是那样的静寂，鸡鸣狗吠的声音显得如此清晰，这样自然的人生正是陶渊明所喜爱的。

陶渊明有的田园诗还具体写出了他的农村生活，最有名的如《归园田居》其三：

种豆南山下，草盛豆苗稀。晨兴理荒秽，带月荷锄归。道狭草木长，夕露沾我衣。衣沾不足惜，但使愿无违。

陶渊明是第一位亲自参加农业劳动，并写出自己的农业劳动的诗人。虽然从诗中来看，可能诗人并不擅长于农业劳动，但我们还是能读出其中所含的真实情感。当然他的农村生活并不总是那样的美好，既有和农人共话桑麻长或和邻居"奇文共欣赏，疑义相与析"这样的宁静时刻，又有"夏日长抱饥，寒夜无被眠(《怨诗楚调示庞主簿邓治中》)"的穷困。但正是因为他真实地用平淡的语言原原本本地道出生活的本来面目，自然地作诗，作自然的诗，所以才更具有打动人的力量。

他还在他的田园诗中表达了隐居田园、耕作自给的人生态度，如《庚戌岁九月中于西田获早稻》中所云：

人生归有道，衣食固其端。孰是都不营，而以求自安？开春理常业，岁功聊可观；晨出肆微勤，日入负耒还。……盥濯息檐下，斗酒散襟颜。遥遥沮溺心，千载乃相关。但愿长如此，躬耕非所叹。

无论是哪一种，读陶渊明的田园诗，我们都能感觉到诗人对黑暗官场的憎恶，以及对纯朴的田园生活、对农民和大自然的热爱。

除了田园诗外，陶渊明也用诗来吟咏自己的怀抱，抒发自己的情感，其中既有像《咏荆轲》、《咏贫士》、《读山海经》(13首)等借历史、神话人物来咏怀的诗，也有如《饮酒》(20首)、《杂诗》(12首)之类一时因景生情而成的诗，又有如《答庞参军》等借与友人赠答抒怀的诗，还有如《始作镇军参军经曲阿作》这类作于行役途中的咏怀诗。诗中同样真实地表达了他的情感，有对是非颠倒的社会的指责，有对官场黑暗的揭露，有身处困境的不平，有隐居后的怡然自得，还有人生哲理的领悟。比如《饮酒》诗其五：

结庐在人境，而无车马喧。问君何能尔，心远地自偏。采菊东篱下，悠然见南山。山气日夕佳，飞鸟相与还。此中有真意，欲辨已忘言。

诗人就如那返归自然的飞鸟，和自然融为一体，心灵平静快乐。其中的“采菊东篱下，悠然见南山”成了千古名句，而菊花也成了高洁的名士的象征。

当然，正如鲁迅先生在《〈题未定〉草（六）》（《且介亭杂文二集》）中所说：“就是诗，除论客所佩服的‘悠然见南山’之外，也还有‘精卫衔微木，将以填沧海，形天舞干戚，猛志固常在’之类的‘金刚怒目’式，在证明着他并非整天整夜的飘飘然。这‘猛志固常在’和‘悠然见南山’的是一个人，倘有取舍，即非全人，再加抑扬，更离真实。”

陶渊明的散文和辞赋也很有名，如《五柳先生传》用正史纪传体的形式，以短短的一百多字的篇幅表现了不愿和别人同流合污的品性，刻画出一个高洁的隐士的形象，从此以后，五柳先生成了中国士大夫理想人格的代表。《桃花源记》写渔夫误入桃花源的故事，文章为人们勾勒出了一个和平、宁静、幸福的世外桃源。他的《归去来兮辞》写他的归隐之乐，文章先从归隐原因写起：

归去来兮，田园将芜胡不归！既自以心为形役，奚惆怅而独悲？悟已往之不谏，知来者之可追。实迷途其未远，觉今是而昨非。舟遥遥以轻飏，风飘飘而吹衣。问征夫以前路，恨晨光之熹微。

因为过去曾误入仕途，陷身官场，身心都不得自由，现在终于可以迷途知返。接下来诗人就想象冲破尘网、挣脱樊篱的欢乐，想象家人团聚的喜悦，想象田园的安逸和宁静，以及躬耕自读的美好生活，最后诗人说：

富贵非吾愿，帝乡不可期。怀良辰以孤往，或植杖而耘耔。登东皋以舒啸，临清流而赋诗。聊乘化以归尽，乐夫天命复奚疑！

表达了自己乐天知命的情怀。

而陶渊明的《闲情赋》与其他作品都不同，赋中抒写了男女爱情，其中的“十愿”更是大胆而奇特：

激清音以感余，愿接膝以交言。欲自往以结誓，惧冒礼之为諐；待凤鸟以致辞，恐他人之我先。意惶惑而靡宁，魂须臾而九迁。愿在衣而为领，承华首之余芳；悲罗襟之宵离，怨秋夜之未央。愿在裳而为带，束窈窕之纤身；嗟温凉之异气，或脱故而服新。愿在发而为泽，刷玄鬓于颓肩；悲佳人之屡沐，从白水以枯煎。愿在眉而为黛，随瞻视以闲扬；悲脂粉之尚鲜，或取毁于华妆。愿在莞而为席，安弱体于三秋；悲文茵之代御，方经年而见求。愿在丝而为履，附素足以周旋；悲行止之有节，空委弃于床前。愿在昼而为影，常依形而西东；悲高树之多荫，慨有时而不同。愿在夜而为烛，照玉容于两楹；悲扶桑之舒光，奄灭景而藏明。愿在竹而为扇，含凄飙于柔握；悲白露之晨零，顾襟袖以缅邈。愿在木而为桐，作膝上之鸣琴；悲乐极以哀来，终推我而辍音。

陶渊明是整个魏晋南北朝时期最杰出的诗人，但是在当时人们一般把陶渊明当成隐士，他的文学成就生前没有受到人们足够的重视和肯定。到了梁朝，昭明太子萧统因为喜欢陶渊明的诗文，亲自搜集整理成《陶渊明集》，并作序、作传，不过这本集子已经佚失。此后，陶渊明的诗文流传越来越广，得到了越来越多人的喜爱，到了宋代，经过苏轼、朱熹等人的推崇，对陶渊明的评价越来越高，陶渊明的崇高地位得以确立。陶渊明以其伟大的人格、优秀的文学创作而成为后世文人学习倾慕的对象，影响直至海外。

思考题

1. 请举例论述陶渊明的田园诗创作。
2. 请举例论述陶渊明的咏史诗与咏怀诗创作。
3. 请简单谈谈陶渊明的散文和辞赋创作。

第四节　南北朝文学

420年，东晋大将刘裕代晋自立，南朝开始。南朝(420—589)包括南方先后出现的宋、齐、梁、陈四个政权。这四个朝代先后存在的时间都不太长。其中宋(420—479)存在了59年；齐(479—502)最短，仅23年；梁(502—557)55年；陈(557—589)32年。由出身贫寒的刘裕建立的刘宋政权有过一段经济文化发展的时期，但到后期，政治开始混乱，南兖州刺史萧道成趁机加强势力，于479年消灭刘宋政权，建立齐国。而齐国到了后期也是因为王室内部互相残杀，最后雍州刺史萧衍乘着内乱发兵消灭齐国，建立梁国，称为梁武帝。梁国政治也是一片混乱。548年，梁国发生了侯景之乱。549年，武帝被饿死在城中，梁简文帝萧纲即位。到了551年，侯景杀死萧纲。557年，陈霸先废梁敬帝，建立陈国。

而北方在西晋灭亡后，一直处在“五胡十六国”的混乱局面中。386年，鲜卑族拓跋部建立魏国，北方局势渐安定，北朝开始。北朝(386—581)是和南朝同时代的北方王朝的总称，其中包括北魏(386—534)、东魏(534—550)、西魏(535—556)、北齐(550—557)、北周(557—581)等。534年，北魏孝武帝不满权臣高欢而离开洛阳到了长安，高欢则在洛阳另立新帝，从此北魏分裂成东魏、西魏。550年，高欢的儿子高洋废了东魏的皇帝，建立齐朝，历史上称为“北齐”。557年，长安宇文氏家族的宇文觉废了西魏皇帝，建立周朝，历史上称为“北周”。577年，北周灭了北齐。不过北周政权到了后期，大权渐渐旁落到外戚杨坚手中，到了581年，杨坚废了北周的静帝，建立隋朝(581—618)，并于589年灭了南方的陈国，统一全国，结束了长达近三百年的南北分裂局面。

南北朝时期朝代更换非常频繁，南北方对峙的局面长期存在，南北方经济文化的发展也有不平衡的地方，但是在分裂中民族融合的步伐却没有停下来。表现在文学上，这一时期的文学有着明显的地域特点，南方和北方的文学发展不平衡状态实际存在，但南北文风也一直互相影响渗透，到了唐代达到融合。

就诗歌而言，南朝一直在追求新变中向前发展。首先是谢灵运以山水诗为审美对象，大力写作山水诗，接着又有鲍照发展了七言歌行体。而后到了齐梁陈三代，经过沈约、谢朓等人的努力，出现了讲究声律、对偶的新体诗。而民歌流入宫廷加上统治者及宫廷文人的修改、拟作，更促成了梁陈时期宫体诗的泛滥。

谢灵运(385—433),东晋谢家士族子弟,其祖父是东晋大宰相谢玄。谢灵运出生在会稽,但小时候被寄养在钱塘杜家,15岁才回到建康,所以小名客儿。谢灵运非常好学,才华出众,18岁时就世袭康乐公的爵位,所以后人又称他为谢康乐。谢灵运出身士族,又有很高的政治抱负,可惜生不逢时。出身寒微的刘裕建立宋政权以后,并不重用士族,谢灵运的爵位也从康乐公被降为康乐侯,出任永嘉太守等职。因为不被重用,谢灵运心中充满愤懑,常常借游山玩水来抒发抑郁,自我安慰,而且时有放浪惊人之言行。宋文帝时,他被以"叛逆"的罪名杀死。

谢灵运的主要创作期是在刘宋王朝。他一生著作很多,成就最高的是诗歌,尤其是在任永嘉太守之后他写作了大量的山水诗,以清新精丽的语言描写了浙江不少地方的山水景色。谢灵运的山水诗一般先叙事,中间写景,最后说理,虽然也有玄言的尾巴,但在景色描写方面,因为对自然景物有着非常细致的观察,所以描摹刻画精妙,真实地再现了自然的美,如《石壁精舍还湖中作》:

> 昏旦变气候,山水含清晖。清晖能娱人,游子憺忘归。出谷日尚早,入舟阳已微。林壑敛暝色,云霞收夕霏。芰荷迭映蔚,蒲稗相因依。披拂趋南径,愉悦偃东扉。虑澹物自轻,意惬理无违。寄言摄生客,试用此道推。

写山中一天气候和景色变幻万千,山水的美景让人心情愉悦,而夕阳西下,林峦山壑中暮色深沉,天空云霞飞舞,湖中那重重叠叠的荷叶在夕阳的映照下异常美丽,湖边的菖蒲稗草随着波浪摇曳。这样的湖光山色,这样的宁静自然,让诗人领悟到,置身在自然的山山水水中,与山水合为一体,人不会受到外界世俗的牵累,真正做到淡泊名利,从而得到心性的放松。

谢灵运有高超的语言驾驭能力,他的山水诗用语工整,诗中有不少名句,如《登池上楼》中的"池塘生春草,园柳变鸣禽",语言清新自然,却将春天自然界的蓬勃生机刻画得极为生动。再如《初去郡》中的"野旷沙岸近,天高秋月明"写秋高气爽的景色,也是用语极简,但浑然天成。经过谢灵运的努力,山水诗成为一个独立的诗歌题材,诗坛东晋玄言诗的影响渐渐消失。

鲍照(414? —466),字明远,江苏人。他出身寒门,曾经从事过农业劳动。鲍照一直存有大志,但可惜"才秀人微",一生不得志。公元439年,他去谒见宋武帝的侄子——临川王刘义庆,献上了自己的诗歌并表明自己的怀抱，得到刘义庆的赏识，被任命为临川国侍郎。444年，刘义庆病死，鲍照回到家中闲居了一段时间。后来又先后做过一些小官，常常是贫病交加。461年，鲍照进入临海王刘子顼的幕中任职。464年，宋孝武帝病死。第二年，宋文帝的第十一子刘彧杀了孝武帝的儿子自立为明帝，这下各地的藩王、将领都起兵反对明帝，刘子顼也起兵响应，失败后被赐死。鲍照也在战争中被乱军杀死。

鲍照虽然仕途不幸，但他的文学成就在当时就很突出。他的诗、赋、骈文都写得很好，人们将他和颜延之、谢灵运并列为“元嘉三大家”。鲍照写得最多的是诗歌，现存有200首，其中最有特色的是乐府诗，有80多首。鲍照的乐府诗形式多样，三言、五言、七言、杂言等都有，其中既有模拟汉魏乐府的作品，也有学习当时流行的民歌而创作的作品。鲍照在学习中加入了自己的创造，写了不少的七言诗，而且他的歌行体多是以七言为主，也不再是逐句押韵，一韵到底，而是隔句押韵，自由换韵。鲍照的乐府诗内容丰富，有的表现了他建功立业的理想和理想不得实现的痛苦，以及作为受到压抑的寒门人士的慷慨不平，有的则描写了游子、思妇、弃妇的情感，还有的反映了当时的边塞战争及征夫戍卒的生活。

鲍照的《拟行路难》十八首无论思想内容还是艺术表现都值得重视，如其中第六首：

> 对案不能食，拔剑击柱长叹息。丈夫生世会几时？安能蹀躞垂羽翼？弃置罢官去，还家自休息。朝出与亲辞，暮还在亲侧。弄儿床前戏，看妇机中织。自古圣贤尽贫贱，何况我辈孤且直。

诗人因为空有满怀壮志却无法实现，所以情绪激昂，食不下咽，拔剑击柱，仰天长叹。虽然诗人在诗中竭力表现罢官之后的天伦之乐，又以古时的圣贤来安慰自己，但读者还是能清楚地感觉到其中蕴藏的悲愤与无奈。再如其中的第四首：

> 泻水置平地，各自东西南北流。人生亦有命，安能行叹复坐愁？酌酒以自宽，举杯断绝歌路难。心非木石岂无感？吞声踯躅不敢言。

诗人心中充满愤恨，可不敢言，只能借酒消愁。

鲍照在诗中也细腻地写出了思妇与征夫的情感。如其第十二首、第十三

首即是如此。其十二：

执袂分别已三载，迩来寂淹无分音。朝悲惨惨遂成滴，暮思绕绕最伤心。膏沐芳余久不御，蓬首乱鬓不设簪。

细腻地勾画出一个思妇的形象。其十三：

我初辞家从军侨，荣志溢气干云霄。流浪渐冉经三龄，忽有白发素髭生。今暮临水拔已尽，明日对镜复已盈。但恐羁死为鬼客，客思寄灭生空精。每怀旧乡野，念我旧人多悲声。

表现了征夫对故乡的思念之情。

鲍照的诗歌在当时虽被人认为“险俗”，但影响很大，后人对他的评价也较高。

除此之外，他的《芜城赋》在对比中显出了广陵城的兴衰变化，表达了对战争的厌恶，全赋语句典雅，骈散结合，历来为人所推崇。而《登大雷岸与妹书》虽是家书，但写景状物细致形象，语言奇丽精工。

沈约(441—513)，字休文，浙江人。他出身士族，为人博学，精通文学、历史、佛学。他在宋、齐、梁朝都任过官职。因为他曾经被封为侯，死后谥号为隐，所以后人称他为“隐侯”。沈约是齐梁文学的领头人物。他是南齐竟陵王萧子良的“竟陵八友”之一，在“永明体”产生的过程中起了不可忽视的作用。

“永明体”是南齐永明年间形成的一种新诗体，也是后来唐代律诗、绝句的雏形，它对诗的句数、字数、平仄、用韵等都有严格的规定。沈约、谢朓等人在传统音韵学发展的基础上提出了“四声”“八病”说，归纳了一套比较完整的诗歌声律理论体系。不过他们对诗歌的声律要求过于精细繁琐，从实际创作来看，他们也不能完全遵守那些规定。但是“永明体”的出现为后来唐代格律诗的成熟和诗歌的繁荣奠定了基础。

沈约现存诗歌有一百多篇，他的诗歌清新哀怨，在他的山水诗、离别诗中这一特征表现得更为明显。如他的《秋晨羁怨望海思归》紧扣诗题，一写秋天早晨的景色，一写羁旅之怨和思归之心。而他的离别诗更是感伤，如《别范安成》：

生平少年日，分手易前期。及尔同衰暮，非复别离时。勿言一樽酒，明日难重持。梦中不识路，何以慰相思？

少年时的分别和暮年时的分别各有不同，少年时将分别看得很容易，因为以后总会有再次见面的机会，而老年时的分手则意味着再见很难。所以，今天分手时不要说一杯酒微不足道，也许下次都不会有这样的机会了。纵使可以像古人那样梦中寻访，也许都会有迷路的可能，那么我们要拿什么来宽慰相思之情？诗中充满了感伤。他的《悼亡诗》：

去秋三五月，今秋还照梁。今春兰蕙草，来春复吐芳。悲哉人道异，一谢永销亡。帘屏既毁撤，帷席更施张。游尘掩虚座，孤帐覆空床。万事无不尽，徒令存者伤。

更是凄凉悲怨。诗人看到今秋的明月还是去年的那轮明月，地上的小草枯了来年还会再发青，而人的生命却只有一次，逝去则一去不返，相对于永恒的自然，怎不让人感到悲伤？

“永明体”另一位诗人谢朓(464—499)，字玄晖，河南人。他出身高门士族，高祖是东晋有名的宰相谢安的兄弟，他的母亲是宋文帝的长女。谢朓为人非常好学，年轻时就很以文才而知名，曾经是南齐竟陵王萧子良的“竟陵八友”之一，也因为文才受到南齐王室的重用。不过在那个动荡不安的时代，他也不能逃脱悲剧的命运。499年，始安王萧遥光密谋夺取帝位，想拉拢谢朓，可他不愿意加入，因此受到诬陷，下狱而死。谢朓因为和谢灵运同宗，人们称他为“小谢”，又因他曾经任过宣城太守，因此又被称为“谢宣城”。

谢朓是齐梁时期最杰出的诗人，也是“永明体”的代表诗人。他现存诗歌170首，其中不少诗已经有了五言律诗的雏形。他的诗歌既有曹植的风格，又兼有谢灵运、鲍照的风格。他进一步发展了山水诗，他的山水诗描写细致，语言清新，没有像谢灵运诗那样有一个玄言的尾巴，情与景结合得非常自然。比如《晚登三山还望京邑》：

灞涘望长安，河阳视京县。白日丽飞甍，参差皆可见。余霞散成绮，澄江静如练。喧鸟覆春洲，杂英满芳甸。去矣方滞淫，怀哉罢欢宴。佳期怅何许，泪下如流霰。有情知望乡，谁能鬒不变？

写诗人站在山上眺望京城，只看见夕阳下参差不齐的屋脊，明艳照人，天空中布满了美丽的云霞，澄清的江水如同一条白练，平静地流淌向前，江中的小洲上满是喧闹的小鸟，而各种各样的花开满了芬芳的郊野。面对如此美景，诗人不由地想到自己很快就要离开这里，到那遥远的他乡，再想到不知何时才能回来，心中充满了惆怅。整首诗语言自然流畅，春天的美景和思乡的情绪和谐地交织融合，诗中的"余霞散成绮，澄江静如练"因为比喻得当，色彩对比鲜明，成为名句。他的《之宣城郡出新林浦向板桥》、《暂使下都夜发新林至京邑赠西府同僚》等也是情景交融的作品，"天际识归舟，云中辨江树"、"大江流日夜，客心悲未央"这些名句就出自其中。而他的小诗如《王孙游》写"绿草蔓如丝，杂树红英发。无论君不归，君归芳已歇"，语言清新自然，一定程度上影响了唐人的五言绝句。谢朓不仅在当时的文坛有着极高的声名，而且他的诗歌创作对唐代的诗人也起了重大影响。

北朝文学有自己的地域特点和成就。除了北方民歌之外，活跃在文坛的北方本土文人也创作了不少作品，其中《水经注》和《洛阳伽蓝记》可算是北方本土文学成就的代表。《水经注》的作者郦道元、《洛阳伽蓝记》的作者杨衒之都是北魏作家，前者集六朝地志之大成，写出了祖国的山水之美，后者记录了洛阳的佛寺佛塔及相关的活动。

同时，北朝文学又在对南朝文学的模仿学习中向前发展。来自南方的文人如庾信、王褒等人推动了北方文学的发展，加速了南北文风的融合。

庾信(513—581)，字子山，河南人。42 岁以前，他生活在梁朝，和徐陵一起担任萧纲的东宫学士，创作了不少轻艳的宫体诗。侯景之乱时，他逃到江陵。后来在出使西魏期间，因为梁朝被西魏消灭，又因为他的文才出众，庾信就被强行留在了北朝。他在北朝很受器重，先后在西魏、北周任要职。即使后来北周允许南来的人士回去，庾信也不能回，只能在北方终老。所以，42 岁以后的他一方面在北朝受尽礼遇，一方面却有着亡国之痛、故国之思，始终生活在矛盾之中。

因为有这样的人生经历，庾信后期的诗歌除了与北方贵族的唱和之作还有前期华丽雍容的风格之外，更多的诗歌有了深刻的内容和真实的情感，其中既有对时代沧桑巨变和羁留他乡的感伤，又有对故国山河的思念，还有对人民苦难的关注，风格变为悲凉苍劲。他的《拟咏怀》二十七首可算是代表作。比如其中的第十一首云：

摇落秋为气，凄凉多怨情。啼枯湘水竹，哭坏杞梁城。天亡遭愤战，日蹙值愁兵。直虹朝映垒，长星夜落营。楚歌饶恨曲，南风多死声。眼前一杯酒，谁论身后名？

诗人痛苦而又无奈地悲悼故国梁国的灭亡。其中的第三首：

俎豆非所习，帷幄复无谋。不言班定远，应为万里侯。燕客思辽水，秦人望陇头。倡家遭强娉，质子值仍留。自怜才智尽，空伤年鬓秋。

道出了自己羁留在北朝的痛苦心情。而第七首：

榆关断音信，汉使绝经过。胡笳落泪曲，羌笛断肠歌。纤腰减束素，别泪损横波。恨心终不歇，红颜无复多。枯木期填海，青山望断河。

则既有对南归的渴望，对故国的思念，又有羁留之恨。

庾信的一些五言绝句也写得很精彩，如《重别周尚书》写道：

阳关万里道，不见一人归。唯有河边雁，秋来南向飞。

诗的境界开阔，情调苍凉，不同于南朝文人的精致。可以说，庾信的诗歌既吸收了南朝文学声律、对偶、用典等修辞技巧，又有北朝文学雄浑刚健的风格，因而具有极高的艺术水准。而他的骈文《哀江南赋》以自己的亲身经历为线索，叙述了梁朝的兴亡历史，作品感情深沉，文辞优美，变化多端，是南北朝赋中杰作。

庾信是南北朝文学的集大成者，他推动了北方文学的发展，对南北文风的融合也起了重要的作用。

思考题

1. 请举例谈谈谢灵运的山水诗创作。
2. 请举例论述鲍照乐府诗的创作成就。
3. 请列举“永明体”代表诗人及其作品。
4. 请简单谈谈庾信的文学创作及其贡献。

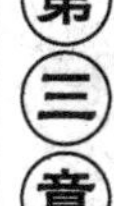

第五节　南北朝民歌

南朝因为地处长江流域，气候湿润，物产丰富，景色秀美，经济也比较发达，再加上社会思想的开放和统治者的喜爱，所以南朝的民歌也充满了情味。现存的南朝民歌大部分保存在《乐府诗集》中，其中有326首吴歌，142首西曲，18首民间用于祀神的神弦歌。吴歌一般产生在东晋和刘宋时期，西曲产生的时间稍晚一点，多数产生于南朝。从地域来看，以长江中下游地区为主，吴歌主要产生在南京及其周围地区，西曲主要产生在江汉流域，如湖北江陵、河南邓县等地。南朝的民歌多数出自歌女、商贾、船夫和城市的中下层文士等之口，90%以上与男女恋情有关，主要反映了当时的城市生活和城市居民的趣味，当然因为统治者出于享乐的需要也喜欢这类民歌，所以，南朝民歌也反映了统治者的审美趣味。

吴歌中重要的曲调有《子夜歌》(42首)、《子夜四时歌》(75首)、《读曲歌》(89首)、《华山畿》(25首)等。

《子夜歌》情调一般是悲苦的，如"始欲识郎时，两心望如一。理丝入残机，何悟不成匹"道出了有情人不能在一起的悲伤。

《子夜四时歌》则用更精致的语言，以一年四季的景物为衬托来歌唱两性之间的情感。如《子夜四时歌·秋歌》：

秋风入窗里，罗帐起飘扬。仰头看明月，寄情千里光。

表现男女相思，而《子夜四时歌·冬歌》：

渊冰厚三尺，枯林鸣悲风。为欢憔悴尽，那得好容颜。

同样表现男女相思，只是这份相思已经给女性带来了很大的痛苦。

《读曲歌》是没有音乐的徒歌，语言朴素，如"打杀长鸣鸡，弹去乌臼鸟。愿得连冥不复曙，一年都一晓"，用口语化的语言唱出了两情相悦中的快乐。

《华山畿》同样歌唱的是爱情，如"华山畿，君既为侬死，独生为谁施！欢若见怜时，棺木为侬开"，表现了女子对爱情的坚贞。

西曲中大部分是舞曲，歌词则多写发生在水边船上的爱情，如《三洲曲》："风流不暂停，三山隐行舟。愿作比目鱼，随欢千里游。"西曲中的爱情一般也是悲伤的，但诗的情调却较为明快，如《那呵滩》："闻欢下扬州，相送江津湾。愿得篙橹折，交郎到头还。"写女子天真地希望即将远行的情人折了篙橹，这样情人就不会离开了。再如另一首写送别的《莫愁乐》："闻欢下扬州，相送楚山头。探手抱腰看，江水断不流。"同样直率。

南朝民歌中艺术性最高的是《西洲曲》：

> 忆梅下西洲，折梅寄江北。单衫杏子红，双鬓鸦雏色。西洲在何处？两桨桥头渡。日暮伯劳飞，风吹乌臼树。树下即门前，门中露翠钿。开门郎不至，出门采红莲。采莲南塘秋，莲花过人头。低头弄莲子，莲子青如水。置莲怀袖中，莲心彻底红。忆郎郎不至，仰首望飞鸿。鸿飞满西洲，望郎上青楼。楼高望不见，尽日栏干头。栏干十二曲，垂手明如玉。卷帘天自高，海水摇空绿。海水梦悠悠，君愁我亦愁。南风知我意，吹梦到西洲。

五言32句，基本上是四句一韵，通过女子的不同活动一层层地表达了无尽的相思之情。全诗情感缠绵，委婉含蓄，可能经过了文人的加工。

总的说来，南朝民歌体制短小，大部分是五言四句，语言自然清新，多用双关隐语，如"丝"双关"思"，"莲"双关"怜"，黄莲"苦"双关相思"苦"等。

南朝民歌被统治者有意识地采集进入宫廷以后，影响了统治者和宫廷文人的诗歌创作，出现了写宫廷生活，以及写女性容貌、体态、服饰、器物的宫体诗，诗风绮靡轻艳，更有甚者如萧纲的《咏内人昼眠诗》：

> 北窗聊就枕，南檐日未斜。攀钩落绮障，插捩举琵琶。梦笑开娇靥，眠鬟压落花。簟文生玉腕，香汗浸红纱。夫婿恒相伴，莫误是倡家。

描写得更是香艳。

宫体诗的影响一直持续到唐初。

除诗歌外，南朝文学中有不少值得一提的作品。如宋武帝的侄子临川王刘义庆编撰的志人小说《世说新语》，其中记载了魏晋间那些名士的逸闻轶事，这本书既是今天我们研究魏晋风流的史料来源，也是中国小说发展史上不可忽略的一环。梁代刘勰的骈文著作《文心雕龙》体大精深，论述了文学发展的原因和规律，揭示了文学创作的经验，是我国文学理论史上一部系统的理论著作。对《文心雕龙》的研究成了一门专门的"龙学"。梁代昭明太子萧

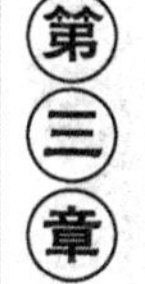

统编的《文选》是我国现存最早的文学总集，“文选学”也成了一门专门的学问。

北朝的民歌数量不如南朝，约70首，大部分是北魏之后的作品，但因为北方和南方有着不同的地理环境和风俗，所以北朝民歌充满了北方色彩，内容、风格都不同于南方民歌。北方民歌有的描绘了北方的景物，如有名的《敕勒歌》：

敕勒川，阴山下。天似穹庐，笼盖四野。天苍苍，野茫茫。风吹草低见牛羊。

只有27个字，却生动形象地描绘出了北方的草原风光。有的写了北方人民的生活，如《陇头歌辞》：“朝发欣城，暮宿陇头。寒不能语，舌卷入喉。”在严寒的气候下，牧民为了放牧，不得不到处迁徙，但是游牧的生活让北方人民身手矫健，善骑善射，如《李波小妹歌》所唱：“李波小妹字雍容，褰裙逐马如卷蓬，左射右射必叠双。妇女尚如此，男子那可逢！”有的民歌则对当时频繁的战争和战争下人民的生活进行了反映，如《隔谷歌》：“兄在城中弟在外，弓无弦，箭无括。食粮乏尽若为活？救我来！救我来！”

而北朝民歌中表现的爱情更加坦率大胆，如《折杨柳歌辞》：“腹中愁不乐，愿作郎马鞭。出入擐郎臂，蹀座郎膝边。”再如两曲《地驱乐歌》：“月明光光星欲堕，欲来不来早语我。”“驱羊入谷，自羊在前。老女不嫁，蹋地唤天。”用语直接，毫无忸怩之态，很好地体现了北方人民的豪爽性格。北方民歌中最杰出的作品是《木兰诗》，这首长篇叙事诗成功地塑造了女扮男装、代父从军的花木兰的形象。

思考题

1. 请举例论述南朝民歌的主要内容。
2. 请举例论述北朝民歌的主要内容。

第四章

隋唐五代文学

581年，杨坚夺取北周政权，建立隋朝，史称隋文帝。589年，隋文帝灭陈，统一全国，结束了南北长达270多年的分裂局面。但是隋朝只持续了不到40年，617年，李渊、李世民父子起兵太原，于618年在长安登上帝位，改国号为唐。624年唐朝统一全国。唐朝政治、文化、经济高度发展，既是我国封建社会的盛世，又是当时世界上最繁荣强盛的国家。后人将唐朝与汉朝并列，称为“汉唐盛世”。907年唐朝灭亡之后，中国重新进入混乱局面，先后出现了后梁、后唐、后晋、后汉、后周五个朝代。从907年到960年后周被北宋灭亡的这段时间，历史上称为五代时期。

隋朝存在时间短暂，文学上延续北周和梁陈文风，除了卢思道、薛道衡、杨素等几位诗人值得一提之外，隋朝在文学上没有什么特别的建树。而五代时期政权交替频繁、割据分裂的历史现实也未能给文学的发展创造良好的条件，文学中值得注意的主要是词的发展。可以认为，在隋唐五代文学中，最突出的是唐代文学，这里也以唐代文学作为讲述重点。

唐朝国家统一、政治稳定、经济繁荣，这一切给文学的发展创造了一个有利的条件。唐朝是中国封建社会的顶峰，曾经一度极为繁盛。开国之初，帝王们以隋亡为鉴，采取均田制、租庸调制等一系列开明措施，缓和了阶级矛盾，安定了人民生活。从开国之初到天宝初年这120多年，唐朝出现了“贞观之治”和“开元之治”两个经济高度发达的阶段。经济的迅猛增长、社会财富的大量积累让文人们有了一个良好的生活环境和创作环境，他们或读书山林，或漫游天下，或入幕求取功名。生活也有多种形态，或与朋友诗酒唱和、酬谢交际，或游山历水，欣赏祖国各地秀丽的风景，或者干脆去边疆前线、塞外大漠经历战争风沙的洗礼，文人的眼界大为开阔，文学的创作素材也更加丰富了。而处于上升期的唐王朝又给了文人们积极自豪的心态，他们朝气蓬勃，满怀政治热情又充满浪漫乐观的精神，这些都极大地影响了唐朝的文学创作，像盛唐诗歌中表现出来的积极奋发、乐观豪放的民族自信心就是那个时代的反映。经历“安史之乱”的唐王朝，盛极而衰，但社会的巨大变化同样为文学的发展提供了丰富的创作素材，动荡的现实也刺激着文人的心灵，促使他们不断地进行创作。

唐代文学繁荣发展的一个直接原因是创作主体的变化，即从宫廷贵族转移到了中下层知识分子手中。魏晋时期门阀制度盛行，士族垄断政权、把持文坛，齐梁时期的文坛基本是由士族文人控制的，生活的贫乏、思想的空虚使他们无力在作品的题材上有所创新，只能竭力追求文学的形式和词藻，从而将文学引上了形式主义道路。唐朝上承隋制，实行科举考试制度，诗赋取仕，又有军功取仕等措施，放宽了选拔人才的条件。同时，唐朝重修氏族志，也改变了旧有门阀世族的地位，削弱了他们的势力，将一大批中下层知识分子吸收进了统治队伍，结束了门阀世族垄断政权的局面，让许多出身寒微的庶族知识分子感到了希望。这些知识分子来自社会底层，了解民生疾苦，思想上较少受到前期贵族文学的影响，创作时能自觉地反映当时的现实生活，表现他们的政治理想和热情，像初唐四杰、陈子昂、王维、高适、李白、杜甫、韩愈等人都是当时新生的文学力量，他们给唐代的文坛带来了巨大的变化。

与此同时，唐朝思想界兼收并蓄，以海纳百川的胸怀接受外来的思想文化。唐朝统治者采取折中的态度，对儒、释、道都很重视，对其他宗教与学说也不加排斥。思想上的开放给文学带来了积极的影响。儒家修齐治平的思想给文学带来了进取的精神，佛教和道教影响了文人的人生信仰、生活情趣和生活方式等方面，丰富了唐人的心境，也丰富了唐人的想象空间。

而唐朝文化界的繁荣发展同样影响到文学的发展。唐朝史学、绘画、书法、音乐、舞蹈等都很发达，它们从理论、艺术形式或题材等方面促进了文学的进步。唐朝文化一方面向外传播，影响广泛，另一方面，外来文化也纷纷传入。中华文化就在批判地吸收与继承外来文化中得到完善，这些也影响到了文学的艺术水平和作家的艺术素养。另外，统治阶级对文学的爱好与提倡也进一步推动了唐代文学的繁荣。因此，唐代文学在前代文学发展的基础上继续得到创造性的蓬勃发展，唐代文学一时出现了百花齐放、万紫千红的繁荣局面。

唐代诗歌、散文、小说较前都有了很大的发展，两种新的文学形式——词和变文也在唐朝兴起。当然，在这些文体中，诗歌的成就最高，成为唐朝一代文学的代表，唐朝也因此成为我国古代诗歌发展史上的黄金时期。

唐诗的繁荣首先表现在数量上，无论是诗人的数量，还是作品的数量，都大大超过以前各代。据清康熙年间编辑的《全唐诗》来统计，唐朝的诗人有2 300多家，诗歌有 48 900 多首，是以前各代遗诗总和的 3 倍以上。但是，这些还不是全唐诗的全部。据明代胡震亨诗话体著作《唐音癸籖》中所记，唐朝诗人有别集者共 691 家。而且《全唐诗》中所录的有些诗人的诗在当时就已经散失。像李白，现存诗 900 多首，但据他的叔叔李阳冰在《草堂集序》中说，李白的诗在当时就已经十丧其九，可见，李白的诗不下 9 000 首。可惜的是，这其中大部分的诗我们今天都无法看到了。

其次，唐诗的繁荣还表现在质量上，无论是诗人的创作水平，还是作品的艺术水平，都达到了一个新的高度。唐代诗坛名家辈出，有李白、杜甫这样伟大的诗人，也有陈子昂、王维、孟浩然、白居易、韩愈、柳宗元、李贺、杜牧、李商隐等大家。诗坛流派众多，有以王维、孟浩然为代表的山水田园诗派，高适、岑参为代表的边塞诗派，元稹、白居易为代表的元白诗派，韩愈、孟郊为代表的韩孟诗派等。

同时，唐代诗歌风格多样，如王维的恬淡幽静、孟浩然的恬淡孤清、李白的雄奇飘逸、杜甫的沉郁顿挫、白居易的通俗晓畅、韩愈的奇崛险怪等，各有千秋。而且，唐代诗歌的题材在众多诗人的手里得到了很大拓展，小到个人生活的悲欢离合，大到朝政得失、国家兴衰等，江山、塞外、宫廷、民间都成为诗人笔下的诗材。

不仅如此，唐朝诗歌的体裁也得到了完备的发展，三言、四言、五言、六言、七言、杂言、乐府、歌行、近体、绝句无一不有。尤其值得指出的是，唐人在前人的基础上创造出了律体。唐朝诗歌空前绝后的成就让我们在某种意义上可以认为，诗歌是唐朝一代文学的代表。

诗歌是唐代文学中成就最高的一种文学样式，唐诗的发展一般也被分为初、盛、中、晚四个阶段。对唐诗进行分期最早见于宋代严羽的《沧浪诗话·诗体》，完成于明初高棅的《唐诗品汇》，后来的诗评家多数袭用高棅的说法。明末的沈骐在《诗体明辨》中基本确定了这四阶段具体的时间断限，他的断限为现在文学史家所承认。一般认为四阶段的时间大致如下。初唐：高祖武德元年(618)至玄宗先天元年(712)。盛唐：玄宗开元元年(713)至代宗永泰元年(765)。中唐：代宗大历元年(766)至文宗太和九年(835)。晚唐：文宗开成元年(836)至昭宗天祐三年(906)。不过需要指出的是，我们也不可过于拘泥于唐诗的分期，因为就某个诗人而言，可能生活跨两个阶段，或者前后诗风有所变化，比如杜甫，生于公元 712 年，卒于公元 770 年，故有人认为他属于盛唐诗人，也有人将他列入中唐诗人。

除了诗歌的繁荣发展以外，唐朝散文的成就也很大。韩愈、柳宗元等人倡导的“古文运动”，提出了明确完整的文体改革理论，并身体力行地践行他

们提出的理论,创作出了许多优秀的散文作品。齐梁以来的浮艳骈丽文风被韩柳古文运动的健康文风所取代,可以说,韩愈、柳宗元开创了我国散文发展史上的新传统,其影响直到明清。

唐代的文言短篇小说被称为传奇。我国的文言短篇小说在唐代得到了很大的发展,唐传奇的出现标志着我国小说发展到了一个成熟时期。因为之前魏晋六朝时期的志怪小说只是将那些怪异的事情当成事实进行记录,并非有意识地进行小说创作,作品也多是粗陈梗概,结构、情节、人物形象等多是粗糙的。到了唐传奇已经是有意识地进行虚构,传奇已成为当时人们普遍接受的文学样式,唐朝出现了大量的作品和作家,如元稹的《莺莺传》、白行简的《李娃传》、蒋防的《霍小玉传》、陈玄祐的《离魂记》、沈既济的《任氏传》、李朝威的《柳毅传》等。而且唐传奇的内容较魏晋六朝之前的小说更加生活化,内容丰富了,故事的主角也从神鬼变成现实生活里的众生,传奇的结构、情节、人物形象更加完整与丰满。

唐代还出现了一种新的文学样式:变文。它是一种说唱文学,有时简称为"变"。在当时有一种说唱艺术——"转变",表演的时候一边展示图画,一边说唱故事,说唱故事的底本就被称为"变文",图画被称为"变相"。

词也是唐朝时兴起的一种文学样式。虽然词的产生至今众说纷纭,有人认为梁武帝萧衍的《江南弄》是最早的词,有人认为词产生于隋代,有人认为产生于盛唐,但不管如何,作为新诗体的词,它在音节和句型长短方面的固定格律是在中晚唐才开始渐渐定型的,也是在中唐以后词才开始流行起来,像诗人戴叔伦、韦应物、刘禹锡等人都有词作留世。而晚唐的温庭筠是当时最有代表性的词人,词多写艳情,被后来的花间词派奉为鼻祖。五代时期词得到了进一步的发展,西蜀花间词派专写浓艳香软的词,风格华丽雕琢,只有韦庄有些写景抒情词值得一读。南唐著名词人有冯延巳、李璟、李煜等,词的内容也没有多大的改变,不过李煜在亡国之后的一些作品流露出真情实感,艺术上也有较独特的成就,他对词的发展作出了很大的贡献。

第一节　隋及初唐诗人

隋朝只存在了短短38年，不过，它结束了南北分裂的局面，文学上，主要在诗歌方面也有一定的成就。从南北朝诗向唐诗发展的过程中，隋诗是过渡的最初阶段。隋文帝杨坚在位24年，实施了一系列开明政策，经济有所繁荣。文帝不是文学家，但他提倡“斫雕为朴”，要求文体革新，反对齐梁形式主义文风，在一定意义上引导了隋代前期诗歌沿着健康道路向前发展。这一时期，南北作家合流，如诗人卢思道、杨素、薛道衡来自北朝，江总、许善心、虞世基来自南朝，他们的创作突破了齐梁诗歌狭窄的题材范围。边塞诗和思妇诗成为当时诗歌的主要题材，北朝的刚健和南朝的清丽风格呈现出合流的趋势，如卢思道的《从军行》用南朝歌行体，既有将士们英勇出征、杀敌报国的描写，又有对思妇思念亲人的情感刻画，很好地将边塞诗与闺怨诗联系起来，诗中北朝诗风和南朝诗风也自然融合。

隋炀帝杨广当政的14年，隋代诗歌出现了与前期健康发展背道而驰的倾向。隋炀帝本人是诗人，其生活荒淫奢侈，诗作的内容虽也有一些清新之作，但多是写奢靡的宫廷生活，辞藻艳丽，与南朝宫体诗极为相似。上行下效，宫体诗再度泛滥，像虞世基、虞世南等就是当时宫体诗的主要作者。不过也有像杨素等一批作者不趋时风，写出了一些比较好的作品，还有一些民歌真实地反映了当时百姓的心声。

初唐约一百年，这一百年是唐诗发展的准备期。这一时期诗歌总的趋势是摆脱六朝形式主义诗风的影响，渐渐走向健康发展的道路。但是，在最初的几十年内，唐诗依旧受齐梁绮艳文风的影响，宫体诗、应制诗占据诗坛的主流。唐太宗时期诗人不少，如太宗李世民是当时宫廷诗人中作品最多的诗人，《全唐诗》收其诗作共98首。由隋入唐的虞世南也是初唐时著名的宫廷诗人。像上官仪、沈佺期、宋之问等都是当时的文学侍从之臣，诗的内容多不出宫体诗的范围。上官仪因为地位显贵，写的诗被当时很多人效仿，称为“上官体”。这些人对唐诗发展的贡献不在于诗的题材，而在于诗歌艺术形式方面的促进。上官仪为了写好应制诗，对六朝以来诗的对偶方法进行了总结概括，提出了“六对”、“八对”之说，承前启后，促进了律诗形式的发展。沈佺期、宋之问总结了前人诗律方面的创作经验，确立了律诗的形式，“沈宋”之称一并成为律诗定型的标志。

当然，在初唐齐梁诗坛余风弥漫之时，还是有一些诗人坚持自己的创作道路，如王绩，他的诗作朴实无华，写景自然冲淡，开后来山水田园诗派之先声。不过，在由齐梁绮丽诗风向健康文风转变过程中起重要作用的还是初唐四杰：王勃、杨炯、卢照邻、骆宾王。因为人生际遇的悲惨，他们的诗作表现出与宫廷诗人不同的一面。他们对初唐以来流行的浮艳文风极为不满，批评上官仪等宫廷诗人"骨气都尽，刚健不闻"（杨炯《王勃集序》），要求革新。他们的实际创作也确实不同于当时流行的雕琢浮华诗作。在他们的诗歌中，出现了市井、江山、塞外大漠，离别、思乡、风光、边塞、市井生活等成了他们诗作的题材，诗歌的内容充实了，感情也更加真实。他们的出现给诗坛带来了一丝清新。而且，初唐四杰对唐诗的形式也有一定的贡献，王勃、杨炯初步定型了五律，卢照邻、骆宾王发展了七言歌行。

王勃(650—676)，字子安，今天的山西河津人。他自小即被誉为"神童"，但在仕途上不太顺利，最后在省亲途中溺水惊悸而亡。他是初唐四杰中诗文成就最高的诗人。诗歌中最有名的就是《送杜少府之任蜀川》：

> 城阙辅三秦，风烟望五津。与君离别意，同是宦游人。海内存知己，天涯若比邻。无为在歧路，儿女共沾巾。

这是王勃在长安送杜姓朋友去蜀川上任时写的送别诗。诗虽写送别，但和传统送别诗的悲惨凄恻不同，诗人没有停留在一般分手常见的同情与感伤中，而是用"海内存知己，天涯若比邻"来宽慰对方，只要两心相知，远在天涯也像近邻一样，这两句尽显诗人的豪迈之情，诗的境界也因之扩大。不仅如此，这首诗音韵和谐，对仗工整，语言生动凝练，初步形成了后来律诗常见的起、承、转、合结构。除了诗以外，王勃的文也很有名。他的骈文《滕王阁序》借登高之会抒发怀才不遇之情，文中情景交融，词采绚丽，如"渔舟唱晚"、"萍水相逢"等至今仍被人广泛使用，而"落霞与孤鹜齐飞，秋水共长天一色"更是千古名句。

杨炯(650—694)，今天的陕西人。10岁举神童，做过官，但官职都不是很大。他的作品文多诗少，五言律诗是他的擅长，代表作《从军行》：

> 烽火照西京，心中自不平。牙璋辞凤阙，铁骑绕龙城。雪暗凋旗画，风多杂鼓声。宁为百夫长，胜作一书生。

诗写一名读书人从军边塞、参加战斗的全过程，结语"宁为百夫长，胜作一书生”有普遍意义，表现了唐初知识分子们渴望投笔从戎、为国立功的热切心情和豪情壮志。

卢照邻(634？—683)，字升之，今天的北京大兴人。他自小学习经史，曾做过四川省一个地方的县尉，后因为身体有疾病，辞官隐居，最后不能忍受病痛，自沉颍水而死。卢照邻擅长写七言歌行，现有诗近百首，代表作《长安古意》借写汉代一些历史情况来讽刺唐朝统治者的奢侈淫逸和互相倾轧，并以“节物风光不相待，桑田碧海须臾改。昔时金阶白玉堂，即今惟见青松在”暗示他们的奢靡生活最终必将导向衰败的命运。诗的最后四句“寂寂寥寥扬子居，年年岁岁一床书。独有南山桂花发，飞来飞去袭人裾”表现出诗人清高纯洁的高尚情操，同时与前面的贵族豪奢生活进行对比，更加有讽谕意味。这首诗前面尽力写娼家生活，残存着六朝宫体诗的痕迹，但诗作表达出来的感情和思想内涵已完全不同。

骆宾王(623—684?)，今天的浙江义乌人。7岁就作诗《咏鹅》：“鹅，鹅，鹅，曲项向天歌。白毛浮绿水，红掌拨清波。”他的仕途坎坷，一直不得志，最后弃官而去。684年，徐敬业兴兵讨伐武则天，骆宾王为他起草军中书檄，著名的骈文《讨武曌檄》即出于那一时期。徐敬业兵败后，骆宾王下落不明，有人说他被杀死了，有人说他出家成了僧人。在四杰当中，骆宾王的作品留存最多，有诗100多首，文30多篇。他的七言歌行《帝京篇》与卢照邻的《长安古意》同是初唐少有的长篇，内容也较为接近。《在狱咏蝉》是他的五律代表作：

西陆蝉声唱，南冠客思深。不堪玄鬓影，来对白头吟。露重飞难进，风多响易沉。无人信高洁，谁为表予心。

诗人以蝉自喻，表明自己的高洁品性，同时写出了无罪被捕入狱的不幸遭遇和“无人信高洁，谁为表予心”的悲愤心情。诗歌语言简洁，感情充沛，巧妙地运用比兴手法，借咏物来咏怀。

初唐四杰的作品虽然没有能够完全摆脱六朝遗风，但他们在唐代诗歌史上的贡献是不可忽略的，正如杜甫诗《戏为六绝句》所云：“王杨卢骆当时体，轻薄为文哂未休。尔曹身与名俱灭，不废江河万古流。”

初唐的诗坛除了王、杨、卢、骆之外，还有一些诗人，如写出“年年岁岁花相似，岁岁年年人不同”名句的刘希夷和以一篇《春江花月夜》赢得“孤篇压全唐”之誉的张若虚，他们也丰富了唐诗的艺术技巧和形式。

初唐诗坛另一位重要诗人是陈子昂。陈子昂(659—700)，字伯玉，今天的四川射洪人。他性格豪爽，胸怀大志，又有一定的政治才能和积极进取的精神，但一生屡次受到排挤，不曾得到施展才能的机会，反为人所害。陈子昂无论在诗歌理论还是在诗歌创作上都有革新，并为唐诗发展作出了很大贡献。他在《修竹篇序》一文中指出齐梁诗坛“采丽竞繁，兴寄都绝”，从而坚决要求抛弃这一浮艳诗风，回归汉魏风骨和风雅传统，他要求诗歌要有充实的内容、高尚的思想感情，要能反映社会现实、关注人生。他的理论表面看来是复古，实际上却是一种革新。因为初唐诗坛确实有一种沿袭齐梁的不好诗风，而经过初唐四杰等人的努力之后，诗坛要求革除齐梁之宫廷诗风的呼声也越来越高，陈子昂提出的理论符合时代发展的潮流，为唐朝诗歌指明了健康的发展方向，开启了唐诗繁荣昌盛的局面。

陈子昂的诗歌创作正是他诗歌理论的体现。他现存诗歌120多首，多首诗歌中都充满了追求理想，但理想又不得实现的痛苦之情。如他那首历来为人称道的《登幽州台歌》：

> 前不见古人，后不见来者。念天地之悠悠，独怆然而涕下。

在时空无限的背景中，自有一种怀才不遇的寂寞苍凉。他的代表作是《感遇》38首。这是一组诗，但非作于一时一地，这组诗不仅上承阮籍《咏怀》和左思《咏史》，下启张九龄《感遇》20首和李白《古风》50首，更重要的是，这组诗多用比兴寄托的手法，或面对现实，或感慨身世，或讥时讽世，有深刻的思想内容和真实的情感，极好地体现了他的诗歌理论主张。如《感遇》其二：

> 兰若生春夏，芊蔚何青青。幽独空林色，朱蕤冒紫茎。迟迟白日晚，袅袅秋风生。岁华尽摇落，芳意竟何成。

诗人以兰草、杜若比喻，写自己空有出众的才华，也只能在寒气逼人的环境中独自凋零，诗中弥漫着一股因年华流逝、理想破灭而产生的哀愁。虽然陈子昂的诗歌创作也存在着一些不足，如形象不够丰满，艺术技巧不够纯熟，较少运用当时新起的律诗，但还是可以认为，他的诗歌完全摆脱了齐梁绮丽诗风的影响，为唐诗的正确发展奠定了基础，指出了发展方向。

思考题

1. 请列举“初唐四杰”的代表作品。
2. 请谈谈对陈子昂《登幽州台歌》的理解。
3. 请简单谈谈陈子昂为唐朝诗歌的发展作出的贡献。

第二节　盛唐诗人群体

玄宗开元元年(713)至代宗永泰元年(765)是唐朝鼎盛发展时期,也是唐王朝由盛而衰的转折期。这一时期,唐朝的诗歌发展到了一个顶峰,不仅有李白、杜甫这样的伟大诗人,还有以孟浩然、王维为代表的山水田园诗派和以高适、岑参为代表的边塞诗派。

山水田园诗派是盛唐时一个重要的诗歌流派,因为代表人物是孟浩然和王维,所以也称王孟诗派。这一派的诗歌多写山水景色、田园风光和闲适淡泊的生活,风格雅淡清疏。山水田园诗派在这一时期出现,一是因为经济高度发达的唐王朝给诗人们提供了丰厚的物质条件,让他们有财力和闲暇游山玩水或隐居田园;二是佛道思想的盛行使隐逸成为一种风气,人们或选择归隐以示清高,或借归隐以谋取仕途。同时,一直在统治集团内部存在的阶级矛盾也让一些仕途失意的中下层知识分子把山水田园当成自我慰藉的最佳场所,再加上前人如陶渊明和谢灵运等人已经为唐朝诗人写作山水田园诗提供了不少的经验,所以,在盛唐时期,山水田园诗派随之而生。下面主要介绍这一派的代表诗人:孟浩然和王维。

孟浩然(689—740),今天湖北襄阳人,出身于读书人家。他早年受当时隐居山林和漫游风气的影响,曾在家乡附近的鹿门山隐居读书,为入仕做准备,也曾漫游了长江流域,增长了见识,为以后的诗歌写作打下了良好的基础。724 年,他曾赴洛阳寻求仕进,但一无所获,不过他结交了储光羲、包融等诗人。726 年,他从洛阳出发,开始漫游吴越,在武昌结识了李白。李白有首《黄鹤楼送孟浩然之广陵》就是写给他的。728 年,他又满怀雄心去长安参加进士考试,可惜落第了,不过这次之行他结识了王昌龄、王维,并成为莫逆之交。长安应举失败之后,孟浩然的人生态度发生了巨大变化,早年的佛道思想开始抬头,他选择了隐居作为精神解脱的手段。晚年除了在张九龄府中作过短期幕僚之外,他大部分时间过着隐居的生活,以布衣终其一生。

孟浩然一生经历非常简单,除了因为求仕离开家乡并漫游之外,绝大部分时间就是在家乡附近隐居。这种平静的隐居生活使得他的诗歌题材也比较单纯,主要就是写他的漫游途中所见景物和隐居生活,思想内容不够丰富,多是表现自己悠然自得的心境和清高的人品,还有就是感叹身世落魄与游子漂泊的诗。他的诗篇幅短小,没有什么鸿篇巨制。但是,孟浩然在唐朝诗歌史上的地位相当高,他是唐代第一个全力写山水诗的诗人,他的 260 多首诗中山水诗占了多数，是他开创了唐代山水田园诗派，也正是在他手中，诗歌从歌功颂德的应制之作、咏物之作变成了表现自己生活感情的创作，唐诗的题材得到了扩大，而且与绮丽浮艳的齐梁诗风不同的是，他的诗歌平淡自然，富有生活情趣。

孟浩然的诗也有较高的艺术成就，比如有名的《临洞庭湖赠张丞相》：

> 八月湖水平，涵虚混太清。气蒸云梦泽，波撼岳阳城。欲济无舟楫，端居耻圣明。坐观垂钓者，徒有羡鱼情。

诗写八月洞庭湖秋水暴涨，水与岸平，湖周围水光云气笼罩，湖水随风涌动，整首诗景色气象开阔，气势磅礴，三、四两句“气蒸云梦泽，波撼岳阳城”成为了咏洞庭湖的名句。当然这种雄浑在孟浩然的诗中是很少见的。他最擅长的还是用五古、五律写幽居生活。与陶渊明的诗淡中有热情、孤清中有亲切不一样的是，孟浩然的诗多数是用朴实的语言写平凡的景物，诗风清淡高远，有时甚至清冷空寂。如《宿建德江》：

> 移舟泊烟渚，日暮客愁新。野旷天低树，江清月近人。

以江上暮景写乡愁，读来让人觉得清疏简淡。除了山水诗外，孟浩然也写有一些田园诗，少数几首写得语淡味浓，浑然天成，如《过故人庄》就是其中很有代表性的一首。诗云：

> 故人具鸡黍，邀我至田家。绿树村边合，青山郭外斜。开轩面场圃，把酒话桑麻。待到重阳日，还来就菊花。

诗写诗人去乡村访友，将绿树葱茏、青山相依的小小村庄写得生动如画，诗中流出的友情平淡但真挚。总的来说，孟浩然山水田园诗中的景和情都很平淡，正如闻一多先生《唐诗杂论》中所说：“真孟浩然不是将诗紧紧的筑在一联或一句里，而是将它冲淡了，平均的分散在全篇中。淡到看不见诗了，才是真正孟浩然的诗。”

王孟诗派另一代表人物是王维。王维(701—761)，字摩诘，名和字都来自佛经《维摩诘经》。祖籍山西祁县，从父亲开始迁居山西永济。王维多才多艺，艺术修养很高，音乐、绘画、书法都很精通，首创水墨山水画。

他的一生大约以40岁为界分为前后两期。前期，他有儒家兼济天下的情怀和政治热情，积极进取。21岁就考中了进士，任太乐丞，负责音乐、舞蹈的教习排练等事务。721年春夏之交，他的下属伶人私自表演了专供皇帝观赏的黄狮子舞，王维受到牵连，被贬到山东济州做了一个司库参军。张九龄为宰相时，提拔他担任右拾遗一职，负责向皇帝进谏、举荐贤良人士，但后来张九龄被罢官，李林甫专权，王维受到了打击。不过他没有立刻退隐，还曾以监察御史的身份出使边塞，慰问守边将士。40岁以后，他的思想发生了变化，前期的政治热情渐渐消失，独善其身的思想占了上风，后期王维基本上过着亦官亦隐的生活。741年到744年间，他曾在长安城附近的终南山隐居，后又在长安附近的蓝田县辋川买了一座庄园，常与好友裴迪等隐居在那，弹琴赋诗，优游终日。

安史之乱爆发之后，他因没有来得及与玄宗一起逃跑，被叛军俘虏，并被迫接受伪职。叛乱平定之后，王维得到特别宽恕，免罪复官，60岁时升任尚书右丞。因为他的官终至尚书右丞，世称王右丞。经历了安史之乱这场重大事件之后，尽管王维后期职位越来越高，但他心中却越来越愧疚，思想也更加消沉。

生活和思想的前后变化影响了王维的诗歌创作。他现存的400多首诗也可按人生经历分为前后两期。前期多写边塞游侠诗，意气豪迈，慷慨激昂，后期创作了大量的山水田园诗。

他的边塞游侠诗中充满了盛唐时代的豪情，诗中有豪迈的少年、威武的大将，也有战斗的艰苦、胜利的喜悦，都是那个时代风气的展现。如游侠诗《少年行》四首就是写游侠少年高楼纵饮、从军报国、勇猛杀敌、功成受赏的过程，诗中洋溢着浪漫的气息。边塞诗《老将行》描写一位老将一生从军的经历，这位老将虽然立下赫赫战功，但未被重用，不过一旦战争爆发，他依然请求作战杀敌，保卫国家。整首诗充满着英雄气概。

在边塞诗中，最有名的要数写于玄宗开元二十五年(737)的《使至塞上》。这首诗作于王维以监察御史的身份去甘肃慰问河西节度副使崔希逸的途中。诗中景色壮观，画面开阔，意境雄浑，让人感受到诗人无限的爱国热情。诗人写道：

单车欲问边，属国过居延。征蓬出汉塞，归雁入胡天。大漠孤烟直，长河落日圆。萧关逢候骑，都护在燕然。

塞外茫茫大漠，浩无边际，烽火台上点燃的孤烟风吹不斜，给人一种挺拔坚毅之美，而在大漠中有一轮圆圆的落日，一下子又消解了因为荒凉的环境带给人的苍凉之感，显得圆润而温暖。诗人构图奇妙，有大漠的纵深，有孤烟的直立，有大漠的寂静，还有黄河水与落日的动感，画面活泼灵动。诗不以如何慰问作结，只说“都护在燕然”，给人以无限想象与思考的空间。“大漠孤烟直，长河落日圆”一句用“直”、“圆”二字写烟写落日，似乎过俗又不入情理，但想来想去却又十分逼真，有情有理，不能找出另外的字来替代，正是这两个字让它们成为“千古壮观”的名句。

王维真正有名的是他的山水田园诗，这类诗数量众多，占了他全部诗作的大半，多数作于生活的后期，主要是写自己隐居的生活，表现对仕途的厌倦和对归隐生活的热爱。像《渭川田家》、《新晴野望》、《终南别业》等田园诗借写纯朴的农村生活表达对归隐的向往。如《渭川田家》：

> 斜光照墟落，穷巷牛羊归。野老念牧童，倚杖候荆扉。雉雊麦苗秀，蚕眠桑叶稀。田夫荷锄至，相见语依依。即此羡闲逸，怅然吟式微。

诗人用白描的手法写了农家晚归的生活场面。诗写夕阳西下，牛羊归巷，老人倚着柴门迎候牧童归家，农夫也三三两两地从田头劳动归来。王维笔下的农村生活一派和乐怡然，丝毫不见劳动的艰苦，正是这种闲适安详的生活勾起了诗人急欲归隐的心情。整首诗从“归”字着笔，景色描写自然清新，感情真实，情与景交织成一体。《终南别业》的“行到水穷处，坐看云起时。偶然值林叟，谈笑无还期”同样将一种无牵无挂、随意自在的隐居生活描写得异常美好。而像《山居秋暝》、《终南山》等山水诗，写景抒情更为出色。如《山居秋暝》诗：

> 空山新雨后，天气晚来秋。明月松间照，清泉石上流。竹喧归浣女，莲动下渔舟。随意春芳歇，王孙自可留。

这是诗人在隐居之处对傍晚景色所作的描画。初秋雨后初晴，空气特别清新，皎洁的月光透过青松照进林中，泉水在山石上淙淙流淌，一切都显得那样静谧与恬适。突然竹林里传来洗衣女们的笑语声，水中的莲叶左右摇动，有渔舟顺流而下，摇碎了刚才的宁静。物也好，人也好，都是那样的美好，青松、泉水、翠竹、青莲构成的安静与纯朴的环境是诗人一直渴望的理想世界，而傍

晚的所见更加坚定了他要继续隐居山中的信念。

晚年的王维好静，万事都不关心，每天退朝之后，就是焚香独坐，诵读禅经。他的一些小诗，特别是《辋川集》中的那些为人称道的绝句，表现的就是禅宗的思想，透露出一种空寂虚无之感。如《鸟鸣涧》：

人闲桂花落，夜静春山空。月出惊山鸟，时鸣春涧中。

又如《辛夷坞》：

木末芙蓉花，山中发红萼。涧户寂无人，纷纷开且落。

他的这类诗中的境界都是空明静寂又冷清的，在对山水清晖的描绘中，表现的是诗人自甘寂寞、享受孤独的情怀。

当然，王维的作品并不只是边塞游侠、山水田园这些题材，还有些诗或写友情，或写乡愁，或写相思。写友情的如《送元二使安西》：

渭城朝雨浥轻尘，客舍青青柳色新。劝君更尽一杯酒，西出阳关无故人。

诗写离别，感情真挚。这首诗被谱成《阳关三叠》，广为传唱。写乡愁的如《九月九日忆山东兄弟》，其中的"独在异乡为异客，每逢佳节倍思亲"成为思亲名句。写相思的如《相思》，写了炽热的思念之情。诗人的这类作品委婉地表现了自己的内心世界，情意真率自然，有一定的影响力。

王维的山水田园诗创作取得了极高的艺术成就，苏东坡曾经指出："味摩诘之诗，诗中有画；观摩诘之画，画中有诗。"(《东坡题跋》)后人就用"诗中有画"来概括王维山水田园诗的艺术特色。就是说，王维在写诗时成功地将绘画的技巧运用到创作中来，读他的诗就像在欣赏一幅画，有和谐的色彩、优美的构图，还有空间感和立体感，诗人爱用细笔勾勒景物，极富层次感。而且王维的诗在写景之中蕴含着丰富的禅宗哲理，诗中表现出佛禅中脱离尘世凡俗、超然物外、随任自在的思想，后人也因此将王维称为"诗佛"。

盛唐时还有一个重要的诗歌派别就是边塞诗派，代表人物是高适和岑参，因此也叫高岑诗派。与山水田园诗派写山水田园不同的是，边塞诗派的诗人将笔墨延伸到了遥远的边塞大漠，他们或写战争，或写边塞风土人情，或写战争带来的各种情感，如离别、相思、闺怨等。在诗歌形式上，边塞诗人或用五七绝句写豪放的感情，或采用长篇自由的七言歌行体充分展现激烈的战斗生活、奇异的塞外风光等，苍凉悲壮中自有雄浑气概。

盛唐诗坛出现众多的边塞诗作和诗人，主要因为玄宗开元、天宝年间，唐朝边境战争频繁，这一社会现实给诗歌创作带来了新的题材，而且唐王朝统治者也特别重视边功，采取一系列措施激励人们从军，不少边将可以凭借战功出将入相，文人也可以通过从军边塞谋取仕途，这就激发了文人从军的热情。而玄宗晚年，政治日趋黑暗，不少下层文人难以正常途径进入仕途，只好通过从军边塞依附边将的途径来谋取功名，唐朝不少文人都有从军边塞的经历。就诗歌自身的发展来说，边塞诗古已有之，《诗经》中的《无衣》、《东山》等篇即是源头，汉魏时边塞诗逐渐增多，像乐府《战城南》、《十五从军征》，陈琳《饮马长城窟行》等，而南北朝与初唐诗坛，边塞诗也不少见，这些都为盛唐边塞诗的繁荣奠定了坚实的基础。在时代精神的影响下，在对传统的继承与创新中，盛唐边塞诗蓬勃发展，并取得了空前绝后的成就。

高适(700—765)，字达夫，今河北景县人。他幼年丧父，生活困顿，长期在外流寓。20 岁时曾入长安求仕，但未能如愿。他也曾在 730—733 年间北上蓟门，漫游燕赵，希望能从军边塞立功，但无果而返。不过这段出塞的经历对他以后创作边塞诗产生了很大的影响。后来他在商丘一带过了多年的贫困生活。46 岁那年，玄宗开“有道科”，高适受睢阳太守张九皋的推荐，应试中第，被任命为封丘县尉，但因不愿拜迎长官、不忍鞭挞百姓，不久就辞职了。752 年秋天，他得到了河西节度使判官田梁丘的推荐，在哥叔翰幕中任掌书记。这是高适人生的转折点。安史之乱爆发后，他辅佐哥叔翰镇守潼关。后来又随玄宗入蜀，以后一直得到重用，官至散骑常侍，封为渤海县侯。

高适现存诗歌 240 多首，多数写于 50 岁之前，其中优秀之作多作于 40 岁之前北游蓟门和在商丘浪迹期间。因为他长期落魄，与下层人民接触比较多，诗中有些作品反映了百姓的痛苦生活，如《东平路中遇大水》、《自淇涉黄河途中作十二首》等。同时，高适大半生坎坷，作品中也有不少写自己怀才不遇的愤慨，如《行路难》、《邯郸少年行》等。

真正能代表高适艺术成就、奠定他在唐诗史上地位的是他的边塞诗。高适的边塞诗写得雄浑悲壮。在这些边塞诗中，有的写边塞的风土人情，如《别董大》其二的开头，“千里黄云白日曛，北风吹雁雪纷纷”，塞外的荒凉在他的笔下异常优美。而《塞上听吹笛》诗：“雪净胡天牧马还，月明羌笛戍楼间。借

问梅花何处落，风吹一夜满关山。”更是一幅绚丽的塞外雪景图。有的表现从军边塞的理想，如《塞下曲》中的“万里不惜死，一朝得成功。画图麒麟阁，入朝光明宫。大笑向文士，一经何足穷”句，直言对边功的热切向往。有的刻画战士奋勇杀敌的行为，如《蓟门五首》：“胡骑虽凭陵，汉兵不顾身。”

高适边塞诗中最让人称道的是诗中有着创作主体对战争的深刻思考。他的诗有的揭露武将们的腐败无能，如《蓟中作》写边将们不事边防；有对战士的同情，如《蓟门行》中的“戍卒厌糟糠，降胡饱衣食”，写士卒生活不如降虏；有揭露边防政策的弊病，如《塞上》“边尘满北溟，虏骑正南驱。转斗岂长策，和亲非远图”，对唐朝的对外政策表示忧虑。

高适的名作是《燕歌行》，诗中既有对残酷战争过程的描写，又有对边将的讽刺和对士兵的同情：

> 汉家烟尘在东北，汉将辞家破残贼。男儿本自重横行，天子非常赐颜色。摐金伐鼓下榆关，旌旗逶迤碣石间。校尉羽书飞瀚海，单于猎火照狼山。山川萧条极边土，胡骑凭陵杂风雨。战士军前半死生，美人帐下犹歌舞。大漠穷秋塞草衰，孤城落日斗兵稀。身当恩遇常轻敌，力尽关山未解围。

大将辞别天子，领军去北方征战，一路上军情紧急，战士们满怀高昂的士气，不顾行军路途的艰难，勇往直前。战斗发生的地方极其萧条荒凉，敌人又凶猛异常，尽管战士们浴血拼搏，仍旧伤亡惨重，而那些边关将帅们却在营帐里寻欢作乐，欣赏美人歌舞。在这种对比反衬中，突出了战士的英勇顽强和将帅的荒淫无能，也暗示出战争必然失败。同时这首诗对士兵们的心理也进行了生动的刻画：

> 铁衣远戍辛勤久，玉箸应啼别离后。少妇城南欲断肠，征人蓟北空回首。边庭飘飖那可度，绝域苍茫更何有。杀气三时作阵云，寒声一夜传刁斗。相看白刃血纷纷，死节从来岂顾勋？君不见沙场征战苦，至今犹忆李将军。

从军在外，士兵们非常想念久别的妻子，而边塞的艰苦生活更让远离亲人的他们感到凄苦，但士兵们并不惧怕环境的艰苦，不怕战斗中牺牲，怕的只是没有像李将军那样好的将帅。整首诗以时间为序描写了一次具体的战斗场面，但却是对当时整个边塞战争情形的高度概括。诗歌内容丰富,主题深刻,意境悲壮。在形式上,四句一换韵,音节顿挫,优美流转,对偶句的大量使用更加强了诗的音乐效果。这首诗被认为是盛唐边塞诗中最优秀的篇章之一。

边塞诗派另一位代表人物是岑参。岑参(715? —770),祖籍河南,出生在湖北江陵。他幼年丧父,家道中落,曾隐居嵩山苦读。734年,岑参去洛阳想通过献书求得一官半职,但没有成功。后来,就一直为出仕奔波于洛阳和长安之间,到744年才中进士第。岑参曾经三度出塞,代宗时转为嘉州刺史,世称岑嘉州。

岑参现存诗歌400多首,诗的内容广泛,形式多样。在这些作品中,最有名的还是他的边塞诗。在盛唐写边塞诗的诗人群中,岑参的边塞诗保留得最多,成就也最大。他的诗有的直接描写战争的场面,如《轮台歌》中的"四边伐鼓雪海涌,三军大呼阴山动"句就将战斗场面渲染得很神奇。而诗《逢入京使者》:"故园东望路漫漫,双袖龙钟泪不干。马上相逢无纸笔,凭君传语报平安。"用一种朴素的语言写出赴边塞时对家乡和亲人的绵绵思念。这种对思乡之情的表达就是岑参边塞诗的另一方面内容。像《西过渭州见渭水思秦川》中的"凭添两行泪,寄向故园流"句和《安西馆中思长安》中的"乡路渺天外,归期如梦中"句,都是写思乡之情的名句。

岑参的边塞诗还有的是写边塞的风光和风土人情,景色奇异绚丽。诗的内容不仅在过去的诗中不曾见到,也为古今传记所不载,如《火山云歌送别》、《赵将军歌》、《天山雪歌》等。这类作品就是最能代表岑参创作风格的作品。因为在这类作品中,岑参将他乐观好奇的个性和长于描写感觉印象的才能紧密结合起来,生动形象地表现出边塞的壮丽神奇之美,如《走马川行奉送出师西征》:

> 君不见走马川,[行]雪海边,平沙莽莽黄入天。轮台九月风夜吼,一川碎石大如斗,随风满地石乱走。匈奴草黄马正肥,金山西见烟尘飞,汉家大将西出师。将军金甲夜不脱,半夜军行戈相拨,风头如刀面如割。马毛带雪汗气蒸,五花连钱旋作冰,幕中草檄砚水凝。虏骑闻之应胆慑,料知短兵不敢接,车师西门伫献捷。

边疆大漠狂风怒号,卷起漫天黄沙和如斗碎石,打在人的脸上就如刀刮过一样,天气严寒,战马身上的汗凝成冰又很快化成水,砚台中的墨刚倒进去就已冻成冰。诗人用夸张的语气、贴切的比喻写风的猛烈和天气的严寒,虽然奇

异，但却生动形象。而诗韵三句一转，急促的节奏淋漓尽致地表现了战斗的紧张和士兵们的乐观豪迈之情，诗中充满了不畏艰险、勇往直前的英雄气概。

而同样作于754年的《白雪歌送武判官归京》是一首咏雪送别之作。诗云：

> 北风卷地白草折，胡天八月即飞雪。忽如一夜春风来，千树万树梨花开。散入珠帘湿罗幕，狐裘不暖锦衾薄。将军角弓不得控，都护铁衣冷难著。瀚海阑干百丈冰，愁云惨淡万里凝。中军置酒饮归客，胡琴琵琶与羌笛。纷纷暮雪下辕门，风掣红旗冻不翻。轮台东门送君去，去时雪满天山路。山回路转不见君，雪上空留马行处。

诗中对雪景的描写非常奇丽，用丰富的想象、奇特的夸张和新奇的比喻尽情地刻画了胡天八月的飞雪。特别是那句咏雪名句"忽如一夜春风来，千树万树梨花开"将北方的飞雪比成春天盛开的梨花，一下子就将冬日的萧索转成了春天的烂漫，比喻新奇。在这首诗中，诗人借咏雪抒情，情绪乐观，没有一点离愁伤怀，不同于前人送别之作。

盛唐写边塞诗的人很多，除了高适、岑参之外，王昌龄、王之涣、王翰等也是边塞诗人。

王昌龄(690? —757)，字少伯，今西安人。现存诗歌180多首，约一半是绝句，其中七绝又最多。因其擅长七绝，人称"七绝圣手"。他写了不少闺怨、宫怨诗，如《闺怨》：

> 闺中少妇不知愁，春日凝妆上翠楼。忽见陌头杨柳色，悔教夫婿觅封侯。

写一位少妇刹那间的心理变化，非常传神。《长信秋词》、《西宫春怨》等也是这类诗作。除此之外，他还善于用七绝写边塞诗，如《从军行》七首、《出塞》二首、《塞下曲》等，代表作是被明代人李攀龙誉为唐代七绝压卷之作的《出塞》第一首：

> 秦时明月汉时关，万里长征人未还。但使龙城飞将在，不教胡马度阴山。

诗歌含蓄蕴藉，意境雄浑。

山西人王之涣(679—742)也是盛唐著名的边塞诗人，他的作品只有6首绝句保存下来，但首首都是佳作。如《登鹳雀楼》：

> 白日依山尽，黄河入海流。欲穷千里目，更上一层楼。

在写登楼所见景色的同时，也包含了深刻的哲理。而他的《凉州词》：

> 黄河远上白云间，一片孤城万仞山。羌笛何须怨杨柳，春风不度玉门关。

展现了玉门关的荒凉和守边战士的哀怨。

山西人王翰现存诗14首，最著名的是《凉州词》其一：

> 葡萄美酒夜光杯，欲饮琵琶马上催。醉卧沙场君莫笑，古来征战几人回。

这首诗被明代人王世贞推为唐人七绝压卷之作。

思考题

1. 什么是山水田园诗派？请列举主要代表作家及其作品。
2. 什么是边塞诗派？请列举主要代表作家与作品。
3. 请简单谈谈王维诗歌的艺术特点。
4. 请简单谈谈盛唐山水田园诗和边塞诗兴盛的原因。

第三节　李白和杜甫

天才的浪漫诗人李白身上集中了盛唐士人独有的精神面貌，有人甚至认为李白的魅力就是盛唐的魅力。

李白(701—762)，字太白，号青莲居士。他的家世和出生地至今不太清楚，因为李白本人在不同的地点和时间说法不一，记载的出入使人无法进行确切的考证。大约在李白5岁时，他的父亲李客携全家从西域迁居到今天的四川江油。李客没有出仕，但从李白说他"五岁诵六甲，十岁观百家"来看，李客很可能是个有文化修养的人。李白家庭比较富有。李白青少年时期就在四川度过，游山玩水，学文习武。李白深受当地道教思想的影响，他说他是"十五游神仙，仙游未曾歇"。20岁以后，他曾隐居青城山，与隐者道士们交往。725年春天，25岁的李白"仗剑去国，辞亲远游"以求有机会施展自己的才华，实现自己的抱负。因为唐朝除了科举考试外，还可通过干谒、隐居、求仙访道、从军等途径博取功名。李白在历时17年的漫游中差不多走遍了半个中国。他在漫游过程中一方面与道士、隐士交往，既求仙访道又想通过道士们、隐士们的引荐走上仕途，另一方面上书给权贵名流，求取官职。李白想通过这些方式为世所用，不过他的方法都没有取得实质性效果。在不断的失败中，李白看清了官场吏治的黑暗，性格更加傲岸不屈。

天宝元年(742)，玄宗召李白入京，李白欣喜若狂，"仰天大笑出门去，我辈岂是蓬蒿人"。在京城，太子宾客贺知章对李白的《蜀道难》、《乌夜啼》等诗称赞不已，李白更加名声大振。李白在长安首尾三年时间，但实际上只有一年多，供奉翰林，玄宗没有给他实际的职务，只让他在身边起草诏令，伴随圣驾。对这种生活李白一开始比较得意，因为王公贵戚们争相与他交往，但不久他就发现玄宗对他的政治见解并不感兴趣，只不过是让他点缀升平而已。现实的打击让他苦闷消沉，他整日饮酒，"戏万乘若僚友，视俦列如草芥"。不久，谗毁他的人越来越多。天宝三年(744)三月，李白上书请求归家，玄宗赐金遣归。长安三年的生活，李白的政治热情没有得到释放，但他对朝廷的黑暗、仕途的险恶和社会的世态炎凉有了更深刻的认识。

离开长安之后，李白开始了第二次的漫游，这次漫游历时12年。在洛阳，他遇到了杜甫；在商丘，他遇见了高适；在济南，他取得了道士的正式身份；在广陵，他会见了魏颢，并将所有的作品拿出来请魏颢代为编集，可惜这个集子没有流传下来。安史之乱时，李白先避难越中，又隐居庐山，后来下山入永王李璘幕中，从此卷进了统治者的内讧中。永王兵败被杀之后，李白也被流放夜郎。在流放途中遇到赦免，后来一直在江南一带流寓。761年，李光弼率兵抗击史朝义，李白又想请战，但在半途中因病而还，最后死在安徽省当涂县。

李白的一生既受儒家兼济天下思想的影响，又深受道家随任自然思想的浸染，他想成就一番事业，但又要功成身退。儒道两家思想交织在一起，让他一生都在积极追求理想的实现，却又独立不羁，洒脱狂放，不肯从俗于世。

李白现存诗歌900多首，从体裁来看，乐府、歌行体、绝句都有。他的乐府诗或沿用乐府古题写本事，或借古题写现实，用古题写个人情怀，新意别出，如《将进酒》、《蜀道难》、《行路难》等均是借古题创新意。他的歌行笔法多端，如行云流水，完全没有一般诗歌的固有格式，如《梦游天姥吟留别》、《玉壶吟》、《陪侍御叔华登楼歌》等莫不如此。李白的绝句有159首，不少绝句都受乐府民歌的影响，他的五绝、七绝是唐人中写得比较好的。五绝如《独坐敬亭山》、《劳劳亭》等，七绝如《望庐山瀑布》、《望天门山》、《早发白帝城》等，都短小精练，隽永含蓄。

从诗歌内容来看，李白的诗表现了他的人生经历和感受，其中也透露出当时的社会现实。李白一生游历了祖国的大江南北，见过各种山山水水，因此，他的诗歌中有对祖国自然山川的歌咏，表现出诗人对美好河山的热爱之情。总的来说，李白笔下的山水都是气势磅礴、雄伟壮观的，这也是诗人博大胸怀和昂扬精神在诗中的折射。写山的如《望天门山》："天门中断楚江开，碧水东流至此回。两岸青山相对出，孤帆一片日边来。"写水的如《将进酒》中的"君不见黄河之水天上来，奔流到海不复回"，《公无渡河》中的"黄河西来决昆仑，咆哮万里决龙门"，《赠裴十四》中的"黄河落天走东海，万里写入胸怀间"等句。写瀑布的如著名的《望庐山瀑布》："日照香炉生紫烟，遥看瀑布挂前川。飞流直下三千尺，疑是银河落九天。"写山水之景的如《渡荆门送别》："山随平野尽，江入大荒流。月下飞天镜，云生结海楼。"而歌行《蜀道难》在三到九言的参差错落中将蜀道上的奇山异水刻画得更加惊心动魄。

李白有强烈的政治热情和伟大的政治抱负，一生都在追求建功立业、显亲扬名的理想，但现实的黑暗让他无法实现理想，所以他常借古人以自况并表白自己的心迹，诗歌中常流露出怀才不遇的痛苦悲愤、对现实的不满抗争和隐与仕的矛盾挣扎。他的诗歌中有对理想政治的追求，如《古风》之十诗借歌颂历史上鲁仲连功成不受赏的高尚品格来表白自己的政治理想。而像《陪侍御叔华登楼歌》"抽刀断水水更流，举杯浇愁愁更愁"，则唱出自己理想不得实现的苦闷与悲愤。再如《行路难》其一：

金樽清酒斗十千，玉盘珍羞直万钱。停杯投箸不能食，拔剑四顾心茫然。欲渡黄河冰塞川，将登太行雪满山。闲来垂钓碧溪上，忽复乘舟梦日边。行路难，行路难，多歧路，今安在？长风破浪会有时，直挂云帆济沧海。

诗人报国无门，无心饮食，诗中矛盾交织，充满了追求不得的抑郁和理想幻灭后的痛苦。

在理想的追求中，李白也看到了政治的黑暗、统治者的昏庸和朝廷大臣的互相倾轧，他的一些诗就对上层贵族的腐朽进行了揭露。如《古风》第二十四“大车扬飞尘”借斥责那些“连云开甲宅”耀武扬威的宦官和“冠盖何辉赫”的斗鸡之徒来抨击玄宗政治统治的昏暗。再如《远别离》中写“君失臣兮龙为鱼，权归臣兮鼠变虎”的社会现实，也从侧面揭露了玄宗政权的腐败与荒唐。当理想破灭之后，李白更是表现出对功名富贵的蔑视及对权贵的轻视，如《江上吟》中写道，“功名富贵若长在，汉水亦应西北流”，而《梦游天姥吟留别》发出的“安能摧眉折腰事权贵，使我不得开心颜”、《忆旧游寄谯郡元参军》里的“黄金白璧买歌笑，一醉累月轻王侯”，更是诗人发出的强烈抗议声。现实的黑暗、理想的破灭，使他对自由自在的生活越发渴望，他说他“乍向草中耿介死，不求黄金笼中生”，宁做一个普通人，也不要受黄金富贵牢笼的羁縻，他要过的是一种“五岳寻仙不辞远，一生好入名山游”的神仙生活。李白写有不少游仙诗、山水诗，诗中流露的就是这一思想。而这些诗歌中流露出的鄙视权贵、对权贵傲岸不屈、追求个性自由的精神，正是李白独特人格魅力的显现。

但是对广大劳动人民，李白却带着一种理解的同情与尊重。他的不少诗真实地记录了劳动人民的生活及自己的情感。李白创造性地写过六句的《子夜吴歌》，分为春、夏、秋、冬四组歌，歌中刻画了底层女子的形象。比如《子夜吴歌·春歌》：

秦地罗敷女，采桑绿水边。素手青条上，红妆白日鲜。蚕饥妾欲去，五马莫留连。

写的是采桑女的生活。而《子夜吴歌·秋歌》：

长安一片月，万户捣衣声。秋风吹不尽，总是玉关情。何日平胡虏，良人罢远征。

既写了普通女子的劳动生活，又将之与战争相联系，表现出很高的思想性。还有如《北风行》、《长干行》等也对生活在底层的妇女的生活和情感进行了描绘。而像《丁都护歌》：

> 云阳上征去，两岸饶商贾。吴牛喘月时，拖船一何苦。水浊不可饮，壶浆半成土。一唱都护歌，心摧泪如雨。万人系磐石，无由达江浒。君看石芒砀，掩泪悲千古。

写拉船的纤夫们艰苦的生活和痛苦的心情，揭示出统治者对劳动者的残酷奴役，表达了诗人深深的同情。而《秋浦歌》十四则记录了冶炼工人的劳动。

李白的一生游历多年，去过不少地方，他的结交满天下，因此在他的诗中也有多首赠别诗。这些诗语言淡朴，但却透出朋友之间真诚而深厚的感情。如《送孟浩然之广陵》：

> 故人西辞黄鹤楼，烟花三月下扬州。孤帆远影碧空尽，唯见长江天际流。

朋友的船已驶到那水天交接的地方，只在江面上留下一个小小的影子，送别的诗人却还站在原地目送船的远去。江水悠悠向前流淌，两人的情谊也如这水一般绵长深厚。再如《闻王昌龄左迁龙标遥有此寄》：

> 杨花落尽子规啼，闻道龙标过五溪。我寄愁心与明月，随君直到夜郎西。

表现的也是诗人和友人之间的挚情。而《赠汪伦》则是写友人为他送别，一句“桃花潭水深千尺，不及汪伦送我情”用语直白，但很好地表达出了彼此的深情厚谊。

李白是伟大的浪漫主义诗人，人称“诗仙”。他继屈原之后，用神奇的想象、奔放的热情写出一首首杰作，向我们展示盛唐时代的种种风貌。李白的诗本色自然，个性色彩浓烈，抒情性强，在诗中他毫不掩饰自己的感情，将他的喜怒爱憎都展现给世人看。他的诗豪迈奔放，情绪昂扬，充满着乐观的战斗精神。李白的诗是超现实的，他在诗中爱用历史、神话题材，自由地抒写，大胆夸张、大胆想象，诗歌境界神奇瑰丽，极富浪漫色彩。他的诗时空跳跃性极大，看似毫无联系，却又结合得天衣无缝。李白诗歌的语言自然流畅，清新、精练又形象。他爱用形式自由的歌行体和自由活泼的绝句表现他的热烈豪迈。李白用他的诗歌创作将中国的浪漫主义文学推向了另一个高峰，彻底扫清了六朝的遗风，扩大了唐诗的思想内容，影响直到今天。

杜甫(712—770)，字子美，生于河南巩县(今河南巩义)，出身于一个世代“奉儒守官”的地主家庭。他曾在诗中称自己为“杜陵野老”，又做过检校工部员外郎，所以后人又称他为“杜少陵”、“杜工部”。杜甫的祖父杜审言是武则天时期著名的宫廷文人，杜甫的父亲杜闲曾任兖州司马、奉天县令，母亲是初唐时著名诗人崔融的女儿，且和李氏皇族有亲戚关系。这一特殊的家庭出身影响了杜甫的人生理想和诗歌创作，他一直都奉行儒家的兼济天下的信念，积极用世，诗歌创作关心现实。

杜甫的一生可以分为四个时期。20 岁之前主要在洛阳的二姑母家读书，因为他的母亲很早就去世了，他被寄养在洛阳。20 岁以后，他开始漫游，先去吴越一带，其间回洛阳参加了一次进士考试，但没有考取。后来他又漫游齐赵，直到 30 岁才返回洛阳。长达 10 年的漫游丰富了杜甫的人生经历，让他结交了不少朋友。744 年，33 岁的杜甫在洛阳遇到李白，又在河南商丘遇到高适，三人一起同游了大半年，成了文学史上的一段佳话。35 岁之前，是杜甫一生中最快乐的时期，因为这时的唐王朝经济发达，人民生活富足，杜甫也衣食无忧。这段时间他以读书和壮游为主，创作作品不多。

35 岁到 44 岁之间，杜甫的生活日益困顿，创作也开始发生转变。746 年，杜甫到京城长安求仕，因为玄宗纵情声色，奸相李林甫把持朝政，排除异己，大批人才不得重用，杜甫也是仕途失意。他在长安苦等了十年，只得到了一个很小的官职。这时的杜甫看清了统治者的腐朽昏庸，写下了不少现实主义杰作，如《兵车行》、《丽人行》、《自京赴奉先县咏怀五百字》等。

45 岁到 48 岁是杜甫创作的高峰期。他亲身经历了安史之乱，饱尝了战乱带给人民的痛苦。他曾想北上投奔唐肃宗，但在半路上被安史叛军抓获，送到了沦陷区长安，在那里，他创作出了一系列诗歌，如《悲陈陶》、《春望》、《哀江头》、《月夜》等。757 年，杜甫冒险逃出了长安城，在肃宗身边任左拾遗。不过因为他为人正直，屡次触怒皇帝。长安收复后杜甫被外调到华县任司功参军，再也没有回到长安。这次被贬使他重新回到劳苦的人民中间，让他更深切地关心与同情他们。著名的《北征》、“三吏三别”、《羌村三首》就作于这段时间。

49 岁至 59 岁，杜甫一直在西南地区漂泊。759 年末他辗转来到成都，在高适等人的帮助下，在成都城西浣花溪畔建了一个草堂，结束了四年动荡的生活。他在成都生活了五年多，和农民的交往让他写了不少的田园诗。当他的朋友严武死了之后，他失去了经济来源，不得已率全家离开成都，到梓州住了一年。这一时期杜甫创作了如《春夜喜雨》、《江畔独步寻花七绝句》、《蜀相》、《茅屋为秋风所破歌》、《戏为六绝句》、《闻官军收河南河北》等诗。766年，杜甫迁居夔州（今四川奉节）。在那居住的一年零九个月中，他一共写了450多首诗，如《壮游》、《昔游》、《秋兴八首》、《登高》等。杜甫人生的最后两年大部分时间是在船上度过的，洪水、战乱、亲友亡故等让他的生活越发困难，770年的冬天，杜甫在船上死去。晚年的杜甫漂泊西南，四处迁徙，饱尝了痛苦，这一时期他的诗风格多样，既有对国家前途的忧虑，也有对人民的同情，还有对战争胜利的喜悦。

杜甫现有诗歌1 400多首，这只是他一生创作的3 000多首诗的一半，其他的已经散失了，但在这1 400多首诗中我们依然可以看到杜甫“致君尧舜上，再使风俗淳”（《奉赠韦左丞丈》）的政治理想和“穷年忧黎元，叹息肠内热”（《自京赴奉先县咏怀五百字》）的儒者情怀。杜甫的诗真实地记录了那个时代的政治动荡和黑暗现实，记录了他个人的生活和思想情感，他的诗因为善写时事，被称为“诗史”。总的来看，杜甫的诗主要有以下几个方面的内容。

第一，反映社会现实，为国家命运担忧。杜甫深受儒家思想的影响，一生秉持“仁政爱民”、“兼济天下”的信念，积极进取，以求为国效力。即使政治失意、生活困顿也不忘济世。他的诗反映了玄宗、肃宗、代宗三代的社会面貌，记录了上自帝王将相，下至渔夫走卒的生活，当时重大的社会事件在杜甫的诗里都有所展现，如《前出塞》一诗就对玄宗发动侵略战争进行了批评，说玄宗“君已富土境，开边一何多”。诗歌《丽人行》讽刺专权误国的奸相杨国忠，《警急》、《郡事》嘲讽肃宗的和亲政策，《留花门》诗对肃宗借回纥兵平定安史乱军表示深深的忧虑。杜甫非常热爱自己的祖国，他的感情随着国家的兴败而变化。国家残破时，他痛苦异常，如《春望》一诗即明显地表达了这种情感：

> 国破山河在，城春草木深。感时花溅泪，恨别鸟惊心。烽火连三月，家书抵万金。白头搔更短，浑欲不胜簪。

山河收复时，他又会欣喜若狂，如他的“生平第一首快诗”（浦起龙《读杜心解》）《闻官军收河南河北》所云：

剑外忽传收蓟北，初闻涕泪满衣裳。却看妻子愁何在？漫卷诗书喜欲狂。白日放歌须纵酒，青春作伴好还乡。即从巴峡穿巫峡，便下襄阳向洛阳。

杜甫自觉地将自己和国家的命运联系在了一起。

第二，反映民生疾苦，表现对人民的热爱、同情之情。杜甫一生颠沛流离，与劳动人民共同经历了社会的剧烈变化。动荡不安的生活让他和人民有了更为密切的接触。他写下了许多反映人民疾苦的作品，如“三吏”（《新安吏》、《石壕吏》、《潼关吏》）、“三别”（《新婚别》、《垂老别》、《无家别》）真实形象地反映了残酷的兵役带给人民的痛苦。而《自京赴奉先县咏怀五百字》中的“朱门酒肉臭，路有冻死骨”，更是彻底揭露了当时的贫富悬殊、阶级对立的社会现实。尤为可贵的是，即使他身处穷困也不忘广大劳动人民，这正如他在《茅屋为秋风所破歌》中所说的：“安得广厦千万间，大庇天下寒士俱欢颜，风雨不动安如山。呜呼，何时眼前突兀见此屋，吾庐独破受冻死亦足。”

第三，揭露、抨击统治者的罪行。在创作中，杜甫始终以一种直面现实的勇气揭露统治者的种种行径。如《自京赴奉先县咏怀五百字》就用五百字的长篇篇幅对玄宗及其君臣们不顾人民死活一味奢侈享乐的腐朽生活进行了大胆揭露；而《丽人行》通过对杨国忠兄妹淫靡生活的描写，对他们进行了辛辣的讽刺；再如《兵车行》狠狠地谴责了当权者为满足自己的享乐之心热衷于开拓疆土、不惜破坏人民幸福的行为。从这些诗中，我们看到的是一个嫉恶如仇、爱憎分明的杜甫。

第四，记录个人的生活和情感。杜甫是个有着强烈感情的诗人，他用他的诗记录那个时代的重大事件，也用他的笔记录下他的生活和情感。如《月夜》：

今夜鄜州月，闺中只独看。遥怜小儿女，未解忆长安。香雾云鬟湿，清辉玉臂寒。何时倚虚幌，双照泪痕干。

诗借写妻子思念自己来诉说自己身在沦陷的长安对妻子的思念，读来真切感人。

第五，展现祖国山河的秀美。杜甫写了不少山水诗，如《望岳》：

岱宗夫如何，齐鲁青未了。造化钟神秀，阴阳割昏晓。荡胸生层云，决眦入归鸟。会当凌绝顶，一览众山小。

突出描写了雄伟壮丽的泰山。《绝句》：

两个黄鹂鸣翠柳，一行白鹭上青天。窗寒西岭千秋雪，门泊东吴万里船。

则将春天的明媚表现得生动形象。

当然，杜甫还作有其他内容的诗歌，比如题画诗《画鹰》、论诗诗《戏为六绝句》等，内容涉及音乐、舞蹈、书法、绘画、诗歌创作等各类艺术，充分展现了杜甫的创作才华。

杜甫是伟大的现实主义诗人，他的创作标志着我国诗歌的现实主义创作达到了一个新的阶段。在他的诗中，无论是抒情诗还是叙事诗，都具有极高的艺术魅力。他善于抓住典型事物、景物或人物进行创作，同时也善于对所写人物、景物进行精确的描写，在诗中他常用典型动作、语言、心理活动来表现人物，用对话与独白叙述事情。杜甫的叙事诗较少有强烈的爱憎，除了因某些无法抑制的感情影响而在诗中发表议论之外，他更多的是用一种冷静客观的叙述如实地展现生活本身，但在叙述中还是蕴藏着作者的批判态度。杜甫诗形式多样，各种体裁的创作成就都很突出。杜甫的诗“沉郁顿挫”（《进雕赋表》），语言通俗准确，内容博大精深，意境深沉悲凉，音节抑扬顿挫。杜甫开拓了诗歌的内容和形式，他的诗成为后世诗人学习的典范，他的伟大人格也影响了一代代人。他获得了“诗圣”的赞誉。

思考题

1. 请举例论述李白诗歌的内容。
2. 请举例论述杜甫诗歌的内容。
3. 请简单谈谈李白诗歌的艺术特色。
4. 请简单谈谈杜甫对后世的影响。

第四节 中唐诗人

中唐时期是唐朝诗歌发展的又一个繁荣期，尽管这一时期的诗风发生了一定的变化，也没有出现像李白、杜甫这样伟大的诗人，但也出现了如韦应物、刘禹锡、李贺等有名的诗人，还有像元白诗派、韩孟诗派等著名的诗歌流派。特别是元白诗派，在唐朝诗歌发展史上产生了重要影响。

中唐时期社会矛盾尖锐，藩镇割据，拥兵自重，严重削弱了中央皇权；佛老思想盛行，威胁了儒家作为正统思想的统治地位，且寺庙广占良田，又不纳赋税，影响了国家的经济利益；宦官专权，吏治统治越来越坏，人民贫困不堪，整个社会已经动荡不安。在这样的时代背景之下，唐朝诗歌的风格也发生了变化。代宗大历年间（766—779），唐诗的风格开始由盛唐向中唐演变。同时，安史之乱以后，社会的激剧变化让人们的心态普遍发生了变化。这一时期的诗人们在青少年时经历过盛唐的承平，但战后在面对国家国力的衰弱时只能感到自己的无力与无能，因此他们早期奋发昂扬的精神消失了，孤寂冷漠的心境占了上风。他们的诗很少反映当时的社会现实，多数是表现自己的生活情趣，虽然淡雅，但失去了盛唐诗歌的风骨兴寄。这里简单介绍一些诗人和诗歌流派。

刘长卿（726？—787？），字文房，生于洛阳，曾任随州刺史，世称刘随州。他一生坎坷，主要创作活动是在安史之乱以后。他的诗歌在写隐逸的闲情之外，流露出一种"人自伤心水自流"（《重送裴郎中贬吉州》）的冷漠孤寂情调和难言的惆怅。他长于五言写作，五律写得最好，自称"五言长城"。《逢雪宿芙蓉山主人》是他最有名的五绝，历来为人传诵：

日暮苍山远，天寒白屋贫。柴门闻犬吠，风雪夜归人。

韦应物（737？—790？），陕西西安人，出身名门。因其曾任苏州刺史，人称韦苏州。韦应物早年颇有儒家兼济情怀，积极仕进，诗歌显出关注现实、批判现实、同情人民的积极面，如《采玉歌》、《寄畅当》、《长安道》等。后来当他被迫辞职之后，他的诗歌创作兴盛，但内容和风格却发生了变化，诗多写山水田园、隐逸闲情，情绪也从早期的慷慨昂扬变为无奈和淡泊。他的诗既有陶渊明的真朴，也有王维、孟浩然的淡泊，自成一体。后代人或将陶、韦并称，或将王、孟、韦、柳并称。他最有名的诗是《滁州西涧》：

独怜幽草涧边生，上有黄鹂深树鸣。春潮带雨晚来急，野渡无人舟自横。

代宗大历年间还有卢纶、钱起、司空曙、李端等十位诗人，因为这十位诗人不仅人生态度比较接近，在诗歌创作方面，除写应酬诗之外，大多描绘山水田园，抒写冷漠寂寥的情怀和隐逸的情调，风格也比较接近，故人们一般称他们是“大历十才子”。这十个人创作水平不一，成就最高的是钱起。“曲终人不见，江上数峰青”是他《省试湘灵鼓瑟》诗中的名句，后人对之称道不已。

这一时期还有一些诗人不逃避现实，而是远承风雅兴寄的传统，上接杜甫现实主义创作风格，创作出不少反映民生疾苦的诗歌，代表人物是元结、顾况、元稹和白居易。其中，元结、顾况是从杜甫到元白的过渡，他们二人一方面为元白诗派做了前期的理论准备，另一方面在实践上也给元白树立了创作范例，特别是顾况的《上古之什补亡训传十三章》取首句一二字为题，为白居易《新乐府》“首章标其目”作了示范。

唐德宗至穆宗时，唐诗发展渐渐兴盛，在宪宗元和年间达到高潮。这一时期，出现了韩孟诗派、元白诗派等，各以其独特的面貌屹立于中唐诗坛。

韩孟诗派的代表人物是韩愈、孟郊，还有贾岛、卢仝等。这一派强调“不平则鸣”，要求发挥诗歌的抒情功能，来抒发人内心愤懑不平的情感；他们还强调“笔补造化”，写诗时要对描写对象进行主观加工，大胆创新；同时，他们又以雄奇怪异为美，崇尚新奇。

韩愈(768—824)，字退之，河南孟州人，他自言郡望昌黎，后人多称韩昌黎。韩愈自幼丧父，十岁丧兄，由兄嫂抚养长大。786年去长安参加进士考试，考了四次才于792年登第。为官以后，曾因上疏直谏，被贬到广东作县令。宪宗元和元年(806)，拜为国子监博士。后参加平定淮西战役有功，升为刑部侍郎。819年，因为上书反对宪宗迎佛骨，被贬为潮州刺史。穆宗时官至吏部侍郎，人称韩吏部，死后谥号为“文”，世称韩文公。

韩愈思想复杂，常常充满矛盾。他以儒家思想为主，但也会发表一些离经叛道的言论。他反对佛教，反对神权迷信，又相信天命，相信鬼神。这些都在他的作品中有所反映。

韩愈在文学上的主要成就在古文方面，但在诗歌上也有比较大的贡献。他的诗多为长篇，那些反映民生疾苦、抒写政治失意的诗，如《八月十五夜赠张功曹》、《县斋有怀》、《归彭城》等平易晓畅。写景诗如《山石》用古文手笔写一次游历，情景交融，颇有散文的特点。韩愈的绝句清新自然，如《早春呈水部张十八员外》其一：

天街小雨润如酥，草色遥看近却无。最是一年春好处，绝胜烟柳满皇都。

不过他最有代表性的诗歌是那些奇崛险怪的作品，如《南山诗》、《石鼓歌》等。在这些诗中，韩愈为了刻意求新，不用陈言，就故意避开诗歌常用的字、句、韵，用奇字、造拗句、押险韵，像“千以高山遮，万以远山隔”句即是如此。韩愈喜欢在诗中描写那些丑陋、狰狞、险怪的形象，如《陆浑山火一首和皇甫湜用其韵》写一场猛烈的山火：“山狂谷很相吐吞，风怒不休何轩轩。摆磨出火以自燔，有声夜中惊莫原。天跳地踔颠乾坤，赫赫上照穷崖垠。截然高周烧四垣，神焦鬼烂无逃门。三光弛隳不复暾……”大火烧得天昏地暗、日月颠倒、神鬼无处逃生。这里作者用了“山狂谷很”、“天跳地踔”、“神焦鬼烂”等意象将山火的狰狞狂暴刻画得淋漓尽致。

韩愈在写诗时受古文写法的影响，以文为诗，诗中爱用散文化的句式，好发议论，如《嗟哉董生行》、《寄卢仝》、《华山女》等诗，或像散文，或像传记，或像传奇小说。他也爱用赋的方法写诗，常常一篇作品，铺排罗列，洋洋洒洒。如1 000多字、102韵的《南山》，竭力摹写终南山的高和四季景物的变化，事无巨细，描写详尽但又陷入烦琐之中。

韩孟诗派另一人物孟郊(751—814)，字东野，浙江德清人。少年时积极用世，但因个性孤傲不合于时俗，屡试不第，直到46岁才中进士第，50岁时做了溧阳尉，不过为官时，终日吟诗，甚至请人代职。56岁时做水陆转运从事，试协律郎。孟郊写诗的风格和韩愈很接近。韩愈十分推崇长他17岁的孟郊，称他的诗是“横空盘硬语”。他们两人常常联句作诗，共开韩孟诗派，后人也常将韩、孟并称。

孟郊一生不得志，他有诗500多首，除了如《织妇词》、《寒地百姓吟》等是写百姓生活的外，很多诗是写他自己的贫寒，写他生活中经历的磨难。比如《赠崔纯亮》写“食荠肠亦苦，强歌声无欢。出门即有碍，谁谓天地宽”。《秋怀》诗云：“秋至老更贫，破屋无门扉。一片月落时，四壁风入衣。”这些作品都真实地记录了他的穷困生活。

孟郊作诗刻意追求炼字造句，构想奇特，如《洛桥晚望》、《长安羁旅行》、《秋槐》等莫不如此。他诗中的意象多是如秋风、秋月、秋草、秋露等，显得清冷幽僻、苦涩凄怆、萧索感伤，像《秋怀十五首》其二中的“冷露滴梦破，峭风梳骨寒"句，写冷露滴破了他的梦，秋风梳过他的身体，让他通体冰凉。不过孟郊这类诗的影响不如那首古朴通俗的《游子吟》：

> 慈母手中线，游子身上衣。临行密密缝，意恐迟迟归。谁言寸草心，报得三春晖。

总的来看，韩孟诗派的诗歌大都境界狭窄，诗境清冷，偏重于一己穷愁的抒发，讲究用字，喜欢苦吟，虽然主张雄奇怪异的诗歌美，但在实际创作中却走向了怪异有余、雄奇不足的局面。不过，这一派也突破了诗言志的传统观念，诗歌不再一味温柔敦厚，开始走向抒情，走向对人内心情感的抒发。

和韩孟诗派差不多同时崛起于中唐诗坛，但与之风格迥异的是以白居易、元稹为代表的元白诗派。这一诗派重写实，尚通俗，继承了杜甫"因事立题"、"即事名篇"的乐府写作传统，倡导现实主义的诗歌创作方法，用乐府诗反映民生疾苦，讽谕时政，揭露社会黑暗。

元稹(779—831)，字微之，河南洛阳人，现存诗歌830多首。他的乐府诗创作既受张籍、王建的影响，又受李绅的影响。特别是李绅写的20首新题乐府直接影响了元稹的新题乐府写作。元稹的乐府诗"寓意古题，刺美见事"(《乐府古题序》)，充满关怀现实的精神。《连昌宫词》是他的代表作，诗歌从"连昌宫中满宫竹，岁久无人森似束"的景色入手，在对连昌宫兴废历史的叙述中道出了统治者的骄奢淫逸和外戚的飞扬跋扈是那个时代政治动荡的原因。而他的另一首《行宫》：

> 寥落古行宫，宫花寂寞红。白头宫女在，闲坐说玄宗。

语言简淡但其中却包蕴了极其深刻的内容。

元稹有些悼亡诗写得情深意真，缠绵缱绻，如有名的《离思五首》其四：

> 曾经沧海难为水，除却巫山不是云。取次花从懒回顾，半缘修道半缘君。

再如《遣悲怀三首》中有些句子写夫妻间感情，感人至深，如"昔日戏言身后意，今朝都到眼前来"、"诚知此恨人人有，贫贱夫妻百事哀"、"惟将终夜长开眼，报答平生未展眉"，语言虽浅近，但古今悼亡诗"终无能出此三首范围者"

（蘅塘退士《唐诗三百首》）。

元稹除了自己创作诗歌之外，还与白居易相互诗歌唱和，特别是两人分别被贬之后，一个在通州，一个在江州，不顾路途遥远，“通江唱和”，世人将之并称为“元白”。他们的唱和诗以长篇排律为主，次韵相酬，短的五六十句，长的数百句。他们的次韵短篇在当时流传颇广，被人们递相仿效。元和年间的诗坛有一种以长篇排律和次韵酬答唱和的新形式，创始人就是元稹和白居易，而元和之后的长庆到开成年间，这一唱和风气达到了高潮。元稹、白居易两人分别在长庆年间将自己的作品结集，一为《白氏长庆集》，一为《元氏长庆集》，故后来人又用“长庆体”指称他们的诗风。

“元白”二人中，影响最大的是白居易。白居易（772—846），字乐天，原籍太原。曾祖父迁到下邽（今陕西渭南），所以白居易又自称是下邽人。白居易生于河南新郑，十一二岁以后因为战乱迁居别处。白居易的祖父、父亲都曾任官职，白居易深受他们影响，他的思想中虽然儒、释、道都有，但主要还是儒家“独善其身”和“兼济天下”的思想占主导。

白居易的一生可以44岁贬为江州司马为界分为两期。前期抱着“兼济天下”的想法，积极进取，仕途也较顺利，29岁考中进士，31岁授秘书省校书郎，35岁任周至县尉，36岁为翰林学士，37岁任左拾遗。39岁时，因为母亲病故，白居易回乡丁忧三年，这段时间他与劳动人民来往密切。三年期满之后，他回朝任太子左赞善大夫，这一官职只能讽谏太子，不能过问朝廷政事。元和十年（815），因为当朝宰相武元衡被人谋杀，白居易第一个上书请求捕贼，被以越职言事的罪名和其他莫须有之名贬到江州任司马。这是白居易受到的一个沉重打击，也是他政治道路和创作道路的转折点，他开始“独善其身”。后期的白居易虽然官位越来越高，官至刑部尚书，但早年奋发昂扬、关怀政事的精神却早被乐天知命的消极妥协思想取代。他晚年闲居洛阳，作《醉吟先生传》，自号醉吟先生，又醉心于佛事，曾修洛阳香山寺，自号香山居士。

白居易是唐代诗人中诗歌作品保存最多的一位诗人，创作的3 800多首诗保存下来的有近3 000首。这主要因为他生前就有意识地将自己的作品藏于名山，纳于石室。他的诗歌创作和他的人生道路紧密相连，早在任县尉的时候他就写下了《观刈麦》、《长恨歌》等反映现实的诗歌；任左拾遗时，更是写下许多讽谕时政的新乐府诗，如《秦中吟》10首、《新乐府》50首；回家三年，写下了关心民生的诗歌《观稼》、《采地黄者》、《新制布裘》等；而任江州司马时，写下著名的《琵琶行》和表达诗歌创作主张的长文《与元九书》。白居易的诗歌题材广泛，他在《与元九书》中说：“仆数月来，检讨囊帙中，得新旧诗各以类分，分为卷目。自拾遗来，凡所遇所感，关于美刺兴比者，又自武德讫元和，因事立题，题为《新乐府》者，共一百五十首，谓之讽谕诗。又或退公独处，或移病闲居，知足保和，吟玩性情者一百首，谓之闲适诗。又有事物牵于外，情理动于内，随感遇而形于叹咏者一百首，谓之感伤诗。又有五言七言长句绝句，自一百韵至两韵者四百余首，谓之杂律诗。”“仆志在兼济，行在独善，奉而始终之则为道。言而发明之则为诗。谓之讽谕诗，兼济之志也；谓之闲适诗，独善之义也。故览仆诗者，知仆之道焉。其余杂律诗，或诱于一时一物，发于一笑一吟，率然成章，非平生所尚者，但以亲朋合散之际，取其释恨佐欢……”从中可知，白居易曾将自己的多首诗分为讽谕诗、闲适诗、感伤诗和杂律诗四类。前三类从诗的内容来分类，后一类从诗的形式来分类，这一分类采取的标准不一，不够理想，所以他在晚年时编诗文集时只将诗歌分为格诗、律诗两大类，但从他的四类分法基本上可以看出他的诗歌理论，如诗歌要反映现实，文学要发挥教化功能，诗歌语言要通俗，语言等形式要为内容服务等。

白居易自己最重视的，也是他创作中价值最高的是170多首讽谕诗，其中《新乐府》50首和《秦中吟》10首是其代表作。他的讽谕诗内容深刻，真实地展现了中唐时期的社会面貌，主要有以下几方面的内容。

第一，反映下层人民的痛苦生活和悲惨命运并对之表示同情。如《观刈麦》写农妇在丰收的季节还得背着孩子在田里拾麦穗充饥，表现了沉重赋税盘剥下农民的悲惨生活。《杜陵叟》中“剥我身上帛，夺我口中粟，虐人害物即豺狼，何必钩牙锯齿食人肉”句，更是直接揭露官吏统治的残酷。这类诗还有《重赋》、《卖炭翁》、《新丰折臂翁》等。这些诗都表现了作者对劳动人民极大的同情，如《红线毯》中诗人为民疾呼：“地不知寒人要暖，少夺人衣作地衣。”在这类讽谕诗中还有些是反映妇女的悲惨和痛苦生活的作品，如《井底引银瓶》、《母别子》、《上阳白发人》等。

第二，直接揭露统治者的奢侈淫逸和肆意欺压人民的罪恶。这类诗以《轻肥》、《买花》、《卖炭翁》、《歌舞》等为代表。像《卖炭翁》在写“满面尘灰烟火色，两鬓苍苍十指黑”的卖炭翁悲惨生活的同时，实际上就是在揭示统治者的罪恶，因为卖炭翁“可怜身上衣正单，心忧炭贱愿天寒”的矛盾心理和悲惨生活正是由统治者的“宫市”造成的。而《轻肥》中的“是岁江南旱，衢州人食人”和《买花》中的“一丛深色花，十户中人赋”，都对官僚的骄奢淫逸进行了揭露和批判。

第三，讽刺官僚集团的人物，揭露当时社会的各种矛盾和不良风气。如讽刺执政宰相的《官车》、批判贪官污吏的《黑龙潭》、指斥沉湎酒乐不思复国的将帅的《西凉伎》,还有反对穷兵黩武的《新丰折臂翁》。

白居易的讽谕诗每首集中写一件事,主题的专一增强了诗歌的讽谕力量。50首《新乐府》诗,以诗的首句为题,诗下还用小序标明美刺的目的,如《卖炭翁》"苦宫市也",《上阳白发人》"愍怨旷也"。在诗的最后又对主题加以突出。诗往往先叙事,最后发表议论,他这种"首句标其目,卒章显其志"的做法更有助于明确诗歌的主题。在他的诗中,他还用细节描写来刻画人物形象,像《卖炭翁》刻写卖炭翁的形象是"满面尘灰烟火色,两鬓苍苍十指黑",同时他也爱用对比的手法互相衬托,深化主题,而且诗歌常常采用民歌的三三七句式,语言也平易近人,有利于诗歌的广泛流传。

除了讽谕诗之外,白居易的闲适诗和感伤诗也有不少佳作。如后世广为传诵的《长恨歌》、《琵琶行》就是感伤诗。诗人或有感于自己被贬的遭遇,或有感于历史抒发情怀。像《长恨歌》写唐明皇和杨贵妃的故事,既有对玄宗"重色思倾国"、"从此君王不早朝"等荒淫误国行为的讽刺,也有"在天愿作比翼鸟,在地愿为连理枝。天长地久有时尽,此恨绵绵无绝期"的对杨李二人纯真爱情的肯定,语言优美流转,极具打动人心的力量。

白居易的闲适诗多描写风光,表现他闲适淡泊、知足常乐的生活情趣。这类作品的艺术性大于思想性。如《大林寺桃花》:

> 人间四月芳菲尽,山寺桃花始盛开。长恨春归无觅处,不知转入此中来。

就在短短的四句中,写出诗人春日悠闲的心态。虽然白居易更重讽谕诗,不过他的闲适诗因为更合于后世文人的心态,影响反而更加深远。

白居易有杂律诗1 900多首,除了像《东南行一百韵》、《代书一百韵寄微之》等长篇之外,不少律绝诗脍炙人口。如《赋得古原草送别》:

> 离离原上草,一岁一枯荣。野火烧不尽,春风吹又生。远芳侵古道,晴翠接荒城。又送王孙去,萋萋满别情。

三、四句写小草的顽强,成为千古名句。

白居易的诗关注现实,语言又通俗易懂,在当时就流传颇广,甚至传到现在的朝鲜、日本等国。他是唐朝诗坛上能和李白、杜甫齐名并列的诗人,后人将他与宋代的苏东坡并称为"白苏"。

在中唐诗坛上，除了韩孟诗派、元白诗派、大历十才子等诗人外，还有李贺、刘禹锡和柳宗元，他们也是很优秀的诗人。

李贺（790—816），字长吉，河南宜阳人，祖籍陇西，所以自称“陇西长吉”。因为家在福昌昌谷，后世人称李昌谷。他的远祖李亮是唐高祖李渊的叔父，唐朝建立后被李渊追封为郑王。李贺这一支虽和李唐皇室是宗亲，但到他时，和唐皇族的关系已经非常疏远。李贺的父亲李晋肃，曾当过小官，不过死得很早。李贺是个天才诗人，21 岁时，他被推荐到京城参加进士考试，有些嫉妒他诗才的人就攻击他，说他的父亲叫晋肃，“晋”和“进士”的“进”同音，“肃”和“士”音近，李贺应该避父亲的名讳，不能参加进士考试。虽然韩愈写了《讳辩》为他辩护，说如果父亲名叫晋肃，儿子就不能举进士，如果父亲名字叫仁，儿子就不能为人了吗，但是李贺终究没有能参加进士考试。这件事对他打击很大，因为他一直自视甚高，常常以“皇孙”、“宗孙”、“唐诸王孙”称呼自己，所以，这一事件让他的心情一直很郁闷。22 岁的时候李贺做了从九品的奉礼郎小官，但 25 岁时就假托生病辞官回家了。他自幼体质不好，再加上心情不好的影响，27 岁就去世了。

李贺现存诗歌 241 首，虽然他的一生短暂，人生阅历简单，视野受到局限，但他的诗既有对时弊的揭露和对现实的讽刺，也有抒写艳情、咏仙讽鬼、感怀不遇的内容。如《苦昼短》嘲讽帝王求仙，《平陵下》写戍卒的疾苦，《老夫采玉歌》记录采玉工人的悲苦生活，《梦天》写梦游天际，《苏小小墓》写苏小小的鬼魂等候知心人，《雁门太守行》歌颂报效国家的壮士等。李贺诗最多的还是写自己怀才不遇的悲愤和对现实的愤懑不满。

受韩孟诗派影响，李贺写诗也追求新奇，他的诗歌取材前人都曾有过，但经他写来就与众不同。他不喜欢写当时人常作的近体诗和律诗，写的最多的是乐府诗。他的乐府诗很少自创新题，用的多是旧题，如《大堤曲》、《雁门太守行》，也有仿古题乐府，像《秦王饮酒》仿古题《秦王卷衣》、《李凭箜篌引》仿古题《箜篌引》等。在创作中，他能吸取汉魏乐府、南朝民歌中有益的成分，学习屈原、李白的浪漫主义，创作出极富浪漫色调的乐府诗，语言优美，色彩浓烈，不同于元白新乐府的通俗。

李贺有着丰富的想象力，他的诗歌有时显得荒诞虚幻，像《秦王饮酒》中的“羲和敲日玻璃声”句，太阳光洁犹如玻璃；《马诗》中的“向前敲瘦骨，犹自带铜声”句，写马骨强健有力，会发出铜声；《金铜仙人辞汉歌》中“东关酸风射眸子”、“忆君清泪如铅水”，写金铜仙人会潸然泪下。李贺的诗常常喜欢用鬼字、泣字、死字、血字来渲染一种哀苦之思和晦涩之调。如有名的《苏小小墓》：

幽兰露，如啼眼。无物结同心，烟花不堪剪。草如茵，松如盖。风为裳，水为珮。油壁车，夕相待。冷翠烛，劳光彩。西陵下，风吹雨。

凄风苦雨中，苏小小的等待成为一场空幻，心境也如那苦雨般清冷孤寂。李贺诗的语言变化多端，常常用不同的词写同一种事物，如“天河”、“天江”、“银浦”、“银湾”等词都写银河，习惯上用“肠回”、“肠断”形容心情愁苦，李贺却说成“思牵今夜肠应直”。他的笔下色彩多样，有寒绿、颓绿、丝绿、凝绿、静绿等各种绿色，有笑红、冷红、愁红、老红等多种红色。李贺诗的设想常常出人意表，有酸风，有香雨，而《金铜仙人辞汉歌》中的“衰兰送客咸阳道，天若有情天亦老”句更是石破天惊，写上天如果有感情的话，也会因为历史的兴衰而愁苦衰老。

总的来说，李贺的诗诗风晦涩，情绪低沉，主观化幻想浓厚，比起其他诗人来，李贺更注重挖掘人的内心世界。他的诗没有韩孟诗派以文为诗的倾向，可谓真正的诗人之诗。他的诗直接影响了晚唐的李商隐、杜牧、温庭筠等人。因其诗风虚幻怪诞，人称“诗鬼”。

刘禹锡(772—842)，字梦得，河南洛阳人，生于浙江嘉兴，是匈奴族后裔。22岁与柳宗元同榜中进士。25岁授太子校书。顺宗时，参与王叔文、柳宗元等人的政治革新运动，改革失败后，被贬官外放。直到826年，他才结束了22年的贬谪生活，从和州回洛阳。从836年开始，改任太子宾客，841年加检校礼部尚书，世称刘宾客、刘尚书。

刘禹锡现存诗歌800多首，诗歌内容丰富，形式多样，在当时自成一格。刘禹锡是唐朝进步的政治家，有着朴素的唯物主义思想。他的有些诗歌表达了他的政治见解，既有对权贵的讽刺和蔑视，又有对自己坚强不屈的斗争精神的抒发。如《元和十年自朗州召至京戏赠看花诸君子》、《再游玄都观》就是两首著名的政治讽刺诗。前者写道：“紫陌红尘拂面来，无人不道看花回。玄都观里桃千树，尽是刘郎去后栽。”后者云：“百亩庭中半是苔，桃花净尽菜花开。种桃道士归何处，前度刘郎今又来。”诗人用桃花比喻靠投机取巧获得政治权力的权贵，用看花之人比喻趋炎附势的人，用种桃道士比喻打击革新运动的当权者，对他们进行了狠狠的嘲笑。

刘禹锡还有一些诗借历史的兴衰变化表现当时社会的各种矛盾，在这些咏史怀古诗中，诗人寄予了无穷的感慨。如《西塞山怀古》、《石头城》、《酬乐天扬州初逢席上见赠》等都是。著名的《乌衣巷》写道：

朱雀桥边野草花，乌衣巷口夕阳斜。旧时王谢堂前燕，飞入寻常百姓家。

在今昔对比中反映出历史的沧桑变幻。

刘禹锡曾经有多年被贬沅、湘的经历，这使他有机会接受民间文学的影响。他学习了当地流行的渔歌、山歌，写下了许多清新活泼的民歌体小诗，如《竹枝词》：

杨柳青青江水平，闻郎江上唱歌声。东边日出西边雨，道是无晴还有晴。

诗中有民歌中常见的双关和谐音手法，“情”、“晴”相谐，很好地表现出恋爱中的少女微妙的心理变化。再如另一首同名诗：

山桃红花满上头，蜀江春水拍山流。花红易衰似郎意，水流无限似侬愁。

诗人形象地以容易凋谢的红花比喻情郎的薄情，以无尽流淌的水流比喻自己的失恋痛苦。刘禹锡的这类诗不仅在当时影响广泛，在后世也有不小的影响。

刘禹锡与元、白、韩等是诗友，白居易对他推崇备至，称他为“诗豪”。又因他生前与白居易齐名，人们以“刘白”并称。

柳宗元(773—819)，字子厚，河东人(今天的山西永济)，世称柳河东。与刘禹锡同年中进士，又一起参与了王叔文等的政治革新运动，失败后被贬，官终柳州刺史，人称柳柳州。

柳宗元诗歌现存140多首，都作于贬官之后。作为一名正直的政治家，他始终关心民生疾苦，有些诗如《田家三首》反映的就是农民的生活。他一直坚持自己的政治理想，在诗中表现自己的政治情怀和对一起革新的战友的感情，如诗《登柳州城楼寄漳、汀、封、连四州》。最能代表柳宗元诗歌创作成就的是他的山水景物诗。这些诗语言清新淡雅，意境优美，暗藏着诗人的理想和情趣，如《渔翁》、《南涧中题》等。最有名的要算五绝《江雪》：

千山鸟飞绝，万径人踪灭。孤舟蓑笠翁，独钓寒江雪。

不畏严寒、独钓寒江的渔翁实际上就是不苟同于流俗、坚强不屈的诗人的化身。这首诗也成为后世不少画家的创作素材。

思考题

1. 请简单谈谈中唐诗坛出现的新变化。
2. 请评价韩孟诗派、元白诗派的诗歌创作。
3. 请举例论述白居易讽谕诗的主要内容。
4. 请简单谈谈李贺诗歌创作的艺术风格。

第五节　晚唐诗人

文学史上的晚唐一般指唐文宗太和、开成之后到唐朝灭亡的七八十年。这一时期政治混乱，社会矛盾尖锐，国家动荡不安，宦官专权、朋党交争，藩镇势力日益强大。在诗歌创作方面，杜牧、李商隐是晚唐前二三十年间突出的诗人，在诗歌的内容和艺术上都有所发展。晚唐后五六十年出现了不少的诗人，如皮日休、聂夷中和杜荀鹤等，他们的诗语言浅近，但锋芒锐利。这一时期，盛唐积极昂扬的精神完全消失了，杜牧、李商隐的诗忧时悯乱，诗歌遍是感伤之情，更有一些诗写声色之娱，显出精神的空虚和没落。虽有皮日休等人关怀现实的作品，但晚唐诗歌还是一步步走向纤巧华丽的形式主义。

杜牧(803—852)，字牧之，陕西西安人。26岁中进士，因为个性刚直，受到宗派排挤，外出做了10年幕僚。36岁回京，但又受到宰相李德裕排挤，再度出京。官终中书舍人。

杜牧现存诗歌400多首。他一生仕途很不得志，一度纵情声色，有些诗歌如《赠别》、《叹花》直写自己的歌舞狎妓的糜烂生活，像《遣怀》中"十年一觉扬州梦，留得青楼薄幸名"句即是此意。但他大部分诗歌是抒写自己的理想和壮志难酬的感慨。杜牧本人很想在政治上有一番作为，因此他主张诗歌以思想内容为重。他的一些诗歌表现了他的政治理想，如《郡斋独酌》中"平生五色线，愿补舜衣裳。弦歌教燕赵，兰芷浴河湟"句即直接表达了自己的伟大抱负和政治理想。

杜牧最有名的是他的咏史怀古诗。这些诗借历史讽刺统治者的荒淫享乐，如《过华清宫三绝句》中的诗句，"一骑红尘妃子笑，无人知是荔枝来"、"霓裳一曲千峰上，舞破中原始下来"直指现实。也有借题发挥，表现自己政治见解、抒发自己心情的咏史诗，如《赤壁》："折戟沉沙铁未销，自将磨洗认前朝。东风不与周郎便，铜雀春深锁二乔。"诗人表面写周瑜，实则抒发自己的怀才不遇。后人多学习他这种论史绝句的形式。他还有的咏史诗即景抒情，表现诗人自己的历史感慨，如《后庭花》："烟笼寒水月笼纱，夜泊秦淮近酒家。商女不知亡国恨，隔江犹唱后庭花。"慨叹陈国亡国的命运。

杜牧还有一类写景抒情绝句，艺术价值很高。如《江南春》：

千里莺啼绿映红，水村山郭酒旗风。南朝四百八十寺，多少楼台烟雨中。

在对江南春景的描图之中包含着诗人无限的吊古之情。再如写秋景的《山行》：

> 远上寒山石径斜，白云生处有人家。停车坐爱枫林晚，霜叶红于二月花。

将经霜的红叶与二月的春花相比，既突出了枫叶的生机，又富有哲理。

李商隐(812—858)，字义山，号玉溪生，又号樊南生。原籍河南沁阳，后迁居郑州。他10岁丧父，生活孤苦。19岁时因为文才得到牛党成员令狐楚的赏识，在令狐楚儿子的推荐下，25岁中进士。中第后受到李党王茂元的喜爱，在王府中任书记，并娶了王茂元最小的女儿为妻，从此陷入唐朝激烈的朋党斗争中。牛党的人把李商隐转依王茂元的行为看成是一种"背恩"。牛党执政后，李商隐就一直受到排挤，仕途坎坷，生活清贫，最后潦倒而死。

在晚唐诗人中，李商隐的诗歌艺术成就非常高。在古诗创作方面，他学习杜甫、李贺、韩愈等人，作了《行次西郊作一百韵》、《海上谣》、《韩碑》等诗。在近体诗的创作方面，他继承杜甫沉郁顿挫的风格，加上齐梁绮丽的诗风和李贺的象征手法，写出了不少好诗，如《锦瑟》、《春雨》等，特别是他题为《无题》的爱情诗，更是隐约曲折、缠绵悱恻。李商隐善于在诗中摹写人物的心灵世界。他对心灵世界的复杂、多层次和隐约难言的一面作出了前人所没有的展示。他的诗虚化了诗的意境，加上人生经历的影响，自有一种凄艳感伤之美。他爱用如珠泪、玉烟、灵犀、梦雨这一类非现实的意象来表达自己的心灵体验，这就造成了诗歌内涵的复杂多解。同时，他在诗中大量用典，尽可能在有限的字句中表达更深沉的内容，但好用典故也让他的诗晦涩难懂。

李商隐现存诗歌约600首，诗歌大致表现以下三种内容。

一是对现实和国家命运的关心。他约有六分之一的诗写这些内容，早年表现得尤为明显。如长诗《行次西郊作一百韵》一诗写了长安西郊农村的破落景象，提出仁政任贤的主张，要求政治在人不在天。而26岁所作的《安定城楼》中用"贾生少年虚垂涕，王粲春来更远游。永忆江湖归白发，欲回天地入扁舟。不知腐鼠成滋味，猜意鹓雏竟未休"表达对国家命运的关心和自己欲扭转乾坤成就大事的抱负。还有如《曲江》、《重有感》等诗都是关心现实的作品。

二是借咏史来表达对政治的看法。如《隋宫》、《北齐》、《马嵬》等诗。在这些诗中作者含蓄地讽刺了帝王的荒淫奢侈，表达了自己"历览前朝国与家，成由勤俭败由奢”(《咏史》)的思想,衷心希望当政者能引以为鉴。还有些咏史诗借史上人物寄托自己怀才不遇的慨叹,如《贾生》:

宣室求贤访逐臣,贾生才调更无伦。可怜夜半虚前席,不问苍生问鬼神。

诗歌的立意、取材都别出心裁,远出当时那些平庸的咏史诗。诗人以贾生自况,表现自己怀才不遇的愤愤不平。

三是爱情诗和写景咏物诗。李商隐作品中最为人传诵的是他的爱情诗,这类作品或叫《无题》,或以篇中两字为题,诗中有爱情的执著、希望、失望甚至绝望。他的《无题》诗最著名,诗中本事或许难以明了,但他将爱情中的复杂心态表现得极为真实生动。如《无题》:

相见时难别亦难,东风无力百花残。春蚕到死丝方尽,蜡炬成灰泪始干。晓镜但愁云鬓改,夜吟应觉月光寒。蓬山此去无多路,青鸟殷勤为探看。

写春日离别,离情别恨、缠绵情思尽在诗中。而另一首《无题》:

昨夜星辰昨夜风,画楼西畔桂堂东。身无彩凤双飞翼,心有灵犀一点通。隔座送钩春酒暖,分曹射覆蜡灯红。嗟余听鼓应官去,走马兰台类转蓬。

诗写相思之苦,失恋之悲,其中的“身无彩凤双飞翼,心有灵犀一点通”成为爱情中的名句。而他那首写给妻子的《夜雨寄北》:

君问归期未有期,巴山夜雨涨秋池。何当共剪西窗烛,却话巴山夜雨时。

写尽了相思与孤寂,情真意切。

李商隐的咏物写景诗也有深意,表现了他的人生体验和情绪。如慨叹身世不遇的《流莺》,愤慨命运的《蝉》等。最有名的是那首《登乐游原》:

向晚意不适，驱车登古原。夕阳无限好，只是近黄昏。

诗中交织着诗人对自身命运和国家命运的哀叹。

李商隐的诗歌对后世影响非常大，特别是他的爱情诗，像宋初的西昆派诗人、婉约派词人，还有清代的黄景仁、龚自珍等人都曾受到过他的影响。人们将他和杜牧并称“小李杜”。

晚唐时有一位和李商隐并称“温李”的温庭筠(812？—866)，也爱写爱情题材的诗，诗风艳丽。温庭筠现存诗歌约330首，乐府诗占了六分之一，多数写闺阁、宴游，词采华美，如《春愁曲》等。在近体诗中有一些抒情之作，如《过陈琳墓》、《苏武庙》等，感慨遥深。不少山水行旅题材的作品清丽典雅，有些诗中的句子已成为名句，如《商山早行》中的“鸡声茅店月，人迹板桥霜”，纯粹用名词组合出一幅早行图。

晚唐时有一些苦吟诗人，最有名的当属贾岛(779—843)。从风格来看，贾岛属于韩孟诗派。他写诗时追求奇特之美，注重炼字炼句，诗中警句多而名篇少，如《题李凝幽居》中的“鸟宿池边树，僧敲月下门”中的“敲”字，就是一番苦苦推敲之后选定的。他和孟郊都以苦吟出名，诗中多写个人穷困，风格瘦硬，所以苏东坡将两人的诗形象地概括为“郊寒岛瘦”(《祭柳子玉文》)。

晚唐后期出现了一些现实主义诗人，如皮日休、陆龟蒙、聂夷中、杜荀鹤等人，他们与杜牧、李商隐等人的诗风不同。皮日休(834？—883?)、陆龟蒙(？—881)并称“皮陆”。陆龟蒙一生散淡自在，人称“江湖散人”、“天随子”、“甫里先生”。他的600首诗，大部分都是他退隐生活的反映。皮日休出身贫寒，诗歌创作上受白居易影响较大，特别强调诗歌的政治功能。他的那些极富思想性的作品都写于中进士之前。如《正乐府十篇》、《三羞诗》等都涉及了当时黑暗社会的各个方面，农民的痛苦生活、军阀的贪婪残暴、战争的残酷等都在他的笔下有深刻的揭露。《橡媪叹》是他著名的作品。不过他和陆龟蒙诗歌唱和之作就少了关怀现实的一面，而主要表现自己的隐逸闲情，少了对人生的思考和对自然的感悟。皮陆二人在唐末诗坛上，成为江湖隐逸一派。

聂夷中(837—?)，山西人，出身贫寒，仕途不顺。现存诗歌37首，但有十几首是乐府诗。他的诗歌主要讽刺贵游公子和同情农民的痛苦。前者以《公子家》为代表，诗云：“种花满西园，花发青楼道。花下一禾生，去之为恶草。”讽刺了贵族公子生活的骄奢淫逸。后者以《伤田家》为代表。诗云：

二月卖新丝，五月粜新谷。医得眼前疮，剜却心头肉。我愿君王心，化作光明烛。不照绮罗筵，只照逃亡屋。

虽然诗中有对君王的幻想，但更多的还是讽刺。

杜荀鹤(846—907)，安徽人，出身寒微，自己说自己是“天地最穷人”。46岁才中进士。他的创作主张接近白居易，有诗300多首，没有一篇古体，他的诗中广泛地反映了唐朝末年的社会动乱和人民的痛苦生活。如《山中寡妇》、《再经胡城县》等诗，都浅近平易。

不过这一类关注现实、反映社会动乱的诗在晚唐并不居主要地位，到了五代初的郑谷、韦庄、罗隐等人那里才有了更多的表现。总体而言，晚唐的诗坛笼罩着一片凄凉黯然的末世情绪。

思考题

1. 请简单谈谈杜牧的咏史诗创作。
2. 请举例论述李商隐诗歌创作的主要内容。
3. 请简单谈谈李商隐诗歌创作的艺术成就。
4. 请列举晚唐重要的现实主义诗人及其代表作品。

第六节 古文运动

唐代各类文体并不是平衡发展的，当唐诗高度繁荣时，散文的改革才开始。这种改革包括内容和形式两方面：从内容上讲，是要求散文明道载道，表达一定的政治内容；从形式上看，是要求从形式僵化的骈体文到精练实用的散体文。人们习惯上把中唐时期发生的、多人参加的、有目的、有一定理论主张且影响深远的文学革新叫做“古文运动”。

唐朝以前，无所谓古文，韩愈首先提出了这个概念，用来指和骈文相对的、奇句单行、不讲求对仗和声律、取法先秦两汉的文体。中唐时期社会矛盾尖锐，宦官专权，人民贫困不堪，社会已经动荡不安，同时，佛老思想盛行，又威胁了儒家作为正统思想的统治地位。在这种情况下，一批有强烈忧患意识和中兴愿望的士人想改革现实，思想界兴起了复兴儒学的思潮。韩愈、柳宗元就是其中的杰出者，他们将复兴儒学的运动推向了一个高峰。而先秦两汉那种形式灵活，便于说理、辩论的文体更适于他们批判佛老、重建儒家的道统，以达到拯救人心、改革现实、扭转社会危机的政治需要。因此，在文学领域自然兴起了一个反对空洞浮靡的骈文的古文运动，这种文体革新运动实际上也是他们政治实践的一部分。当然，文风的变化也是文学自身发展的一个必然趋势。文体复兴的主张在西魏的苏绰和隋朝的李谔那就提出过，只不过没有产生实际的影响。唐朝前期普遍使用的是骈文。初唐的陈子昂和盛唐的萧颖士、李华、孤独及、柳冕等人都努力宣传和写作古文，但也没有能扭转骈文统治文坛的风气，只有到了韩柳这里才取得了成功。

韩柳的古文运动有一些明确的理论主张。第一，文以载道，文以明道。这是他们理论的基本出发点。所谓文以明道、文以载道，是就文章内容和形式的关系而言的，文是形式，是手段，道是内容，是目的，写文章为的是更好地宣传道。这里的道指的是封建伦理道德和思想，但这一观点的提出旨在要求人们重视文章的思想内容，重视文章的讽谕、美刺功能，要求作者关心社会，在当时还是有一定的积极意义的。第二，作家要有良好的道德修养，文章要有强烈的情感力量。韩愈发展了孟子的“养气说”，要求作家要有一定的思想修养，提出“气盛则言之短长与声之高下者皆宜”（《答李翊书》）。他认为作家写作时如果贯注一定的精神气质、情感力量，作品就更有动人的力量。他进一步提出“不平则鸣”的观点，认为尽情宣泄的愁苦之音更加感动人。柳宗元的“感激愤悱”说也是认为文章中各种情感都要尽兴抒发。他们的主张将文章的发展引向一条重视情感的道路。第三，提出古文创作的标准，要求写作古文时，应该不因循，有创新。韩愈认为学习前人时要“师其意不师其辞”（《答刘正夫书》），就是学习前人的思想，而不是因袭前人的字句。除了要求文通字顺、语言合乎语法之外，他还要求“词必己出”（《南阳樊绍述墓志铭》），务去陈言，即要用自己的语言，创造新的词汇，从现实生活中汲取新的词汇，而且文章的语言一定要和内容相合。这些理论主张解决了如何写作及怎样写好文章的问题，在复古运动中，提出新的主张，这正是韩愈超越前人的地方。

在理论主张之外，韩柳还为众人做出了创作示范，他们两人先后创作了800多篇散文，涉及政论、传奇、赠序、杂说、传记、祭文、墓志、寓言、游记等，普及了古文的写作。经过韩愈、柳宗元等人的大力提倡和创作推动，在德宗贞元、宪宗元和年间，古文逐渐压倒骈文，成为文坛的主要文体。这一运动虽然有些局限性，比如文章要明的是儒家的道统和思想，但这一运动总结了散文创作的技巧和语言艺术规律，强化了古文的抒情特征，形成了一种新的文体，开创了中国古典散文的新时代，影响了后世的散文创作。

古文运动的代表人物是韩愈、柳宗元，另外还有皇甫湜、李翱等人。下面简单介绍韩柳二人的古文创作。

韩愈的文章各体皆备，内容丰富。论说文是韩愈散文中比较重要的一类，一般都是针对现实而作，如《原道》、《论佛骨表》、《原性》、《原毁》等提倡尊儒反佛，《杂说》、《获麟解》等篇嘲讽社会现状。他的论说文结构谨严、语言精练，逻辑性很强。其中代表作是《师说》，文中针对当时士大夫轻视学习、耻于从师的风气，提出了“古之学者必有师”的观点，阐明从师学习的重要性和老师“传道、授业、解惑”的作用，以及“无贵无贱，无长无少，道之所存，师之所存”的择师标准和“弟子不必不如师，师不必贤于弟子，闻道有先后，术业有专攻”的新型师生关系，吁请人们从师学习。整篇文章层层推进，反复论证，极富感染力量。韩愈的论说文文笔多变，像长篇《进学解》就不同于《师说》的立论，而采用了问答形式，假托向学生训话，提出“业精于勤，荒于嬉；行成于思，毁于随”的道理，教导学生努力学习以求得学业和德业方面的进步，同时也抒发了自己怀才不遇的愤懑。文章在诙谐的文字中表达了严肃的主题，骈散相间的语言也使整篇文章充满了音乐之美。

韩愈还写有不少传记文，其中较多的是墓碑和墓志铭。如化用《尚书》、《雅》、《颂》体裁的《平淮西碑》，语言典重；学习《史记》、《汉书》写法的《清河张君墓志铭》，描写生动，充分表现了韩愈善于状物叙事的才能。《张中丞传后叙》是韩愈传记文的代表。作者继承了《史记》描写人物的传统，刻画了张巡、

许远、南霁云三个人物的形象，文中叙事、抒情、议论相杂，很有感动人的力量。而像《毛颖传》、《石鼎联句诗序》等，或在戏谑中讽刺现实，或以传奇小说的笔法表现人物，文章完全虚构化，和当时流行的传奇小说接近。

韩愈的抒情文写得情真意切。如祭奠侄子的《祭十二郎文》，写骨肉情深，感人至深。作者突破了四言押韵的常规，选择家常琐事来进行抒写，语言朴素，如"一在天之涯，一在地之角，生而影不与吾形相依，死而魂不与吾梦相接"等句，极具打动人的情感力量。而如《祭柳子厚文》、《祭河南张员外文》等写友情，流露出作者的真性情。韩愈还有一些言简意赅的序文，如《送李愿归盘谷序》云："穷居而野处，升高而望远，坐茂树以终日，濯清泉以自洁。采于山，美可茹；钓于水，鲜可食。起居无时，惟适之安。与其有誉于前，孰若无毁于其后；与其有乐于身，孰若无忧于其心。车服不维，刀锯不加，理乱不知，黜陟不闻。大丈夫不遇于时者之所为也，我则行之。"寄慨遥深。他的送序文风格也多种多样，有的通篇议论，如《送水陆运使韩侍御归所治序》等篇，突破了前人送序文先写离情后写风景的常见格式。

韩愈的散文风格多样，语言真率，气势充沛，颇多愤慨之情。他追求作品的奇，不仅写法奇特，在语言上，也多创新词，不少词在后世广为流传，典型的如《进学解》篇，像"业精于勤"、"含英咀华"、"佶屈聱牙"、"同工异曲"、"动辄得咎"等都出自此篇。同时，他的不少作品自然真切，如话家常，一扫六朝的柔靡浮艳。正因为此，韩愈被视为唐宋八大家之首，苏东坡则称他"文起八代之衰"(《韩文公庙碑》)。

柳宗元和韩愈一样，他的"文以明道"观强调文章要表达一定的思想内容，他也强调作家要有道德修养。柳宗元共有600多篇诗文作品，其中骈文近百篇。他的古文创作大致可以分为论说文、寓言、传记、山水游记和骚体赋五类。

他的论说文笔锋犀利，论证有力，中长篇政论文的代表作是《封建论》、《断刑论》等，短篇政论文的代表作是《晋文公问守原议》、《桐叶封弟辩》等。在他的政论文中既有进步的思想，也有佛教思想中消极的一面。他的寓言作品继承了《庄子》、《韩非子》、《吕氏春秋》等书的传统，并在传统的基础上进行了发展。寓言在柳宗元手里成为一个独立的文体，他用寓言来讽刺、抨击当时的社会现象，或者表达自己的政治见解，寄寓一定的哲理。《三戒》(《临江之麋》、《黔之驴》、《永某氏之鼠》)是其寓言的代表作，嬉笑怒骂中寓有深刻教训。柳宗元的传记以《段太尉逸事状》、《梓人传》、《河间传》、《捕蛇者说》为代表。在这些传记中，柳宗元继承了《史记》、《汉书》等书的写作传统，叙事、抒情结合，人物形象刻画生动。同时，他还仿照《离骚》、《九章》、《天问》等体式创作出了如《囚山赋》、《梦归赋》、《天对》等独具特色的骚体赋。

柳宗元艺术成就的最高代表，也是真正让他获得极大声名的是山水游记，其中写得最好的是他被贬官之后的作品，“永州八记”是代表作。这八记包括《始得西山宴游记》、《钴鉧潭记》、《钴鉧潭西小丘记》、《至小丘西小石潭记》、《袁家渴记》、《石渠记》、《石涧记》、《小石城山记》。在作者的笔下，既有美好的景物，又有幽静的心境，更有寄寓其中的身世之感和被贬失意的孤寂心情，语言精巧，充满诗情画意。如他的《至小丘西小石潭记》：

> 从小丘西行百二十步，隔篁竹，闻水声，如鸣珮环，心乐之。伐竹取道，下见小潭，水尤清冽。全石以为底，近岸，卷石底以出，为坻，为屿，为嵁，为岩。青树翠蔓，蒙络摇缀，参差披拂。
>
> 潭中鱼可百许头，皆若空游无所依，日光下澈，影布石上，佁然不动；俶尔远逝，往来翕忽，似与游者相乐。
>
> 潭西南而望，斗折蛇行，明灭可见。其岸势犬牙差互，不可知其源。
>
> 坐潭上，四面竹树环合，寂寥无人，凄神寒骨，悄怆幽邃。以其境过清，不可久居，乃记之而去。

文章不是正面写小潭，而是先由小潭的水声着笔，不着力写水如何清，而是从石之底、鱼之游、日之影来侧面表现，在对潭边清冷寂静的环境描写中暗示出作者的悲凄心绪，是一篇上乘佳作。

韩愈、柳宗元领导的古文运动取得了一定的成就。但在唐代，他们的后继者们没有全面贯彻他们的理论主张，只追求奇异怪僻，创作道路越走越窄。在社会矛盾日益尖锐的情况下，古文运动也日益衰落。直到北宋中期，以欧阳修为首的一些文人再度掀起古文运动，韩柳的古文传统才真正得以确立。不过，在晚唐古文运动衰落的同时，皮日休、罗隐、陆龟蒙等人却继承了柳宗元寓言小品的传统，写出了一些有抗争精神的小品文，讽刺现实。正如鲁迅指出的：“唐末诗风衰落，而小品放了光辉。但罗隐的《谗书》，几乎全部是抗争和愤激之谈；皮日休和陆龟蒙自以为隐士，别人也称之为隐士，而看他们在《皮子文薮》和《笠泽丛书》中的小品文，并没有忘记天下，正是一塌胡涂的泥塘里的光彩和锋铓。”(《小品文的危机》)

思考题

1. 请简要分析古文运动兴起的原因。
2. 韩柳古文运动的理论主张有哪些？
3. 请简单谈谈韩愈古文创作方面的成就。
4. 请简单谈谈柳宗元古文创作方面的成就。

第七节　唐代传奇

传奇是唐代的小说名称。因为晚唐时裴铏有一本小说专集，名叫《传奇》，意思是传写奇特神异的故事，所以宋代以后的人都用“传奇”来称唐朝人的小说。一般来说，小说这一体裁历来不受正统文人的重视，不过到了唐朝，这一情况有了改变。唐代有不少著名的历史学家都加入了小说的创作队伍。鲁迅在《中国小说史略》一书中说：“小说亦如诗，至唐代而一变，虽尚不离于搜奇记逸，然叙述宛转，文辞华丽，与六朝之粗陈梗概者较，演进之迹甚明，而尤显者乃在是时则始有意为小说。”也就是说，六朝人是将那些神异故事当成真事来记录，到了唐朝，人们开始有意地创作小说，小说也有了比较丰富的现实内容和比较完备的语言等艺术形式，小说中的心理描写、人物刻画、故事情节的完整性都超过了六朝志怪小说。今天我们能看到不少唐代传奇小说，它们大部分收在宋代初年李昉等编的《太平广记》中，《全唐文》、《太平御览》等总集类书中也有一些。

唐代传奇之所以兴起和发展，一方面是因为唐朝生产力发展，城市经济繁荣，社会生活的复杂化扩大了小说的素材来源，同时，以工商业为主的市民阶层出现，通俗文学迅速兴起，“市人小说”因此产生，这也为传奇的创作提供了新的思想内容和方法。另一方面，唐朝流行“温卷”风气，通过这种文体可以看出一个人的史才、诗笔和议论，所以举子们借当时的显贵名流向主司报上自己的姓名，然后献上自己写的东西，像《幽怪录》、《传奇》之类。这种风气到了中晚唐时期越发流行，进一步促进了唐传奇的发展。而思想界佛教和道教的流行，也影响了传奇的创作。当然，唐传奇的发展也是文学自身发展的结果。唐朝不少历史学家参与了传奇的写作，他们借鉴了《史记》等传记文学的传统，使原本粗陈梗概的小说体制更加阔大，情节、人物性格更加生动。而唐朝变文、话本、词文、俗赋等通俗文艺的流行也影响了传奇的发展。元白等人提倡的现实主义创作精神、古文运动中文体解放的观念也都推动了传奇的发展。

唐传奇的发展大致经历了三个时期。初盛唐时期是传奇的初步发展期。这一时期作品数量不多，艺术上不够成熟，还未能脱离六朝志怪小说的影响，不过已经开始注意描绘形象和结构的完整，显示出创新发展的趋势。王度的《古镜记》是现存唐传奇中最早的一篇，主要是写一面古镜降妖、伏兽、显灵、治病等各种灵异故事。作者以时间为顺序将十二段独立的故事贯串成章，比起六朝志怪的零散，结构上有了进步。无名氏的《补江总白猿传》写梁将欧阳纥的妻子因为美丽，被白猿劫走，后来欧阳纥率兵进山杀死白猿，但他的妻子已经怀孕，最后生下一个长得像白猿的孩子，聪明过人。这部作品还是写怪异的事情，但是在创作时已经加入了人物的活动，情节更加曲折，也出现了形象的环境描写，艺术手法上比《古镜记》更进一步。张鷟的《游仙窟》是唐传奇中字数最多的一篇，唐朝时就已流传到日本，后来国内失传后，由近代学者从日本抄回。在这部传奇中，作者自叙奉使河源在途中投宿神仙窟，和十娘、五嫂宴饮欢乐的故事，实际上是当时文人纵酒狎妓生活的再现，有极浓的色情成分。不过这部作品诗文交错，从神仙鬼怪转向了对现实生活的描写，所以，在唐朝传奇的发展过程中还是有一定的意义的。

中唐时期是传奇发展的黄金阶段。这一时期作品数量多，名家名作辈出。大多数传奇反映现实生活，即使在一些谈神说怪的小说中，也有现实内容。这一时期的作品大致分为以下三类。

一类是讽刺小说，以沈既济的《枕中记》和李公佐的《南柯太守传》为代表。《枕中记》写一位热衷功名的卢生在邯郸途中借了道士吕翁的青瓷枕睡觉，梦中娶了高门女，又中了进士，出将入相，享尽荣华富贵，而一觉醒来，店主人蒸的黄粱饭还没有熟。于是，卢生大彻大悟。《南柯太守传》的故事和《枕中记》相似，写淳于棼醉后做梦，被槐安国招为驸马，又做了南柯太守，深受百姓爱戴。后来与檀罗国交战失败，加上公主又死了，受到别人的谗言，被国王遣回。淳于棼醒来后才发现原来所谓的槐安国、檀罗国不过是屋旁古槐树下的蚁穴，从此他万念俱灰，入了道门。这两部作品虽然受道家影响较大，宣扬了人生如梦的思想，但还是有一定的现实意义，作品曲折地反映了当时士子们热衷功名的思想，揭露了官场的险恶和倾轧，特别是寓言和志怪表现手法的结合运用，在真幻错杂中显示出批判现实的精神。“黄粱美梦”、“南柯一梦”也因此成为人们熟悉的典故。

中唐传奇的第二类是爱情小说，这是数量最多、质量最高的一类作品，主要代表作有《任氏传》、《柳毅传》、《莺莺传》、《李娃传》、《霍小玉传》等。这些作品一般以歌颂忠贞爱情、谴责封建礼教对妇女的迫害为主，作者用写实手法刻画了一系列女性形象，将郎才女貌作为理想的爱情标准，表现了作者的爱情理想。

沈既济的《任氏传》写狐女任氏和贫士郑六相爱，郑六妻族的富公子韦崟贪图任氏的美貌，白日登门，想强施暴力。任氏对他责以大义，韦崟为之折服。后来郑六远出就职，任氏预知此行不吉，不肯去，后被郑六强邀而去，在途中被猎犬所害。虽然书中有些情节有损形象的完美，但小说还是出色地刻画了一位聪明机警、忠于爱情的狐女形象。这个形象和六朝志怪故事中简单粗陋的狐女相比，更加人性化和人情化。

李朝威的《柳毅传》也是一部充满神怪色彩的爱情小说。作品写落第书生柳毅经过泾河，遇见了牧羊的洞庭龙女。龙女向他诉说了在夫家备受虐待的不幸，请求柳毅代为传书给她的父亲洞庭君。柳毅慷慨应允，替她传书。龙女的叔叔钱塘君闻讯后怒不可遏，杀死了泾河龙，救出龙女。后来钱塘君威令柳毅娶龙女，柳毅严词拒绝。故事的最后写经过一些曲折，龙女终于和柳毅结合。小说中的龙女代表了反抗夫权和包办婚姻的女性形象，父母的包办婚姻没有带给她幸福，她奋力争取，最后终于得到了幸福。而柳毅也是一位不慕女色和荣华富贵的人物。他一开始同意为龙女传书，是出于正义感，而不是贪恋龙女的美色，后来钱塘君逼婚，他毅然拒绝，表现出不畏强权的一面。最后他爱上龙女，也不只是慕色，而是感于龙女的深情。这部作品人物形象鲜明生动，情节离奇曲折，在诗意的想象中表现出一定的反封建意识。《柳毅传》和《任氏传》一样，在神怪的描写中，透露出人间社会的影子。

元稹的《莺莺传》写张生和莺莺的爱情故事。张生在蒲州旅游时，投宿普救寺，巧遇表亲崔家母女。恰在这时蒲州发生兵变，亏得张生朋友的帮助，崔家全部生命财产才得以幸免于难。崔母因此非常感激张生，设家宴招待他，并让女儿莺莺出来与张生相见。张生惊艳于莺莺的美貌，托莺莺的婢女红娘送去两首《春词》，莺莺当晚就作诗《明月三五夜》答复了张生，约他十五日月夜在西厢相见。张生如期赴约后，莺莺却端服严容，将张生狠狠责骂了一通，大谈“非礼勿动”的道理。不过几天之后，莺莺主动到张生处，和他同居了近一个月。后来张生进京应考，变了心。莺莺给张生寄去长书和信物，但张生还是抛弃了她，并在朋友面前说莺莺是“必妖于人”的“尤物”。在张生另外娶了高官之女之后，莺莺只好另嫁他人。后来张生再次路过莺莺住处时，要求以表兄妹身份相见，被莺莺拒绝。小说成功地塑造了争取爱情自由的少女莺莺的形象，结尾展示了张生的绝情，真实表现出那个时代许多文人醉心功名富贵、负心背弃爱情的行为。只是作者对张生的始乱终弃不但不指责，反而认为张生是“善补过者”，反映出作者不正确的思想意识，并且作品的后半篇以大量的诗文代替叙述，削弱了作品感人的力量。只不过因为故事写的是才子佳人的恋爱故事，所以受到许多文人的喜爱。

白居易的弟弟白行简的《李娃传》是唐人传奇中的佳作。作品写了长安妓女李娃和荥阳生的爱情故事。不同于《莺莺传》的由喜到悲，《李娃传》中的爱情由悲到喜地向前发展。荥阳生在进京赶考时,爱上了长安名妓李娃,为她耗尽了钱财。后来被鸨母设计逐出了妓院,流浪街头,成了丧葬店唱挽歌的歌手,靠唱歌糊生。有一次,他遇上了自己的父亲荥阳公,荥阳公为了维护家庭门风,将他狠狠地鞭笞了一顿,几乎将他打死。从此以后,荥阳生沦为乞丐。在一个风雪之日,公子沿街乞讨,李娃听见他乞食的声音,就将他扶到家中。在一番自我谴责之后,赎身与公子同居。在李娃的照顾和勉励下,荥阳生高中为官。李娃为了不妨碍他的前途,主动要求公子另娶士族之女,自己准备离开,后来公子苦苦恳求,在相送的途中,遇到了荥阳公,父子相认,李娃也被封为汧国夫人。故事没有脱离一般的大团圆结局,这当然是作者认识的局限,也是作者的审美趣味所限。在小说中,人物有血有肉,情节曲折,引人入胜,尤其是李娃这个形象,作者成功地写出了她的坚强、明智等性格。

蒋防的《霍小玉传》写了歌妓霍小玉和书生李益的爱情悲剧。在所有写妓女和进士恋爱最终悲剧结局的传奇中,这是最有代表性的一篇。霍小玉本是唐朝宗室霍王的侍婢所生,因为是庶出,霍王死后,她和母亲一起被赶出王府,沦为娼妓。在长安的书生李益爱慕小玉的美丽,经过一番热烈追求之后,小玉也为他的才气吸引,两人相恋。后来李益做了官,临行前向小玉发誓要白头偕老,但很快李益就变了心,娶了贵族小姐。小玉在长安痴情一片,变卖服饰,托人到处探寻李益,最后相思成疾,卧床不起。有位侠士黄衫客激于义愤,将李益挟持到小玉家。小玉在大骂李益负心之后悲愤而死,死后变成厉鬼,在李益家作祟,使李益夫妻不和。李益休妻后连娶三次,都因为他猜忌多疑,家庭生活不幸福。小说在叙述和描写中成功地刻画了受尽压迫凌辱但始终不屈服的妇女形象。作者对小玉饱含着同情,对负心人李益的描写也没有流于简单,而是通过心理活动的描写展现他的内心矛盾和痛苦,将他从重情到薄情、绝情,绝情后复有情的性格揭示了出来,有一定的真实性。作者同时结合当时广阔的社会现实来写爱情,用性格冲突推动情节的发展,这些都让这部作品成为唐代传奇中最精彩的一篇。

唐人传奇中的第三类是一些历史小说,如《高力士传》、《李林甫传》等写统治阶级的人物。陈鸿的《长恨歌传》和《东城老父传》等作品反映了封建帝王的荒淫误国和骄奢淫逸,有着对时政的不满。

晚唐时期是唐传奇发展的后期,这一时期文人对传奇这一文学形式进一步重视,出现了大批的传奇专集,但总的来说,晚唐的传奇无论在思想内容上还是在艺术成就上都比不上中唐的著名作品。晚唐传奇有种搜奇猎异的倾向,作品的现实主义内容受到削弱,有种向六朝志怪回归的趋势。不过这一时期也有新题材出现，像袁郊的《红线传》、杜光庭的《虬髯客传》、裴铏的《聂隐娘》等都是写侠客的作品。

唐传奇中许多人物性格鲜明，尤其是妇女的形象，像李娃、崔莺莺、霍小玉等。作者在介绍完人物以后，展开情节叙述，最后再加以简单地评价，首尾呼应。同时，作者能结合各个人物不同的身份地位，通过一些细节描写人物内心活动，对人物进行深度刻画。唐传奇反映的多是城市社会生活，许多传奇的主题也是带有反封建礼教的性质，像娼妓、婢妾等处在社会最底层的女性成为被歌颂的对象，在她们的身上有着许多美好的东西。简单地说，唐传奇的人物形象、主题、艺术表现手法对后世的小说、戏曲创作产生了很大的影响，唐传奇的产生标志着我国文言小说发展到了成熟的阶段。

思考题

1. 什么是“传奇”？唐传奇兴起和发展的原因是什么？
2. 请列举唐传奇不同发展时期的主要代表作家和作品。
3. 请简要分析《柳毅传》的主要思想内容。

第八节 晚唐五代词

词，即歌辞，本来指一切可以合乐演唱的诗体，唐代把当时流行的杂曲歌辞叫作“曲子词”，简称为词。词和诗不同，词有许多调子，每个调子都有一个名称，配合不同的乐曲演唱。演唱时，为了反复吟唱，每调一般又分为上阕、下阕或上片、下片。绝大多数词调的句子都长短不一，因此词又叫做“长短句”。关于词的起源，学术界现在说法不一。一般认为，词起源于民间，在形成过程中既受燕乐的影响，又受魏晋南北朝以来流行的清商乐的影响，在传唱的过程中，渗入了市民阶层的思想。

词最早产生于隋代（有人认为是盛唐），盛唐和中唐的一些诗人积极地对这一新形式进行了尝试。今天我们看到的最早的唐代民间词是在敦煌发现的曲子词（其中有少数作品的作者是文人）。敦煌曲子词题材广泛，有反映边疆情况的，有歌功颂德的，有反映战争的，更多的是写爱情的作品。敦煌曲子词语言通俗，生活气息浓厚，比喻生动形象，有民歌中常见的比兴手法，不过比起后来的词，在艺术上还是显得有些粗糙。如《菩萨蛮》：

> 莫扳我，扳我太心偏。我是曲江临池柳，者（这）人折去那人扳，恩爱一时间。

词中将任人扳折的杨柳比喻成受尽侮辱的妓女，传唱出女性的悲惨命运。

中唐前后，一部分文人在民间词的影响下，开始了词的创作。张志和、刘长卿、韦应物等是比较早的词作家。张志和作有五首《渔歌子》，写渔人生活，颇有盛唐山水诗的风味。如第一首：

> 西塞山前白鹭飞，桃花流水鳜鱼肥。青箬笠，绿蓑衣，斜风细雨不须归。

而韦应物、戴叔伦的《调笑令》词是最早写边塞景象的。如戴叔伦写道：

> 边草，边草，边草尽来兵老。山南山北雪晴，千里万里月明。明月，明月，胡笳一声愁绝。

韦应物和戴叔伦的创作已渐渐摆脱了诗句形式整齐的影响，表现出词调的特点。

中唐时期写词较多的是白居易和刘禹锡，他们在词中或描写爱情，或写自然景物。如白居易的《长相思》：

> 汴水流，泗水流，流到瓜洲古渡头，吴山点点愁。思悠悠，恨悠悠，恨到归时方始休，月明人倚楼。

他们的词中已经开始出现文人词的特点。

中唐以后，文人写词的就更多了，写词最多、影响最大的是温庭筠。后蜀时赵崇祚选录18位“诗客曲子词”共500首，编成十卷的《花间集》，温庭筠被列为首位。因为集中所选词人词风大体接近，人们就称之为花间词人，温庭筠被认为是花间词派的鼻祖。

温庭筠出身于没落贵族家庭，长期在歌楼妓馆出入，一生困顿，晚年才做了一个小官。他的词现存60多首，内容绝大多数描写妇女容貌、服饰、体态等。如《菩萨蛮》：

> 小山重叠金明灭，鬓云欲度香腮雪。懒起画蛾眉，弄妆梳洗迟。照花前后镜，花面交相映。新帖绣罗襦，双双金鹧鸪。

词人用艳丽的笔调尽写妇女华贵的服饰、娇弱的体态，展现了一位独处的女子空虚寂寞的生活。和敦煌词中的《菩萨蛮》相对照，温庭筠的词就显得绮艳，没有离开“红香翠软”的范围。不过因为温庭筠仕途失意，所以他对那些不幸的女性也有所同情。他的一些写闺情的诗相当动人。如《望江南》：

> 梳洗罢，独倚望江楼。过尽千帆皆不是，斜晖脉脉水悠悠，肠断白蘋洲。

悠悠的水如同一去不返的人儿，脉脉斜晖也似闺中人的脉脉多情，在这些富有特征的景物中显出了闺中少妇无尽的思念与离恨。温庭筠对词的艺术方面进行了多方探索，注重词的字句修饰，加强了词的文采，推动了词的发展。不过，他的词也有些不好的方面，如词风偏于柔媚，词句也过于雕琢，给了后来的词人以消极的影响。

《花间集》中的其他诗人除温庭筠、皇甫松、孙光宪之外，都是集中在西蜀的文人。因为西蜀地区山川险固，较少受到战祸的影响，所以西蜀宴饮歌舞之风昼夜不休。在这种风气下，文人们写词也多是绮艳浮靡，除了描图妇女的服饰、容貌、体态，表现生活的空虚之外，没有什么有意义的内容。只有一位和温庭筠齐名的韦庄，词稍有内容，风格清新明朗。如《思帝乡》：

春日游，杏花吹满头，陌上谁家少年，足风流，妾拟将身嫁与，一生休。纵被无情弃，不能羞。

很有民歌的意味，而其中天真烂漫追逐爱情的少女形象更是生动。韦庄的词不同于其他花间词人雕琢、堆砌辞藻，用词浅近清新，感情真挚。如《菩萨蛮》：

人人尽说江南好，游人只合江南老。春水碧于天，画船听雨眠。垆边人似月，皓腕凝霜雪。未老莫还乡，还乡须断肠。

在低回曲折中暗蕴无限的思乡之情。

五代时，在当时南唐的首都金陵，有几个稍晚于西蜀花间词人的词人也在大力进行词的创作，其中冯延巳、李璟、李煜是代表，尤以李煜的成就最高。冯延巳（903—960），广陵人，有词 100 多首，是五代词人中词作数量最多的一位。十几首《鹊踏枝》是他的代表作，这里简录一首：

谁道闲情抛掷久？每到春来，惆怅还依旧。日日花前常病酒，不辞镜里朱颜瘦。河畔青芜堤上柳，为问新愁，何事年年有？独立小桥风满袖，平林新月人归后。

词没有写妇女的容貌体态，而是写人的心情，写一种无法排除的哀愁。词的语言也不华丽，显得清新流转，这都是不同于花间词人的地方。后来的晏殊、欧阳修等就继承了他的这种温婉风格。

南唐中主李璟（916—961）有词 4 首，最有名的是《摊破浣溪沙》：

菡萏香销翠叶残，西风愁起绿波间。还与韶光共憔悴，不堪看。细雨梦回鸡塞远，小楼吹彻玉笙寒。多少泪珠无限恨，倚阑干。

词中还是写忧患，写哀愁，但已经比冯延巳词中的愁更为沉重，接近李煜后期的作品。

南唐后主李煜(937—978)，字重光，是个多才多艺的人。25岁时即帝位，在对宋朝的委曲求全中过了十几年偷安的生活。南唐灭亡后，他被俘到汴京过了三年囚徒生活，最后被宋太宗赐药毒死。

李煜现有词30多首。他的词创作受人生经历变化影响较大，前期为南唐国主和后期成为囚徒时所写词的内容不同。前期沿着南朝宫体诗和花间词的风格，写宫廷纸醉金迷的生活，如《浣溪沙》；也有些作品流露出对命运无常的深深哀愁，如《清平乐》：

> 别来春半，触目柔肠断。砌下落梅如雪乱，拂了一身还满。雁来音信无凭，路遥归梦难成。离恨恰如春草，更行更远还生。

在落花与春草中透出一种沉重。后期经历国破家亡的巨大变故，李煜终日以泪洗面，他的词也有了变化，词中时时流露出他的故国之思和亡国剧痛。如《虞美人》：

> 春花秋月何时了，往事知多少。小楼昨夜又东风，故国不堪回首月明中。雕阑玉砌应犹在，只是朱颜改。问君能有几多愁，恰似一江春水向东流。

愁如春水一往无前。而另一首《浪淘沙》：

> 帘外雨潺潺，春意阑珊，罗衾不耐五更寒。梦里不知身是客，一晌贪欢。独自莫凭栏，无限江山，别时容易见时难。流水落花春去也，天上人间。

写囚徒生活和故国之思，美好的东西如落花流水不会常在，人生的聚散也是匆忙无常，着眼点都是来自生活的实际感受，他这两首词中寄寓的不仅是他个人的情感，同时也包含了普遍的人生体验，因而更能引起后来者的情感共鸣。

不过不管前期还是后期，李煜都用真心真情来写词。前期的奢华生活是他真实的人生经历，他用笔墨直写自己的沉迷和陶醉，丝毫不加修饰与遮掩。

后期的亡国之悲也是真实的感受，他在词中尽情倾泻人生苦难无常的悲哀，也不掩饰。李煜的词不再通过写妇女的不幸来曲折地表现自己的不幸，而是将自己放入词中，用白描的手法直接披露心事、表白心情。这使词摆脱了长期在花间樽前的浅吟低唱，扩大了词的境界。正如王国维评价的："词至李后主而眼界始大，感慨遂深，遂变伶工之词而为士大夫之词。"（《人间词话》十五）李煜的词在语言的使用上也进一步摆脱了花间派雕琢堆砌的作风，更加明净、优美。他在词的艺术方面取得的成就奠定了他在中国词史上的地位。

思考题

1. 什么是"词"？诗和词有哪些不同？
2. 请简单谈谈温庭筠在词创作上的成就。
3. 请列举花间词和南唐词的主要代表作家与作品。
4. 请举例分析李煜在词创作上的成就。

宋代文学

宋朝分北宋和南宋两个时期。公元960年，赵匡胤在陈桥驿发动兵变，夺取了后周政权，建立了北宋王朝，结束了唐末以来的混乱局面，基本上实现了中国的统一。北宋王朝统一后，加强了中央集权统治，采用重文抑武、崇儒尊道、废除苛捐杂税等政策，经济得到了一定的恢复和发展，尤其是城市经济高度繁荣。但是，中国的封建社会到了这个时期已经开始走下坡路，汉唐气象已不复存在。宋代是外交最怯弱的一个朝代，从北宋开国开始到南宋灭亡，宋王朝先后处于辽、西夏、金、元等强敌的威胁之中，宋政府无力制止他们的骚扰，只得以每年纳币贡物的方式求得妥协，人民不堪重压。公元1126年，金兵南下，攻入汴京，俘去皇帝，北宋灭亡。北宋共有九位皇帝：太祖、太宗、真宗、仁宗、神宗、哲宗、徽宗和钦宗。公元1127年赵构在南京（今天的河南商丘）称帝。偏安的南宋小朝廷也在屈辱求和中苟安，公元1279年被蒙古人建立的元政权灭亡。南宋也经历九帝：高宗、孝宗、光宗、宁宗、理宗、度宗、恭帝、端宗和帝昺。在宋朝319年的历史中，民族矛盾和统治阶级内部矛盾交织发展。

这一时期经济的繁荣给文化、教育的发展奠定了一定的基础。宋代印刷业发达，各种刻本书籍大量流行，文人学士们可以很方便地掌握大量的文化知识，宋代出现了许多学者，他们掌握的历史文化知识超过了前代学者。城市经济的繁荣，造就了一大批的市民阶层，都市宴饮游乐之风盛行，这些都为宋词和话本等文学样式的发展提供了条件。北宋王朝采取的优待文人的政策也提高了文人的社会地位，而宋朝的官办学校、私立书院规模大、数量多，一定程度上促进了文化教育的发展。同时，宋王朝还进一步发展了隋唐以来的科举制度，大大放宽了应考者的身份限制和录取名额，并配合采取了一些奖励措施，有力地吸引了当时的士子读书应举。宋朝科举考试的内容从最初的专考诗赋改为兼试策论，后来偏重策论，这一变化也影响到了散文、诗歌内容的变化。宋代的文长于议论，诗也好议论，有散文化的倾向。而宋朝怯弱的外交政策和尖锐的民族矛盾也让这一时期的文学有了慷慨的爱国主义基调。

宋代文学是中国文学发展的转型期文学，这一时期文学体裁多样，传统的诗、文和源于民间的词已经高度成熟，新兴的戏剧、话本小说等开始出现。在所有文学样式中，词的成就最高，成为宋代文学的标志。宋代词作名家名作辈出，现存《全宋词》、《全宋词补辑》中不包括残篇、附篇就有作品两万多首，有姓名可考者 1 430 多人；流派众多，有晏殊、欧阳修为代表的婉约派，也有苏轼、辛弃疾为代表的豪放派，风格各异。北宋前期，晏殊、欧阳修首先开始进行词的写作，他们延续了晚唐五代绮丽的词风，多用小令写男女之情。范仲淹突破这一婉约格局，笔下出现了苍凉悲壮的边塞词。而这一时期贡献最大的是柳永，他创了许多新调，用长调慢词代替了先前的小令，词中出现了市井风情，改变了词的贵族格调。到了中期，苏轼以诗为词，打破了词的题材内容限制，提升了词的品位，使词不再是艳科诗余，苏轼还创豪放一派，影响直到南宋张孝祥、辛弃疾等爱国词人。北宋后期词人主要有秦观、黄庭坚、贺铸、周邦彦等。秦观词多写男女情爱，被认为是婉约派正宗。周邦彦的词富艳精工，注重音律法度，成了后来格律派词的先导。南宋中期以后的词人像姜夔、吴文英、张炎等，主要都是继承了周邦彦的词风。南宋有一些词人别有特点，如前期的张元干、张孝祥等，继承了苏轼的豪放词风，写慷慨激昂的爱国词作。宋朝南渡前后的女词人李清照，主张词"别是一家"，进一步确立了词的独立地位。南宋中期的辛弃疾，以文为词，独创"稼轩体"，抒写自己的爱国热情和失意之悲，词风豪放雄健，词的思想性和艺术性都代表了两宋词家的最高水平。南宋后期的刘克庄、文天祥等写的词都继承了辛弃疾的词风。

宋诗虽然没有能像唐诗那样在中国文学史上占有突出地位，但也取得了自己的成就。因为唐诗的巨大成就给宋诗的发展打下了一个坚实的基础，宋代的诗歌在对唐诗的继承中不断超越，形成了独特的面貌。宋诗的发展有个变化的过程。北宋初期，基本沿袭中晚唐诗风，既有效仿白居易的白体，也有师承贾岛、姚合的晚唐体，此时影响最大的是仿效李商隐的西昆体。北宋中期，诗文革新运动深入展开以后，经过梅尧臣、苏舜钦、欧阳修三人的努力，西昆体的绮丽浮艳诗风被廓清，宋诗散文化、议论化、才学化、功利化的特点得以奠定。而苏轼大大拓展了宋诗的新境界，成为宋诗最高水准的代表者。这一批大家开创了宋诗发展的新局面。北宋后期，苏门四学士和陈师道继续将宋诗推向新的发展道路。南宋前期，江西诗派在黄庭坚和陈师道的影响下形成并壮大。南渡以后，诗风开始有所转变，陈与义是突出的代表，他的诗中已经有了伤时感乱的心情。南宋中期，宋诗出现了再度兴盛的局面，有了杨万里、范成大、尤袤、陆游“中兴四大诗人”，诗歌风格多样。其中南宋最杰出的诗人陆游继承了爱国主义传统，使诗歌从江西诗派脱离现实的误区中走了出来。南宋后期，宋诗中爱国主义呼声渐渐微弱，出现了反对江西诗派、取法晚唐的永嘉四灵和江湖诗派。只有到了南宋亡国前后，文天祥、汪元量等人才重新写慷慨悲壮的爱国主义诗歌。

宋代是散文发展的定型时期。宋代的散文家数量多，成就突出。唐宋八大家中宋代就有六位。宋代的散文紧密联系现实，有着对国事的深深忧虑，散文中以议论为主，风格也走向平易自然。柳开、王禹偁首先起来创作古文，接着欧阳修彻底扫清了西昆派浮靡文风和太学体的险怪作风，为宋代散文的发展确立了健康的发展方向。之后，苏轼奠定了古文的正宗地位，促进了宋代古文风格的成熟与定型，后来不少的作家都沿着欧阳修和苏轼开辟的道路向前。南宋散文作家像胡铨、陈亮、陆游、辛弃疾等人继续发扬北宋诗文革新运动的优良传统，文章中饱含关怀现实的精神和爱国主义热情。而南宋末年的文天祥、谢翱等也都写出了散文杰作，文风悲壮雄劲。

宋代文学除了词、诗、散文的卓越成就之外，通俗文学也很繁荣。北宋的汴京、南宋的临安（今杭州）等大都市里说话、说唱、杂剧、院本等艺术表演盛行。虽然宋代话本、戏剧作品流传不多，但话本小说的成就是巨大的，它是中国白话小说的开端，白话小说这一新的文学体裁因此而确立。中国戏剧起源于宋代，在当时已经有了相当成熟的戏剧表演，包括北宋杂剧和南戏在内的宋杂剧为元杂剧的创作奠定了基础。

第一节　北宋词人

北宋立国之初的四五十年间，词作者不过 10 人，仅有词作 33 首，随着柳永等人先后登上词坛，词的创作开始兴盛。北宋前期主要词家有晏殊、欧阳修、张先、范仲淹、柳永等人。

晏殊、欧阳修、张先多作小令，在晚唐婉约词风的继承中有所创新。晏殊(991—1055)，一生仕途顺利，太平宰相，享尽荣华富贵，有《珠玉词》传世。因为他年辈较高，又有显赫的官位，后来的欧阳修等词人不是出自他的门下，就曾是他的幕僚，所以他被认为是“北宋倚声家初祖”(冯煦《蒿庵论词》)。他绝大部分的词都写男女之间的离愁别恨、春怨秋愁，内容不够深广，但他的词音律和谐，语言清丽自然，写男女恋情，措辞清新，写富贵气象，语言娴雅。晏殊在写景抒情方面别具一格，他善于即景传情，这种情是他自己的内心情感和人生体悟。他的代表作《浣溪沙》：

> 一曲新词酒一杯，去年天气旧亭台。夕阳西下几时回。　无可奈何花落去，似曾相识燕归来。小园香径独徘徊。

抒发的是他的富贵闲愁，但同时又含有对时光流逝的怅惘和对春意阑珊的惋惜，情、景、理融为一体。作为一首怀人之作，整首词却无一字涉及人，只是以燕、落花、夕阳等意象表现出岁月的流逝和感情的失落，词境幽深，感人至深。《蝶恋花》(槛菊愁烟兰泣露)、《破阵子》(燕子来时新社)也是他有名的作品。

欧阳修(1007—1072)，字永叔，号醉翁，晚年又号六一居士，江西吉安人。他 4 岁丧父，家庭生活贫困，母亲郑氏以芦秆作笔，在沙地上写字教他读书。欧阳修 24 岁中了进士，后来担任谏官，因为敢于说真话，又因为政治上支持范仲淹领导的庆历新政，多次被贬，直到 48 岁才被召回京城，晚年官至参知政事。他写有《六一词》、《醉翁琴趣外编》。他虽与晏殊并称“晏欧”，同为宋词传统派的开山祖，但比起晏殊来，欧阳修词中的新变成分就更多一些。在他眼中，虽然词为艳科，是末技小道，他也多用词写男女情爱、相思离别，甚至有些作品艳冶之极，但他的有些词已经开始歌咏自然风光，如十首《采桑子》写颍州西湖风光；有些词开始写个人怀抱，如有名的《朝中措・平山堂》：

> 平山栏槛倚晴空，山色有无中。手种堂前垂柳，别来几度春风。文

章太守，挥毫万字，一饮千钟。行乐直须年少，尊前看取衰翁。

就是写自己的乐观与旷达的人生态度。在欧阳修手中，词的抒情功能被扩大了，词可以用来写个人的感受。同时，欧阳修还向民歌学习，在他的一部分作品中吸收了通俗生动的口语，他用民歌的“定格联章”的手法，创作了两套分别歌咏十二月节气的《渔家傲》“鼓子词”。后来苏轼就受他的影响，用联章组句的方式抒情记事。欧阳修是宋代词史上主动向民歌学习的第一人，他改变了词的审美趣味，使词朝着通俗化的方向发展。总的来看，欧阳修的词没有花间词派的浮华，风格清婉俊朗。《踏莎行》(候馆梅残)、《蝶恋花》(庭院深深深几许)、《采桑子》(群芳过后西湖好)是他的代表作。

晏殊、欧阳修主要着眼于词的创作技艺的提高，而范仲淹、张先则开拓了词的境界。范仲淹(989—1052)，曾经参加过抗击西夏的军事活动，有着四年的军旅生活，这一段疆场生活经历给他的词创作带来了巨大的影响。如他的那首有名的《渔家傲》：

塞下秋来风景异，衡阳雁去无留意，四面边声连角起。千嶂里，长烟落日孤城闭。　浊酒一杯家万里，燕然未勒归无计，羌管悠悠霜满地。人不寐，将军白发征夫泪。

此词作于他镇守西北边境时。词中有苍凉的塞外景色和孤寂艰苦的边塞生活，景色描写之中有着真挚的感情，既有为国建功立业的豪情壮志，又有思念家乡的深切情感，整阕词景中含情，情随景生。范仲淹以边塞诗入词，在他手中，词不再是只用来写风花雪月，也有了羁旅情怀、边塞风光，境界由原来的柔媚纤弱、浅斟低唱一变为阔大高远。虽然他只有5首词留下来，但他那苍凉沉郁的词风成为后来豪放派的先声。

张先(990—1078)，北宋词人中年寿最高者。他一生虽然官运不亨通，但也没遇到什么太大的挫折，在流连风月、诗酒宴饮的生活中结束了自己的一生，所以他的词多是写文人雅士的悠闲生活，特别写“心中事，眼中泪，意中人”(《行香子》)，没有脱离传统的离愁相思等范围，基本上沿袭了传统词作的内容。张先有《安陆词》传世。他作词喜欢追求新巧的构思和独创的意象，喜欢在词中描写空灵朦胧的动态景色，也善于炼字造句。他喜欢用“影”来表现景物之美，有29句写影，因为“云破月来花弄影”、“帘压卷花影”、“堕轻絮无影”三句最有名，人称“张三影”(陈师道《后山诗话》)。

张先作词有创新的地方，这些创新改变了词的发展方向。首先，他用词来赠别酬唱，打破了原来只用诗来唱和酬答的惯例，词从不登大雅之堂的“小道”成为文人士大夫生活的一部分。这就从观念上提高了词的文学地位。后来苏轼等人就有大量的唱和词。而填词不只是给歌妓演唱，也可以用于唱和酬答，这让词作的题材变得日常化。其次，他在词中用题序，改变了以前词作只有调没有题的格局，既使词更贴近生活，又加强了词的纪实性和现实感。张先现存165首词中有70多首用了题序，甚至有的序文很长，带有一定的叙事性。如《木兰花》：“去春自湖归杭，忆南园花已开，有‘当时犹有蕊如梅’之句。今岁还乡，南园花正盛，复为此词以寄意。”序文就如一个小小的叙事文。受他的启发，后来苏轼等人的词中就用了大量的题序。最后，张先还创作了17首慢词，一定程度上推动了长调这一艺术形式的成熟。张先是晏欧到柳苏之间的一个过渡，他的词被视为“古今一大转移”(陈廷焯《白雨斋词话》卷一)。

北宋前期词坛上成就最高的是柳永。柳永(987？—1053？)，初名三变，字景庄，后改名为永，字耆卿，今天的福建武夷山市人。进士出身，因为官至屯田员外郎，后人称为“柳屯田”。柳永是北宋词坛上第一个专力写词的作家，是他真正开启了宋词的天地，著有《乐章集》。

柳永是第一个对词进行全面革新的人，他对词的贡献主要是在词调和艺术方面。

首先，他发展了长调。整个唐五代，小令是词的主要体式，慢词总共不过10多首，到了北宋，词人还是习惯于用小令，即使和柳永同时期而略晚的张先、晏殊、欧阳修等有慢词，但在他们全部作品中占的比例非常小。柳永精通音律，长年流连坊曲，他写了很多长调慢词，一个人就创作了慢词87调125首，占全部作品的一半多。他或利用民间原有的曲调，或把小令扩展为慢词，或翻新旧曲，或自创新调，大大丰富了慢词的曲牌。宋代880多个词调中，100多个词调是柳永首创或首次使用的。在他那里，词的表现能力和表现容量得到了增加和扩大。此后，写作长调成为一代风气。

其次，柳永丰富了词的创作艺术。他用六朝小赋的手法写词，铺叙展衍，写景状物形象生动，叙事抒情淋漓尽致，词中常用白描手法，语言朴实但传神，他的词构思精密，章法委婉。如《忆帝京》：

薄衾小枕天气。乍觉别离滋味。展转数寒更，起了还重睡。毕竟不成眠，一夜长如岁。　也拟待、却回征辔。又争奈、已成行计。万种思量，多方开解，只恁寂寞厌厌地。系我一生心，负你千行泪。

没有任何华丽藻饰，却生动地表达了人物的曲折心理。

最后，柳永在词中除了用传统的雅词之外，还使用了生动、浅近的俚词，革新了词的语言表达方式。日常生活中的俗语、口语进入了词中，原来那些雅致绮丽的修辞、雕琢的风气一扫而尽，却大都能俗不伤雅。柳永变词的贵族情调为世俗情调，促进了宋代俗文学的发展。

柳永在词的内容方面也有一定的贡献，他改变了词的审美内涵和情趣。首先，他词中的男女爱恋从达官显贵转向了平民百姓，青楼、伶工、乐伎、平民女子都成为他词的内容，有女性对爱情的渴望，如《定风波》(自春来)；有社会下层人民的不幸遭遇，如《少年游》；有被遗弃或失恋妇女的痛苦心声，如《满江红》(万恨千愁)，词的市民气息深厚。其次，柳词工于羁旅行役。他在词中写浪迹江湖的落寞、怀才不遇的愤懑、对游宦生活的厌倦和离别相思的痛苦，注重表现的是他的人生经历与体验。如他的代表作之一《雨霖铃》：

> 寒蝉凄切。对长亭晚，骤雨初歇。都门帐饮无绪，留恋处、兰舟催发。执手相看泪眼，竟无语凝噎。念去去、千里烟波，暮霭沉沉楚天阔。　多情自古伤离别。更那堪、冷落清秋节。今宵酒醒何处，杨柳岸、晓风残月。此去经年，应是良辰、好景虚设。便纵有、千种风情，更与何人说。

词中男女之情与羁旅行役交织在一起，情人间的依依惜别就是知音不再的伤怀和江湖飘零的悲苦。最后，在柳永的词中还写出了北宋繁华的都市生活和市井风情，这是以前的词家词作中不曾有过的。如他的另一首代表作《望海潮》(东南形胜)，写出了杭州的自然美和繁华，展现了当时的社会太平景象，为许多文人所欣赏。

柳永在当时就有广泛的影响，据说，当时“凡有井水饮处，即能歌柳词”(叶梦得《避暑录话》卷三)。他对后来词人的影响也是巨大的，像苏轼就充分吸取了柳词的表现方法和革新精神，黄庭坚继承了柳永的俗词，周邦彦慢词也是来自于他。

北宋神宗、哲宗和徽宗三朝，词坛名家辈出，风格多样，这是词的繁荣发展时期。当柳永等人先后离开词坛之后，苏轼、黄庭坚、晏几道、秦观、贺铸、周邦彦等人继之而起。形成了两大创作群体：一个是以苏轼为领袖的苏门词人群，主要有黄庭坚、晁补之、秦观、张耒等；另一个是以周邦彦为领袖的词人群。因为苏轼另有专章介绍，这里只介绍其他重要词人。

黄庭坚(1045—1105)，字鲁直，号山谷道人。江西修水人，进士出身。他

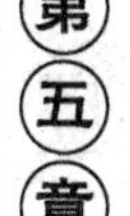

是江西诗派的开创者，也是“苏门四学士”之一。他诗词创作皆佳，但在当时，他的诗名要大过词名，与苏轼并称“苏黄”。他既认为词是艳歌小词，又认为词和诗一样可以用来言志，表达“意中事”。他写词也是雅俗并重。在他现有的192首词中，有30多首艳词和俗词，颇有柳永词的影子，如《沁园春》中的“把我身心，为伊烦恼，算天便知”、“你去即无妨我共谁”句。有些词句比柳词更俚俗。但黄庭坚学苏轼作了不少雅词。他在词中表现自己刚直个性和乐观的人生态度，使词的抒情更加自我化，如作于贬谪之后的《定风波》(万里黔中一线天)即表现了自己的傲岸与洒脱。

黄庭坚的词大多有题序，并交代词作的写作背景等，在具体的词中也有不少日常生活的反映，如《满庭芳》“归来晚，文君未寝，相对小窗前”和《浣溪纱》“一叶扁舟卷画帘，老妻学饮伴清谈”就是写和妻子相濡以沫的生活。特别是被贬黔州、宜州等地所作，更是具体，完全可以用来给他编年。黄庭坚词创作上的新变使得词更贴近日常生活，后来的南渡词人仿效他的作法，词作贴近社会现实生活。

晁补之(1053—1110)，“苏门四学士”之一。他受苏轼影响较大，写过一本词话著作，比较公允全面地评价了当时的词人。在理论上他认同苏轼的词革新，在创作时也追随苏轼。他的词中多写人生的不平和失意的苦闷，还有隐逸生活与心境的表达，像表达“儒冠曾把身误”思想的《摸鱼儿》(买陂塘)即为后来的隐逸词提供了范例。

“苏门四学士”中成就最高的是苏轼最得意的门生秦观。秦观(1049—1100)，字太虚，后改字少游，江苏高邮人。少年即有壮志，但37岁才考中进士，43岁才谋得官职，不过很快就卷入宋朝党争之中，先后被流放到郴州、横州和雷州。因为不能承受人生的挫折和打击，变得非常失望和痛苦，在雷州时曾自作挽词，不久就去世了。秦观在北宋词坛上被认为是最本色当行的词手，他的词不同于苏轼的豪放，是“词人之词”。他的诗被称为“女郎诗”(元好问《论诗绝句三十首》之二四)，词中也透着伤心的泪水和愁恨，和晏几道一样是“古之伤心人”。和他的词风有关，他被认为是婉约之宗，有《淮海词》(又称《淮海居士长短句》)传世。

秦观的词内容相对狭窄，有着十分鲜明的个性色彩，充满着惆怅感伤。和他的人生经历相连，他的词风前后略有不同。前期词主要写对纯洁爱情的向往，男女恋情在他的笔下缠绵悱恻；后期词中多了贬谪流放的悲苦，情调越来越低沉哀伤。不过他的词艺术性很高，小令受花间词人、晚唐词人的影响，慢词受柳永的影响，但在创作中他用小令的作法弥补了慢词创作的不足，无论小令还是慢词都情辞兼胜。如名作《满庭芳》：

> 山抹微云，天粘衰草，画角声断谯门。暂停征棹，聊共引离尊。多少蓬莱旧事，空回首、烟霭纷纷。斜阳外，寒鸦数点，流水绕孤村。 销魂。当此际，香囊暗解，罗带轻分。谩赢得、青楼薄倖名存。此去何时见也，襟袖上、空惹啼痕。伤情处，高城望断，灯火已黄昏。

词中用景物烘托渲染别时的伤感、往日的柔情、别后的思念等，虽层层铺叙，却又含蓄蕴藉，语言既典雅工丽又清新自然，如"抹"字、"粘"字，锤炼中不失本色，富有极强的艺术表现力。再如小令《鹊桥仙》：

> 纤云弄巧，飞星传恨，银汉迢迢暗度。金风玉露一相逢，便胜却人间无数。柔情似水，佳期如梦，忍顾鹊桥归路。两情若是久长时，又岂在朝朝暮暮。

此词将世俗追求的耳鬓厮磨的爱情进行了精神升华，词的品格一下子得到了提升，而词的最后两句也成为千古流传的爱情誓言。

秦观在创作时"将身世之感打并入艳情"（周济《宋四家词选》眉批），传统的艳情诗中有了个人的坎坷，境界得到了开拓，如《阮郎归》（潇湘门外水平铺）。秦观的词意境凄婉，他善于用黯淡销魂的景色渲染忧郁的情绪，如被贬郴州时作的《踏莎行》（郴州旅舍）：

> 雾失楼台，月迷津渡。桃源望断无寻处。可堪孤馆闭春寒，杜鹃声里斜阳暮。 驿寄梅花，鱼传尺素，砌成此恨无重数。郴江幸自绕郴山，为谁流下潇湘去？

景色凄迷，情怀感伤。虽然秦观词气格纤弱，不及苏轼的超然自适，但他自成一家，直接影响了后来的周邦彦和李清照。

北宋中期词坛，除苏门词人群外，还有不属这一派，但和苏门词人群交往密切的晏几道和贺铸。晏几道（1038—1110），晏殊的幼子，和晏殊合称"二晏"，世称"小晏"，有《小山词》传世。他承传花间传统，用小令写男女悲欢离合之情，荡气回肠，是"古之伤心人"的伤心词。但他的词在继承中也有新的创造。词中的恋情都有着明确而具体的思恋对象，词中直接出现他思恋的友人家中四位歌女的名字，情感真挚。晏几道工于言情，在他的词中，充满着对爱情生死不渝的追求，而在男女间的悲欢离合和女性的失意苦闷中又有对自己辛酸身世的感慨，曲折的笔致刻画出自己的无奈。他的用句遣词平淡自然又生新峭拔，自有一种妩媚。如他的代表作《临江仙》：

> 梦后楼台高锁，酒醒帘幕低垂。去年春恨却来时。落花人独立，微雨燕双飞。　记得小蘋初见，两重心字罗衣。琵琶弦上说相思。当时明月在，曾照彩云归。

语言淡而情深。晏几道的词艳而不俗，浅而有深情，将《花间集》以来的艳词小令推到了一个极致。

贺铸(1052—1125)，长相奇丑，人称“贺鬼头”，个性和词风都很独特，既有慷慨豪爽的侠气，又有缠绵的柔情，但都和谐地统一在一起，有《东山词》(又叫《东山寓声乐府》)传世。他的词风多样，有阳刚之气，有阴柔之美，婉约与豪放并存。他的小令风格类似秦观，但又不同于秦观的感伤，而是多了几分遒劲，如《青玉案》(凌波不过横塘路)写艳情却又能凄婉沉痛，特别是其中的“试问闲愁都几许？一川烟草，满城风絮，梅子黄时雨”，愁情满纸。这一首词让他获得了“贺梅子”的雅号，也引来宋金 25 位词人唱和，在词史上实属罕见。而那首悼亡词《鹧鸪天》：

> 重过阊门万事非，同来何事不同归。梧桐半死清霜后，头白鸳鸯失伴飞。　原上草，露初晞。旧栖新垅两依依。空床卧听南窗雨，谁复挑灯夜补衣。

一往情深。他的慢词语调铿锵激越，意气风发。他是宋代词史上表现英雄豪侠精神和悲壮情怀的第一人，与苏轼极为相似。如他的《六州歌头》(少年侠气)，既有对人生失意的悲愤，又有对国家命运的忧虑。他的词对南宋爱国词人有着深深的启迪作用。南宋词中面向社会现实、表现民族忧患的一面即可从贺铸词中找到。贺铸善于学习前人，特别是学习晚唐李商隐、温庭筠等人的诗，他的词语言深婉密丽，促使词的语言向典雅精致方向发展，影响直到周邦彦、吴文英等人。贺铸在词史上的地位是独特的。

周邦彦(1056—1121)，字美成，号清真，浙江杭州人。他博学多才，但仕途失意，几度沉浮，在地方任职多年。周邦彦有《清真集》(又叫《片玉集》)传世。王国维认为周邦彦“创调之才多，创意之才少”(《人间词话》)。确实，他的词作内容一般都是男女恋情、离愁别恨、个人哀怨等，还有一些点缀升平的应制词，格调不高，但是他那些写羁旅行役之感和怀古伤今的词作中反映了北宋亡国前士大夫失望悲观的心理，有一定的普遍意义，如他那首著名的《满庭芳·夏日溧水无想山作》即是这种情绪的表现。周邦彦的咏物词也有自己的特点，他用长调咏物，又能借物起兴，在咏新月、春雨、梅花等事物的同时，融入作者身世飘零的悲伤、仕途失意的苦闷和情场失意的痛苦，如他的代表作《六丑·蔷薇谢后作》就是咏物词名作，他用细笔写谢后的蔷薇，一步一态，一态一变，生动传神，而且在层层铺叙中，情感越来越深。作者在感叹凋谢的蔷薇花的同时，有惜春伤逝之悲和对自己的身世落寞之感慨。周邦彦的咏物词中有着深深的寄托，开启了南宋重寄托的咏物词的创作门径。

作为北宋词坛的集大成者，周邦彦对宋词艺术形式的成熟作出了重要贡献。他的词风格醇雅又沉郁顿挫，词中感情深沉含蓄，写作手法多样。他进一步发展了柳永“以赋为词”的写法，但又讲究章法结构，变化多姿。如《兰陵王·柳》先写京华倦客的漂泊，后写眼前长亭路上的送别，中间有着对往事的回忆和别后的相思，“闲寻旧踪迹”、“望人在天北”，最后又从眼前的景“沉思前事，似梦里，泪暗滴”。词中时空跳跃，结构又繁复多变。在今昔对照和情、景、事的交错中表露出作者自己的漂泊倦意。周邦彦写词非常注意用词。他的词富艳精工，而且他能将前人诗句、典故成语化入词中，却又如同己出，词的书卷气深浓。周邦彦使词的语言风格进一步雅化和文人化了，再加上他精通音律，创制了许多新调，并对一些当时没有定型的古调也做了整理，使词的音律字句趋于完善和定型，对音律的规范化作出了很大贡献，成为南宋格律派的先驱。

思考题

1. 请简单谈谈欧阳修在词创作方面的成就。
2. 请举例论述柳永在词史上的贡献。
3. 请列举苏门词人群的主要词作。
4. 请简单谈谈秦观在词创作方面的成就。
5. 请举例论述周邦彦在词史上的贡献。

第二节　北宋诗人

北宋建国后的七十多年，因为宋初的许多文人都是从五代十国入宋的，诗坛基本上是在中晚唐诗风的影响下，没有形成自己的特点。这一时期先后出现了三个流派，即“宋初三体”。第一体是以李昉、徐铉等人为代表的“白体”，他们推崇白居易，主要模仿白居易的闲适诗和白居易与元稹、刘禹锡等的唱和之作，写一些流连光景、应酬唱和的诗。这一派学习了白居易诗歌浅易流畅的风格，诗作也浅切清雅，但却忽视了白居易诗歌关心现实的一面。北宋初期唯一能突破白体束缚的诗人是王禹偁(954—1001)。在遭贬谪之后，他的诗风发生了重大变化，写出了许多反映民生疾苦、忧国忧民的作品，如讽谕现实的《感流亡》、《对雪》等诗。他的诗歌语言平淡，古体长篇直抒胸臆，并有宋诗议论化、散文化的倾向，所以有人认为王禹偁开启了宋代诗歌的新风气。

“宋初三体”中第二体是“晚唐体”。“晚唐体”的盟主是寇准(961—1023)，代表诗人有“九僧”、隐逸诗人林逋等。这批诗人模仿贾岛、姚合的诗风，喜欢写五律，并在写诗时反复推敲，崇尚白描，少用典故，诗中有一些精彩的句子，但全篇意境往往不够完整。这一派诗人写诗时喜欢写自然意象，诗歌内容狭窄，缺少现实性。林逋(967—1028)的咏梅诗十分有名，像《山园小梅》中的“疏影横斜水清浅，暗香浮动月黄昏”早已成为咏梅绝唱。

“宋初三体”中最盛的是西昆体。这一派别因为杨亿等编《西昆酬唱集》而得名。代表作家是杨亿(974—1020)、刘筠(971—1031)和钱惟演(977—1034)。他们的作品大致有这样几个题材：一是怀古咏史，一是咏物，一是写流连光景的生活，还有极少的闺情之作。虽然西昆体诗人也有一些作品有一定的思想内容，但总的来说，这一派的诗多吟咏他们的馆阁生活，很少有真情实感，作品思想内容贫乏，脱离社会现实生活。西昆体诗人学习了李商隐的雕润密丽，追求用典和华丽的辞藻，给当时崇尚白描、少用典故的诗坛带来了一种新风，但他们的诗中没有李商隐诗歌的真挚感情和深沉感慨。狭窄的诗歌题材和过重的模仿痕迹使得这一派渐渐衰微。

到北宋中期，欧阳修举起诗文革新运动的大旗之后，宋诗发生了较大的转型，开始走向成熟与繁荣。在欧阳修、梅尧臣、苏舜钦等诗人的努力下，西昆体的流弊得到矫正，诗歌的题材范围得到了扩大，由单纯对唐人的模仿转变为独创，古淡平易的诗风取代了华丽纤秾的诗风，宋诗自身的风格开始形成。在这场诗歌革新中，起主要作用的是欧阳修，后来的王安石、苏轼进一步巩固并发展了这一革新成果，特别是苏轼，将宋诗的表现形式和内在容量都推向了极致，他的诗歌是宋诗最高成就的代表。

欧阳修是北宋诗文革新运动的领袖，在散文上的成就要高于诗歌创作，但他在积极变革文风的同时，对诗风也进行了改革。他尊崇韩愈，提出“诗穷而后工”的诗歌理论，要求诗歌关注现实生活。他的创作就是他理论的最好实践。他的诗内容丰富，有同情民生疾苦、关注社会现实的作品，如《食糟民》、《边户》等；有表现个人生活经历和内心情感的作品，这是他诗歌中艺术性较高的一类，如诗人被贬为夷陵县令时作的《戏答元珍》：

> 春风疑不到天涯，二月山城未见花。残雪压枝犹有橘，冻雷惊笋欲抽芽。夜闻归雁生乡思，病入新年感物华。曾是洛阳花下客，野芳虽晚不须嗟。

诗在对早春种种物候的描写中抒发了自己谪居乡间的寂寞和苦闷。诗中有身处困境的乐观与豁达，还有深层的象征寓意，如春风不到比喻皇恩不到，橘和笋不怕雪压雷鸣的精神象征诗人高尚的节操。诗中的情绪由低沉失落转向欢快，再又陡然下落，最后再次走向激昂，抑扬交错，跌宕起伏。欧阳修还在诗中写他的日常生活，表现士大夫的优雅生活情趣。这类题材多数是生活中的琐碎小事，但能在生活的细微之处寻找诗材，这也表现出了诗人的创作才能，诗歌的表现领域由此得到进一步开拓。另外，他还作有大量的酬唱题赠诗。总的来说，欧阳修的诗平易畅达，直抒胸臆，语言清新活泼，诗歌中有散文的气韵，议论、说理和写景、抒情极好地融为一体，显露出宋诗的时代特征和个性。

梅尧臣（1002—1060），字圣俞，安徽宣城人，世称宛陵先生。他出身农家，屡试不第，后以门荫入仕，一生沉沦下僚。梅尧臣专力写诗，现存诗歌2 800多首。梅尧臣主张诗歌要有兴寄、美刺，因此他的诗歌就有强烈的批判现实色彩。他非常关心政治，诗中常常反映当时朝中的重大政治事件和政治斗争，如为正直大臣鸣不平的《书窜》；讽刺吕夷简的《猛虎行》等。在关心民瘼这一点上，他的诗在深度和广度上都大大超过欧阳修，如《汝坟贫女》、《田家语》等充满着对人民的同情和对统治者的批判，甚至在写景小诗如《小村》中都有对民生疾苦的反映。梅尧臣也创作了一些优美的写景抒情之作，如《鲁山山行》、《东溪》等。

更值得注意的是，梅尧臣的创作对宋诗的发展有着重要的先驱作用。他的诗中出现了平凡化的题材，如写日常生活的《食荠》、《范饶州坐中客语食河豚鱼》等。虽然有些作品如《八月九日晨兴如厕有鸦啄蛆》等极其恶俗，但他在诗歌中引入一些琐屑与怪异的事，使诗歌更加贴近人民生活，解放了诗体，充分体现了宋人的开拓精神。同时他的诗歌语言古硬怪巧，偏离了唐诗的风韵，开宋诗好以新颖工巧取胜风气之先。梅尧臣的诗歌风格有一种不同于陶渊明、韦应物自然而然的平淡，梅诗的平淡是一种锤炼后的平淡。

为革新宋代诗风、开创宋调作出贡献的，还有一位与梅尧臣并称"苏梅"的苏舜钦(1008—1049)。他字子美，祖籍四川，河南开封人，进士出身，做过县令等职，后被人诬陷，削职为民。他为人豪迈，诗歌风格豪放。他的诗歌创作以削职为界，分为前后两期。他前期的诗作多是反映社会政治生活，有着强烈的政治热情。他在诗中指责时弊，批评朝政，大胆直露，痛快淋漓。如《庆州败》抨击将帅无能，丧师辱国；《城南感怀呈永叔》痛斥空发议论误国的达官权贵；《吾闻》诗抒写驰骋沙场、报效祖国的壮志和爱国情怀。后期的诗歌以写景和写闲居生活为主。他诗中的景色多是雄奇壮阔的，表现了作者对自然界神奇力量的赞美，如《大风》、《城南归值大风雪》等。也有些写景诗意境开阔，但语言清淡，如名作《淮中晚泊犊头》：

> 春阴垂野草青青，时有幽花一树明。晚泊孤舟古祠下，满川风雨看潮生。

颇似唐朝韦应物的诗风。而在闲居生活的描写中则流露出作者壮志未酬的愤懑和不平，如《维舟野步呈子履》、《天平山》等。正因为如此，苏舜钦诗中有着强烈的主观色彩。他的诗雄奇奔放，想象奇特，比起梅尧臣，他的诗议论化、散文化的特点更加突出，当然，这也使得他的有些诗不够含蓄、凝练。

在宋诗发展成熟的过程中，起了积极的推动作用的是王安石(1021—1086)。他字介甫，晚号半山，江西临川人。他是北宋杰出的政治家，神宗年间，主持变法活动，遭到保守势力和苏轼等人的反对，引起北宋政坛长达数十年的新旧党争。1076年罢相退居江宁，从此远离政坛。王安石在散文方面取得了极高的成就，是"唐宋八大家"之一，但他在诗歌方面的艺术成就还要超出散文。

王安石的诗歌创作以56岁退居江宁为界，前期诗歌注重反映社会现实，诗歌是他议论时政的工具，如《河北民》写人民在灾年的悲惨生活、《兼并》批判贪官污吏等诗，作者借这些诗表达他的政治见解。前期也有一些抒情诗，语淡情深，十分感人，如《示长安君》、《思王逢原》等。写得最好的是他的咏史诗。在这类诗中，他借咏史来述志抒怀，并勇于翻案，对历史人物和事件表达新颖的见解，表现了诗人特立独行的人格和不一样的政治胆识，如《贾生》、《商鞅》等，特别是《明妃曲二首》传诵一时，如其中一首：

明妃初出汉宫时，泪湿春风鬓脚垂。低徊顾影无颜色，尚得君王不自持。归来却怪丹青手，入眼平生几曾有。意态由来画不成，当时枉杀毛延寿。一去心知更不归，可怜著尽汉宫衣。寄声欲问塞南事，只有年年鸿雁飞。家人万里传消息，好在毡城莫相忆。君不见咫尺长门闭阿娇，人生失意无南北。

诗中一反过去常见的主题，不写王昭君眷恋君恩，反写君恩寡薄才导致昭君含恨离开祖国，不指责画工毛延寿，反说昭君之美本来就难以画出，同时指出明妃塞外的失意凄苦未必比在汉宫更为不幸，结尾点出失意无南北的普遍性更是深化了主题。这些都是道前人所未道，见解独特，议论精警，宋诗长于议论的特点得到了充分的体现。

罢官归隐之后，因为生活和心态的改变，王安石的诗歌发生了巨大变化，前期重视实际功用的倾向转为重审美，诗歌中关心现实的一面减少，描写自然山水的诗增多，思辨色彩和长于议论的特点减弱，诗歌含蓄深沉，特别是那些写景抒情的小诗有回归唐诗的趋势，这些诗也让他在诗坛上获得很高的声誉。人们将他的诗称为“王荆公体”（严羽《沧浪诗话·诗体》），主要就是指他晚期的诗歌，如名作《泊船瓜洲》：

京口瓜洲一水间，钟山只隔数重山。春风又绿江南岸，明月何时照我还？

还有如《雪干》、《书湖阴先生壁》等都有种深沉的韵味。

北宋后期诗坛主要受苏轼影响，但有一些人如黄庭坚（1045—1105）、陈师道（1053—1102）的诗歌主张和艺术风格都与苏轼不同。虽然苏轼是当时成就最大的诗人，但黄庭坚却是青年诗人学习的典范，后来甚至形成了江西诗派。造成这种状况的原因主要是苏轼作诗完全凭着自己的才情，一般人很难模仿，而且北宋后期党争激烈，文字狱频繁发生，所以不少人自觉摒弃了苏轼敢怒敢骂的作风，写诗开始注重形式。这样，后期的诗坛由中期的重视内容转向对形式的片面追求，诗歌中干预现实的一面被吟咏性情取代。

黄庭坚的诗和苏轼齐名，并称“苏黄”。他主张学习杜甫，反对西昆体，特别注重学习杜甫诗歌创作的形式技巧。他要求创新，要求诗歌有独创性又不落常人窠臼，即使学习古人，也要以故为新。在创作方法上，他强调以才学为诗，既要从古人、从书本中寻找灵感，又要“无一字无来处”。他因此总结了两种学诗的方法：一种是模拟古人时改换成自己的言词或另有发展的“夺胎换骨”法；另一种是将前人陈言重新加工以获得新的意蕴的“点铁成金”法。黄庭坚现有 1 900 多首诗流传下来，只有少数作品是社会现实生活的反映，三分之二的诗或写自己个人的生活，或抒发自己的抱负，或思念亲人怀念朋友，或描摹山水景物，或题咏书画、咏物论诗等，题材多是日常化的。黄庭坚的独特之处在于，他能从哲学或精神层次处理这些题材，文人气和书卷气深浓，而且诗歌中有着他自己独特的人生体验和艺术审美。因而，他的诗歌有着文人的审美情趣和高洁志向，显示出深厚的人文意蕴，具有一定的新意和深意，像《演雅》、《双井茶送子瞻》等都是如此。

黄庭坚的诗风格鲜明，自成一体，当时人称之为“黄庭坚体”或“山谷体”。他的诗构想奇特，不落俗套，章法回旋曲折，如《次韵裴仲谋同年》中的“舞阳去叶才百里，贱子与公俱少年”，上下句意思相差很远，但在出人意料的转折中自有一定的艺术张力，像《过家》、《次韵子瞻题郭熙画秋山》等也是如此。他的诗注意炼句，修辞手法奇特，如《以小龙团及半挺赠无咎并诗用前韵》中的“煎成车声绕羊肠”形容煎茶的声音，《寄题荣州祖元大师此君轩》中用“程婴杵臼立孤难，伯夷叔齐采薇瘦”比喻竹子。他还善于化用前人典故，广征博引，如代表作《寄黄几复》：

> 我居北海君南海，寄雁传书谢不能。桃李春风一杯酒，江湖夜雨十年灯。持家但有四立壁，治病不蕲三折肱。想得读书头已白，隔溪猿哭瘴溪藤。

全诗几乎无一字无来处，但却如盐在水，不露痕迹。当然，他也有像《和钱穆父咏猩猩毛笔》8 句诗有 12 个典故，反损坏了诗歌的形象性。黄庭坚在诗中好押险韵，音律拗峭，这些都典型地体现了宋诗求新求变的艺术追求，某种意义上可以说是黄庭坚完成了宋调的创造。当然，晚年的黄庭坚诗歌风格有所改变，出现返璞归真的倾向，诗风平淡质朴。

苏轼门下另一位重要诗人是陈师道。虽然陈师道是“苏门六君子”之一，但他没有苏轼的挥洒自如，实际上他的诗歌受黄庭坚影响很大，与黄庭坚并称“黄陈”。他字履常，一字无己，号后山居士，江苏徐州人，家境贫寒，性格狷介，因为不满新学，没有参加科举考试。他35岁时经苏轼的推荐做过几年州学教授，48岁才任秘书省正字。49岁冒寒参加郊祀，因为妻子从品质不端的亲戚那里借衣服，他宁可受冻也不肯穿，后来因受冻得病而死。

陈师道的生活圈子狭窄，喜欢闭门觅句式的苦吟，诗歌内容狭窄，多写自己个人的贫困生活和人生感慨。他没有黄庭坚那样的学养，诗歌境界凄冷，不够开阔，但诗歌真挚感人。特别是那些写亲情的诗，如《示三子》、《别三子》等，不加雕饰，任真情流露。陈师道的诗有自己的风格追求，他和黄庭坚一样，重视技巧、法度，追求意象的生新和语言的锤炼，但他又认为诗歌“宁拙毋巧，宁朴毋华”，这就在一定程度上矫正了黄庭坚作诗过分追求奇险的弊病。他不少的诗都朴拙无华，简洁而又意味深长，如《示三子》：

> 去远即相忘，归近不可忍。儿女已在眼，眉目略不省。喜极不得语，泪尽方一哂。了知不是梦，忽忽心未稳。

朴素的语言下有无穷的韵味。当然，陈师道有时作诗过分追求简约，反而破坏了诗的语意，甚至质木无文，没有情韵。

“黄陈”二人中黄庭坚对当时的青年诗人影响巨大，在他周围聚集了众多的青年诗人，陈师道也曾是其中的一个，后来陈师道脱颖而出，也受到青年诗人的推崇，北宋后期诗坛逐步形成了一个以黄陈二人为核心的诗歌流派，南宋吕本中作《江西诗社宗派图》，将他们这一诗歌流派命名为“江西诗派”。这一派诗人不都是江西人，只因为黄庭坚和诗派中的二谢都是江西人，其他人都是学习黄庭坚的，因此这一派就叫“江西诗派”。吕本中的《江西诗社宗派图》中名单的取舍和排列都很随意，25人中只有韩驹、饶节、洪朋等人有作品流传，其余的要不流传下来的作品很少，要不就没有作品。这个流派一直延续到南宋，吕本中、曾几、赵蕃等人也被看做是江西诗派的人。到了宋末元初，方回因为江西诗派的诗人多数学习杜甫，就在《瀛奎律髓》中提出江西诗派“一祖（杜甫）三宗（黄庭坚、陈师道、陈与义）”之说。这是两宋之交最流行、影响最大的一个诗歌流派。

思考题

1. 宋初诗坛有哪几个流派，请简单谈谈他们的影响。
2. 请简单谈谈欧阳修诗歌创作的主要内容。
3. 请简单谈谈“苏梅”二人诗歌创作的主要内容。
4. 请举例论述王安石的诗歌创作成就。
5. 请简单谈谈“黄陈”二人诗歌创作的主要内容。
6. 什么是“江西诗派”？

第三节　欧阳修与北宋散文创作

北宋建国后的最初七十多年，因为这一时期入宋的大臣多数是五代十国的旧臣，文章格调多为浮艳的骈体。稍后虽然有柳开(947—1000)在理论上提倡复古，推崇韩柳古文运动，但他本人创作成就不高，文章艰涩难读，没有产生实际的影响。宋初在理论和实践上都有一定成就的是王禹偁，他不满晚唐五代的浮靡文风，主张学习韩柳古文，要求文章传道明心，关心国计民生和时事政治，要求文章平易畅达。像他的《待漏院记》、《黄州新建小竹楼记》等都是文从字顺，笔墨流畅，简淡明快。柳、王二人倡导古文运动，拉开了北宋诗文革新的序幕。后来，西昆体兴起，这一派学习李商隐的“四六”文，崇尚骈丽，文章富艳精工，当时号称“时文”，文坛上浮靡之风再度兴盛。于是，文坛上出现了反西昆派，有穆修(979—1032)、范仲淹等人起来继续倡导韩、柳古文。响应穆修等提倡的人虽然不多，但后来古文运动中的中坚人物如祖无择、尹洙、苏舜钦等都是穆修培养出来的。总的来说，这一时期，除了范仲淹外，其他人的古文创作成就都不高。范仲淹是站在政治改革的力场上反对西昆体的，他主张文章内容要有利于教化。他的文章明白晓畅，论证严密，有一定的深度，特别是他的代表作《岳阳楼记》，文中写景写情都非常出色：

> 予观夫巴陵胜状，在洞庭一湖。衔远山，吞长江，浩浩汤汤，横无际涯；朝晖夕阴，气象万千。此则岳阳楼之大观也。前人之述备矣。然则北通巫峡，南极潇湘，迁客骚人，多会于此，览物之情，得无异乎？
>
> 若夫霪雨霏霏，连月不开，阴风怒号，浊浪排空；日星隐曜，山岳潜形；商旅不行，樯倾楫摧；薄暮冥冥，虎啸猿啼。登斯楼也，则有去国怀乡，忧谗畏讥，满目萧然，感极而悲者矣。
>
> 至若春和景明，波澜不惊，上下天光，一碧万顷，沙鸥翔集，锦鳞游泳；岸芷汀兰，郁郁青青。而或长烟一空，皓月千里，浮光跃金，静影沉璧，渔歌互答，此乐何极！登斯楼也，则有心旷神怡，宠辱偕忘，把酒临风，其喜洋洋者矣。
>
> 嗟夫！予尝求古仁人之心，或异二者之为，何哉？不以物喜，不以己悲；居庙堂之高则忧其民，处江湖之远则忧其君。是进亦忧，退亦忧。然则何时而乐耶？其必曰“先天下之忧而忧，后天下之乐而乐”乎。噫！微斯人，吾谁与归？

其中的“先天下之忧而忧，后天下之乐而乐”已成为千古名句。

经过一段时间的探索与准备，宋代散文迎来了最为辉煌的时期。因为随着政治革新运动的开始，文学形式的改革呼声也越来越高。文坛领袖欧阳修接续柳开、王禹偁、穆修等人，凭借自己在文坛和政坛上的显赫地位，团结如梅尧臣、苏舜钦、范仲淹、尹洙等同道，奖励引荐如苏洵、王安石等人，还提拔了像苏轼、苏辙、曾巩等后起之秀，成为一代文坛盟主。欧阳修身边围绕着的那批著名文学家，都成为宋代文坛的坚实力量。

欧阳修反对浮靡的西昆体和当时流行的艰涩险怪的“太学体”。他利用自己主持科举考试的机会清除了西昆体的影响，扫清了“太学体”的流弊，确立了宋代散文的风格。他提出了一系列的重要理论。他的理论纠正了柳开、穆修等复古主义者重道轻文的偏颇，也矫正了韩、柳的某些理论缺陷，开辟了宋代古文发展的广阔前景。他和韩愈一样，重视道的作用，但又要求道要“切于世者”(《答李诩第二书》)，文章要有现实内容。他同时主张文道并重，即文学与道同样重要，文学的思想内容和艺术形式同样重要，不能重道而轻文。他要求文章“文从字顺”，风格平易自然，不要奇险深奥。

与其理论相应，他也创作出了大量优秀的作品供当时人学习。他的散文题材广泛，内容充实，文风朴实平易。他写作了大量的议论文，有史论、政论、文论等，阐述他的政治改革主张，批评社会现实或感慨历史兴亡，如《朋党论》、《纵囚论》、《五代史伶官传序》、《与高司谏书》等都是其中的佳作。他的议论文气势充沛，又宛转多姿，情理交融。他的记叙文或写人或写事或写景，笔墨简练，三言两语中就现出如画的景物，情景交融，感情真挚，如《丰乐亭记》、《祭石曼卿文》等，特别是山水游记名篇《醉翁亭记》：

> 环滁皆山也。其西南诸峰，林壑尤美。望之蔚然而深秀者，琅琊也。山行六七里，渐闻水声潺潺，而泄出于两峰之间者，酿泉也。峰回路转，有亭翼然临于泉上者，醉翁亭也。作亭者谁？山之僧智仙也。名之者谁？太守自谓也。太守与客来饮于此，饮少辄醉，而年又最高，故自号曰“醉翁”也。醉翁之意不在酒，在乎山水之间也。山水之乐，得之心而寓之酒也。
>
> 若夫日出而林霏开，云归而岩穴暝，晦明变化者，山间之朝暮也。野芳发而幽香，佳木秀而繁阴，风霜高洁，水落而石出者，山间之四时也。朝而往，暮而归，四时之景不同，而乐亦无穷也。
>
> 至于负者歌于涂，行者休于树，前者呼，后者应，伛偻提携，往来而不

绝者，滁人游也。临溪而渔，溪深而鱼肥；酿泉为酒，泉香而酒洌；山肴野蔌，杂然而前陈者，太守宴也。宴酣之乐，非丝非竹，射者中，弈者胜，觥筹交错，起坐而喧哗者，众宾欢也。苍颜白发，颓然乎其间者，太守醉也。

已而夕阳在山，人影散乱，太守归而宾客从也。树林阴翳，鸣声上下，游人去而禽鸟乐也。然而禽鸟知山林之乐，而不知人之乐；人知从太守游而乐，而不知太守之乐其乐也。醉能同其乐，醒能述以文者，太守也。太守谓谁？庐陵欧阳修也。

全文以“乐”字为线索，既写了山间朝暮变化和四时美景，又表现了他的旷达心胸和与民同乐的理想，同时又有一种抑郁不平之情。文章借景抒情，情景交融，有强烈的主观情感色彩，语言精练，21 个“也”字和 24 个“而”字加强了文章的音乐美，其中的“醉翁之意不在酒”也成为人们常用的名句。除此之外，欧阳修还不受骈赋、律赋的限制，用古文笔法以单笔散体写作文赋，一定程度上解放了赋体，《秋声赋》就是他抒情文赋的名篇。

在欧阳修的推动下，北宋的诗文革新运动达到高潮，也因为他在诗文革新运动中的巨大贡献，苏轼将他誉为“今之韩愈”。曾巩、王安石、苏氏父子在这个基础上，继续巩固了古文运动，彻底完成了古文运动的使命，宋代散文创作因此达到鼎盛。

曾巩（1019—1083），字子固，江西南丰人，进士出身。他是欧阳修的学生，也是文风和欧阳修最接近的人，二人并称“欧曾”。曾巩写文章遵循欧阳修的指点，多关心民生疾苦，文字简练平正，结构严谨，论证周详，叙事条理清楚。他在当时非常有名，主要是因为他的文章有浓厚的道学气，非常符合理学家的文章标准。他擅长说理、叙事，杂记、书序成就最高，代表作有《墨池记》、《战国策目录序》。

王安石作文强调“适用”、“济世”，虽然不排斥文学的艺术性，但更强调文学的实用价值。他的文章大多数直接为他的政治改革事业服务，有着强烈的政治色彩，特别是他的政论文，论点鲜明，逻辑严密，直陈己见，如《上仁宗皇帝言事书》、《本朝百年无事劄子》等通过分析宋朝的现实形势来证明变法的必要性。他的文章短小精悍，他曾写过 380 字的短书《答司马谏议书》，逐条对司马光 3 000 字的《与王介甫书》中的指责进行批驳，针锋相对，理直气壮，义正词严，具有强烈的战斗性和现实性。王安石还有一些杂感式的史论，也是短小精悍，如《读孟尝君传》，不足百字，却层次分明，周密论证中显出凌厉的气势。而他的记叙文如《伤仲永》、《游褒禅山记》、《祭欧阳文忠公文》等也是名篇。王安石的散文简劲峭拔，自成一家。他的文章以议论、说理见长，注重论证的周密和逻辑，文中的描写、抒情较少，即使记叙文也不以叙事为主，而常常是借题生议，虽然议论精彩，但某种程度上也削弱了文章的艺术感染力。

苏洵(1009—1066)和儿子苏轼、苏辙合称“三苏”，人称苏洵为“老苏”，称苏辙为“小苏”。苏洵的议论文成就最高，特别是策论和史论，见解独特，气势纵横，感情色彩强烈，代表作有《六国论》、《上欧阳内翰第一书》等。苏轼的创作融实用性、文学性和通俗性于一体，代表了宋代古文的最高成就。苏辙的政论、史论和亭台游记最有名，他的文章风格不同于他的父亲和兄长，淡泊清丽，平稳妥帖，代表作有《黄州快哉亭记》、《武昌九曲亭记》等。

因为他们在古文创作方面的贡献，后人因此将欧阳修、王安石、曾巩、苏洵、苏轼、苏辙和唐代的韩愈、柳宗元合称为“唐宋八大家”。

北宋中期还有司马光的史学家之文，周敦颐、程颢、张载等人的道学家之文，他们共同丰富了古文的创作。到北宋后期，文人一般多是写诗填词，散文成就相对较低。

思考题

1. 请简单谈谈欧阳修在散文方面的理论贡献与创作成就。
2. 请列举唐宋八大家的名字及其代表作品。

第四节　苏　　轼

苏轼(1037—1101),字子瞻,号东坡居士,四川眉山人。他出生在一个富有文学传统的家庭,祖父苏序喜欢读书、作诗,父亲苏洵是古文名家,母亲程氏也是有知识的女性。这样的家庭让苏轼成为一个具有很高学识修养的人。苏轼抱有儒家经世济民的理想,21岁离开四川进京,22岁中进士,26岁中制科优人三等,这是宋代最高等。他敢于直谏,注重实效,曾反对王安石变法,又反对司马光废除新法,受到过多次打击。苏轼一生仕途坎坷,多次沉浮,先后任杭州、密州、徐州、湖州的地方官,为官期间他为人民做了不少实事。44岁时因为“乌台诗案”,被贬到黄州,在那儿呆了四年。黄州时期是他创作的转变期,也是他创作的丰收期。这时他的文风渐渐潇洒超迈,像《前赤壁赋》、《后赤壁赋》、《寒食雨二首》、《念奴娇·赤壁怀古》等都是作于黄州时期。59岁时,苏轼又一次被贬往惠州,62岁被贬到儋州,65岁才遇赦北归。虽然两次被贬,但他却又一次迎来了创作的丰收期,这时他的创作风格转为平淡清澈。所以,苏轼自己说:“问汝平生功业,黄州、惠州、儋州。”(《自题金山画像》,《苏轼诗集》卷四八)

苏轼思想通达,出入儒道,又浸染佛禅,儒、释、道在他身上得到了有机的统一,但儒家思想还是根本,这是他政治态度和处世哲学的基础。受儒家思想影响,他一生积极入世,为人坚持气节,有志于为国为民,即使后来频繁遭到打击,但他关心人民、报国事君的理想没有改变过。而在人生态度和处世哲学上,佛老思想就成了他思想的主导。当政治上一再受挫时,他就以佛老思想作为自己的精神慰藉,即使在艰苦的环境里,他也有一颗坚强而乐观的心,保持随缘自适、淡泊无为又超然物外的良好心态对待人与事,并不懈地进行创作。他洒脱开放的胸怀和进退自如、宠辱不惊、超然达观、幽默乐观的人生态度,深刻地影响了后来的文人士大夫,成为他们精神上景仰与学习的榜样。

在散文创作方面,苏轼发展了欧阳修平易自然的散文风格,他的散文既有自己的风格,也有宋文的共性。他的散文艺术风格多样,雄放洒脱,哲理深刻,情感真挚,语言平淡自然。苏轼登上了古文艺术的高峰。

首先,他的文学观有着很大的独特性。在文道关系上,他提出先文后道,这就不同于前人道为主的观点,在重视文章思想内容和功用的同时,苏轼更强调文学本身的独立性与审美价值,而且,他口中的道不仅指儒家之道,也包括事物的规律在内。他认为作者要用高超的艺术技巧来表达这个道,但艺术风格要平淡自然。

其次,就创作实绩来论,苏轼散文创作绚丽多姿。到了他这里,宋文主导风格定型,他确立了中国古典散文的艺术传统。苏轼擅长写议论文,史论、政论文都很出色。他早年的史论文有纵横家习气,翻空出奇,论说技巧高超,像《贾谊论》、《范增论》、《留侯论》和《平王论》等都是借古喻今。他的政论文一般是针对现实而作的,内容充实,有较强的现实意义。这些议论文文笔纵横,气势磅礴,又能自创新意,比喻浅显但道理深刻。不过随着他阅历的增加,他的议论文中纵横家习气渐渐减弱。而在杂说、书札、序跋这类议论文中,苏轼以更加活泼的形式进行写作,记叙、议论、抒情相融,更有艺术感染力。这类文章如《日喻》、《文与可画筼筜谷偃竹记》等。

更能体现苏轼文学成就的不是他的议论文,而是他的记叙文,包括游记、人物传记和碑传文等。在这些文章中,苏轼用如行云流水般变幻莫测的笔法写景、叙事、抒情,构思独到,而且观察入微,至理、深情水乳交融,具有极高的艺术价值。如《石钟山记》、《喜雨亭记》、《方山子传》等都是如此。他在山水游记中的写法突破了柳宗元、欧阳修等人侧重景物描写的手法,而是描写、叙述、议论交错并用。

他的散文更典型地体现了他要求文章"辞达"的主张。在这些作品中,他信手拈来,当行则行,当止即止,在随意挥洒中表现隽永的韵味,更体现出作者旷达的胸襟和幽默开朗的性格特征。《答秦太虚书》、《记承天寺夜游》是代表作。后者写道:

> 元丰六年十月十二日夜,解衣欲睡,月色入户,欣然起行。念无与为乐者,遂至承天寺,寻张怀民。怀民亦未寝,相与步于中庭。
>
> 庭下如积水空明,水中藻、荇交横,盖竹柏影也。
>
> 何夜无月?何处无竹柏?但少闲人如吾两人者耳。

文章虽简短,但却深刻地表达出作者无所归依又孤寂凄凉的心境以及豁达的人生观,同时暗蕴作者仕途不得志的抑郁。

苏轼的四六文和辞赋也取得了极高的成就。他将古文的疏宕灵活和诗歌的抒情空灵一起融入辞赋,以文为赋,骈散结合,创作出像《前赤壁赋》、《后赤壁赋》这样的作品。如《前赤壁赋》中的一段景色描写:

清风徐来，水波不兴。举酒属客，诵明月之诗，歌窈窕之章。少焉，月出于东山之上，徘徊于斗牛之间。白露横江，水光接天。纵一苇之所如，凌万顷之茫然。浩浩乎如冯虚御风，而不知其所止；飘飘乎如遗世独立，羽化而登仙。

这样骈散结合、音韵铿锵、情景具有、自然流畅的文字，真可以当成散文诗来读，从中也体现出作者高超的艺术表达才能。

在诗歌创作上，苏轼的诗歌代表了宋代诗歌的最高成就。他发展了韩愈以文为诗的传统，以文为诗，以议论为诗，以才学为诗，以古体写近体，纵横驰骋，收放自如，诗歌表现的自由度大大增加。总的来看，苏轼的诗想象奇特，语言清新流畅，气势奔放。他的诗歌风格也随着人生经历的不同有所改变，从早期的雄健奔放到中期的绚烂多彩，再到晚期的平淡。

他的诗歌题材广阔，既真实地记录了自己的生活和对人生的思考，又全面反映了当时的社会情况。苏轼有诗 2 700 多首，诗人针对当时的社会弊端和新法的不足，揭露社会矛盾，反映人民的痛苦生活，表现自己忧国忧民的情怀。比如《吴中田妇叹》讽刺王安石新法和边疆政策，《荔支叹》讽刺官吏媚上求宠，揭露宫廷的奢侈生活。除此之外，他还有写自己个人遭遇、表现自我形象和深刻人生思考的抒怀诗，如《六月二十日夜渡海》等；也有歌颂美丽风景，表现自己高雅情趣和深刻哲理的写景诗，如《饮湖上初晴后雨》：

水光潋滟晴方好，山色空濛雨亦奇。欲把西湖比西子，淡妆浓抹总相宜。

描写西湖的水光山色，特别是诗中将西湖比喻成美女西施，浓妆淡抹都很美，比喻奇特生新。苏轼有不少诗借描写自然景物和生活片断，表达深刻的理性反思，如《题西林壁》：

横看成岭侧成峰，远近高低各不同。不识庐山真面目，只缘身在此山中。

诗用庐山不同的面貌来揭示人生的一种哲理体悟。苏轼还作了不少咏物诗和题画诗，其中都透出作者的性格和情趣，如《惠崇春江晚景》中的“竹外桃花三两枝，春江水暖鸭先知”，写景纯是白描，而《梅花二首》：

春来幽谷水潺潺，的皪梅花草棘间。一夜东风吹石裂，半随飞雪渡关山。

何人把酒慰深幽，开自无聊落更愁。幸有清溪三百曲，不辞相送到黄州。

借写梅表现自己的高洁与孤傲，独具情韵。

在词的创作方面，苏轼继柳永之后全面改革了词体，从根本上改变了词史的发展方向。在观念上，他主张诗词一体，这就打破了传统的诗尊词卑、诗庄词媚的观念，词获得了和诗一样的文学地位。在内容上，他“以诗为词”，凡是诗能表达的内容在他笔下都能用词表达出来，进一步突破了词为“艳科”的传统格局，开拓了词创作的全新境界。在创作上，他坚持词须是“自成一家”(《与鲜于子骏》，《苏轼文集》卷五三)，认为作词和写诗一样，要有真性情和自己的人生感悟。他创作的词风格多样，雄壮豪迈、婉转妩媚、清新明丽兼而有之，特别是他将传统的表现柔情的词变成了表现豪情的词，扩大了词的表现功能，开了以辛弃疾为首的爱国词派。在形式上，苏轼对词作了改变。他在词中大量采用标题和小序。不同于张先的词题只交代创作时间和地点，苏轼词中的题序可以确定词的情感指向，也可以补充词的内容。苏轼还在词中大量使用典故，丰富了词的表现手法。在音律方面，苏轼更注重词的抒情性，不为音律所拘束，有时为表现内容的需要会出现不协音律的情况。

苏轼现存362首词，他的词思想内容丰富，显示出前所未有的面貌。像《江神子·密州出猎》：

老夫聊发少年狂，左牵黄，右擎苍。锦帽貂裘，千骑卷平冈。为报倾城随太守，亲射虎，看孙郎。　酒酣胸胆尚开张。鬓微霜，又何妨。持节云中，何日遣冯唐？会挽雕弓如满月，西北望，射天狼。

词中的射虎太守和挽雕弓、射天狼的壮士形象，英勇神猛，在对这些英雄形象的塑造中寄托了作者渴望驰骋沙场报效国家的爱国热情。而像《定风波》：

莫听穿竹打叶声，何妨吟啸且徐行。竹杖芒鞋轻胜马，谁怕？一蓑烟雨任平生。　料峭春风吹酒醒。微冷。山头斜照却相迎，回首向来萧瑟处。归去，也无风雨也无晴。

词中表现了作者内心世界的丰富变化，由积极进取到压抑痛苦，又到超然自适，将作者的个性完整地表达了出来。另一首著名的中秋词《水调歌头》：

明月几时有，把酒问青天。不知天上宫阙，今夕是何年。我欲乘风归去，又恐琼楼玉宇，高处不胜寒。起舞弄清影，何似在人间。　转朱阁，低绮户，照无眠。不应有恨，何事长向别时圆。人有悲欢离合，月有阴晴圆缺，此事古难全。但愿人长久，千里共婵娟。

词中交织着出世与入世、月亮圆缺、人生聚散的矛盾心情，想象奔放奇特，很好地表达了作者旷达的人生态度。词作中抒情主人公的形象非常鲜明。苏轼还有一些词描写自然风光和农村景色，如《浣溪沙·徐门石潭谢雨道上作》五首就是北宋词史上第一组写农村生活的词作。

苏轼也擅长在描写自然美景中注入对历史和人生的深刻思考，如著名的《念奴娇·赤壁怀古》：

大江东去，浪淘尽、千古风流人物。故垒西边，人道是、三国周郎赤壁。乱石穿空，惊涛拍岸，卷起千堆雪。江山如画，一时多少豪杰。　遥想公瑾当年，小乔初嫁了，雄姿英发。羽扇纶巾，谈笑间、强虏灰飞烟灭。故国神游，多情应笑我，早生华发。人生如梦，一樽还酹江月。

作者从赤壁的景色，联想到历史人物的英雄事迹，再由此抒写自己年老却功业未成的人生感慨，词中透出人生有限、命运如梦的感觉，但在理想和现实的矛盾中，作者依然保持一份乐观的情绪，这也正是苏轼的伟大之处。另外如《卜算子》（缺月挂疏桐）、《水龙吟》（似花还似非花）等咏物词也都寄托了作者的情志。苏轼是性情中人，常用词来抒写友情和亲情，感情真挚动人，如堪称北宋悼亡词首创和绝唱的著名的《江城子》：

十年生死两茫茫，不思量，自难忘。千里孤坟，无处话凄凉。纵使相逢应不识，尘满面，鬓如霜。　夜来幽梦忽还乡。小轩窗，正梳妆。相顾无言，惟有泪千行。料得年年肠断处，明月夜，短松岗。

词的语言虽然简淡平易，但作者对亡妻的思念深情却跃然纸上，读来让人感慨不已。

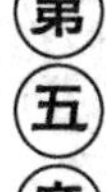

苏轼是个全才型的人，诗、词、散文、书法、绘画都取得了杰出的成就，他的诗与黄庭坚并称“苏黄”，他的词与辛弃疾并称“苏辛”，他的散文与欧阳修并称“欧苏”。他是继欧阳修之后又一个文坛领袖，他的文学创作代表着北宋时期的最高成就，他也是宋型文化的典型代表。在他身边，有一批重要的作家，如“苏门四学士”(黄庭坚、张耒、晁补之、秦观)、“苏门六君子”(“苏门四学士”和陈师道、李廌)，每个人在文学上都有所建树，他们各自为宋代文学的发展作出了重要的贡献。虽然北宋末年他的作品曾一度被禁止，但他的文章还是成为后代文人学习的典范，他的政论、史论文是后世科举考试的范文；他的小品文被明代的竟陵派、公安派当做学习的范本，影响直到清代的袁枚、郑板桥；他的诗直接影响了宋代诗歌的面貌，金代甚至产生了“苏诗运动”，明代的公安派诗人和清初的宋诗派诗人都受到苏轼的启迪。苏轼是开豪放词风的第一人，他使词的创作发生了重要的转型，南宋的爱国词派就直接继承了他的词体解放精神，甚至到清代的阳羡词派还将苏轼的词作为学习的榜样。

思考题

1. 为什么说苏轼登上了古文艺术的高峰？
2. 为什么说苏轼的诗代表了宋代诗歌的最高成就？请举例论述。
3. 苏轼在词体改革方面有哪些贡献？
4. 请举例论述苏轼词的主要思想内容。

第五节　南宋词人

1126年，北宋灭亡，1127年南宋小朝廷成立，时代的巨变对文学产生了不小的影响，在从和平走向战乱的年代里，有一批词人的词风也相应地发生了变化。他们在北宋的生活相对安定舒适，词多是吟风弄月，词风妩媚。靖康之变以后，国破家亡、颠沛流离的生活让他们一下子贴近社会现实生活，词作中的时代感和现实感前所未有的强烈，他们摆脱了周邦彦的影响，开始自觉地接受苏轼的豪放词风，用词来表现当时的战乱，表现人民的痛苦生活和自己理想失落的苦闷，词风慷慨。在他们手中，词的抒情言志功能得到了进一步扩展，可以说，南宋词坛走的是一条健康发展的道路。这一时期的词人主要有李清照、朱敦儒、张元干和张孝祥等。

李清照(1084—1155?)，自号易安居士，山东济南人。她是我国词史上著名的女词人，也是文学史上成就最高的女性作家。18岁时嫁给赵明诚，两个人情投意合，一起诗词唱和，共同收集金石文物，生活幸福。靖康之难后，李清照逃到江南，精心收藏的图书文物先后毁于战火。1129年，赵明诚因病去世，李清照一个人四处奔波避难。当时又有人恶意中伤她，想拿走她残存的文物。而战火刚停，又遇到张汝舟的纠缠和虐待，曾下狱九日。后来在浙江金华住了几年，最后移居杭州。

作为南北宋之交最杰出的词人，李清照对词的贡献首先在于她提出词"别是一家"的理论，从本体上确立了词体的独特地位。她的《词论》一书还批评了柳永、苏轼、秦观、黄庭坚等作家，这是宋代第一篇，也是中国第一篇由女性写成的文学理论文章，有一定的价值。

其次，在创作上，李清照写出了不少好词。李清照著有《漱玉词》，可惜没有流传下来，有人曾从别处辑得八十首左右，其中约五十首可以肯定是她的作品。以靖康之乱为分界点，她的词在内容和风格上前后各有不同，前期主要写少女和少妇的生活，有自然美景的，如《如梦令》：

尝记溪亭日暮，沉醉不知归路。兴尽欲回舟，误入藕花深处。争渡，争渡。惊起一滩鸥鹭。

有直接写夫妻离别的，如《凤凰台上忆吹箫》：

香冷金猊，被翻红浪，起来慵自梳头。任宝奁尘满，日上帘钩。生怕离怀别苦，多少事、欲说还休。新来瘦，非干病酒，不是悲秋。　休休！这回去也，千万遍《阳关》，也则难留。念武陵人远，烟锁秦楼。惟有楼前流水，应念我、终日凝眸。凝眸处，从今又添，一段新愁。

词中大胆地表露出对丈夫的相思之情。前期的李清照生活幸福，虽然会和丈夫有短暂的离别，但两人的婚姻美满和谐，所以她的词一般是轻快明亮的，纵是写离愁的词，里面也透出点点的幸福感受。靖康之乱以后，她饱经苦难，前期的青春活力被凄凉愁苦取代，这时的词作多是写国破家亡、夫死寡居的寂寞愁苦，如《声声慢》：

寻寻觅觅，冷冷清清，凄凄惨惨戚戚。乍暖还寒时候，最难将息，三杯两盏淡酒，怎敌他、晚来风急。雁过也，正伤心，却是旧时相识。　满地黄花堆积。憔悴损、如今有谁堪摘。守着窗儿，独自怎生得黑。梧桐更兼细雨，到黄昏、点点滴滴。这次第，怎一个愁字了得。

词的一开篇就写情，而深秋黄昏景色也都染上了她的无限孤寂和愁苦情绪，大量双声叠韵词如“寻寻觅觅”等的使用更是增添了愁苦之情的强度，满篇都是一个“愁”字。和前期写闺情、写自然不同，李清照后期的词反映了个人的不幸和时代的苦难，情感内涵更加丰富。

李清照的词一向被视为“婉约正宗”，当时人称之为“易安体”。她善于从生活中提炼词语进行创作，语言清新淡雅又风韵天然，比喻贴切生动，如《醉花阴》中有名的“莫道不消魂，帘卷西风，人比黄花瘦”，用黄花瘦比喻人的憔悴。她的词打破了以前男子写女性生活与情感的传统，真实地表现了她自己的情感历程和生命历程，塑造了一个多愁善感、缠绵凄婉的女性主人公形象。

朱敦儒(1081—1159)，字希真，号岩壑，河南洛阳人。总的来看，朱敦儒的词作无论内容还是风格都和他的人生历程紧紧相连，总体风格旷达超逸，但在不同的阶段也有不同的特点。

南渡以前，他过着寻欢作乐的放浪生活，不屑功名富贵，曾拒绝朝廷的征召。他的词也多数写他的名士生活，表达对自由生活、独立人格的追求和对王公贵族的不屑，词风明快，如那首著名的写于拒绝征召之时的《鹧鸪天·西都作》：

> 我是清都山水郎，天教分付与疏狂。曾批给雨支风券，累上留云借月章。　诗万首，酒千觞。几曾著眼看侯王。玉楼金阙慵归去，且插梅花醉洛阳。

靖康之难爆发，他在洛阳被占前后，逃往东南避难，饱受离乱之苦。这时候的词写他的流离之悲，记录了他的行程和感受，如《卜算子》(旅雁向南飞)。而南渡以后，国破家亡的现实让他成为一个关怀国事的人，他的词开始变得沉郁悲壮，如《相见欢》：

> 金陵城上西楼，倚清秋。万里夕阳垂地，大江流。　中原乱，簪缨散，几时收？试倩悲风吹泪，过扬州。

他曾应南宋小朝廷的征召在临安任职，但是南宋小朝廷不思抗战，让他愤懑失望，他的一些词就表达了这些情感。经过十多年的宦海沉浮，朱敦儒彻底失望，因为不肯依附秦桧被罢官之后，他选择了消极退隐，这时他的词主要就是写他的隐逸生活，如《好事近·渔父词》，词风清淡晓畅，语言通俗。

朱敦儒继承并发展了苏轼以词抒情的传统，用词言志，表现了他一生的心态变化，有自传体的特点。他的词本色，语言通俗，自成一家，被称为"朱希真体"。朱敦儒在两宋之交的词坛上地位是独特的。

南渡以后，还有一些词人不再只关注个人的悲欢离合、荣辱得失，而是将目光转向了苦难的现实，他们开始感怀时事，呼请抗战，词风也转为慷慨激昂，张元干(1091—1161)就是其中的典型代表。南渡前，他的生活像朱敦儒那样，词作不脱花间樽前，风格绮艳妩媚，南渡以后，面对山河破碎的现实，他的词开始干预现实，展现苦难的现实，如《贺新郎·送胡邦衡待制》：

> 梦绕神州路。怅秋风、连营画角，故宫离黍。底事昆仑倾砥柱，九地黄流乱注。聚万落千村狐兔。天意从来高难问，况人情老易悲难诉。更南浦、送君去。　凉生岸柳催残暑。耿斜河，疏星淡月，断云微度。万里江山知何处？回首对床夜语。雁不到，书成谁与？目尽青天怀今古，肯儿曹恩怨相尔汝。举大白，听《金缕》。

词中既有故都沦陷、生灵涂炭的灾难描写，也有对朝廷卖国求荣的愤慨，还有急欲挥剑杀敌的理想和报国无门的苦闷，完全没有前期的委靡。在他手中，

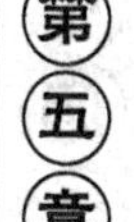

词的社会功能再次得到了加强。叶梦得(1077—1148)的创作情况也和张元干相似。另有词人如陈与义(1090—1138)等主要是用词来表现战乱时代的普通人的生活感受。还有如李纲(1083—1140)、岳飞(1103—1142)等抗战名将虽然不是专门的词人,但也作出了悲壮慷慨的词作,表现了他们强烈的战斗精神,如岳飞著名的词作《满江红》:

怒发冲冠,凭阑处、潇潇雨歇。抬望眼、仰天长啸,壮怀激烈。三十功名尘与土,八千里路云和月。莫等闲、白了少年头,空悲切。　靖康耻,犹未雪。臣子恨,何时灭。驾长车踏破、贺兰山缺。壮志饥餐胡虏肉,笑谈渴饮匈奴血。待从头、收拾旧山河,朝天阙。

南宋中期,伟大词人辛弃疾(1140—1207)出现以后,词的创作进入又一个高峰期,他的爱国豪放词无论思想性还是艺术性都达到了完美。在他的影响下,南宋词坛逐渐形成了爱国词派。除了大致同时的陆游、陈亮、刘过之外,稍后的江湖词人群的刘克庄、刘辰翁等都属于这一派,文学史上把他们称为辛派词人。辛弃疾有专章讲述,这里先简单介绍几位辛派词人。

陈亮(1143—1194),字同甫,人称龙川先生,浙江人,为人豪爽,曾三次入狱,51 岁才中状元,还没来得及上任就病死了。他作有《龙川词》,今天流传下来的词作有 74 首。他是辛弃疾的好友,词风也和辛弃疾相似,内容一般都表现抗金复仇、救国安民的思想,有很强的现实针对性和功利性。他喜欢在词中用议论的方式表达他的政治主张,“以词为文”,词作纵横开阖,如《水调歌头·送章德茂大卿使虏》。陈亮的词往往是直抒胸臆,直截痛快,雄放豪迈,但沉郁厚重不足。

刘过(1154—1206),字改之,号龙洲道人,江西人。一生没有做官,在两湖、江淮和江浙一带漫游,和辛弃疾、陆游、陈亮等都有交往,他在江湖上获得了诗侠的美誉。今天流传下来的词有 78 首。他的词主要写两方面的内容:一类是感时之作,以歌颂抗金将士、呼吁北伐为主,表现了作者的爱国热情;一类是写他作为江湖游士的寂寞和苦闷,如《贺新郎·赠邻人朱唐卿》、《水调歌头·晚春》等作品,这一类是刘过词作中写得最有特色的,也是宋词史上第一次集中展现江湖游士的命运和复杂心态的作品。

刘过非常崇拜辛弃疾,写词时也是有意识地模仿辛弃疾,比如他的《沁园春》:

斗酒彘肩，风雨渡江，岂不快哉！被香山居士，约林和靖，与坡仙老，驾勒吾回。坡谓“西湖，正如西子，浓抹淡妆临镜台。”二公者，皆掉头不顾，只管衔杯。　白云“天竺飞来。图画里、峥嵘楼观开。爱东西双涧，纵横东西水；两峰南北，高下云堆。”逋曰：“不然，暗香浮动，争似孤山先探梅。须晴去，访稼轩未晚，且此徘徊。”

就是模仿了辛弃疾《沁园春·将止酒戒酒杯使勿近》的对话体。刘过的“词多壮语”，慷慨奔放，自成一家，但有时也以文为词，不守音律，词的散文化、议论化倾向明显。

南宋末的辛派成员中成就最大的是刘克庄(1187—1269)，他著有词集《后村别调》(又叫《后村长短句》)，今天有135首词作流传下来。他的词不写闺情春怨，而是表达对社会国家命运的忧虑和自己的爱国热情，如《贺新郎·实之三和有忧边之语走笔答之》等。他的词比辛弃疾的词更为广阔地表现了当时的社会生活，并有一种人道主义精神。刘克庄的词有自己的艺术个性，像《沁园春·梦孚若》笔力纵横矫健，情怀激切；他的一些长调词，脱离了传统格律的束缚，叙事说理，自由灵活。他的词风雄健奔放，不过有时语言的锤炼稍显不足。

刘辰翁(1232—1297)，字会孟，号须溪，江西吉安人。他曾经入文天祥的幕府。宋朝灭亡后就没有做官。他也继承了辛弃疾的词风，但因为他处在宋朝亡国之时，而且他的重要作品大多写于亡国之后，所以他的词多表现亡国的血泪史和亡国之痛，词作中因此少了稼轩词的豪迈，词风凄凉，但是他词中的情感比辛弃疾、刘克庄等人更加真挚自然，沉痛感人，而且他以杜甫记时事的精神用词来记录当时的时代巨变，这在宋末的遗民词人中也是别具特色的。

当南宋豪放词风占主导地位的时候，与辛弃疾同时的姜夔却独辟蹊径，反俗为雅，在豪放派之外别立一宗。其影响直到南宋后期词坛，像吴文英、张炎、周密、王沂孙等都是姜夔的追随者，不过除了吴文英的词在艺术上有较大突破之外，这一派没有什么其他成就特别突出的人。这里重点介绍姜夔和吴文英。

姜夔(1155？—1209)，字尧章，号白石道人，江西波阳人。一生浪迹江湖，寄食官宦，生活清贫，他一直没有做官，以文艺创作自娱自乐。他诗、词、散文、音乐、书法都很精通，在当时就很有名，最有成就的是词的创作，虽然只有84首词流传下来，但在词史上的地位却是独特的。他的词在题材上没有大的突破，主要就是写他自己的生活，写相思离别之情，或者在咏物中寄托自己的人生失意和对国事的感慨。当然也有些作品写家国之恨、黍离之悲，有一定的爱国精神。在所有的词中，他的爱情词最出色，和传统题材风格不同的是，他不写爱情的细节，只写离别以后的刻骨相思，而且在这类词中，炽热的柔情往往通过冷色调来表现，既使情感得到雅化，又使词的韵味变得高雅脱俗，如"淮南皓月冷千山"(《踏莎行·自东沔来丁未元日至金陵江上感梦而作》)一句，就是词史上少见的冷境。

姜夔作词时，也和辛弃疾一样，移诗法入词，但是他还学习了周邦彦的炼字琢句和江西诗派的清劲瘦硬，形成了自己的风格。比如著名的咏梅之作《暗香》：

> 旧时月色。算几番照我，梅边吹笛。唤起玉人，不管清寒与攀摘。何逊而今渐老，都忘却、春风词笔。但怪得、竹外疏花，香冷入瑶席。　江国。正寂寂。叹寄与路遥，夜雪初积。翠尊易泣，红萼无言耿相忆。长记曾携手处，千树压、西湖寒碧。又片片吹尽也，几时见得。

词作清空骚雅，笔法灵动，自有一番别样的感伤情绪。姜夔精通音律，他写了许多自度曲，其中17首词自注有工尺谱，成为今天唯一保存下来的宋代词乐文献。他的自度曲不受固定格律的限制，有的先作词后谱曲，和一般的先曲后词不同，而词的音乐美和情感都达到了高度的和谐，如名作《扬州慢》：

> 淮左名都，竹西佳处，解鞍少驻初程。过春风十里，尽荠麦青青。自胡马窥江去后，废池乔木，犹厌言兵。渐黄昏、清角吹寒，都在空城。　杜郎俊赏，算而今、重到须惊。纵豆蔻词工，青楼梦好，难赋深情。二十四桥仍在，波心荡、冷月无声。念桥边红药，年年知为谁生。

词人写景抒情都不是正面着笔，而是从虚处传神，在今昔对比中，抒发黍离之悲。姜夔写词往往有小序，而且他词中的小序如同小品文，文字精美，具有自身的艺术价值。最重要的是，他的词一反柳永变雅为俗的作法，变俗词为雅词，深受当时贵族雅士的喜爱，他的词也因此被认作是雅词的典范。

吴文英(1207？—1269？)，字君特，号梦窗，又号觉翁，浙江宁波人。一生在江苏、浙江一代活动，长期充当权贵的门客和幕僚，但保持着清高人格。吴梦窗的词作有340首，从艺术的独创性来看，他是宋代末期可以和姜夔齐名的词人。不过他没有辛弃疾的胸襟和气度，也没有姜夔的才情和天赋，所以，他的词主要在艺术技巧上用力。梦窗词融合了周邦彦和姜夔的词风，又加以发展变化。他在词中常化实为虚，用奇特的想象和联想刻画凄迷的意境。他的词往往根据内心的活动来构思，过去、现在、未来相互渗透，时空场景自由转换，词境模糊多义，让读者理解更加困难，如他的那首240字的《莺啼序》（残寒正欺病酒），时空跳跃三次，过去的回忆、现实的生活和未来的想象交织在一起，全诗不是用逻辑理性相联系，而是靠情感串联起来，真是"如七宝楼台，眩人眼目"（张炎《词源》卷下）。

吴文英在词的创作上倾注了毕生的心血。他用词写他的恋情，如《风入松》：

> 听风听雨过清明，愁草瘗花铭。楼前绿暗分携路，一丝柳、一寸柔情。料峭春寒中酒，交加晓梦啼莺。　西园日日扫林亭，依旧赏新晴。黄蜂频扑秋千索，有当时、纤手香凝。惆怅双鸳不到，幽阶一夜苔生。

追忆他曾经爱过的苏杭女子。他也用词来咏物，借此来反映他人生的失意和爱情的不幸；还有少量词怀古伤今，表现他的爱国情感，如有名的《八声甘州·陪庾幕诸公游灵岩》。

吴文英的词语言也很有特点。他凭着感性认识来组织字句，而不是按正常的语序和逻辑来组合。他的语言色彩感、象征性极强，如"腻涨红波"、"倩霞艳锦"等，语词华丽，词中还多用典故，所以有人说："词家之有文英，亦如诗家之有李商隐。"（《四库全书总目》卷一九九《梦窗稿提要》）

宋末词人中，蒋捷是独立自成一家的词人。他兼有豪放和婉约的风格，但却没有辛派后学的粗放直率，也没有姜派末流的隐晦刻削。他的词或直接表现亡国遗民的民族气节，表现自己的不满，或表现亡国遗民的漂泊生活，如《贺新郎·兵后寓吴》、《沁园春·为老人书南堂壁》等。他的那首《虞美人·听雨》：

> 少年听雨歌楼上，红烛昏罗帐。壮年听雨客舟中，江阔云低，断雁叫西风。　而今听雨僧庐下，鬓已星星也。悲欢离合总无情，一任阶前，点滴到天明。

在清奇流畅的语言中将自己的人生感受含蓄地表达了出来。

不过，总体而言，南宋后期的词坛基本上就是在辛弃疾和姜夔开辟的道路上往前走，辛派词人的后劲和姜夔的追随者们共同开创了南宋后期词坛的面貌。

思考题

1. 李清照在词史上的贡献是什么？
2. 请简单谈谈李清照词的主要思想内容。
3. 请列举重要的辛派词人及其代表作品。
4. 姜夔的词在艺术上有什么特点？

第六节 南宋诗人

宋诗经过王安石、苏轼、黄庭坚、陈师道等人的努力之后，基本格局已经形成。而当黄庭坚、陈师道去世之后，诗坛在江西诗派的影响下，注重法度、技巧，脱离现实生活的倾向明显。靖康之变以后，一些南渡诗人如陈与义、吕本中、曾几等经历国破家亡的巨大变故，走出书斋生活，开始用诗歌表现他们的爱国热忱和现实的社会生活。诗歌题材发生了变化，诗歌的艺术形式也有了改变，诗歌的思想性与艺术性都有所增强，江西诗派的诗风发生了深刻变化，诗坛风气也随之变化，北宋诗风开始向南宋诗风转变。

南宋初年，江西诗派后期最重要的诗论家吕本中在黄庭坚求新求变的思想指导下，提出"活法"之说，要求诗歌创作摆脱既定的法则而有所创新，矫正了江西诗派的弊病。吕本中的理论意味着诗坛风气的转移，南渡后他也写了一些感时伤乱的爱国诗作。不过南宋前期在诗歌创作上成就更高的是陈与义和曾几。

陈与义(1090—1138)，字去非，号简斋，河南洛阳人，创作诗歌620多首。他的诗歌创作以靖康之变为界，分为前后两期。前期的作品诗风学习黄、陈，讲究句法、神韵，作品内容一般是写个人的生活，写景咏物占多数，而反映现实社会的作品较少。经历了国破家亡之后，自觉地学习杜甫的爱国精神和现实主义创作传统，用诗反映当时的政局，忧时伤世，如《伤春》：

> 庙堂无策可平戎，坐使甘泉照夕烽。初怪上都闻战马，岂知穷海看飞龙！孤臣霜发三千丈，每岁烟花一万重。稍喜长沙向延阁，疲兵敢犯犬羊锋。

诗歌讽刺了高宗的逃跑主义，充满了为国担忧的感情。还有像《登岳阳楼》其一：

> 洞庭之东江水西，帘旌不动夕阳迟。登临吴蜀横分地，徙倚湖山欲暮时。万里来游还望远，三年多难更凭危。白头吊古风霜里，老木苍波无限悲。

诗中充满着国破家亡之后的苍凉悲绪。除了这类雄浑悲壮之作外，陈与义还

创作出了一些清远平淡的描写山水和闲适心境的作品，显示出这位南宋前期诗坛成就最高、影响最大的诗人的另外一面。

曾几(1084—1166)，字吉甫，号茶山居士，流传下来的诗有570多首。他的诗作最多的是那些闲适诗，如《三衢道中》：

梅子黄时日日晴，小溪泛尽却山行。绿阴不减来时路，添得黄鹂四五声。

清新活泼，明快畅达。除此之外，还有感时伤乱的爱国诗和反映民生疾苦的政治诗。曾几非常推崇黄、陈，他在创作时也很讲究句法，好用典故，但他是个自觉追求变化的人，他的诗流转圆美，不生硬，又避免冷僻典故。曾几和吕本中一样，起着承前启后的作用，他的爱国诗歌直接影响了陆游，而他的近体诗也影响了杨万里。

在陈与义、吕本中死后，一批出生于靖康前后的诗人成为南宋中期诗坛的主力。在他们的努力下，诗坛再度繁荣，涌现出了陆游、杨万里、范成大、尤袤这"中兴四大诗人"，他们富有独创精神，自成一格。这时的诗歌创作题材丰富，以爱国诗最为繁盛。而"中兴四大诗人"中，陆游代表了南宋诗坛的最高成就，杨万里、范成大也为宋诗的中兴作出了贡献。因为陆游有专章介绍，而尤袤(1127—1194)的大部分作品都已散佚，只有50多首诗流传下来，不过他的风格和范成大接近，所以不多作介绍。这里只简单介绍其他两位。

杨万里(1127—1206)，字廷秀，号诚斋，江西吉水人，进士出身，做过国子博士、太常博士等，晚年在家隐居15年，因为不满韩侂胄专权，最后忧愤而死。他一生写诗万首，但只留下4 200多首。杨万里是个理学家，他被《宋史·儒林传》收录，不过他的诗歌生活气息浓厚，虽有理趣，但并没有理学家的道学气。他的诗歌中有一部分作品表现了他对国家命运的关心和忧虑，如《初入淮河四绝句》其四：

中原父老莫空谈，逢着王人诉不堪。却是归鸿不能语，一年一度到江南。

诗歌以宋金的分界淮河为题材，道出了人民希望统一的心声。还有些作品反映了劳动人民的生活，如《插秧歌》等。杨万里的作品中艺术成就最高的是他的那些写自然风物和日常生活的诗，在这些诗中有着他深深的理性思考。他对自然界有着敏锐的观察力，能捕捉到那些转瞬即逝的情景来作为他诗歌的素材，如《小池》：

泉眼无声惜细流，树阴照水爱晴柔。小荷才露尖尖角，早有蜻蜓立上头。

诗人抓住自然界中富有情趣的瞬间，将自己的主观感情和人生体悟融入其中，大自然也因此充满生机。又如《晓出净慈寺送林子方》：

毕竟西湖六月中，风光不与四时同。接天莲叶无穷碧，映日荷花别样红。

杨万里早年作诗曾模仿江西诗派，后来转学王安石的"半山体"和晚唐诗人的绝句，最后摆脱对前人的模仿，师法自然，作诗信手拈来，具有自己的特色，形成了活泼自然、风趣诙谐的诚斋体。

和王安石、苏轼、黄庭坚喜欢用典故成语入诗不同的是，杨万里善于提炼口语、俗语入诗，语言自然朴素，想象奇特，构思巧妙，如《重九后二日同徐克章登万花川谷月下传觞》："老夫渴急月更急，酒落杯中月先入……举杯将月一口吞，举头见月犹在天。老夫大笑问客道：月是一团还两团？"和江西诗派晦涩的诗风相比，杨万里的诗显得浅易平白，活泼风趣，在一定程度上革新了宋诗的语言，但是也因此容易流于粗率浅俗。所以，除了像《闲居初夏午睡起》、《宿新市徐公店》、《新柳》等佳作外，不少作品读来让人大笑，缺少思想的深度和厚重感。

范成大(1126—1193)，字致能，号石湖居士，江苏昆山人，进士出身，曾长年任地方官。他今天流传下来的诗歌有1 900多首。范成大的诗歌反映了广阔的社会生活，有着对现实问题的批判和揭露。他继承杜甫、白居易等新题乐府的传统，写民生疾苦，如《催租行》、《后催租行》等反映了农民的痛苦生活。他曾经奉命出使金国，写下了72首使金纪行诗，将他在北方失地的亲眼所见、所闻、所感写进了诗中，真实地记录了沦陷区人民的生活，表达了自己誓死报国的决心。因为诗人亲临其境，因而他的这类诗描写真切，感触深刻，在当时的爱国题材中别具一格。

最能体现范成大在宋诗史上地位的是他的田园诗。在他退隐石湖的十年中，他写下许多田园诗，最著名的是他的《四时田园杂兴》组诗。在这60首诗中，诗人既描写了江南一年四季的田园风光，又写了农民悲苦的生活，诗歌思想内容深刻。如《四时田园杂兴》其一：

昼出耘田夜绩麻，村庄儿女各当家。童孙未解供耕织，也傍桑阴学种瓜。

范成大是中国古代田园诗的集大成者。他以前的田园诗人陶渊明，有少量诗歌写自己的农村生活与劳动；盛唐王维、孟浩然等人的山水田园诗，一般只借山水田园风光表现自己的隐逸情怀，很少写农村生活；像张籍、王建、元稹等人的乐府诗写农村生活，写农民的痛苦，却又很少写田园风光，而且他们的诗一般也不被看做田园诗。只有到了范成大手中，田园风光和农民生活才结合了起来，田园诗的境界提高了，成了名副其实的反映农村生活的诗。而且范成大用组诗的形式集中地表现农村生活，这在文学史上也是第一次，田园诗的表现容量因之大为增强。范成大的诗歌语言朴素，注重细节描写，风格清新婉润，艺术成就很高。

南宋后期，宋金对峙相对稳定时，中期诗坛盛行的爱国主义呼声渐渐变弱，永嘉四灵（徐照、徐玑、赵师秀、翁卷）和以江湖谒客为主的江湖诗派登上诗坛。他们的诗一般写自己的日常生活，写自然风光，吟风弄月、投谒应酬作品增多。诗人不再积极地关注现实，虽然艺术技巧上有所创造，但总体创作格局变化不大。而在南宋灭亡前后，国破家亡的惨痛现实让一些诗人从自我的小天地走出来，爱国主义题材再次成为诗坛创作重点，文天祥（1236—1283）就是其中一个。他的诗歌密切结合当时的政治形势，或写自己的出使元营、被拘出逃直到从容就义的经历，表现自己的英雄气概和民族气节，或写自己的思想情感，像他著名的《过零丁洋》：

辛苦遭逢起一经，干戈寥落四周星。山河破碎风飘絮，身世浮沉雨打萍。惶恐滩头说惶恐，零丁洋里叹零丁。人生自古谁无死？留取丹心照汗青。

诗歌沉痛悲壮，特别是最后两句一直鼓舞着后人。南宋末年另一位宫廷琴师汪元量（1245？—1331？），用自己的诗歌记录了南宋灭亡的全过程，像《醉歌》、《湖州歌》98 首和《越州歌》20 首，纪实性很强，被称为“宋亡之诗史”（李钰《湖山类稿跋》，《增订湖山类稿》附录）。

思考题

1. 为什么说陈与义与曾几是南宋前期诗坛创作成就最高的诗人？
2. “中兴四大诗人”指的是哪四位？
3. 为什么说范成大是古代田园诗的集大成者？
4. 请举例论述杨万里的诗歌创作。
5. 请谈谈你对《过零丁洋》的理解。

第七节　陆　　游

陆游(1125—1210),字务观,号放翁,浙江绍兴人,出生于官僚家庭,出生第二年就遭遇靖康之难,随父亲离开中原。陆游的父亲是个有着深厚爱国思想的人,陆游受他影响,从小就有报国的壮志。29岁时,陆游参加进士考试,因为排名在秦桧的孙子之前而触怒了秦桧,在复试的时候被除名,在秦桧死后才进入仕途。在近30年的为官过程中,他又曾经两次因为坚决主张抗击金兵而被罢职。晚年陆游退居在家过了20年的闲适生活,不过即使到死,他的一颗爱国热情都没有消退,他临终前所作的《示儿》诗就是最好的说明:

死去元知万事空,但悲不见九州同。王师北定中原日,家祭无忘告乃翁。

陆游一生写下了大量的诗歌,今天可以看到的有9 400多首。他的诗歌创作和他的人生经历相连。45岁之前,他读书学诗,参加科举考试,后来任镇江通判等职,因为赞助张浚北伐被罢职回家,这一时期他的诗歌主要受江西诗派的影响,注重形式技巧。但是,曾几、吕本中的爱国精神也影响了陆游,这时期他也写有一些爱国诗作,初步奠定了他诗歌的爱国主义基调。不过总的来说,他此时的多数诗歌缺乏充实的内容。这些诗在他后来进行诗歌整理时,大都被删掉了。

46岁到65岁之间,陆游入蜀从军,经历过前线的军营生活,又曾入范成大幕府,最后因为要求抗金,再次被罢官。这一时期陆游的诗歌创作趋于成熟,这也是他诗歌创作的高峰期。他开始摆脱了江西诗派的影响,生活阅历的增加也丰富了他诗歌的内容,早期的爱国精神在这一时期得到发扬光大。他的诗作风格雄浑豪迈,许多名篇如《金错刀行》、《胡无人》、《长歌行》、《关山月》、《秋兴》等都作于他在巴山蜀水期间,因此,他自编的诗集名字就叫《剑南诗稿》。

从66岁到去世前的20年,陆游退居绍兴,除了一度入朝主持修史之外,大部分时间闲居在家。这是陆游诗歌创作的又一个丰收期。他一共写了7 000多首诗歌,诗歌大多写田园风光、农村生活,诗歌风格转向平淡自然,但是他的爱国热情从没有消退,写下了不少的爱国诗篇和反映民生疾苦的作品。陆游的诗歌有一个发展变化的过程,早期重技巧,中期豪迈,晚期平淡自然。不过，豪迈宏肆是他诗歌的主要特点。

陆游诗歌中最有价值的是他的爱国诗。他和当时一般人不同，即使在中原收复已没有任何希望的情况下，他依然坚持抗金复国。他的诗歌多层次、多角度地表现了这种强烈的爱国精神，如《十一月四日风雨大作》：

僵卧荒村不自哀，尚思为国戍轮台。夜阑卧听风吹雨，铁马冰河入梦来。

诗人梦中都渴望统一中国。在这类诗中，陆游热情讴歌北伐抗战，要求恢复中原、一洗国耻。而如《关山月》：

和戎诏下十五年，将军不战空临边。朱门沉沉按歌舞，厩马肥死弓断弦。戍楼刁斗催落月，三十从军今白发。笛里谁知壮士心？沙头空照征人骨。中原干戈古亦闻，岂有逆胡传子孙？遗民忍死望恢复，几处今宵垂泪痕！

诗人借守边士兵之口，对统治者的妥协投降进行了愤怒的谴责，将军们沉湎于酒色之中，战备荒废，士兵们年华老去一事无成，而广大中原遗民盼望光复，却又一再失望。这类诗作直接批判最高统治者，揭露奸臣投降卖国的罪行，表现出诗人强烈的愤慨。正是最高统治者的苟安政策，诗人空有一腔报国热忱却无处实现，他的诗中因此充满了壮志难酬的悲愤和英雄迟暮的沉痛，如爱国诗中的名篇《书愤》：

早岁那知世事艰，中原北望气如山。楼船夜雪瓜洲渡，铁马秋风大散关。塞上长城空自许，镜中衰鬓已先斑。出师一表真名世，千载谁堪伯仲间。

这是陆游七律的代表作，在对当年抗金生活的回忆中，抒发自己虚度光阴、壮心未遂的悲愤和对北伐的满腔期待，诗歌一气贯注。陆游还有些诗写了沦陷区人民的生活，既表现了广大人民对故国的深厚感情，又歌颂了他们的爱国精神，如《秋夜将晓出篱门迎凉有感》：

三万里河东入海，五千仞岳上摩天。遗民泪尽胡尘里，南望王师又一年。

陆游退居山阴时所作的田园诗和闲适诗也很有特点。如《临安春雨初霁》：

世味年来薄似纱，谁令骑马客京华？小楼一夜听春雨，深巷明朝卖杏花。矮纸斜行闲作草，晴窗细乳戏分茶。素衣莫起风尘叹，犹及清明可到家。

诗中写了对京华红尘的倦怠，其中对江南春雨的描写清新动人，在轻灵的笔调中细致地表现出诗人书斋生活的闲适。又如他的《剑门道中遇微雨》：

衣上征尘杂酒痕，远游无处不消魂。此身合是诗人未？细雨骑驴入剑门。

诗人即景生情，在闲适生活的描写中透露一种淡淡的悲愤。而如《游山西村》：

莫笑农家腊酒浑，丰年留客足鸡豚。山重水复疑无路，柳暗花明又一村。箫鼓追随春社近，衣冠简朴古风存。从今若许闲乘月，拄杖无时夜叩门。

细腻地描绘了农村生活的景色，表现了淳朴的民风。还有一些诗或表现农民的艰苦生活，或揭露统治者对农民的盘剥，表现了对农民的同情。

陆游的爱情诗很少，但都是精品，特别在诗人们很少在诗歌中写爱情的宋代更为难得。这主要是因为陆游曾经经历过一场爱情悲剧。他的前妻唐婉因为不受陆游母亲的喜欢，陆游被迫和她离了婚，不久，唐婉就抑郁而死。所以陆游在诗歌中也会表现出对前妻的爱恋，如作于75岁的“绝等伤心之诗”(陈衍《宋诗精华录》卷三)《沈园》二首：

城上斜阳画角哀，沈园非复旧池台。伤心桥下春波绿，曾是惊鸿照影来。

梦断香消四十年，沈园柳老不吹绵。此身行作稽山土，犹吊遗踪一泫然。

陆游多方学习前人的诗歌创作。他继承了杜甫的现实主义创作精神，用诗全面反映当时的社会面貌，他的诗也被称为一代诗史；同时，他又爱用梦境和幻想来表达他强烈的爱国热情，抒情色彩浓厚，极具浪漫色调。但是他的诗歌又有自己的特色。他各体皆工，尤其七言诗的创作艺术成就很高；七律意境高远警拔，在南宋为第一；七绝神韵流转，颇有唐人风味；七古看似奔放，实则谨严，最能代表他的诗歌特色。而且他诗歌的语言随着内容的不同而有不同的风格，如爱国诗豪迈雄肆，田园诗清新雅致，爱情诗真挚婉转，农村诗平淡古朴，真不愧是南宋诗坛大家。当然，陆游的诗也有些缺点，特别是他最后隐居时的作品中有些诗近乎浅近滑易，重复现象也很常见。

但是不管如何，陆游的诗对后世产生了深远的影响。他将爱国主义诗篇的创作推向了高潮，直接影响了南宋后期诗坛如江湖派诗人刘克庄、戴复古等人；而他的爱国主义诗篇激励着人们勇敢抵抗侵略，特别是清末以来，每当民族存亡之际，他的诗篇总能成为人们战斗的精神力量；他的山水田园诗也因为描写细腻、清新优美受到明清许多文人的喜爱。

陆游是个多才多艺的作家，除了诗歌取得了杰出的成就之外，他的词和散文也有很高的成就。他的词和辛弃疾并称"辛陆"。和他的诗歌一样，他在词中也突出表现了他的爱国热情，既有建功立业的雄心，又有壮志未酬的悲痛，如《诉衷情》：

> 当年万里觅封侯，匹马戍梁州。关河梦断何处，尘暗旧貂裘。　胡未灭，鬓先秋，泪空流。此生谁料，心在天山，身老沧州！

陆游在晚年写作了较多的表现闲适生活的词，词中蕴含着对现实的不满和对自己高洁人格的赞叹，如咏物词《卜算子》：

> 驿外断桥边，寂寞开无主。已是黄昏独自愁，更著风和雨。　无意苦争春，一任群芳妒。零落成泥碾作尘，只有香如故。

还有的词表现他缠绵的爱情情思，如《钗头凤》：

> 红酥手，黄縢酒，满城春色宫墙柳。东风恶，欢情薄，一怀愁绪，几年

离索。错！错！错！　春如旧，人空瘦。泪痕红浥鲛绡透。桃花落，闲池阁，山盟虽在，锦书难托。莫！莫！莫！

陆游的散文被人推为“南宋宗匠”，他直接学习韩愈、曾巩，或借史表现自己的爱国情感，如史传散文《南唐书》；或评论时事、议论人物，如笔记散文《老学庵笔记》；或描写祖国山水名胜等，如游记《入蜀记》；或写人物传记，如《姚平仲小传》等，充分表现出陆游多方面的创作才能。

思考题

1. 请举例论述陆游的爱国诗创作。
2. 请举例论述陆游词作的主要思想内容。

第八节 辛 弃 疾

辛弃疾(1140—1207),字幼安,号稼轩,山东济南人。他出生在金人统治下的沦陷区,亲眼目睹了沦陷区汉人的屈辱生活,少年时代就有收复失地、报仇雪耻的志向。作为一名智勇双全的英雄,他在22岁那年趁济南人耿京聚众反抗金朝的机会,揭竿而起,带领2 000人的队伍投奔耿京,任掌书记。23岁时,他去南京见宋高宗,在回来的途中听说耿京被叛徒杀害,他立刻率50名骑兵,直奔有5万士兵的金兵营地,将叛徒张安国生擒,送到南京处死。26岁时,辛弃疾向孝宗献上《美芹十论》;31岁时又献上《九议》,向皇帝陈述他的复国大计;41岁时,在湖南创建飞虎军,这些都充分表现出了他的谋略和胆识。

辛弃疾一生以复国为重,但当他抱着救国热情毅然南归之后,却没能有机会施展他的雄才大略,他的建议不被一心议和的朝廷采纳,而他"归正人"的身份,又让他在南宋小朝廷饱受歧视和不信任。从他南归之初,就只做了一个小官,后来也都是在地方任职。在29岁到42岁之间,被调了14次官职,根本没有机会有所作为。42岁时他被别人弹劾罢官,在江西上饶带湖一带闲居十年。52岁时被任命为福建提刑,但三年后就又一次遭到诬陷。赋闲在家八年后,63岁的辛弃疾再度出山,不过还是没有得到重用。66岁时回到故居,最后含恨而死。

辛弃疾是南宋最杰出的爱国词人,他确立并发展了苏轼开创的豪放词派,和苏轼并称为"苏辛",今天流传下来的词作有600多首。他的词和他的人生道路紧紧相连。在南归前,他已开始填词,但没有词作流传下来;南归后到42岁闲居上饶带湖前,他创作了不少风格豪放悲壮的词,表达了他要收拾重整旧河山的愿望;而带湖的十年生活直到第二次被罢职前,他的词创作达到了一个高峰,题材和艺术风格都有了很大发展,许多名篇就作于这个时期;晚年东山再起之后,直到临终前,他虽然没有创作多少作品,但词中关心现实、热爱国家的情怀没有消失。

辛弃疾词作内容丰富,他继承了苏轼的传统,用词抒情言志,表现自我。他有不少词写他参加抗金斗争的情况,表达他收复中原的热切之情,如《破阵子·为陈同甫赋壮词以寄》:

醉里挑灯看剑,梦回吹角连营。八百里分麾下炙,五十弦翻塞外声。沙场秋点兵。 马作的卢飞快,弓如霹雳弦惊。了却君王天下事,赢得生前身后名。可怜白发生！

连在梦中也不忘沙场征战，可见作者渴望收复故田家园的心是多么迫切。又如《鹧鸪天》：

壮岁旌旗拥万夫，锦襜突骑渡江初。燕兵夜娖银胡𩨞，汉箭朝飞金仆姑。　追往事，叹今吾，春风不染白髭须。却将万字平戎策，换得东家种树书。

这些词中的主人公都英勇神武、智勇双全，这是他自我形象的展示，因为他的人生理想本来就是要成为一名将领，建功立业。他词中的英雄形象拓展了词的抒情主人公的形象。

不过，实际情况是，一个有着强烈报国心的英雄在现实生活中却没有用武之地。辛弃疾曾被闲置多年，空有满怀壮志也无处施展，所以在他的词中就有了英雄失意的悲愤和焦虑，如《水龙吟》：

楚天千里清秋，水随天去秋无际。遥岑远目，献愁供恨，玉簪螺髻，落日楼头，断鸿声里，江南游子。把吴钩看了，栏干拍遍，无人会、登临意。　休说鲈鱼堪脍。尽西风、季鹰归未？求田问舍，怕应羞见，刘郎才气。可惜流年，忧愁风雨，树犹如此！倩何人唤取，红巾翠袖，揾英雄泪！

这是作者 35 岁时写下的名作，在词中有着对故土沦陷、国耻未雪的焦虑，也有着英雄无用武之地的悲哀和知音难遇的孤独，整首词显得慷慨激昂。还有如《永遇乐·京口北固亭怀古》：

千古江山，英雄无觅，孙仲谋处。舞榭歌台，风流总被、雨打风吹去。斜阳草树，寻常巷陌，人道寄奴曾住。想当年、金戈铁马，气吞万里如虎。　元嘉草草，封狼居胥，赢得仓皇北顾。四十三年，望中犹记、烽火扬州路。可堪回首，佛狸祠下，一片神鸦社鼓。凭谁问，廉颇老矣，尚能饭否？

整首词托古喻今，充满悲愤。再如《菩萨蛮·书江西造口壁》：

郁孤台下清江水，中间多少行人泪。西北望长安，可怜无数山。青山遮不住，毕竟东流去。江晚正愁余，山深闻鹧鸪。

词中充满了对中原地区的怀念和怀志不酬的苦闷。辛弃疾的这类词涉及深广的社会忧患和个人的苦闷，拓展了词的心灵世界。

辛弃疾的伟大之处还在于，他对现实有着清醒的认识，在他的词中，他理性地分析和批判当时的社会现实，揭露统治者的昏庸、投降派的无能，既拓展了词境，又大大增强了词的现实批判功能，如《摸鱼儿》：

更能消、几番风雨，匆匆春又归去。惜春长怕花开早，何况落红无数。春且住！见说道，天涯芳草无归路。怨春不语。算只有殷勤，画檐蛛网，尽日惹飞絮。　长门事，准拟佳期又误。蛾眉曾有人妒。千金纵买相如赋，脉脉此情谁诉？君莫舞，君不见，玉环飞燕皆尘土。闲愁最苦。休去倚危栏，斜阳正在、烟柳断肠处。

这首词作于1179年，写惜春、留春到怨春的情感，但在对春天的情感下却有一种家国身世之感，时间无法挽回，而生命又是有限的，作者在有限的人生中想建功立业，但因为一批妒忌贤能的人当道而无法实现自己的理想。在词中，作者表达了对那些玉环飞燕之流的痛恨，尖锐地指出他们终将化为尘土的必然命运。整首词在比兴中寄寓了自己的政治理想。辛弃疾在这类词中对当时的社会黑暗作了深刻批判，直接影响了刘克庄等辛派词人。

多年的闲居生活也为辛弃疾的词创作增添了新的内容，在他的词中，有不少作品写农村生活，写田园风光，写他的闲适心境和隐逸情趣，如《清平乐》：

茅檐低小，溪上青青草。醉里吴音相媚好，白发谁家翁媪。大儿锄豆溪东，中儿正织鸡笼。最喜小儿无赖，溪头卧剥莲蓬。

又如《西江月》：

明月别枝惊鹊，清风半夜鸣蝉。稻花香里说丰年，听取蛙声一片。七八个星天外，两三点雨山前。旧时茅店社林边，路转溪桥忽见。

作者用清新的语言白描出平凡又亲切的乡村生活。在乡村生活中词人暂时

消解了他的英雄失志之悲，但是词人并没有真正忘记自己的爱国理想，有时即使流连风景也不能避免有英雄不甘沉寂的心态出现。所以，不管哪种题材，词人的英雄失意之悲和不平之气都深蕴其中，而词人的英雄本色也没有丝毫减少。

辛弃疾是宋词史上划时代的作家，他的词境界阔大，情调悲壮。他创造性地将战争和军事活动写入词中，这就使得宋词在以文人日常生活、官场生活或自然风物为意象的传统之外又增加了新的意象，词中常见的女性柔婉秀美被男性力量美和崇高美所取代。辛弃疾的词中有多种艺术手法，有比兴寄托，有直抒胸臆，有议论，有叙事，纵横开阖，词的表现功能得到了极大的扩展。在苏轼"以诗为词"的基础上，辛弃疾"以文为词"，将古文辞赋、经史子集中的语言、章法都移植化用到了他的词中，既显示了作者高超的驾驭语言的能力，又空前地扩大和丰富了词的语言。同时，辛弃疾的词虽然以豪放为主，但也不失清新婉约，刚柔相济。他是南宋词史上成就最高、创作数量最多的词人，无论词的内容、表现方法还是语言的丰富性、深刻性等方面，他的词都让后人无法启及。他独创"稼轩体"，确立了豪放一派，完成了词体和词风的大解放。南宋词坛的爱国词派在他的影响下逐渐形成，像陆游、陈亮、刘过等人都是这一派的成员。而后来的宋末遗民词人、金代的元好问、清代的陈维崧、近代的梁启超等人都深受他的影响。

思考题

1. 请举例论述辛弃疾词的思想内容。
2. 为什么说辛弃疾是宋词史上划时代的作家？

第九节　南宋散文

南宋的散文和北宋相比，稍显逊色，没有如欧阳修、王安石、苏轼那样的大家，不过在某些文体的创作中，南宋作家还是相对前人有所发展。

南宋前期因为政局变化，社会动荡不安，散文创作因此重新兴盛。当时最重要的事情是抗敌御侮、谋求复国，所以许多爱国志士和抗金将领都用散文这一文体来表达他们的主张和思想。这一时期，论政和论兵成为散文创作的主要内容，散文的现实针对性和政治功利性很强，散文中充满着他们的斗争精神和忧患意识，比如宗泽的《乞毋割地与金人疏》，李纲的《论天下强弱之势》、《请立志以成中兴疏》等，最著名的要算岳飞的《五岳盟祠记》和胡铨的《戊午上高宗封事》。这些作品的文学技巧虽比不上前人，但大都慷慨激昂，言辞恳切。这时期还有像李清照的《金石录后序》，用抒情的笔法介绍《金石录》一书的内容和成书经过，在写个人遭遇的同时，表现了南渡前后兵荒马乱的社会现实，文辞优美，情文并茂。比如这一段：

> 昔萧绎江陵陷没，不惜国亡而毁裂书画；杨广江都倾覆，不悲身死而复取图书。岂人性之所著，死生不能忘之欤？或者天意以余菲薄，不足以享此尤物耶？抑亦死者有知，犹斤斤爱惜，不肯留在人间耶？何得之艰而失之易也？呜呼！余自少陆机作赋之二年，至过蘧瑗知非之两岁，三十四年之间，忧患得失，何其多也！然有有必有无，有聚必有散，乃理之常。人亡弓，人得之，又胡足道！所以区区记其终始者，亦欲为后世好古博雅者之戒云。

南宋中期是宋文的又一个繁荣期，各种文章都有所发展。政论文的内容主要以出谋划策为主，像陈亮的《上孝宗皇帝第一书》、《中兴五论》，辛弃疾的《美芹十论》、《九议》等。南宋的笔记散文广泛流行，较以前也有大的发展，许多作家有笔记专集，如陆游的《入蜀记》六卷写入蜀见闻，范成大的《吴船录》二卷写名胜古迹、风土人情，都对后世有较大的影响。因为笔记这种文体长短不拘，形式灵活，内容丰富，所以南宋不少人很喜欢这种文体，南宋的笔记集留下的有近百种。他们在笔记中写各种内容，如史事杂录、考据辩证、诗文评论等，像陆游的《老学庵笔记》、洪迈的《容斋随笔》、罗大经的《鹤林玉露》等书，都深受当时人的喜爱。

南宋的理学家和北宋理学家不同，他们改变了轻视文学的态度，开始对文学发表许多言论，而且南宋的理学家们大多都能进行创作。他们既写政论文，又写文学性散文。像朱熹（1130—1200）、吕祖谦（1137—1181）、陆九渊（1139—1193）、叶适（1150—1223）等都是如此。

南宋后期散文创作陷入停滞，但是在宋朝灭亡前后，像文天祥（1236—1283）、谢翱（1249—1295）等爱国人士写出了不少充满爱国热情的作品，特别是文天祥的那些有纪实性质的书序作品，如《指南录后序》：

> 呜呼！予之及于死者，不知其几矣！诋大酋当死；骂逆贼当死；与贵酋处二十日，争曲直，屡当死；去京口，挟匕首，以备不测，几自刭死；经北舰十余里，为巡船所物色，几从鱼腹死；真州逐之城门外，几彷徨死；如扬州，过瓜洲扬子桥，竟使遇哨，无不死；扬州城下，进退不由，殆例送死；坐桂公塘土围中，骑数千过其门，几落贼手死；贾家庄几为巡徼所陵迫死；夜趋高邮，迷失道，几陷死；质明，避哨竹林中，逻者数十骑，几无所逃死；至高邮，制府檄下，几以捕系死；行城子河，出入乱尸中，舟与哨相后先，几邂逅死；至海陵，如高沙，常恐无辜死；道海安、如皋，凡三百里，北与寇往来其间，无日而非可死；至通州，几以不纳死；以小舟涉鲸波，出无可奈何，而死固付之度外矣！呜呼！死生，昼夜事也，死而死矣，而境界危恶，层见错出，非人世所堪。痛定思痛，痛何如哉！

写他历经艰险、九死一生的逃亡过程，从中彰显出作者坚强的毅力与超强的信念。再如他的《正气歌序》：

> 予囚北庭，坐一土室。室广八尺，深可四寻，单扉低小，白间短窄，污下而幽暗。当此夏日，诸气萃然：雨潦四集，浮动床几，时则为水气；涂泥半朝，蒸沤历澜，时则为土气；乍晴暴热，风道四塞，时则为日气；檐阴薪爨，助长炎虐，时则为火气；仓腐寄顿，陈陈逼人，时则为米气；骈肩杂遝，腥臊汗垢，时则为人气；或圊溷，或毁尸，或腐鼠，恶气杂出，时则为秽气。叠是数气，当之者鲜不为厉。而予以孱弱，俯仰其间，于兹二年矣，幸而无恙，是殆有养致然。然亦安知所养何哉？孟子曰："吾善养吾浩然之气。"彼气有七，吾气有一，以一敌七，吾何患焉！况浩然者，乃天地之正气也，作《正气歌》一首。

语言劲健，气势雄放，与《指南录后序》一起成为南宋末文坛的佳作。

思考题

1. 请列举南宋前期散文创作的主要代表作家及其作品。
2. 请简单谈谈南宋中期的散文创作情况。

元代文学

元朝是中国历史上第一个由少数民族建立起来的统一政权。1206 年，铁木真建立蒙古帝国。1234 年，蒙古灭了金国，统一北方。1271 年，忽必烈取《周易》“大哉乾元”之义，改国号为元。1276 年，蒙古大军占领南宋都城临安，1279 年南宋灭亡，元政权开始统治全中国，直到 1368 年，元顺帝退出大都（今天的北京），元朝灭亡。

元朝疆域空前广阔，这一时期西藏正式成为中国行政区划的一个部分，台湾、澎湖也进入中国版图，该时期中外交通非常便利，中国和欧洲、中亚、东南亚的交往非常活跃，中国的四大发明也在这时传入欧洲。蒙古政权进入中原以后，接受了汉文化，但是，在统治上却实行民族歧视和压迫政策。元世祖忽必烈将国民分成蒙古、色目、汉人、南人四等。包揽军政大权的是蒙古贵族，汉人不得染指；色目人包括西域各族和西夏人，地位仅次于蒙古人，在朝中有一定的权力；汉人是第三等，包括原来金朝境内的汉族和契丹、女真等族；最后一等是南人，指的是最后被元朝征服的南方各族。四等人在政治、经济上都有不同的待遇，如汉人只能任副职，蒙古人和色目人才可以担任各级地方行政长官。整个元朝民族歧视都很严重。在经济上元朝也有民族掠夺，西域商人有放高利贷的特权，许多中原人为了交繁重的捐税，向西域商人借钱，常常倾家荡产也还不清，特别是江南地区的税赋更加严重。所以，元朝统治者的统治始终没有能稳定，民族矛盾和阶级矛盾日益激化，加上自然灾害不断发生，整个社会动荡不安。

不过元朝虽然在政治、经济上都有若干倒退，但由于是少数民族——蒙古族入主中原，也为中原文化带来了一些新的元素，统治者在意识形态上的统治有所放松，元朝一方面利用儒学作为统治思想，另一方面对其他宗教也很宽容，对佛、道的崇信有时要超过儒教。和前代相比，正统儒学在发展的同时受到了严重的削弱，儒士在当时的地位并不是很高，加上蒙古统治者的民族歧视政策和对科举的轻视，大批的文人失去了仕进的机会，失去了优越的社会地位，许多人不得已通过向社会出卖自己的智力来谋求生存，他们不再依附于政权，需要独立求得生活资料，这既给当时文人的心态带来了一定的改变，又加强了他们同市民大众的联系。元代各民族之间出现了大融合，中国文化向外传播的同时外来文化也被介绍到中国来，异质文化的进入影响了中原文化。再加上元统治者重视商业，工商业得到了发展，一些重要的城市经济空前繁荣，像元大都就是世界上著名的经济中心之一，城市经济的繁荣带来了城市居民娱乐需求的增加，而重商的结果是崇尚功利思想的流行，中国传统的重农抑商、崇义黜利的思想有了改变，商人阶层的地位有所提高，在一些作品中商人也成了歌颂的对象。

元代在政治、经济、思想上的新特点都对元代文学产生了影响。我们习惯上说的元代文学主要指从公元1234年蒙古灭金到公元1368年明王朝建立的134年，包括各民族人用汉语进行的文学创作，而其他民族语言的创作因为资料有限，无法涉及。元代历史不长，但元代文学在中国文学发展史中却有划时代的意义，这一阶段的文学发展活跃，因为社会政治、经济等方面的变化导致文学的发展在这一阶段出现了一些新的特点，除了传统的文学样式如诗、词、文等继续成为知识分子创作的文体外，像杂剧、小说、散曲等叙事文学、通俗文学也大放光彩，并开始取代传统的文学样式，成为创作的主流。

元代文学中最有代表性的文学样式是曲，包括元杂剧和元散曲。杂剧的体制一般是一本四折，也有的在开头加上一个楔子，相当于序幕，每折用同一宫调的曲牌组成一套曲子，一韵到底，不换韵。元杂剧的剧本主要包括抒情用的韵文——曲词和介绍情节的散体——宾白，还有用来说明动作表情和舞台效果的科。元杂剧的主要角色有女角（旦）、男角（末）、演刚强或凶恶人物的净和演滑稽人物的丑四类。元杂剧的出现标志着中国戏剧的成熟。元代杂剧创作和演出都十分繁荣，但因为长期以来对戏曲的轻视，很少有资料保存这方面的内容，从个别资料像钟嗣成的《录鬼簿》和贾仲明（有人说是无名氏）的《录鬼簿续编》来看，元代（含元明之际）有姓名可考的作家有一百多人，剧目有七百多种，而现存元杂剧约162种，题材极为丰富，是对当时社会的全面反映。

元杂剧的发展大约以大德年间（1297—1307）为界，前期是杂剧的高度繁荣期，作家、作品数量可观，主要集中在北方的大都、真定、汴梁、平阳、东平等地，代表作家有关汉卿、王实甫、马致远、白朴等人，后期随着南北统一，南方经济发展迅速，北方城市的地位不及南方，所以，这时的杂剧作家大多集中在东南沿海一带，但是这时杂剧的数量、质量都比不上前期，比较有名的作家有秦简夫、郑光祖、乔吉等。

元曲中的另一部分——散曲也是一种新的文学样式，散曲在元代又被称为乐府。元代的散曲创作也取得了一定的成就。作为一种抒情诗体，散曲既有遵守固定平仄格律的一面，又可以自由增加衬字，一到十字，字数不限，语言也主要是口语、俗语，所以散曲的形式更加灵活自由，表现范围也比传统的诗词有所拓展，散曲中出现了多姿多彩的市井生活，出现了大量描写妓女生活的作品，同时散曲中也溶入了那个时代士大夫阶层的心理和情绪。元代主要的散曲作家有关汉卿、马致远、张可久、睢景臣等。

元代在南方地区流传着用南方曲调演唱的戏剧，体制、声腔、乐器、风格都和用北方曲调演唱的杂剧不同，被称为“戏文”或“南戏”。元代的南戏不如杂剧流行范围广，多在东南沿海流传，留存下来的作品也不多，主要有《荆钗记》、《白兔记》、《拜月亭》、《杀狗记》、《琵琶记》。后来随着文人的加入，南戏的创作水平才有了较大的提高。

元代的小说有了新的发展，一些话本小说因为符合市民趣味而得到广泛流行，而文人也参与创作了一些文言小说。虽然这些文言小说留存下来的不多，但像《娇红记》这样的作品在内容和艺术表现手法上都已超出唐传奇和宋代小说。

元代的诗歌也有一定的发展。元诗的作家和作品数量都很可观。大德以前，诗歌中有一种浓重的时代悲哀，像戴表元、郝经、刘因等作家经历过亡国之痛，所以诗歌中更多地表达了他们的这种情绪。大德至天历年间，元代诗歌发展到一个新的阶段，前期的悲伤与幻灭感基本消失，像“元四大家”（虞集、杨载、范梈、揭傒斯）努力以盛唐诗风为学习的典范，创作所谓的盛世之音。元后期的诗歌创作进入一个高潮，主要作家有萨都剌、杨维桢、高启、王冕等，在他们的诗歌中出现了市民的世俗生活情调，同时也流露出极强的自我意识和个性特征，写前人不敢写的东西，语言惊世骇俗，这些都为中国诗歌史增添了新的内容。

第一节 关 汉 卿

关汉卿是元杂剧创作年代最早的作家之一,也是作品数量和类型最多、作品的思想性和艺术性最高的作家,《录鬼簿》将他列为杂剧家之首。可以说,关汉卿是元杂剧最重要的奠基人,他推动元杂剧脱离了宋金杂剧的母体,走向成熟,他的创作标志着戏剧创作进入高峰。

关汉卿(1225? —1300?),字汉卿,号已斋叟,大都(今天的北京)人,户籍属太医院户,但现在还没有发现他本人从医的记载。他的一生跨金、元两个朝代,前半生深受儒家思想影响,入元之际(1271)大概已近五十岁,生活在儒士地位不高、仕进道路又长期堵塞的元代使他处于一种难堪境地。关汉卿一生交游甚广,和书会才人、青楼艺伎都有往来,同时代的杂剧名家王和卿、杨显之、梁进之、费君祥等都是他的朋友,他们常常互相切磋,而像著名的表演艺人珠帘秀也是他交往的对象。关汉卿本人多才多艺,精通音律又能歌善舞,这些都有利于他进行戏剧创作。落魄市井的他长期在行院勾栏中生活,既养成了风流倜傥、狂放不羁的个性,又让他深受民间文化的影响,创作时能将市井语言和市井生活纳入到他的杂剧中去。而且关汉卿还亲自参加演出,有着丰富的舞台经验,这更让他的杂剧有当行本色。

关汉卿一生创作了六十多种杂剧,今天保存下来的有十八种:《窦娥冤》、《单刀会》、《哭存孝》、《蝴蝶梦》、《救风尘》、《谢天香》、《拜月亭》、《双赴梦》、《鲁斋郎》等,其中个别作品是否是他所作,还有争议。除此之外,他还有几种残文流传下来。他的杂剧按内容来分,一般分为三类:历史剧、爱情婚姻剧和社会剧。

历史剧如《单刀会》、《双赴梦》、《哭存孝》等,在这些剧中既有民间心理的反映,又有作者个人情怀的体现。比如《双赴梦》写关羽、张飞被小人所害以后,阴魂不散,到西蜀托刘备为他们报仇;《单刀会》写鲁肃请关羽赴宴,设下三计企图逼他交出荆州,关羽毫不畏惧,单刀赴会,最后智退伏兵,安然离开。作者在杂剧里表现历史人物不幸命运的同时,其实也是在抒发自己的人生感慨,如《单刀会》中关羽那一段著名的《驻马听》唱词:

> 水涌山叠,年少周郎何处也?不觉的灰飞烟灭,可怜黄盖转伤嗟。破曹的樯橹一时绝,鏖兵的江水犹然热,好教我情惨切!(带云)这也不是江水,(唱)二十年流不尽的英雄血!

关汉卿化用了苏轼《念奴娇·赤壁怀古》的词，以此来抒发自己对历史与人生的慨叹。

关汉卿杂剧中创作比重较大的是爱情婚姻剧。如《拜月亭》写尚书之女王瑞兰在战乱中结识书生蒋世隆，两人结为夫妻，但被王尚书强行拆散。后来蒋世隆高中状元，被王尚书招为女婿，两人才得团圆。而《调风月》写一名婢女燕燕先是委身一位小千户，后来被迫代小千户向贵族小姐说媒，但最后燕燕后悔，大闹婚礼，逼得小千户实现以前答应娶她为"小夫人"的诺言。《金线池》、《谢天香》则是写妓女和文人的爱情故事。在这些杂剧中，虽然题材不脱传统，但杂剧中肯定了女性对爱情和婚姻自主的追求，特别是对妓女形象的描写真实细致，充分反映了作者对这一类人物的理解和同情。还有像《望江亭》、《救风尘》在表现爱情婚姻的同时，也反映出对邪恶势力的反抗。《望江亭》写谭记儿施展妙法，用酒色愚弄坏人，让企图杀害她丈夫、强娶她为妾的杨衙内沦为囚犯；《救风尘》写风尘女子赵盼儿聪明胆大，不惜以身相诱，将好友宋引章从狡诈凶恶的周舍手中救出，并愚弄周舍的故事。

关汉卿的杂剧中最出色的是社会剧。《窦娥冤》、《鲁斋郎》、《蝴蝶梦》是其中的代表。在这类剧中，关汉卿揭示了社会黑暗势力对弱小者的残酷压迫，表现了广大人民对安宁生活和社会公平的向往。《窦娥冤》（全名《感天动地窦娥冤》）是关汉卿最杰出的作品，也是元杂剧中最著名的悲剧，王国维认为将它放在世界伟大的悲剧中也毫不逊色。这部杂剧来源于《汉书·于定国传》和干宝《搜神记》中的"东海孝妇"的故事，但是又有着作者本人对他所生活的那个时代的现实的认识和体验，因而有了更深厚的思想内涵和更强烈的社会批判功能。

《窦娥冤》写窦娥三岁丧母，七岁时因为父亲窦天章要进京赶考，借了蔡婆的高利贷，无力偿还就将小窦娥抵债，做了蔡婆家的童养媳。窦娥十七岁成婚，但不久就死了丈夫，和婆婆相依为命。有一天，蔡婆外出讨债，债户赛卢医为了赖债，就将蔡婆骗到荒郊野外，企图将她勒死。后来被一对流氓泼皮张驴儿父子救下，但这对父子借此想分别娶蔡婆和窦娥为妻。蔡婆屈服了，窦娥却坚决不从。于是张驴儿想先毒死蔡婆，再霸占窦娥，但没想到，却将张父毒死了。张驴儿借机要挟窦娥嫁给他来"私休"，窦娥依然不从。张驴儿就告到官府，婆媳两人一起被抓。昏庸的桃杌太守想严刑拷打蔡婆，窦娥心疼婆婆，宁愿自己认罪，最后在一顿毒打之后被判死刑。受刑当天，窦娥立下三桩誓愿：六月天下大雪、楚州大旱三年、血溅旗杆上的白练。这三桩誓愿一一应验。窦娥死了十六年后，她的父亲做了大官，窦娥的鬼魂向他诉冤，冤情才得到昭雪，坏人张驴儿、赛卢医等受到惩处。

这出剧的核心就是揭露社会的不公平，一方面，主人公窦娥弱小善良，守贞节、讲孝道，是个无辜的好人，而另一方面，社会恶势力却一个比一个强大，将一个善良的好人送上了断头台。人们常抱有的善有善报的观念被彻底颠覆，难怪窦娥临死前发出愤怒的呼喊："有日月朝暮悬，有鬼神掌着生死权。天地也，只合把清浊分辨，可怎生糊突了盗跖、颜渊；为善的更贫穷更命短，造恶的享富贵又寿延。天地也，做得个怕硬欺软，却元来也这般顺水推船。地也，你不分好歹何为地！天也，你错勘贤愚枉做天！哎！只落得两泪涟涟。"作者在这部剧中对窦娥的反抗精神进行了热情歌颂。故事的最后安排窦娥的父亲替她昭雪，虽然因为迎合观众的欣赏趣味而冲淡了剧作的悲剧色彩，但也从另一方面表现了人民渴望公平的社会理想，慰藉了社会下层人民的心理。在《鲁斋郎》和《蝴蝶梦》这两部包公戏中，清官包公形象的塑造同样也代表了受压迫、受迫害的普通老百姓对社会公正的期待。

当然，关汉卿的杂剧中也有一些传统落后的思想，如《陈母教子》就有三纲五常之类的说教，而且有些作品还表现出对商人的轻视。不过这些并不损害这位杂剧大家的地位。

关汉卿的杂剧创作艺术成就很高。他的剧本非常重视舞台演出效果，从选材到剧情安排，从人物形象到语言的运用，都适合观众的欣赏心理。他的许多杂剧反映了社会生活的方方面面，揭示了当时广泛存在的社会矛盾，特别是他站在普通老百姓的立场上，提出了社会正义的问题，并呼吁王法的真正实现，这表现了一位身处民间的文人的社会良知。关汉卿的杂剧情节处理得非常好，他善于在矛盾冲突中表现人物，虽然他的杂剧结构并不那么精巧复杂。关汉卿在杂剧中创造了各式各样的人物，有大家闺秀，有风尘女子，有英雄烈士，有市井小民，特别是一些女性形象的刻画非常成功。在他的杂剧中，这些人物都有鲜明的性格，有生活里真实人物的多面性，很少单一化、概念化，即使是同一阶层的人物，也各有不同，像赵盼儿和宋引章同为妓女，但赵盼儿机智活泼，宋引章天真懦弱，而且在这些普通人物身上，作者很少用道德的观念去诋毁她们。而对于一些坏人则用了夸张的手法来突出人物。关汉卿杂剧的语言本色当行，是公认的"本色派"代表。他剧中的语言贴近当时的社会生活，既来自生活，又不是简单的搬用，而是经过自己的艺术加工，同时他也能根据人物的不同身份变化语言风格，他的杂剧语言雅俗兼备，又新鲜活泼，不失本色。

思考题

1. 请举例谈谈关汉卿杂剧的主要内容。

2.《窦娥冤》主要讲了一个什么故事？故事的核心是什么？

3. 请简单谈谈关汉卿杂剧创作的艺术成就。

第二节　王实甫和《西厢记》

王实甫，名德信，大都人，生卒年与生平事迹都不清楚。《录鬼簿》把他列为“前辈已死名公才人”中，位于关汉卿之后，可以推断出，他大约和关汉卿同时或稍后。从元末明初的贾仲明为他写的吊词来看，似乎他和关汉卿一样，也常混迹艺人官妓之中，和市民大众非常接近。

王实甫杂剧有14种，完整保留下来的除了《西厢记》之外，还有《破窑记》四折、《贩茶船》、《芙蓉亭》曲文各一折，其他的都散失了。《破窑记》写吕蒙正和刘月娥的婚姻故事，成就不大，真正奠定王实甫杂剧创作地位的是《西厢记》。确实，如果从单篇作品来论，《西厢记》可以说是元杂剧中影响最大的作品，代表了元代爱情剧的最高水平。

王实甫的《西厢记》不是自己的独创，而是在前人创作基础上加工而成的。这个故事的最早来源是唐朝元稹的传奇小说《莺莺传》，但在《莺莺传》中，张生是个玩弄女性的负心人，他对莺莺始乱终弃，而且作者也对张生抛弃莺莺的行为进行了肯定。故事中的莺莺也没有反抗的个性，最后另嫁他人。后来民间流行的张生和莺莺的故事基本上也和《莺莺传》差不多。到了金代董解元的《西厢记诸宫调》（人称“董西厢”），故事的性质才发生根本性的改变，变成了对张生和莺莺追求自由爱情和婚姻的赞美，张生成了忠于爱情的人，莺莺也有了反抗精神，原来无足轻重的红娘成为热心助人的活跃角色，老夫人也成了封建势力的代表，故事有了个大团圆的结局。但是，董解元的《西厢记诸宫调》虽然有了很强的戏剧性，但也还有不少粗糙的地方，情节不够紧凑，人物形象也不统一。只有到了王实甫的《西厢记》，思想性和艺术性才都有了很大的提高。王实甫在董解元作品的基础上做了些关键性的修改，减去了不少不必要的部分，结构更加完整，情节也更为集中，而且剧中人物立场更加坚定，红娘、张生、莺莺一方和老夫人一方矛盾冲突更加激烈，剧本的主题更加鲜明突出，再加上王实甫清丽华美的语言，使《西厢记》成为杂剧经典之作。

《西厢记》（全名《崔莺莺待月西厢记》）主要讲述了这样一个故事：唐朝相国之女崔莺莺随母亲送亡父灵柩至博陵安葬，路中在普救寺寄宿。书生张珙在赶考的途中到普救寺游玩，与莺莺一见钟情。叛将孙飞虎兵围普救寺，想抢莺莺为妻。这时，老夫人提出谁能退兵，就将莺莺嫁给谁。张生写信请求自己的好友白马将军来解围。兵退之后，老夫人却突然反悔，让张生和莺莺

结为兄妹。张生因此相思成疾，后来在红娘的帮助下，张生和莺莺私下结合。老夫人被迫答应两人的婚事，但前提是张生必须进京赶考。张生进京之后，老夫人听信侄儿郑恒的话，说张生在京城重新娶妻，准备将莺莺嫁给郑恒。最后张生高中状元，做了官，与莺莺成婚。

《西厢记》通过张生、莺莺和红娘为争取爱情婚姻自主，与以老夫人为代表的封建势力抗争的故事，歌颂了青年男女的纯真爱情和争取爱情自由的反抗精神，具有一定的反封建礼教的倾向，同时表达了作者"愿天下有情的都成了眷属"的美好愿望。但是作者没有将反封建礼教的主题观念化，而是直接切入生活本身，既真实地写出了青年男女对爱情的渴望，又肯定了情欲的合理性，虽然剧本没有突破男主人公高中状元后完婚这一大团圆结局，但在剧作中将男女双方争取爱情与婚姻的过程写得曲折动人，全剧矛盾冲突环环相扣。一开始张生和莺莺一见钟情但无法亲近，陷入一种困境，后来飞书解围，似乎困境被解，但很快老夫人赖婚，困境再度形成，后来经红娘帮助，但莺莺摇摆不定，让张生相思卧床，眼看矛盾无法解决，莺莺又深夜来访，两人私自同居，爱情达到高潮。后来事情败露，老夫人的发威让情节变得紧张，而又经红娘的据理力争，矛盾再次得到解决，但在张生赴考，有情人离别的日子里还出现了郑恒骗婚一事，情节复杂多变，富有情趣。也正是在不断的考验中，两人的爱情得到深华。

《西厢记》中的主要人物都个性鲜明。像莺莺，始终渴望自由的爱情，作者特别刻画出了她大胆、热烈追求爱情的一面，而淡化了她羞怯和软弱的一面。她对张生一开始就有好感，但受家庭的压制和名门闺秀的身份约束，在她身上常常出现矛盾的行动，一会眉目传情，一会又装腔作势，刚寄书相约，马上又赖个精光，但最后她终于克服了封建礼教和伦理观念的影响，大胆地私奔，主动追求爱情。这样的性格发展、心理变化是非常真实的，人物的形象也更可信可爱。而张生，既轻狂又老实，既洒脱又迂腐，家境贫寒，却敢于爱上相国小姐，一旦爱上了，就用联吟、请兵、琴挑、送简等方式展开猛烈又直率的追求，甚至为爱而病。这个人物有时带着一点痴傻，如莺莺赖简时，他呆若木鸡，老夫人赖婚时又痛不欲生，活脱脱一个执著爱情的"志诚种"。在这个人物身上，既有像作者这类落魄文人的影子，又反映了元代市民社会对儒生的同情与嘲笑。红娘的形象是中国古典戏剧中最成功的婢女形象。这是一个有正义感、机智聪明又泼辣的人物，不受任何教条的约束，对张生的酸腐、莺莺的矫情和老夫人的蛮横，她都能大胆地进行讽刺、挖苦，在张生、莺莺的爱情陷入困境的时候又能机警地帮助解决矛盾。红娘是作品中最活跃的人物，也是反封建礼教的代表，以后“红娘”一词在中国成了媒人的代名词。

《西厢记》结构严整巧妙，两条线索贯穿全文，一条是以莺莺、张生、红娘为代表的反封建礼教者对以老夫人为代表的封建礼教的维护者之间的冲突对抗，一条是莺莺、张生、红娘之间的性格冲突，在这两种冲突中人物塑造得更加生动。而且整部剧作悬念横生，波澜起伏，戏剧效果非常明显。

王实甫是文采派的代表，他的《西厢记》语言自然优美，又有诗情画意，和剧本情节相得益彰。剧中的宾白基本上都是口语，曲词华美精巧，融入了唐诗、宋词、骈偶句式，抒情气氛浓厚，如著名的“长亭送别”一折中莺莺的唱词：“碧云天，黄花地，西风紧，北雁南飞。晓来谁染霜林醉？总是离人泪。”((端正好))作者化入了范仲淹《苏幕遮》词中的句子，写景抒情，情景交融，成为千古绝唱。而(叨叨令)：“见安排着车儿、马儿，不由人熬熬煎煎的气；有甚么心情花儿、靥儿，打扮得娇娇滴滴的媚；准备着被儿、枕儿，只索昏昏沉沉的睡；从今后衫儿、袖儿，都揾作重重叠叠的泪。兀的不闷杀人也么哥？兀的不闷杀人也么哥？久已后书儿、信儿，索与我恓恓惶惶的寄。”作者用经过锤炼的口语，一连几个相同句式排比，圆美流转，增添了语言的节奏感和感情色彩。

思考题

1. 请简单谈谈《西厢记》故事的流变。

2. 王实甫的《西厢记》主要讲了一个什么故事？它的主要思想倾向是什么？

3. 请简单分析《西厢记》中张生、莺莺和红娘的人物形象。

第三节 白朴和马致远

元代剧坛，除了关汉卿、王实甫之外，还有白朴和马致远也受到人们的推崇，像王骥德的《曲律》中就认定关、王、马、白为元剧四大家。

白朴(1226—1306后)，字仁甫，一字太素，号兰谷，祖籍山西，后来迁到河北正定。白朴的父亲白华是著名的文士，曾在金朝做过官，蒙古大军围攻金朝首都时，白华将家人留在城内，自己随金哀宗出逃。蒙古军破城之后，白朴的母亲死在战火中，八岁的白朴被元好问抚养。长大后，白朴在大江南北漂泊了十五年，因为亲身经历过战乱，又目睹残酷的社会现实，他几次拒绝了官员的推荐，不愿做官，终日流连风月或游山玩水。五十五岁时在金陵定居。

白朴出身于一个有文学修养的家庭，又曾随诗人元好问学习诗词古文，所以文学素养特别好，而和杂剧作家、歌伎的来往又让他对戏剧表演有一定的了解，他是元代最早以文学世家的名士身份投入戏剧创作的人。他擅长词曲，有词集《天籁集》，作品中时常流露出人世沧桑和个人失意的悲凄情调。他的散曲现有40首，语言本色，一般是写自己的闲情。白朴的杂剧据《录鬼簿》的记载，有15种，完整保留下来的有《墙头马上》和《梧桐雨》两种。

《墙头马上》和关汉卿的《拜月亭》、王实甫的《西厢记》、郑光祖的《倩女离魂》并称为元杂剧的四大爱情剧。故事取材于白居易的新乐府诗《井底引银瓶》。在白居易的作品中，一位少女与情人私奔，在同居了五六年后遭到了遗弃，白居易在作品中对这位少女给予了一定的同情，劝天下女儿“慎勿将身轻许人”，但他的作品还是出于“止淫奔”的道德教化目的而写的。到了白朴的《墙头马上》，情节没有大的改变，写洛阳总管李世杰的女儿李千金在花园的墙头上看到骑马的裴尚书之子裴少俊，两人一见钟情，李千金当夜就和裴公子私奔，在裴家后花园住了七年，生下一儿一女。后来被裴尚书发现，逼裴少俊休妻，虽然李千金竭力为自己的行为辩护，但最后还是被赶回了家。最后少俊高中状元，尚书也知道李千金是官宦之女，前去赔礼道歉要求认亲重聚，李千金坚决不从，对尚书父子毫不留情地进行谴责。最后还是看在一双儿女的面子上才和裴家合好。在白朴的剧作中，主题从白居易的“止淫奔”变成了热情歌颂男女自由恋爱、勇敢挑战封建家长的“赞淫奔”，大大提升了故事的思想内涵。

在这部杂剧中，李千金的个性鲜明，形象突出。她毫不掩饰自己对爱情和婚姻的渴望，一旦爱上了裴少俊就主动约他幽会，声称“既待要暗偷期，咱先有意，爱别人可舍了自己”，甘愿作出牺牲。在爱情中，她处处主动，央求梅香替她递简传诗，幽会被撞破，她下跪恳求嬷嬷，最后还离家私奔。她一再大胆直率地表达对于情欲的要求，“宁可教银缸高照，锦帐低垂。菡萏花深鸳并宿，梧桐枝隐凤双栖”。在这个人物身上，作者寄予了对男女自由爱情、情欲和私奔行为的肯定和赞美。李千金这个形象在元杂剧中是极为突出的，表现了当时市井女子的性格。《墙头马上》的语言也本色通俗，朴素生动，非常符合人物的形象。

白朴另一部杂剧《梧桐雨》的风格就和《墙头马上》不同，更多地表现了文人化的倾向，语言典雅优美，抒情色彩浓厚。这部杂剧取自白居易的《长恨歌》，但在材料的处理上又有许多不同，剧中的唐明皇和杨贵妃之间没有那么纯洁、真挚的爱情，作者没有回避唐明皇父纳子妻的事实，还根据野史传闻点出了杨贵妃和安禄山的私情，同时虽然写到了唐明皇耽于享乐、不辨忠愚、贻误朝政，但并没有展开来进行论述，所以这部杂剧既不是同情、赞扬李、杨二人真挚爱情的爱情剧，也不是揭露、讽刺帝王奢侈淫逸的政治剧。作者在剧中用最优美的笔墨写了唐明皇的内心世界，通过唐明皇一生的转变来表现人生沧桑变幻的悲凉之感，因为唐明皇经历了权力的顶峰和奢华的生活，以及美好的爱情，最后却只能在孤独和苍老中独自咀嚼人生的寂寞与悲伤，他的一生正表现了一种世事变幻、人生无常、盛衰荣辱转眼成空的无奈与幻变。白朴也经历了金朝的灭亡，因而对这种人生变幻感把握得特别准确和精到。

《梧桐雨》中作者化用了古典诗词的意境，抒情气氛特别浓厚。作者用梧桐联系起李、杨的悲欢离合。像全剧最精彩的第四折，全部二十三支曲子几乎都是唐明皇的内心独白，写明皇退位后在西宫养老，终日沉浸在回忆相思、悔恨和孤独的情绪里，后十三支曲子反复描写秋雨梧桐，和人物的悲凉萧瑟心情相互映照。作品的最后，不是常见的大团圆结局，而是在哀伤的唱词中结束全剧，这样的悲剧在元杂剧中是罕见的。不过需要指出的是，这部杂剧浓郁的抒情色彩在一定程度上削减了它的演出效果。

马致远(1250？—1321?)，名不详，以字行，号东篱，大都(今天的北京)人，年辈略晚于关汉卿、白朴等人。在他生活的年代，蒙古统治者开始注意任用汉族文人，这给汉族文人带来了一丝幻想，但蒙古统治者又没有能普遍实行这一政策，反而给汉族文人更多的失望。马致远青年时曾追求功名，中年才做了地方小官，五十五岁左右离开官场，淡泊名利，过着退隐田园的生活。

马致远是当时名士，又多年从事杂剧、散曲的创作，名气很大，人称“曲状元”(天一阁本《录鬼簿》贾仲明补挽词)。他共有杂剧 15 种，现在有《汉宫秋》、

《荐福碑》、《陈抟高卧》、《岳阳楼》等 7 种作品流传下来，其中《黄粱梦》是和其他几位艺人合作而成的。

马致远早期的《汉宫秋》是他的代表作，主要写历史上昭君出塞和亲的故事。《汉书》中关于昭君出塞的记载比较简单，《后汉书·南匈奴传》中加上昭君自请出塞和元帝惊讶她的美丽，想留下她但不能的情节，有了一定的故事色彩。后人的创作也对这段历史事实进行了添加改造。马致远就在这些传说的基础上再加上自己的虚构，改变了一些史实，如将汉胡的力量对比改成汉弱胡强；将昭君出塞的原因改成毛延寿索求贿赂不成功，后来故意丑化昭君，事情败露之后畏罪逃往匈奴，挑唆匈奴王强行索要昭君；又将历史上的汉元帝改成一个软弱无能、多愁善感又宠爱昭君的皇帝；将昭君和亲的结局改成投江自杀。这样，经过作者的改动，虽然作品中有关于君臣、民族之间的矛盾，但重点却变成了反映个体在乱世中的不幸命运，表现深深的家国衰败之悲痛。

作品中描写了一群无能的官吏，平时“山呼万岁，舞蹈扬尘”，只知道享乐，一旦有事，个个贪生怕死，没有人敢出面，而像毛延寿这样的小人敲诈勒索，勾结外族，背叛朝廷，这些都是乱世典型的表现。《汉宫秋》是一出末本戏，剧的主角是汉元帝，但是在剧中，这个皇帝为群臣挟制，受人摆布，自己不能主宰自己的命运，没有自由。朝廷内外忧患交加，汉元帝却被群臣蒙在鼓里，毫不知情，还以为天下太平，高枕无忧，遇上昭君后，元帝对昭君爱得痴迷，但当匈奴来索要昭君时，他又不得已舍弃了昭君，身为一国之君，连自己心爱的女人都保不住，只能恨恨地唱道：“虽然似昭君般成败都皆有，谁似这做天子的官差不自由！”在汉元帝身上，作者赋予了他许多普通人的情感，剧中用大段的唱词表现九五之尊的帝王的痛苦相思，从这个主人公身上看到的是个人在动乱的年代里不能自主命运的悲哀。

《汉宫秋》曲辞清丽典雅，如第三折的(梅花酒)：“他、他、他伤心辞汉主，我、我、我携手上河梁。他部从入穷荒，我銮舆返咸阳。返咸阳，过宫墙；过宫墙，绕回廊；绕回廊，近椒房；近椒房，月昏黄；月昏黄，夜生凉；夜生凉，泣寒蛩；泣寒蛩 ，绿纱窗；绿纱窗，不思量。”又如第四折“孤雁惊梦”大段哀怨的唱词，更是进一步渲染了汉元帝的孤苦，也强化了全剧的悲剧气氛。

马致远写得最多的是神仙道化剧，他本人受当时盛行的全真教的影响比较大，他的剧作就基本上按照全真教的传承关系来写，像《黄粱梦》写钟离权度脱吕洞宾，《岳阳楼》写吕洞宾度脱柳精，《任风子》写马钰受王重阳点化后去度脱任屠。这些剧作主要宣传全真教的教义，要求人们摆脱家庭在内的一切束缚，去山林隐逸、在寻仙访道中解脱自己，虽然剧中主张回避现实矛盾，反对人们为争取自由而斗争，但是剧中也否定了富贵功名，要求人们追求人生的自适，重视自我存在的价值，有一定的现实意义。不过在神仙道化剧中，《陈抟高卧》有点不同，陈抟身处乱世，关心国家大事，下山点拨他心目中的太平天子赵匡胤用兵之道，但又对功名利禄看得很淡，当赵匡胤得了天下后，他又“推开名利关，摘脱英雄网”，选择了退隐。剧中陈抟的态度实际上是作者自己对待入世和出世的态度。

马致远的杂剧《荐福碑》写书生张镐落魄倒霉，甚至在荐福寺拓印庙中的碑文卖钱作进京赶考的盘缠时，也会有雷电把碑文击碎，虽然最后写张镐在范仲淹的资助下高中状元，飞黄腾达，但在这出剧中还是集中展现了作者怀才不遇的苦闷。《青衫泪》从白居易的《琵琶行》敷演而成，写白居易和妓女的爱情故事，故事的最后写妓女选择士人而不是商人，反映了作者这一类落魄文人的自我陶醉。

总的来看，马致远的杂剧写实能力不强，没有紧张的戏剧冲突，主要侧重于表现自己的内心世界，戏剧效果不强，但是语言典丽，特别是在用杂剧创作表现那个时代文人的内心矛盾和人生苦闷方面有着独到的贡献，这也正是人们对他的杂剧给予很高评价的原因。

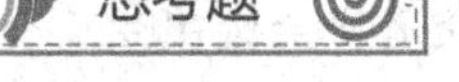

思考题

1. 请列举白朴和马致远的杂剧代表作品。
2. 请简单分析《墙头马上》中李千金这一人物形象。
3. 杂剧《梧桐雨》的主题是什么？
4. 请简单分析《汉宫秋》的悲剧意蕴。

第四节　元杂剧的其他作家

大约在蒙古灭金到元大德年间，元杂剧的创作经历了兴起到繁荣的发展过程。在第一批创作杂剧的56位作家中，大部分人的籍贯都是北方的，像关汉卿、白朴等人在元朝统一后到了南方，但他们的创作主要还是在北方进行的。这些作家以大都为中心，在包括河北、山西、山东、河南及安徽北部的地域从事杂剧创作，形成了一个广阔的北方戏剧圈。

元朝的首都大都杂剧创作和演出非常活跃，是当时北方戏剧圈的创作中心。据《录鬼簿》的记载，大都籍的杂剧作家有17人，包括关汉卿、王实甫、马致远等一流的作家，其中领袖是关汉卿。除他们之外，像纪君祥、杨显之、石子章、王仲文等人也有一定的创作成就。

纪君祥，生卒年和生平事迹都不清楚，他有杂剧6种，完整保存下来的只有《赵氏孤儿》一种。《赵氏孤儿》的剧本很早就传到了欧洲，法国启蒙思想家伏尔泰曾把它改编成《中国孤儿》。《赵氏孤儿》主要根据《史记·赵世家》的记载进行改编，讲述了春秋时期晋灵公昏庸，把持大权的武将屠岸贾向晋灵公进献谗言，杀害了和他不和的大臣赵盾一门三百多口人，赵盾的儿子赵朔虽然是驸马，也被逼自杀。公主在幽禁中生下了赵氏孤儿。赵朔的门客程婴将孤儿偷偷带出宫时，被奉屠岸贾之命把守宫门的韩厥发现，韩厥在放走了程婴后，自杀而死。后来，屠岸贾为了斩草除根，下令杀死全国出生一个月到半岁的婴儿。程婴和赵盾的友人公孙杵臼商量后决定用自己的儿子冒充赵氏孤儿，然后向屠岸贾揭发公孙收藏了赵氏孤儿。最后，公孙和假孤儿都被害，等到赵氏孤儿长大后，程婴告诉他真相，最后杀了屠岸贾报了大仇。

《赵氏孤儿》以"救孤"为中心，围绕着忠奸、善恶展开了激烈的斗争，赞扬了像程婴、韩厥、公孙等人为正义不顾个人安危、前赴后继、忍辱负重的道德品质，也表现了强烈的家族复仇意识，强调了弱小者对强者的反抗，同时表现了作者对弱小者的同情。作品的戏剧冲突强烈，情节紧张，扣人心弦，具有崇高的悲剧美。

杨显之，是关汉卿的好朋友，也是一位熟悉戏剧演出，和下层艺人关系密切的作家。他有杂剧8种，今天流传下来的有《临江驿潇湘秋夜雨》（简称《潇湘雨》）、《郑孔目风雪酷寒亭》两种，影响最大、成就较高的是《临江驿潇湘秋夜雨》，这是一部写男子负心的作品。崔通在没中状元前，娶张翠鸾为妻，并信誓旦旦地说不抛弃她。在高中以后，却又谎称自己未婚，另娶试官的女儿为妻。翠鸾千辛万苦找到他时，他不仅不认妻子，反而诬陷翠鸾是逃婢，将她拷打之后发配到沙门岛，并嘱咐人在途中将她害死。后来，崔通知道翠鸾失散多年的父亲已经成了大官以后，心中后悔。故事的最后没有让崔通受到任何惩罚，以大团圆结局，显得非常勉强。虽然作者对这种负心悲剧找不到解决的办法，但这部作品还是反映了当时的一些社会现实，对女性也有一定的同情，特别是其中的人物心理描写真实感人。

河北也是前期杂剧创作的重要基地，《录鬼簿》记载的河北籍作家主要有白朴、李文蔚、尚仲贤等人。前期元杂剧创作的另一个活跃中心是山东地区，以东平地区人数最多，像高文秀、李好古、康进之都是山东地区的杂剧作家。在山东作家群的戏剧创作中，最有名的要算是水浒戏，全部元杂剧约有 30 种水浒戏，山东作家群创作的就有 10 种，康进之有 2 种，高文秀有 8 种，思想艺术成就都很高。高文秀，人称“小汉卿”，有杂剧 32 种，存下来的有 5 种，其中《黑旋风双献功》最为有名，主要写白衙内与孙荣的妻子勾搭，并将孙荣打入死牢。李逵打扮成庄稼汉探监，将孙荣救出狱，同时放了满牢囚犯，又混入官府杀死白衙内和孙荣的妻子，提着人头回梁山献功。和康进之杂剧中主要表现李逵粗鲁莽撞的性格不同，高文秀的戏突出表现了李逵性格中细心机智的一面。整出戏关目紧凑，曲白质朴自然。

山西地区也是前期杂剧创作的中心，《录鬼簿》记载山西籍的杂剧作家有石君宝、李潜夫、吴昌龄等人。石君宝，有杂剧 10 种，今天流传下来的 3 种中最有名的是《鲁大夫秋胡戏妻》。这出戏是根据民间故事改编的，写梅英和丈夫秋胡新婚才三天，秋胡就去当兵，十年间没有任何消息。梅英在家尽心侍奉老人，操持家务，尽管日子过得非常艰难，但她还是义正词严地拒绝了财主李大户的求婚。后来秋胡做了高官，衣锦还乡，遇见采桑的梅英，秋胡没有认出梅英是他的妻子，竟然对梅英进行调戏，还用黄金作为诱饵想梅英屈从，梅英自然不从。梅英回家之后，发现调戏自己的人竟然是自己苦等了十年的丈夫时，不仅高声斥责，还主动要休书，要求整顿妻纲。虽然剧的最后还是大团圆结局，但梅英自尊自重、不为富贵权势所动的形象刻画得很生动，梅英主动要休书的行为也反映出一定的男女平等意识。

李潜夫，字行道，一生过着隐士生活。他只有一部《包待制智赚灰栏记》杂剧流传下来。这出戏主要写封建家庭争夺财产的故事，故事讲述了富翁马均卿有一妻一妾，小妾张海棠有一个儿子。富翁的正妻为了独占家产，和奸夫合谋毒死了富翁，并嫁祸小妾，还将海棠的儿子强占为自己的儿子。太守、证人都收了正妻的银子，偏向正妻一方，而在酷刑之下张海棠屈打成招。最

后包公断案，面对两个妇女共争一个孩子的情况，包公巧设灰栏记，把小孩子放在白粉圈成的灰栏中，让两个妇人同时用力拉孩子，假称谁拉出孩子，孩子就判给谁。最后生母不忍用力，孩子被假母亲拉出。包公从母亲爱孩子的心理出发断清了案子，并将其他案件一齐查清。这出戏反映了元代的腐败吏治和恃强凌弱的社会风气，也歌颂了像包公这样的清官。整出剧不落俗套又悬念丛生，戏剧性很强。这出戏在国外很有名，曾被翻译成英、法、德等多种文字，德国著名剧作家布莱希特还把它改编成了《高加索灰栏记》。

1276 年，元军占领南宋都城临安以后，大批的北方人南下，流行于北方的杂剧艺术也沿着大运河和长江水路南下，不少北方著名的杂剧作家像关汉卿、马致远、白朴、尚仲贤、李文蔚等人都来到了南方，一些著名的杂剧演员也到南方来演出。杂剧的重心开始向以杭州为中心的南方戏剧圈转移。

元杂剧进入南方以后，虽然没有出现像前期北方杂剧创作那样的繁荣局面，优秀作家和作品的数量都比不上前期，但是，南方的杂剧创作还是有它自身的特点，比如出现了对商人和金钱的描写等。南方的杂剧活动经历了三个发展时期，第一个时期是从 1276 年到元大德(1297—1307)年间，这时杂剧初入南方，主要创作者还是北方的杂剧名家，如关汉卿等人。第二个时期从 1308 年到元文宗天历(1328—1330)年间，这一时期，前期的北方杂剧名家陆续退出舞台，像郑光祖、乔吉、秦简夫等来自北方的杂剧家创作开始活跃起来，而同时，像金仁杰、杨梓等一批南方籍的作家也加入到了杂剧创作的队伍中来。杂剧和散曲被奉为“乐府”正宗，人们开始从理论上对杂剧创作进行探索总结。如果说前期的杂剧创作还带有较多的北方色彩的话，那么这时的杂剧就有了南方色彩，前期的本色当行转为华美典雅，杂剧中开始宣扬忠孝信悌等伦理主张，舞台演出效果变弱了。从 1331 年开始直到明朝初年的第三个时期，南方戏剧圈的杂剧创作和北方的杂剧创作一样走向衰退。

造成杂剧在南方慢慢衰落的原因有许多种。首先，杂剧失去了继续生长的文化背景，虽然南方如杭州等地对中原音韵不生疏，也能很快接受杂剧，但杂剧毕竟源于北方，和北方的方言、音乐、民俗等有密不可分的联系。其次，虽然有不少的南方作家参与到杂剧的创作中来，但是南方最有才华的文人并没有进行杂剧创作。最后，杂剧在体制上的不足也导致了它的衰落。杂剧一本四折，一人主唱，不利于作家的发挥和舞台表演。随着后来南方杂剧中鼓吹道德观念的内容增多，更主要的是随着南戏吸取了杂剧的优点变得更加精致以后，杂剧就被南戏取代。

南方戏剧圈最杰出的作家是郑光祖。郑光祖，字德辉，山西人，生卒年不详，约在元世祖至元初年。《录鬼簿》说他曾做过小官，为人方直，名闻天下，伶人称他为郑老先生。在周德清的《中原音韵》中将他和关、白、马并称为“元曲四大家”。郑光祖有杂剧18种，留存下来的有8种，他的杂剧大多数翻用前人的旧作，题材上没有什么新意，但艺术上有所创新。他的代表作是《倩女离魂》。这是一部根据唐传奇《离魂记》改编而成的杂剧，写王文举和张倩女指腹为婚，但张母嫌弃文举没有功名，不让两人成婚。王文举被迫进京赶考，倩女忧思成疾，灵魂离开躯体，追赶文举，并和他相伴多年。后来王文举高中状元，和倩女的离魂回家，倩女的身体和灵魂才合二为一，两人成婚。

郑光祖从两个方面写出了女性在封建礼教压制下的精神生活，一方面，倩女的离魂代表着女性对自由爱情的渴望和幸福婚姻的追求。这是那个时代的女性内心的真实要求。倩女爱文举，她不担心文举有没有功名，她担心的是文举高中后另娶高门，所以她的离魂大胆地展开追求，追赶情人，即使受到王文举有伤风化的指责，也用“我本真情”来对抗，坚决不肯回家。另一方面，倩女的病体代表着婚姻中受摧残、不能自主的女性形象。现实生活中的倩女在家中苦苦思念爱人，却又寸步难行，当文举高中以后，写信说要“同小姐一时回家”时，病中的倩女不知真情，以为文举另娶高门，悲恸欲绝。这个形象就是当时身在礼教束缚下的无数可悲女性形象的代表。郑光祖让一个人具有两种性格、两种表现，赋予了这部杂剧深刻的内涵，这种创作手法也影响了后来的《牡丹亭》。《倩女离魂》文辞精美自然，抒情色彩浓郁。

除了《倩女离魂》外，郑光祖还模仿《西厢记》写了一部《㑳梅香》，虚构白居易的弟弟白敏中和裴度的女儿裴小蛮的爱情故事，里面也有个婢女樊素传书递简，有个老夫人从中阻挠。不过这出剧只有一本，而且剧中的青年男女只在礼教规定的范围内追求爱情，没有了《西厢记》的那种反抗精神，曲词也更多文人色彩。他还根据王粲的《登楼赋》虚构了一部《王粲登楼》杂剧，除了曲词优美之外，情节平淡，不过剧中怀才不遇的感慨特别容易引起失意文人的共鸣。

南方戏剧圈中还有乔吉、宫天挺、金仁杰、杨梓、秦简夫等杂剧作家。其中秦简夫是属于关汉卿本色一派的作家。他是大都人，后来到了杭州。他有杂剧5种，现在有《东堂老》、《剪发待宾》、《赵礼让肥》保存下来，其中代表作是《东堂老》。这是一部有独特意义的作品，写了富商赵国器因为儿子扬州奴不肖，临死前把黄金和管教儿子的责任都托给了人称“东堂老”的好友李实。在富商死后，扬州奴结交无赖，不久就将家中的田产荡尽，变成了乞丐，尝尽了生活的艰辛。东堂老瞒着扬州奴用赵国器留下的银子买进了他卖出的家产，

并抓住时机对扬州奴苦心教诲，终于让浪子回头。最后东堂老将全部家产还给扬州奴，让他重振家业。

这部作品最大的意义在于第一次从正面塑造了李实这样有情有义的商人形象。元杂剧中也有商人的形象，但一般都是以谴责为主，像郑廷玉的《看钱奴》就是嘲讽贪婪的财主的作品。到了秦简夫的《东堂老》，商人成了忠于友谊、诚恳可信的人，商业活动的正当性得到肯定，而商人经营的艰辛也得到了作者的同情，作品中赞美了经商致富的人生道路，这都是以前作品中非常少见的。而且这部作品情节合理、语言朴实，写实性特别强，对明代文学中描写商人的作品有一定的影响。秦简夫的《剪发待宾》根据《晋书·陶侃传》的记载进行了一点虚构，加入了一位巨富的财主韩夫人，她主动将女儿嫁给陶侃。这部杂剧在宣扬母贤子孝的传统美德的同时，也反映了元代社会士商结合的现实。

 思考题 

1. 请列举北方和南方杂剧圈的主要代表作家及其代表作品。
2. 杂剧在南方衰落的原因有哪些？
3. 请简单谈谈《东堂老》在杂剧史上的价值。

第五节 元代散曲

散曲是金元时期在中国北方兴起的新诗体，一般有小令、套数以及介于两者之间的带过曲等几种。小令一般是单支曲子，套数主要是用同宫调的两支以上的曲子写成。散曲和诗、词有不一样的地方，它的句式灵活多变，长短句式，可以增加衬字，这样就使曲调的字数随着旋律变化而自由伸缩；散曲的语言口语化、散文化，又明快自然，表现出更多民间文学的特点。元代散曲代表了元代诗歌的最高成就。

元代散曲作家约有 200 多人，今天流传下来的作品小令 3 800 多首，套数 470 余套。元散曲的创作和杂剧创作基本保持一致，前期创作中心在北方，后期则转向南方。元前期的散曲作家一般分为三类，第一类是书会才人作家，他们大多生活在社会底层，有着强烈的叛逆精神，追求个性自由，代表人物是关汉卿、王和卿等人。

关汉卿的散曲语言质朴，常表现诙谐的个性，如他著名的套数[南吕・一枝花]《不伏老》：

> 我是个蒸不烂、煮不熟、捶不匾、炒不爆、响珰珰一粒铜豌豆。恁子弟每谁教你钻入他锄不断、斫不下、解不开、顿不脱、慢腾腾千层锦套头。我玩的是梁园月，饮的是东京酒，赏的是洛阳花，攀的是章台柳。我也会围棋，会蹴踘，会打围，会插科，会歌舞，会吹弹，会咽作，会吟诗，会双陆。你便是落了我牙，歪了我口，瘸了我腿，折了我手，天赐与我这几般儿歹症候，尚兀自不肯休。则除是阎王亲自唤，神鬼自来勾，三魂归地府，七魄丧冥幽。天那，那其间才不向烟花路儿上走！

全曲的排句短促有力，还加了不少衬字，长短结合，将他的浪子形象夸张地表现了出来。关汉卿写的最多的还是男女爱情，表达的是对自由爱情的赞美，如他的[双调・沉醉东风]：“咫尺的天南地北，霎时间月缺花飞，手执著饯行杯，眼搁着别离泪。刚道得声‘保重将息’，痛煞煞教人舍不得。好去者，望前程万里。”语言优美又率真。他的这一类散曲多数是活泼生动，极富生活情趣的，如[仙吕・一半儿]《题情》：“碧纱窗外静无人，跪在床前忙要亲。骂了个负心回转身。虽是我话儿嗔，一半儿推辞一半儿肯。”

王和卿，河北人，和关汉卿关系很好，性格诙谐。今天存有小令 11 首，套数一篇，还有两个残篇。总的来说，他的散曲趣味不高，有些庸俗，不过像[仙吕·醉中天]《咏大蝴蝶》："弹破庄周梦，两翅驾东风，三百座名园一采一个空。谁道风流种，唬杀寻芳的蜜蜂。轻轻的飞动，把卖花人搧过桥东。"写得较好。在这里，作者用常见的蝴蝶来象征文人狂放的个性，曲子欢快流畅，没有诗词常见的矜持。

第二类散曲作家是平民或胥吏作家，他们不能彻底地抛弃名教礼法，不甘心仕途失意，但在现实中，理想常常碰壁。在他们的作品中常见的是对个人悲剧命运的感叹和对隐逸生活的向往。白朴、马致远等是这类作家的代表。

白朴的作品今天存下来的有小令 37 首，套数 4 篇，主要写归隐情思，如[双调·沉醉东风]《渔父》中的"虽无刎颈交，却有忘机友，点秋江白鹭沙鸥。傲煞人间万户侯，不识字烟波钓叟"，借写渔父的生活表达自己的隐居想法。白朴也写了男女恋情和咏物的散曲，曲中会有"笑将红袖遮银烛，不放才郎夜看书，相偎相抱取欢娱。止不过迭应举，及第待何如"或"狗行狼心，全然不怕天折挫"这样俚俗的句子，也会有"残霞照万顷银波，江上晚景寒烟"的雅致之句，他的作品可谓雅俗兼有。

马致远是元代散曲作家中历来评价最高的一个。他现在流传下来的小令有 115 首，套数 22 篇，还有 4 首残套。他的作品或感叹历史兴亡，或吟咏山水田园，或歌颂隐逸生活，既有诗词的意境，又有散曲的特色。套数[双调·夜行船]《秋思》是他的代表作，主要描绘了两种人生境界，表达了对于隐逸生活的看法。马致远的作品文人气息浓厚，套数写得豪放，小令也清疏淡雅，如他那首[越调·天净沙]《秋思》："枯藤老树昏鸦，小桥流水人家，古道西风瘦马。夕阳西下，断肠人在天涯。"短短 28 个字，直接用名词连缀起一幅秋景图，意境萧瑟，衬托出天涯游子的孤苦无依，被人赞为"秋思之祖"（周德清《中原音韵》）。

第三类是达官显贵作家，他们在元代官场中取得了较高的地位，如卢挚、姚燧等人，在他们的散曲中，很少有市井风流生活的描写，主要以表现士大夫的思想情趣为主，总体风格典雅精工。

元代后期，散曲创作中心转移到南方。生活在南方的作家们整日优游山水，醉心游乐，不喜欢做官，这时的散曲和前期北方的散曲就有了一些不同，后期的散曲创作题材内容从写景、言情到怀古、赠答等，无所不包，感伤情调成为主流，而且有了明显的追求形式美的倾向。参与散曲创作的基本上是南方人或移居到南方的北方人，张可久和乔吉是公认的后期散曲创作大家。

张可久，字小山，生卒年不详，做过小官，但仕途不太得意。他是元代散曲保存最多的一个，他的《小山乐府》有小令 855 首，套数 9 首。他的作品内容丰富，除一部流露他的人生失意之外，多数是写景抒怀、男女恋情、叹世归隐、酬唱赠答之作。其中最代表他清丽风格的是他的写景作品，如[黄钟·人月圆]《春晚次韵》："萋萋芳草春云乱，愁在夕阳中。短亭别酒，平湖画舫，垂柳骄骢。一声啼鸟，一番夜雨，一阵东风。桃花吹尽，佳人何在，门掩残红。"颇有诗歌的意境。他的这一类作品显示了散曲雅化的趋势，可以说，在元后期曲风的转变中，张可久是关键人物。

乔吉(1280？—1345)，他今天保存下来的散曲作品有小令 209 首，套数 11 篇，和张可久共称为"曲中李杜"。他的作品主要围绕他四十年的落魄生活来写，有男女恋情，有离愁别绪、诗酒宴会等，主要表现一个江湖才子的思想情感，感慨人生短促、世事无常，抒发自己的隐逸情怀。他的作品语言雅俗兼备，既有散曲的本色，又趋向于整饬清丽。

后期比较重要的散曲作家还有张养浩、睢景臣和刘时中。

张养浩(1270—1329)，字希孟，号云庄。他的不少散曲批评政治，特别是他被罢官以后作的散曲，批评更加尖锐。他的一组[中吕·山坡羊]充满历史兴亡之感，特别是《潼关怀古》："峰峦如聚，波涛如怒，山河表里潼关路。望西都，意踟蹰。伤心秦汉经行处，宫阙万间都做了土。兴，百姓苦；亡，百姓苦。"

睢景臣，字景贤，扬州人，今天保存有套数 3 篇，[般涉调·哨遍]《高祖还乡》是他的代表作，作品从乡民的眼光，用诙谐的笔调，勾画出一代帝王的无赖与可笑面目。作品语言生动活泼，构思大胆，享有很高声誉。

元末的刘时中作过两套[正宫·端正好]《上高监司》套数，前套 15 支曲，后套 34 支曲，是元散曲中极少见的长套，曲中有大量生活口语，很好地体现了散曲的特点。

思考题

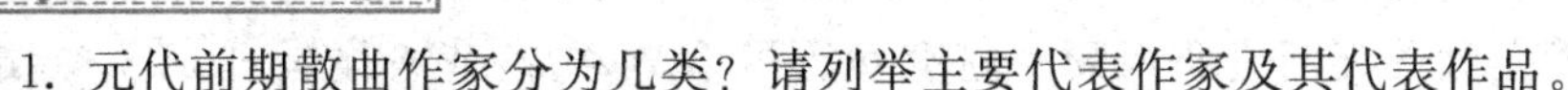

1. 元代前期散曲作家分为几类？请列举主要代表作家及其代表作品。
2. 元代后期散曲创作发生了什么变化？试举例说明。

第六节　元代南戏和诗歌

在南方除了散曲之外，还流行着一种用南曲演唱的戏文。这种戏文实际上出现的时间比北曲杂剧要早，大约在北宋、南宋之交就已出现在浙江温州，称为“温州杂剧”、“永嘉戏曲”（因为温州旧名永嘉）。这种戏文也被称为南词。后来为了区别北曲杂剧，就简称为南戏。宋元时期南戏虽然一直受到百姓的欢迎，但却被文人士大夫排斥，所以今天只有19种剧本流传下来，还有130种左右的残文佚曲。总的来看，南戏主要表现爱情、婚姻和揭露社会黑暗，很少出现杂剧那些借历史抒情的作品，而且在那些反映爱情婚姻的作品中，指责男子富贵变心成为最重要的主题。

今天可以看到的最早的南戏是《永乐大典戏文三种》。《张协状元》是其中唯一完整保存下来的南宋戏文。故事讲述了一位书生张协遇到强盗落难，后与帮助他的王贫女结婚，但在进京赶考高中状元后，忘恩负义，想将王贫女杀死，所幸贫女只受了些伤，后来贫女被宰相王德用收为义女。这个戏文本来是想谴责男子的负心，但故事的结局写成了夫妻团圆，为后来的一些作家将早期南戏的悲剧结局改成团圆结局开了先河。《张协状元》中有许多初期南戏的特征，如用南方流行词调和民间小曲演唱，还有许多与剧情无关的科诨等。

真正代表南戏最高艺术水平的是高明的《琵琶记》。高明（1307？—1359），字则诚，号菜根道人，浙江人。他曾做过多任地方官，后来归隐，在归隐时根据早期南戏《赵贞女蔡二郎》改编成了《琵琶记》。故事主要讲了蔡伯喈和赵贞女结婚后，被父亲逼着进京赶考，他不想考，但父亲不允。中了状元之后，他不想娶牛丞相的女儿，不想做官，但皇帝不允，牛丞相也不允。蔡伯喈不得已奉旨入赘牛府，在京城做官，虽然享受荣华富贵，但心中满是痛苦和内疚。同时，他的家乡发生了荒旱灾，虽然赵贞女含辛茹苦地奉养公婆，但最后蔡公蔡婆都因饥寒而死。赵贞女历尽千辛万苦，背着琵琶进京寻夫，最终夫妻团圆。

高明的《琵琶记》将早期的戏文做了较大改动，原来的蔡伯喈是个负心汉的反面形象，而在他的笔下却成了忠孝的正面人物，原来表现家庭伦理的戏曲变成了宣扬道德教化的作品。不过，作品中还是客观地表现出封建社会知识分子面对忠、孝时的两难心理和软弱性格，揭示了儒家伦理观念的不完善和虚伪，从赵贞女的身上也表现了中国传统女性善良、勤劳的美德。《琵琶记》在艺术上有较高的成就，作者按两条线索叙述故事，一条是蔡伯喈离家之后的遭遇，一条是赵贞女在家中的生活，既利于塑造人物性格，又能在强烈的对比中，加强戏剧的悲剧效果。这种双线结构后来就成为传奇的固定范式。同时，作品中人物的语言既有本色的一面又有华丽的一面，人物的形象也摆脱了类型化，开始多角度地展现人物性格。《琵琶记》对后世有着深远的影响，被称为"词曲之祖"（明嘉靖《瑞安县志・高明传》）。

除了《琵琶记》之外，元代还有《荆钗记》、《白兔记》、《拜月亭记》、《杀狗记》对后世影响较大，它们被称为四大南戏，又被称为"四大传奇"，这是因为南戏到明代有了各种不同的声腔，当它开始用昆山腔演唱后就被称为传奇。不过这些作品已经经过了明代人的改动。

元代的诗歌发展虽不及杂剧和散曲兴盛，但作为文学的正统形式，元代的诗坛也出现了不少的作家和作品，其中有许多人是少数民族作家。元代诗歌具有自己的特色，它在一定程度上脱离了宋诗的理性色彩，开始重新重视诗的抒情功能，而且也和当时的市民文艺相融合，出现了描写商人生活和个人情感的作品，诗歌的古典趣味被打破了。元代诗歌大致可以分为三个时期，前期是从蒙古王朝入主中原到统一中国以后的一段时间，中期是社会比较稳定的元成宗、仁宗等时期，而元代最后的二十多年就是元代诗歌的后期。

前期的诗坛由北方作家和南方作家共同组成，北方的作家如元好问、耶律楚材、郝经、刘因等，南方的作家如戴表元等都是当时有名的诗人，他们或者写亡国之痛，或者写自己的空幻心态，或者写个人的日常生活，题材多样，而诗歌风格既有北方的豪迈，又有南方的清秀。

中期以后，随着社会的稳定，诗歌创作出现了繁荣的局面，诗歌主要以歌功颂德、歌咏升平为主，前期的个人身世之类的感伤基本上消失了，像虞集、杨载、范梈、揭傒斯这"元诗四大家"的作品大多是歌咏太平、酬答唱和之类。

后期的诗人以南方人为主，作品中更多的是表现自己的真实情感，他们在作品中直接袒露自己的人生欲望、肯定世俗的享乐生活、对商人表示赞赏，他们喜欢用诗歌表现自己独特的个性。这一时期比较重要的作家有王冕、杨维桢、萨都剌等，其中最有艺术个性的是杨维桢（1296—1370），他创造了"铁崖体"，以自由奔放的乐府诗为主要形式，表现诗人恣肆张扬的精神面貌和对世俗享乐的赞美。

思考题

1. 什么叫“南戏”？南戏的主要内容有哪些？
2. 请简单谈谈《琵琶记》的艺术成就。
3. “四大传奇”包括哪几部作品？
4. 请简单谈谈元代诗歌的发展情况。

第七章

明代文学

从1368年朱元璋在南京建国到1644年李自成攻入北京，明崇祯帝在北京自缢，明王朝共存在了277年，前后有16位皇帝。和前面的朝代相比，明代社会出现了一些新的情况，特别是嘉靖（1522—1566）以后，出现了资本主义萌芽，思想界也有一股新的人文思潮出现，这些都影响了明代的文学。

明代开国之初，朱元璋采取了一些抑制工商业的政策，影响了城市工商业的发展，但明中叶以后，“重农抑商”的政策有所松动，城市经济重新繁荣，涌现了越来越多的商业城市，如苏州、杭州、南京、景德镇、广州等，包括商人、作坊主、手工艺人、妓女、一般文人学士等在内的市民阶层也因此迅速扩大，在城市里形成了一个新的读者群。为迎合他们的需要，文学创作也越来越世俗化、商业化，小说、戏曲、诗文中都有对城市市井生活的描写和对商人、金钱和美色的钦羡，题材更加日常化、琐碎化，语言俚俗浅白。

明代思想界的情况也较特殊。从朱元璋开始，一方面强化中央集权，另一方面加强思想界的统治，大力提倡程朱理学，八股取士，思想界死气沉沉。但明中叶以后，皇权的集中、皇帝的腐化和宦官的专权、党争的激烈，使明朝政治越来越混乱，思想界的统治有所松动，狂禅之风盛行，兴起了提倡“良知说”的王学，特别是嘉靖万历年间的王学左派，从王艮到李贽，提出了一系列肯定人的欲望、张扬个性的学说，成为儒家的异端，一定程度上冲破了程朱理学的统治，文学创作的主体意识加强了，出现了像“童心说”、“性灵说”等要求表现个性的理论，小说、戏曲中也有大批表现个人情欲、世俗爱好的作品出现，如《金瓶梅》、“三言”、“二拍”、《牡丹亭》等。

和明朝的政治、思想文化界的发展相适应，明代的文学也有一些新的特点，传统文学样式如诗文等依然有一定的创作群体，而且有众多的文学集团和流派，彼此论争，但是明代最繁荣、成就最高的是小说、戏曲这一类通俗文学。

受政治高压等因素影响，明代的诗文发展没有从低迷、衰落状态中走出来，总体成就远不如唐宋诗文。明初只有宋濂、刘基、高启等人写了一些较好

的诗文，上层官僚中盛行的是空虚浮泛的“台阁体”。到成化、弘治年间，以李东阳为首，出现了一个宗唐法宋的“茶陵派”，后来李梦阳、何景明等“前七子”继之而起，提倡真情，主张模拟秦汉文、盛唐诗。而嘉靖中期以后，以李攀龙、王世贞为代表的“后七子”也提倡“文必秦汉，诗必盛唐”的复古运动，文学创作上没有留下什么真正优秀的作品。与复古运动相伴而生的是反复古运动，当时还有一些人像王慎中、唐顺之、茅坤、归有光等“唐宋派”对前后七子提出的“文必秦汉”的复古观点不满，他们非常推崇自然流畅、平易朴实的唐宋文风，其中成就最大的是归有光。后来又有李贽力主“童心说”，要求张扬个性，反对剽窃模拟。受他影响，以公安三袁为代表的“公安派”提出“独抒性灵，不拘格套”的主张，反对前后七子的拟古主张，其中创作成就最高的是袁宏道。“公安派”之后，以湖北竟陵人钟惺、谭元春为首的“竟陵派”也提倡性灵，反对复古，不过他们的创作“幽深孤峭”，成就不高。明末，又有“复社”、“几社”针对当时的社会现实，反对空谈性灵的公安派、竟陵派，要求诗文要为政治斗争服务，不过他们的创作总体成就也不高。这一时期在小品文创作上取得突出成就的是张岱。

明代初年通俗文学曾受到一定的压制，但后来随着统治阶级政权的稳定和市民经济的发展，小说、戏曲等的地位不断提高，创作也日趋繁荣。明前期就出现了如《三国志通俗演义》、《水浒传》等一些著名的长篇章回小说，明后期更多的作家从事通俗文学创作，杰作也越来越多，长篇小说如《西游记》、《金瓶梅》，短篇小说如“三言”、“二拍”，杂剧如《四声猿》，传奇如《临川四梦》等，这些作品丰富了明代的文坛。

第一节　《三国志演义》

《三国志演义》、《水浒传》、《西游记》、《金瓶梅》被称为明代的"四大奇书",分别代表了明代历史演义小说、英雄传奇小说、神怪小说和世情小说的最高成就。

作为我国第一部长篇章回小说、历史演义小说的开山之作,《三国志演义》经历了一个长期的演变过程。在成书之前,三国的故事就已经在社会上流传。西晋陈寿的《三国志》和南北朝时裴松之的注是这部书的主要历史依据;在南北朝时期有30多种关于三国故事和人物的作品;隋代的文艺表演中有"三国"这一节目;唐朝许多著名的诗人如李白、杜甫、李贺、杜牧等人都用诗歌咏叹过三国的历史和人物;宋代的"说话"艺术中,有"说三分"的专门艺人和专门科目,"拥刘反曹"的倾向明显;金元时期也有大量的与三国有关的戏在舞台上表演;元代与元明之际有60多种与三国有关的杂剧剧目,从剧目与现存的剧本来看,以蜀汉为中心的占半数以上,有鲜明的"拥刘反曹"倾向。罗贯中就是在长期民间传说和民间作者创作的基础上,"据正史,采小说,证文辞,通好尚"(高儒《百川书志》),创作出了《三国志演义》这一著作。

有关罗贯中的生平资料非常少,一般认为,他名本,字贯中,号湖海散人,祖籍山东东原,后来流落到杭州,生活时间大约在元末明初。除了《三国志演义》以外,他还创作了其他一些作品,如杂剧《赵太祖龙虎风云会》等,他也是《水浒传》的编写者之一。

《三国志演义》有不同的版本,现在保存的最早版本是明嘉靖时期刻的《三国志通俗演义》,称为"嘉靖本",共有24卷,240则。明万历年间,有《李卓吾先生批评三国志》本,"嘉靖本"的240则被合并成120回,回目由单句变成双句。清康熙年间,毛纶、毛宗岗父子又进行了较大的修改和增删,其中有详细的评点,正统的道德色彩更浓厚,但在艺术上有了较大的提高,所以成了后来最流行的本子。明代的个别本子、清代的个别笔记小说和毛氏父子曾经用过《三国演义》这个称呼。20世纪50年代人民文学出版社出版的书用《三国演义》作为书名,一些工具书、文学史著作和电视剧也用《三国演义》称呼《三国志演义》,所以《三国志演义》就被简称为《三国演义》了。

《三国志演义》一共120回,主要写了汉灵帝中平元年(184)到晋武帝太康元年(280)近百年间的历史,重点是魏、蜀、吴三国之间复杂的政治、军事、外交斗争。书从汉末动乱、群雄并峙、曹操集团的崛起壮大开始着笔,接着写刘

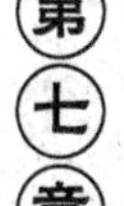

备蜀集团的崛起壮大，三国鼎立的局面形成，三国争雄，最后写三国的衰落，西晋建立。作者以历史的记载为主要依据，又加入了自己的主观判断，同时糅合了千百年来广大人民的心理，书中大大小小的斗争无数，人物有四百多个，在这些人物的身上寄托了作者的理想与爱憎，既有鲜明的“拥刘反曹”倾向，又有对黑暗社会的批判，对残暴统治者的痛恨，还有对明君贤臣的赞美，对和平统一的渴望以及因历史变幻带来的迷惘，而书中那些斗争又给了人们许多经验和智慧总结。

罗贯中以儒家政治道德观念为核心，在《三国志演义》一书中塑造了一系列形象来表达他的理想。比如刘备就是作者极力赞扬的人物，在刘备身上代表着罗贯中对“仁政”的追求。刘备“织席贩履”出身，文武皆不强，但后来却成为一国之君，靠的就是他的“仁德”。刘备坚持“上报国家，下安黎庶”的理想，一直以仁待人。当县尉时，“与民秋毫无犯”，在新野时，待民如子，即使在弃襄阳带着十几万百姓逃难的途中，面临曹操的追赶也不肯丢下百姓。刘备对百姓以仁，对朋友则以诚，比如宁可牺牲自己的孩子也不愿赵云有闪失。在他身边君臣上下团结一致。正是凭着“仁德”，刘备从一无所有到与曹操、孙吴政权鼎足而立。

而奸雄曹操则是作者塑造出来和刘备相对比的形象。和刘备的仁德不同，曹操工于心计、狡猾残暴、嗜杀成性，奉行“宁叫我负天下人，休叫天下人负我”这一信条。官渡之战，他一次坑杀袁绍的降卒十多万人；为了报杀父之仇，他攻打徐州，所到之处，“尽杀百姓”，直至尸横遍野；“衣带诏”事件，他一口气杀死董承等五家老小七百多人，手段极其残忍；行刺董卓事败以后，他去投奔父亲的朋友吕伯奢，因为怀疑吕伯奢告密而杀光了吕家八口人。他会因疑而杀人、酒中杀人、借刀杀人、梦中杀人等。曹操虽然也有宽仁大度、爱护百姓的举动，但那些都是出于政治目的考虑，和刘备完全不同。作者在对曹操的痛恨中表达了对“仁政”的渴望。

同样，在诸葛亮、关羽等一批忠臣义士身上也寄寓着作者对“忠义”和“智慧”的追求。特别是诸葛亮，是作者塑造最成功的一个形象。小说中一半以上的文字都与诸葛亮有关，作者用了差不多 70 回来写这一个足智多谋、忠心耿耿的人物，难怪有人说一部《三国志演义》其实就是一部诸葛孔明传记。在诸葛亮身上集中了所有的美德，他上知天文、下知地理，有杰出的政治、军事、外交才能，料事如神，既有隆中高论，又有“草船借箭”、“七星坛祭风”、“三气周公瑾”、“弹琴退仲达”等对策，更重要的是他对蜀汉事业非常忠诚，连对手都说他“竭尽忠诚，至死方休”。诸葛亮是真正的“鞠躬尽瘁，死而后已”。

《三国志演义》艺术成就很高。首先，作者很好地处理了历史的真实与艺术的虚构之间的关系，“七分事实，三分虚构”(章学诚《丙辰札记》)，主要事件基本符合历史真实，而在一些细节上作者则进行了虚构或渲染以突出人物的形象。比如著名的“空城计”在裴松之的注中是“郭冲三事”，和诸葛亮“失街亭”、“斩马谡”毫无联系，但罗贯中就将“空城计”放在两件事之间，更加衬托了诸葛亮的聪明才智。又如“桃园三结义”、“借东风”、“华容道”等都是民间传说，正史中没有记载。甚至书中所写的“草船借箭”一事，按历史记载是孙权在赤壁之战后三年做的，而罗贯中反将它变成了诸葛亮所为。“赤壁之战”在史书中只是简单地做了记载，而在《三国志演义》中有八回来写这一战争。其次，《三国志演义》成功地塑造了一系列人物形象，如“智绝”诸葛亮、“奸绝”曹操和“义绝”关羽，还有如勇猛的张飞、聪明却器量极小的周瑜等。小说的艺术成就还在于其中出色的战争场景描写。每一场战争的描写都不相同，大小战争交织，却又主次分明，井井有条，作者也善于用战争来表现人物的性格特征。而且《三国志演义》的语言简洁明快，又生动活泼，真正做到了“文不甚深，言不甚俗”(蒋大器《三国志通俗演义序》)。

《三国志演义》产生了很大影响，当时就吸引了很多读者，也吸引了不少文人、书商来写作和出版历史演义类小说。嘉靖以后，各种历史演义风行，几乎代代都有演义。其中比较有名的是明代余邵鱼的《列国志传》，书中上写至武王伐纣，下写至秦并六国。后来明朝末年的冯梦龙在这本书的基础上扩写成108回、70多万字的《新列国志》，主要写春秋战国的历史故事。清代的蔡元放又进行了修改，加入了评点与夹注，并改名为《东周列国志》。而像《隋唐演义》、《杨家将》、《说岳全传》等也都受到了《三国志演义》的影响。《三国志演义》不仅在国内受到欢迎，在国外也深受读者喜爱。

思考题

1.《三国志演义》的主题思想是什么？请结合具体人物形象进行分析。
2. 请简单分析《三国志演义》中的“三绝”形象。
3.《三国志演义》有哪些艺术成就？

第二节 《水浒传》

如果说《三国志演义》是一部以讲述历史事实为主的演义小说的话，那么，《水浒传》就是一部以英雄传奇为主的小说。不同于《三国志演义》中历史真实远远大于虚构的情况，《水浒传》则有更多的虚构成分，它主要是在民间传说和通俗文艺的基础上形成的。当然书中写的宋江起义的故事源于历史真实，如《宋史》中就有简略的记载，而且从南宋起，在民间就广泛流传着宋江起义的故事。宋末元初，龚开的《宋江三十六人赞》已记载了三十六人的姓名和绰号，和《水浒传》中的大体相同。而《大宋宣和遗事》里面不仅有三十六人的姓名和绰号，还有如杨志卖刀、智取生辰纲、宋江杀惜、征方腊等情节，这应该是《水浒传》成书前最完整的关于水浒故事的记载了。元代有大批的"水浒戏"，比较集中地刻画了宋江、李逵等形象，虽然主题不一，人物性格也不一致，但有些说法和《水浒传》中基本相同。《水浒传》正是在这些小说戏曲的基础上产生的。

关于《水浒传》的作者，明代就有四种说法，有人认为是施耐庵作，罗贯中编次；有人认为是罗贯中所作；有人认为是施耐庵所作；还有人认为是罗贯中在施耐庵书的基础上续作而成。现在一般认为《水浒传》是施耐庵写的，他的门人罗贯中在真本的基础上进行了一定的加工。关于施耐庵的生平，因为资料缺乏，除了知道他是杭州人以外，其他个人情况不太清楚。

《水浒传》有几种版本，从文字的详略、描写的细密来看，一般有繁本和简本之分。繁本有 71 回本、100 回本、120 回本 3 种。明末清初的金圣叹曾将 120 回本"腰斩"成 70 回本，书名为《第五才子书施耐庵水浒传》，其中梁山大聚义以后的内容都被他删去，以卢俊义惊噩梦作结。因为金圣叹对原书的文字进行了修饰，保留了原书的精华，还有精彩的评语，所以他的本子成为清代 300 年间最流行的本子。

《水浒传》主要描写了北宋末年由宋江领导的梁山起义的全过程，先写起义的发生、发展，再写梁山好汉受招安，后写好汉受招安后奉命征辽、征田虎、征王庆、征方腊，最后写好汉们的凄惨结局。《水浒传》的故事取材于北宋的农民起义，又长期在市井流传，不可避免地带有市民阶层的思想和感情，而且又经过了文人的加工，所以这本书的主题比较复杂。《水浒传》最早的名字叫《忠义水浒传》，里面的好汉们都是大力大贤、有忠有义的人，他们渴望的是杀尽酷吏贪官，忠心报国，但最后的结局却是被奸臣昏君逼上死路。书中有着对"忠义"之士忠义行为的赞扬、对他们悲惨命运的愤慨和对不平现实的迷惘。比如书的主要人物、起义军领袖宋江，他出身于地主家庭，只是个郓城县押司，但常常仗义疏财，扶危济困。出于"义"他放了劫生辰纲的七条梁山好汉，出于"忠"，他又不愿意上梁山，即使被逼无奈上了梁山之后，也牢记"替天行道为主，全仗忠义为臣，辅国安民，去邪归正"（第42回）的法旨，一心想着早日招安，报效朝廷，不仅将"聚义厅"改成了"忠义堂"，而且还派燕青等人到京师通过名妓李师师见到皇帝，以实现自己的招安愿望。接受招安后，带领好汉们北征辽、南征方腊，即使被赐毒酒，还向朝廷表白："我为人一生，只主张'忠义'二字，不肯半点欺心。今日朝廷赐死无辜，宁可朝廷负我，我忠心不负朝廷！"（第100回）所以李贽在《忠义水浒传叙》中就评宋江为"忠义之烈"。书中也写了其他一些人物，如反对招安最坚决的李逵，还有像高俅这些不忠不义的人，但这些人物都是为了衬托宋江的"忠义"。不过书的最后写像宋江这样全忠全义的好汉反被不忠不义的坏人陷害，表现了作者面对这一残酷现实时所有的愤慨、不满和迷惘。

《水浒传》写了一百多位英雄好汉，对那些被统治者视为"盗贼草寇"的人，作者是带着一种欣赏的态度的。作者热情歌颂了他们的勇猛和智慧、忠诚和善良、率直和纯朴，如纯朴憨厚的"黑旋风"李逵、沉着勇敢的武松、嫉恶如仇又胆大心细的"花和尚"鲁智深等都是作者大力赞美的对象。当然，因为《水浒传》的故事来源于一场农民起义，所以，全书最成功之处在于概括了封建社会农民起义从发生、发展到失败的全过程，表现了官逼民反、"乱自上作"的起义根源，肯定了农民起义的必然性和正义性，又深刻地揭示出梁山起义失败的根源在于接受招安、投降朝廷。

《水浒传》艺术成就非常高。首先，书中成功地刻画了各个不同的英雄人物形象。全书有一百多人，但每个人的性情、气质、语言都不相同，哪怕是相似的人物也有细微的区别，如李逵的"粗"和鲁智深的"粗"就不同，李逵是不问青红皂白的粗野，鲁智深是粗豪。即使相似的情节也有不同的表现，如武松打虎是精细，李逵杀虎纯是大胆，两者不同。每个人物都给人留下深刻的印象。其次，《水浒传》虽然情节曲折复杂，人物众多，但作者在谋篇布局时，以单个英雄人物的故事为主体，由一个人物引出下一个人物，一直到一百零八将全部聚集在梁山。可以说，每个人物的故事都可以分开来成为一个人物传记，但整体上又是相互关联的。最后，《水浒传》的语言通俗易懂，比起《三国志演义》的语言来，更加生动活泼，有民间说唱文学的语言特点，而且人物的语言和他们的身份、社会地位极其相称。

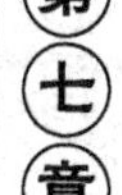

《水浒传》产生了巨大的影响，既影响了农民起义军将领的思想，又影响了文人的文学创作，甚至还成为各种文学样式的题材来源。在国外，《水浒传》受到的评价也是很高的。

思考题

1. 请简单谈谈《水浒传》的主要思想内容。
2. 《水浒传》的艺术成就有哪些？
3. 请举例分析《水浒传》中林冲、鲁智深的人物形象。

第三节 《西游记》

明代后期兴起了一股创作神怪小说的热潮。和《三国志演义》、《水浒传》等立足于真实的历史和生活加以创作不同，神怪小说主要是将真实加以神化、幻化，不是以写真实的人为主，而是写神魔鬼怪，追求的是奇幻之美。其中最优秀的作品是《西游记》。

和《三国志演义》、《水浒传》一样，《西游记》的成书也经过了很长的时间。唐僧取经是历史上的真事。《旧唐书·方伎传》记载说，一位法名玄奘的僧人为了追求佛经教义，冒着危险一个人向西前往佛教发源地天竺取经。经过17年的时间，经过许多国家，历尽千辛万苦，终于取回了六百多部佛家经典。回来后，唐太宗降旨，由玄奘口述他的西行见闻，他的弟子辨机记录整理成《大唐西域记》和《大唐大慈恩寺三藏法师传》。在这些书里虽然以介绍西域风土人情和玄奘取经经历为主，但已有了一些神异色彩和夸张离奇的故事。后来，取经故事在社会上广泛流传，并且越来越有传奇色彩。在宋代，说话人的重要题材之一就是唐僧取经的故事。刊印于南宋末的《大唐三藏取经诗话》一书中虽然没有猪八戒的形象，"深沙神"也只出现了一次，但有了猴行者变成的白衣秀士保护唐僧取经，此时《西游记》的基本框架已经有了。猴行者的形象取代了唐僧，成为取经故事的主角。在元代，唐僧、孙悟空、猪八戒、沙僧师徒四人西天取经的故事渐渐定型，在杨讷的杂剧《西游记》中，猴行者变成了孙悟空，深沙神改成了沙和尚，猪八戒的形象也首次出现。而且在小说《西游记》之前应该已经有了一本比较完整的《西游记》，情节、人物都和百回本的小说《西游记》有许多相似之处，可惜这本书已经散失。

作为一部世代累积型的小说，《西游记》的最后写定者至今还不太清楚。今天保存的明代的百回刊本《西游记》都没有作者署名，清代的刊本上多数题作者是元代丘处机。到了乾隆年间，有人认为吴承恩是作者。后来经过一些学者的认定，《西游记》的作者确实是吴承恩，当然也有人不同意这一说法。不过在没有进一步证据之前，一般暂定作者是吴承恩。吴承恩(1500？—1582？)，字汝忠，号射阳居士，江苏淮安人，自小就有文才，但科举考试不顺利，约四十多岁时才补为岁贡生，也做过两年小官，后来辞官回家，终日诗酒为乐。

《西游记》有繁本和简本两种版本，繁本100回，简本则是在繁本基础上进行的删节本。《西游记》主要写唐僧师徒西天取经的故事。全书分成三个部

分，前七回写孙悟空出世和孙悟空大闹天宫；第八到第十二回交待取经的缘由，主要由如来说法、观音访僧、魏征斩龙、唐僧出世等故事构成；第十三回到第一百回写取经的全经过，主要写悟空皈依佛教，和猪八戒、沙和尚一起保护唐僧，历经八十一难，到达西天，修成正果。作者借《西游记》这部书表达了他“明心见性”的哲学主张，表达了对自由的肯定和向往，对强权的反抗以及对黑暗现实的不满。

《西游记》中最有光彩的形象是孙悟空。他渴望自由的生活，要“不伏麒麟辖，不伏凤凰管，又不伏人间王位所拘束，自由自在”（第1回），为此，他到处求仙访道，学得了七十二般变化等本领，还去地府勾去了生死簿上的猴属名字，真正不受任何管束，后来为追求自由和个人尊严，大闹天宫，甚至认为“皇帝轮流做，明年到我家”（第7回）。他不畏皇权，充满了反抗精神，被迫皈依佛教以后，也没有减少自己的反抗精神和不驯的个性。他敢于嘲讽唐僧、腹诽观音、奚落如来，虽然时时受到紧箍咒的折磨，但依然见恶必除、除妖必尽。而且孙悟空除了敢于反抗之外，还有一种为实现理想，坚韧不拔的精神，取经途中无论遇到多大的困难，哪怕被误解、被赶走，他也没有放弃过自己的理想。《西游记》中猪八戒的形象塑造也很成功，在他身上有许多普通人的缺点，比如贪吃、贪睡、贪财、贪色，但他从不向妖魔低头屈服，作战也很英勇，显得很可爱。

《西游记》一书运用了诡异绚丽的想象和极度的夸张手法，为人们创造了一个奇异的神话世界，充满了浪漫色彩，不仅环境光怪陆离，而且情节变幻离奇，人物也神通广大。更重要的是，这些幻想的境界又非常真实，有生活的影子，让人觉得合情合理，书中的动植物形象既有神怪之处，又结合了人的性情与物的本性，而且《西游记》的作者将虚幻的描写与游戏的笔法结合起来，使得这部小说有了幽默诙谐的风格，书中充满了喜剧色彩。

《西游记》特别受到读者的欢迎，也产生了很大的影响，从它诞生之后到明末短短的几十年间，就有近三十部神魔小说产生，如许仲琳、李云翔的《封神演义》等。

1. 请简单谈谈《西游记》的主要内容。
2. 请举例分析孙悟空和猪八戒的形象。

第四节 《金瓶梅》

明代“四大奇书”中前三部书的成书都经过了一个世代累积的过程，只有《金瓶梅》是第一部由文人独立创作的长篇白话小说，也是第一部以家庭日常琐事为题材的小说。尽管《金瓶梅》借用了《水浒传》的片段，由其中的“武松杀嫂”故事演化而成，但是《金瓶梅》中的大部分故事都是作者的独创。在这之前，没有一部和它相似的作品流传，书中保留的说唱艺术的痕迹，有的是作者有意模仿而成。

关于《金瓶梅》的成书年代，有人曾认为它作于嘉靖年间。后来研究者发现，虽然《金瓶梅》的故事发生在北宋末年，但书中有不少地方写到了明代万历年间的事情，所以，一般认为《金瓶梅》成书于万历前中期，反映了万历时期奢侈淫逸、钱权结合、商业繁荣、价值观念急剧变化的社会现实。

《金瓶梅》的作者是谁，至今还不能肯定。在《金瓶梅词话》卷首欣欣子的序作里说是“兰陵笑笑生作”，但古代叫“兰陵”的有两个地方，而“笑笑生”也不知究竟是谁，有人认为是王世贞，有人认为是汤显祖，有人认为是屠隆，说法众多，但都不能确证。

今天能见到的最早的《金瓶梅》刊本是万历年间(1617)的《新刻金瓶梅词话》，人称“词话本”或“万历本”，书中有大量的诗词歌赋和韵文。后来崇祯年间，又有《新刻绣像批评金瓶梅》出现，人称“崇祯本”，这是对“万历本”进行修改的本子。清代康熙年间，张竹坡对“崇祯本”稍作修改，加上评点，成为《张竹坡批评金瓶梅第一奇书》，人称“张评本”或“第一奇书本”。1926 年，有排印本《真本金瓶梅》(后来改为《古本金瓶梅》)出版，这是删除了“张评本”中秽笔的“洁本”。

《金瓶梅》一共一百回，书名由书中主人公西门庆的姬妾潘金莲、李瓶儿、庞春梅的名字合成。小说从《水浒传》的“武松杀嫂”开始，前九回写潘金莲和西门庆没有被杀死，潘金莲嫁给西门庆成为第五房小妾。从第十四到第七十九回，写西门庆从一个开生药铺的小商人到后来发迹勾结官府、不法经商、横行霸道、纵情尽欲直到丧命的全过程，中间交织着金、瓶等妻妾之间的争宠斗争。最后二十一回写西门庆死后家中败落、妻妾流散的情况。整本书虽是写西门庆一家的日常琐事，但却从西门庆一家写了好多人家，如武大一家、花子虚一家、乔大户一家、王招宣一家、周守备一家等，几乎涉及了全县的人物，而且还由西门庆一人写到了他交往的社会，如贿赂蔡京、结交蔡状元、朝见皇上等情节，将上到朝廷权贵、官僚劣绅，下至市井无赖、平民百姓等各色人物描摹得淋漓尽致，深刻地反映了当时道德沦丧、黑暗腐败的社会现实，对丑恶腐朽的统治集团进行了猛烈的抨击。同时，通过西门庆虽然腰缠万贯，但不得不与封建势力勾结，成为统治阶级的附庸来求得生存发展，失去独立人格，最终毁灭的命运描写，对16世纪中国商人的悲剧命运作了深刻地展示。《金瓶梅》一书还通过西门庆、金、瓶、梅等人因为追求情欲的放纵而葬送生命的结局，反映出封建社会女性的悲惨命运，客观上也告诉人们如果一味追求感官的满足，放纵情欲必将导致人性的扭曲。

《金瓶梅》在艺术上有许多贡献。首先，它"寄寓于时俗"（欣欣子序），从现实社会取材，书中从人物到情节都是平凡无奇的，书中的主人公不是帝王将相、英雄豪杰，也不是神魔鬼怪，而是现实社会中的普通人，他们为了生存，为了"食"、"色"进行着形形色色的争斗，小说写的都是家庭琐事，而不是神魔斗法、英雄征战，从而更加贴近现实，贴近人们的生活。其次，小说的描写紧扣主要人物、主要矛盾，组织材料，谋篇布局，有条不紊。前八十回以西门庆为中心，写他的暴发暴亡，后二十回以春梅为中心，写出西门庆身边人的结局。小说打破了常见的以时间为序的写法，在事件的描写中穿插其他的事件。而且，《金瓶梅》不再以故事情节为中心，它的故事性不强，作者主要集中表现人物的性格，其中的人物性格也不是单一的，而是像现实中的人物一样，有着复杂的一面。《金瓶梅》也不同于以前的以歌颂为主的作品，而是有意识地对那个社会的种种丑恶行为进行暴露。同时，《金瓶梅》的语言更加俚俗，民间市井语、口头语都在小说中大量出现，比起半文半白的《三国志演义》，说书体语言的《水浒传》、《西游记》来更加通俗，真正是"一篇市井文字"（张竹坡《金瓶梅读法》）。

当然，《金瓶梅》也有不少的缺点，除了艺术上的许多粗糙之处外，最主要的是其中存在着大量色情描写。作者主观上想借暴露情欲的罪恶来劝诫世人不可贪酒色财气，但在具体描写时，却又用自然主义的手法对床笫生活进行过多的描写，这在一定程度上影响了《金瓶梅》的流传，长久以来，《金瓶梅》就被视为淫书。

《金瓶梅》在明代就受到如袁宏道等文人的推崇。它最大的贡献在于为后世世情小说的发展奠定了基础。后世的世情小说，有专门写色情的猥亵小说，如《灯月影》、《杏花天》等；有以才子佳人、家庭生活为题材的，如《平山冷燕》、《红楼梦》、《醒世姻缘传》等；还有以社会生活为题材，以讽刺暴露为主的，如《儒林外史》、《二十年目睹之怪现状》等，它们都受到了《金瓶梅》的影响。

思考题 

1. 请简单谈谈《金瓶梅》的主要思想内容。
2. 请简单谈谈《金瓶梅》的艺术成就。

第五节 “三言”和“二拍”

明代长篇小说蓬勃发展的同时，短篇小说也在宋元话本小说的基础上获得了很大的发展，其中“三言”、“二拍”是代表。

“三言”包括《喻世明言》、《警世通言》、《醒世恒言》三部小说集，每集40篇，作者是冯梦龙。冯梦龙(1574—1646)，字犹龙，苏州人。他出身书香门第，非常有才华，但一生仕途不顺，57岁才被选为贡生，61岁任福建寿宁知县，曾参加过抗清活动，最后忧愤而死。

“三言”是冯梦龙在广泛收集宋元话本、明代拟话本的基础上加工而成的，其中既有对宋元明旧作的修改，也有根据文言笔记、传奇小说、戏曲、历史故事、社会传闻进行的再创作。在120篇作品中，宋元话本作品约占三分之一，明代作品约占三分之二。宋元话本作品和明代作品不同，话本作品是“说话”人的底本，是口头文学的记录，而明代的作品都是文人模仿话本进行的创作，是专门供人阅读而不是供“说话”艺人讲唱用的，它是书面文学，所以也被称为“拟话本”。“三言”中的《喻世明言》又被称为《古今小说》，但实际上，《古今小说》是“三言”的通称。“三言”作为宋元明三代最重要的一部白话小说总集，在文学史上具有极其重要的地位，它预示着一个白话短篇小说整理和创作高潮的到来。

受“三言”的影响，凌濛初编著了“二拍”:《初刻拍案惊奇》、《二刻拍案惊奇》。凌濛初(1580—1644)，字玄房，号初成，浙江湖州人。18岁补廪膳生，直到55岁才做了上海县丞，后来升为徐州通判，1644年，李自成进逼徐州时，忧愤而死。他的著作很多，最有名的是“二拍”。“二拍”每集40卷，但《初刻拍案惊奇》中有一篇与《二刻拍案惊奇》重复，加上《二刻拍案惊奇》中有一篇是杂剧，所以，“二拍”共有小说78篇。“二拍”和“三言”不同，“二拍”中基本上都是作者个人创作的“拟话本”小说，是个人小说创作专集，但是因为“二拍”和“三言”的艺术水平、思想内容相当，所以文学史上一般将这两部书并称。明朝末年，有一位“姑苏抱瓮老人”，因为“三言”、“二拍”卷数太多，一般人很难看遍，他就从其两部书中选了40种小说成为《今古奇观》，以后这本集子就成为流传最广的白话短篇小说集。

“三言”、“二拍”内容丰富，主要描写城市生活，反映市民阶层的思想感情。在这些小说中，商人、手工业主、手工艺人成为主角，尤其是商人频频作为正面人物在作品中被描写，这种鲜明的重商倾向是明中叶以后城市经济发展带来的结果。比如《蒋兴哥重会珍珠衫》、《施润泽滩阙遇友》等篇中的商人,正直、善良、纯朴,不再是传统的奸商形象。而与这种重商倾向相联系的是人们价值观念和社会心理的变化,原来门第、仕途是衡量一个人价值的标准,现在变成了金钱的多少,如《叠居奇程客得助》一篇中所说的"以商贾为第一等生业,科第反在次着"。而且有的小说还对商业经营活动进行了反映,如《转运汉巧遇洞庭红》等。

在"三言"、"二拍"中,比重最大的是那些歌颂婚恋自主,张扬男女平等的作品。在这类作品中,传统的门第观念、贞节观念和男尊女卑等思想都受到了挑战和冲击,如《卖油郎独占花魁》写一个卖油小贩秦重获得了名满临安的花魁的爱情,《蒋兴哥重会珍珠衫》中蒋兴哥不嫌妻子失贞,《单符郎全州佳偶》篇中的单符郎不嫌因战乱沦为娼妓的未婚妻,娶娼为妻,在这些小说中都对传统的三从四德、贞操观念作出了突破。像"三言"中的名篇《杜十娘怒沉百宝箱》更是通过杜十娘的形象对负心薄幸的男子进行了鞭挞,表现了女性对真情的追求、对自己人格尊严的维护和对命运的反抗。除了婚姻爱情之作外,"三言"、"二拍"中也有不少作品对黑暗的社会现实和腐败的官场进行了揭露。如"二拍"中的《恶船家计赚假尸银》,"三言"中的《沈小霞相会出师表》、《灌园叟晚逢仙女》等篇。

在艺术上,"三言"、"二拍"继承了宋元话本的创作传统,但又加入了文人创作的特点。作者"极摹人情世态之歧,备写悲欢离合之致"(笑花主人《今古奇观序》),题材虽然都是很普通的,作者却用巧妙的构思、奇异的关目来吸引读者的注意。小说中常出现的误会巧合就是方法之一,这一点在《十五贯戏言巧成祸》中表现得最为明显。又如《乔太守乱点鸳鸯谱》中悲剧情节和喜剧情节交替出现,使作品显得曲折离奇。而且因为"拟话本"是文人创作的供人阅读的文学,所以作品中加强了对人物心理的描写,情节更加紧凑,原来与正文无关的韵文被删除了,语言也更加典雅。

受"三言"、"二拍"的影响,明末清初白话短篇创作非常繁荣,先后出现了不少作品,如天然痴叟的《石点头》、陆人龙的《型世言》等,这些作品中虽然关心现实的成分加重了,但也有了浓重的说教味,总体艺术水平不如"三言"、"二拍"。

明代除了白话短篇小说以外,文言小说的创作也有所发展,特别是在明代前期,文言小说的发展比较活跃。如瞿佑模仿唐传奇的笔法写了《剪灯新话》,共 4 卷 20 篇,外加 1 篇附录。书中的小说大部分是写元末天下大乱时的故事,情节新奇,用荒诞的形式记录了士人的心态。当然有不少的爱情婚姻

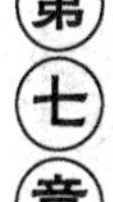

故事，表现了对礼教的蔑视和对自由婚恋的追求。明代的传奇小说也有所发展，篇幅都比以前加长了，内容多以爱情婚姻为主，如《钟情丽集》、《怀春雅集》等。而且明代各种笔记小说创作也很兴盛，如何良俊的《语林》、冯梦龙的笑话作品集《古今谭概》（后改名为《笑史》）等。总的来说，明代文言小说的创作成就虽比不上白话短篇，但对清代的文言小说有一定的影响。

思考题

1. 请解释"三言"、"二拍"、"拟话本"、《今古奇观》。
2. 请举例论述"三言"、"二拍"的主要思想内容。
3. 请简单谈谈"三言"、"二拍"中对商人形象的描写。

第六节　明代杂剧和散曲

明代戏曲有杂剧和传奇两大部类。明代杂剧的成就虽比不上元杂剧，但也有自己的独特之处。明杂剧的创作数量不少，据傅惜华《明代杂剧全目》记载，明杂剧剧目有523种，有姓名可考者349种，无名氏作品174种。在明前期，杂剧作家作品虽然多，但因为统治者的禁令，杂剧内容大多是歌功颂德、粉饰太平和封建说教的，代表作家是宫廷派作家朱权、朱有燉、贾仲明等，当然，这时的杂剧在体制、唱词等方面还是有了一定的新变。

朱权(1378—1448)，朱元璋第十七子，被封为宁王，死后谥号献王，所以人称宁献王。为了躲避当时同室操戈的残酷现实，他终日以戏曲、音乐和道学自娱自乐。他现在流传下来的杂剧有《冲漠子独步大罗天》、《卓文君私奔相如》，前者写冲漠子被吕纯阳等超度入道，是神仙道化剧，后者写司马相如和卓文君的故事，故事中描写了卓文君新寡即私奔，这在当时重视贞节观念的明代有一定的现实意义。他还有一部戏曲理论专著《太和正音谱》，对古代戏曲体式、杂剧等进行了研究。

朱有燉(1379—1439)，号诚斋，朱元璋第五子周定王的长子，死后谥号宪，世称周宪王。他是明代杂剧史上杂剧创作较多的作家，创作仅次于元代的关汉卿。他有杂剧31种，称为《诚斋传奇》，其中《牡丹仙》、《八仙庆寿》等10种是喜庆剧，《十长生》等10种是神仙剧，《烟花梦》等9种是道德剧，《豹子和尚》、《仗义疏财》是水浒剧。他的杂剧虽然内容没有什么值得称道的地方，但语言本色，在形式上也有一些独创。

贾仲明(1343—1422后)，曾当过明成祖的御前侍从。他共有杂剧16种，存下来的有《萧淑兰》、《金童玉女》等5种。他的杂剧语言华丽。杨讷，字景贤，蒙古族人，也当过明成祖的御前侍从。他有杂剧18种，今天存下来的有《西游记》，共6本24出戏，不过情节和今天我们看到的《西游记》有不一致的地方。

明初的杂剧没有脱离元杂剧后期的说教、道化内容，但语言上开始趋向华丽雅致，形式上也有了一些改变，明中叶以后的杂剧创作与明初的杂剧有许多的不同之处。王九思、康海等人创作了一些好的作品。明中叶以后，杂剧在题材上打破了前期的单调局面，开始有了反映现实和反思伦理的作品，而且出现了南曲化的倾向，或者南北合套或者纯用南曲，也有一些短小的作品出现，同时，还出现了一位杰出的剧作家徐渭。

王九思(1468—1551),陕西人,进士出身,“前七子”成员之一。他有杂剧两种:《杜甫游春》、《中山狼》。前者写杜甫科场失意后,不满当时的奸相李林甫,典衣沽酒之后,不受翰林学士之命,渡海隐居而去。杂剧中寄寓着作者对黑暗现实的不满和怀才不遇的愤懑。《中山狼》采用单折短剧的形式,对明杂剧的体制创新有一定的贡献。

康海(1475—1540),陕西人,状元出身,“前七子”成员之一。他有杂剧《中山狼》,写东郭先生冒险救了中山狼之后,狼忘恩负义,反要吃掉东郭先生。康海通过这部杂剧,反映了当时官场上尔虞我诈的险恶和社会上人心不古的风气,也讽刺了迂腐的东郭先生,有一定的现实意义。在他的创作影响下,当时剧坛兴起了一股以中山狼为题材的创作热潮。

真正显示出明代杂剧风采的是讽世杂剧作家徐渭的作品。

徐渭(1521—1593),字文长,浙江绍兴人,为人多才多艺。他自称书一、诗二、文三、画四。他奇特的人生遭遇某种程度上造成了他畸形的性格。他的生母是父亲继室的婢女,在徐渭出生 100 天后便死了。嫡母死了之后,10 岁的徐渭一直跟着异母哥哥生活,饱受歧视和虐待。长大入赘潘家,6 年后,妻子又因病亡故,他只好搬出岳父家,在城外教书为生。他曾 8 次参加乡试,但没有能考中举人,以布衣终身。后来加入了浙闽总督胡宗宪的幕府,屡出奇谋,但胡宗宪倒台后,他也因常受迫害而精神失常,9 次自杀未遂。最后一次犯病杀死了继妻,被捕入狱 7 年。出狱后更加偏激狂放、愤世嫉俗。晚年靠卖诗文字画为生,穷困潦倒。在他死后 4 年,他的创作才华才被袁宏道发现。

他的杂剧《四声猿》可以说是明代杂剧第一。这一组杂剧包括《狂鼓史渔阳三弄》、《玉禅师翠乡一梦》、《雌木兰替父从军》、《女状元辞凰得凤》四部短剧。《四声猿》来自《水经注》中的“猿鸣三声泪沾裳”,据说猿叫三声就已经很凄苦,叫第四声时就会因哀伤而断肠,可见徐渭是想通过他的这组杂剧抒发自己胸中的牢骚不平,表现自己的愤世之情。

《狂鼓史渔阳三弄》从《三国演义》中祢衡击鼓骂曹的故事而来,写祢衡、曹操死了之后,在阴间,祢衡对着曹操再一次击鼓痛骂。剧中坏人曹操被打入了地狱,正直的祢衡成了天使。虽然才写了一折,但在剧中作者借祢衡的口表达了对现实政治的强烈不满,宣泄了自己的不平之气。

《玉禅师翠乡一梦》写高僧玉通因为不愿意去参拜新上任的临安府尹柳宣教,柳宣教因此怀恨在心,设下了美人计,让妓女红莲扮成良家妇女去勾引玉通,玉通破戒后羞愧而死,死后投身为柳宣教的女儿柳翠。柳翠长大后沦为娼妓让柳宣教蒙羞。最后柳翠受人点化,顿悟后遁入佛门。这部杂剧一方面写出了官府与佛门之间的复杂斗争，另一方面又写出了佛教清规戒律和佛教徒生理欲望之间的冲突，反映了作者要求解放个性、正视人之欲望的观念。

《雌木兰替父从军》和《女状元辞凰得凤》两部杂剧热情赞美了女性的才能，也从侧面表现了作者怀才不遇的愤恨和对社会埋没人才的极度不满。剧中的女性，如花木兰文武双全、黄崇嘏才华出众，但最后都回到了闺房，即使才华再高，能力再强，也不能发挥出来。

在《四声猿》杂剧中，徐渭对黑暗的政治和社会现实进行了无情的嘲讽。这组杂剧形式活泼，或一折，或二折，有北曲，有南曲，独唱、对唱都有，充分表现了徐渭的创新精神。除了《四声猿》外，还有一部杂剧《歌代啸》据说也是徐渭所作。徐渭还有《南词叙录》一书专门研究宋元南戏和明初戏文。可以说，在明代杂剧剧坛上，徐渭的成就和影响是其他人都比不上的。

明代除了杂剧在元代杂剧的基础上继续发展之外，散曲也在元代散曲的基础上有所发展。明代散曲作家人数多，创作数量也多。和元代散曲的浅俗清新不同，明代的散曲更多了一份文人色彩。明初散曲创作不如中后期的创作，这一时期比较有影响的是朱有燉的《诚斋乐府》，以北曲为主，音律优美，有浓厚的贵族情趣。到弘治、正德年间，明散曲创作开始兴盛，南北方都有优秀的散曲作家产生，如北方的王九思、康海，南方的王磐、陈铎等人都有不少好的散曲作品，在庆贺、游乐等内容之外有了对个人情怀、隐逸生活和城市生活的描写。嘉靖之后，散曲的创作更加繁荣，风格也更为多样，像北方的冯惟敏有散曲集《海浮山堂词稿》，生活在南方的金銮有《萧爽斋乐府》，梁辰鱼有散曲集《江东白苎》，而施绍莘的《秋水庵花影集》中有 86 首套数，72 首小令，创作丰厚。

思考题

1. 请列举明代前后期杂剧代表作家及其作品。
2. 请简单谈谈《四声猿》的主要思想内容。
3. 请简单谈谈明代散曲的创作情况。

第七节　明代传奇与《牡丹亭》

“传奇”最早是指唐代的文言短篇小说，元末明初的元杂剧也被称为“传奇”。明代的“传奇”指的是从宋元南戏而来的不包括杂剧在内的中长篇戏剧。

明传奇在发展的初期，体制不完善，又因统治阶级大力提倡程朱理学，要求戏剧为封建教化服务，所以内容大多是伦理教化之类，虽然有一百多种，但总体成就不高，有明显的道学气和说教味。典型的如丘濬的《五伦全备记》、邵璨的《香囊记》，都是宣扬忠臣孝子等伦理纲常。这一时期只有《精忠记》、《金印记》、《千金记》、《连环记》等较少受到道学气的沾染，但结构松散，在人物刻画上显得不够精致，而且也有不少因袭的部分。

嘉靖年间，明传奇的发展进入一个新阶段。这一时期因为明王朝面临内忧外患，作家们开始自觉地创作一些有现实意义的作品，明初传奇僵化沉寂的状态被打破，传奇出现繁荣的局面。著名的有“三大传奇”：《宝剑记》、《浣纱记》、《鸣凤记》。

《宝剑记》是李开先（1502—1568）和他的朋友们集体创作而成的。因为李开先本人曾亲自感受到外患的深重，又因为对内阁不满，自请还乡，所以在这部传奇中就有着他愤懑情怀的表露。《宝剑记》共 52 出，取材于《水浒传》中林冲的故事，但情节有了很大的改动。戏中的林冲不再是有点软弱、被动反抗的军官，而是一位嫉恶如仇、主动出击的英雄。林冲因征方腊有功被封官，但又因弹劾童贯而遭贬，在张叔夜的提拔下，做了禁军教头。林冲又上本弹劾高俅，被高俅陷害，发配沧州。后来林冲火烧草料场，在杀死仇敌后投奔梁山。故事的最后是个大团圆结局，写林冲等接受招安，封了官，高俅父子定下死罪，听凭林冲发落，而林冲也与妻子团聚。《宝剑记》将林冲和高俅矛盾的起因进行了改动，《水浒传》中写高衙内调戏林妻，想霸占林妻引起林、高两人冲突，在这里却改成了由于林冲不满高俅与童贯结党营私而上书参奏引起了林、高两人的矛盾，这样一改就强化了忠奸斗争，更有利于表现人物性格。不过《宝剑记》结构松散，情节重复，反面人物形象不够鲜明，而且语言偏于雕琢。

江苏人梁辰鱼（1519—1591）的《浣纱记》是第一部用改革后的昆山腔谱曲并演出的本子，具有开拓意义。《浣纱记》一共 45 出，写吴王夫差攻打越国，俘虏了越王勾践。越王忍辱负重，伺机复仇，后来被赦后，用西施作美人计，离间了吴国的君臣关系，最后消灭了吴国。而越国谋臣范蠡也与西施一起漫游五湖，归隐而去。剧中既赞扬了范蠡与西施在爱情与国家利益面前，毅然舍弃爱情的牺牲精神和爱国精神，颂扬了越王勾践卧薪尝胆的坚韧精神，又通过范蠡的挂职归隐反映了统治者“鸟尽功藏，兔死狗烹”的残酷本质，否定了功名富贵，而且通过吴越两国的历史变化表达了作者深深的王朝兴衰之感。

这时期还有一部有名的时事政治剧《鸣凤记》，作者相传是王世贞或王世贞的门人。《鸣凤记》一共41出，主要写严嵩当政时，残害忠良，内任党羽，外用军财，让国家处于内外交困之中。而以夏言、杨继盛为首的忠臣和严嵩展开了一场场斗争。忠臣们前仆后继，就像“朝阳凤鸟一齐鸣”。这部传奇直接反映了当时的重大事件，虽然略有改变，但总体非常真实，而且全剧虽然人物众多，情节繁杂，但忠奸斗争贯穿始终，在当时有相当不错的演出效果。

明万历以后传奇进入了高潮，出现了像汤显祖这样杰出的剧作家和《牡丹亭》这样的杰作，同时也出现了受汤显祖影响的“临川派”和受另一位剧作家沈璟影响的“吴江派”，两派相互争论，相互竞争，共同促进了传奇的发展。这一时期的传奇大多用昆腔演唱，内容多是通过婚恋自由来倡导个性解放、批判封建礼教。

汤显祖(1550—1616)，字义仍，号海若，又号若士，晚年自号茧翁，自称清远道人，江西临川人。他出身四代习文的家庭，5岁就能对联，14岁补为诸生，21岁就考中了举人，但因为不愿意做当时首辅张居正两个儿子的陪考，进士考试一直不顺，直到34岁才考中进士。他一生经历的嘉靖、隆庆、万历三个时代都是腐败黑暗动荡的时期，内有党争、宦官专权，外有边患。汤显祖因为为人正直，不肯趋炎附势，只能在南京做一个闲职。后来又因为批评时政，引起统治者的不满，被贬到广东做了一个小吏，后又改任浙江遂昌知县。在女儿、儿子和大弟先后夭折之后，汤显祖辞官隐居在临川的玉茗堂，二十多年从事戏曲创作。

汤显祖曾经跟泰州学派三传弟子罗汝芳学习过一段时间，又曾和李贽在临川相会，他的思想深受他们的影响。他又和当时著名的佛学大师达观是多年的朋友，思想受到达观的影响。而他的祖父40岁就隐居，劝儿孙弃官学道，因此汤显祖的思想极其复杂，儒、释、道兼而有之。他曾提出“至情”论主张，认为“世总为情”，人生的最高境界就是“至情”，他要求以情抗理，反对程朱理学，并通过戏剧创作来表达他的“至情”观。

他一生共创作了五个传奇剧本:《牡丹亭》、《紫箫记》、《紫钗记》、《邯郸记》、《南柯记》。因为除了《紫箫记》外，其余四个剧本都写到了梦境，一般又将这四部称为“临川四梦”或“玉茗堂四梦”。汤显祖自己说“一生四梦，得意处惟在《牡丹》”，而《牡丹亭》梦一出，家传户诵，可见《牡丹亭》在当时就很受

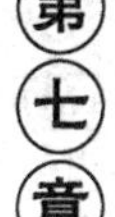

欢迎。

《牡丹亭》是汤显祖的代表作，是他根据话本《杜丽娘慕色还魂》重新加工而成的。剧本写了聪明美丽的官宦小姐杜丽娘从小受到封建礼教的束缚，除了父亲和老师以外再也见不到任何男性，而父母的管教非常严格，中午因无聊在绣房中休息一会就会被教训，如果衣服上绣了什么花儿、鸟儿的，就会被母亲看成是邪思妄念，家中的后花园更是从来没有去过。有一次丫环春香发现了后花园，丽娘就私自到后花园游玩，面对着生机勃勃的春天，春情萌发，在梦中由花神的引点，和青年书生柳梦梅相会，恣一时之欢。被母亲撞破白日梦之后，竟然一病不起，最后为情而死，死不瞑目。后来丽娘的父亲杜宝升官离任，就在杜丽娘的葬地建了梅花观。书生柳梦梅进京赶考，在梅花观中休息，拾到了丽娘的自画像，同时与一直在葬地徘徊的丽娘的幽灵欢会。后来，柳梦梅掘墓开棺，丽娘为情而生，两个人终于结成夫妻。当柳梦梅受丽娘之托去看望岳父时，被杜宝当成掘墓贼，受尽拷打侮辱。最后，柳梦梅高中状元，丽娘当着皇帝、父亲的面，争取爱情的幸福，感动了皇帝，皇帝亲自主婚，杜宝这才认可了女儿和柳梦梅的婚事。

汤显祖通过这样一个传奇的故事，歌颂了青年男女为争取爱情婚姻幸福反抗封建礼教的斗争精神，尤其值得注意的是汤显祖在作品表现出来的对男女至情的肯定。作品中"情"的基础是青春生命的自然萌动，他笔下的"情"是包括欲在内的，这就使得这部作品更具有个性解放色彩。出于他的"至情"理论，汤显祖成功地塑造了痴情的男女主人公形象。杜丽娘热爱自然，不满先生"依注解书"的方式，认为《关雎》是赞美君子和淑女的爱情诗。当她在梦中遇见柳梦梅之后，因梦生情就大胆追求自己的爱情，追求自由，在"惊梦"之后她开始"寻梦"，面对着后花园中与情人幽会的梅树，她感叹"这般花花草草有人恋，生生死死随人愿，便酸酸楚楚无人怨"，最后因情生病，因情而死。即使死了也能因情再生，并因情而和父亲等人据理力争，宁可不做杜家女，也要和柳梦梅在一起。杜丽娘身上无疑有着强烈的反抗精神。而书生柳梦梅也是集痴情、钟情于一身，看到丽娘的画像就痴痴地叫唤，在梦中能因钟情与丽娘结合，丽娘复活之后对她始终是一往情深。汤显祖通过这些形象和浪漫主义的笔法展现了"情"的强大力量和人间至情的可贵，表现了个性解放的要求和对以"情"抗"理"行为的肯定。

汤显祖"临川四梦"中的另外三梦也各有特点。《紫钗记》取材于唐传奇《霍小玉传》，不过将故事的结局改成了喜剧，小玉的身份也从妓女变成了良家女子。故事写霍小玉在元宵灯会上丢失了一只玉钗，书生李益拾到后与小玉相爱，并结为夫妻。后来李益进京赶考，考中状元后权贵卢太尉要招他为婿，他不从，被软禁在卢府。卢太尉派人在小玉面前散布李益被招赘的谣言，又拿着小玉因为寻找李益而卖掉的玉钗对李益说小玉已改嫁。在这时，一位豪侠之士黄衫客路见不平，救出李益，使得夫妻团圆。作品一共53出，虽然结构散漫，曲词也过多藻饰，但作品中塑造的“无名豪”黄衫客的形象和“有情痴”小玉的形象非常鲜明。

《南柯记》取材于唐传奇《南柯太守传》，共44出，写淳于棼喝醉之后在古槐树下做了一个梦，梦中被大槐安国国王招为驸马，任南柯太守20年，又被提为左丞相，享尽富贵荣华。后来他被人弹劾，被国王遣送回人世。梦醒后，淳于棼发现所谓的大槐安国不过是槐树下的蚂蚁群，南柯郡不过是槐树的一个枝杈，而20年的经历只是南柯一梦，醒来杯中的酒还有余温。最后淳于棼遁入佛门。在这部传奇中隐含了汤显祖对黑暗现实政治的无奈之情。

《邯郸梦》取材于唐传奇《枕中记》，写穷愁潦倒的卢生在邯郸道旅社，用吕洞宾借给他的瓷枕入梦，在梦中先娶了名门闺秀，并用妻子的钱进行贿赂，中了状元，后来在翰林院中偷写夫人诰命，被丞相宇文融发现后遭到贬谪，直到宇文融死后才回来，最后做了20多年太平宰相，享尽富贵。醒来之后卢生却发现所谓六十年光景，只是一场黄粱美梦。后来卢生看破红尘，随吕洞宾仙去。在这出戏中同样揭露了当时朝廷政治的黑暗与腐败。

虽然“临川四梦”都是改编自前人的旧作，但在这些作品中融入了汤显祖的哲学主张和理想。四梦的关键都是梦，都是极富浪漫色彩的作品，在梦中或透露出作者对真情至爱的歌颂，或表现对矫情无情的批判。其中《牡丹亭》是明代传奇的代表作，也是中国戏曲史上的杰作，它的作者汤显祖也是明代成就最高、影响最大的戏剧家。

受汤显祖影响，在他身边形成了一个以才情为主的“临川派”(又叫“玉茗堂派”)，他们的作品通常写男女至情，情节奇幻，风格浪漫，语言绮丽优美，他们写作时不受音律的拘束，以意趣为主，主要人物有吴炳、阮大铖、孟称舜等。其中孟称舜是受汤显祖影响最深、创作成就最大的作家。他有一部《娇红记》写的是王娇娘和申纯的爱情悲剧。娇娘和申纯是表兄妹，两人私订终身，但因娇娘侍女的告发，两人的恋情受到家长的干涉。后来申纯高中后准备迎娶娇娘，但因为有世家子弟强求娇娘，娇娘绝食而死，而申纯也悬梁自尽。两人合葬后，化成一对鸳鸯。故事充分肯定了男女主人公矢志不渝的爱情和对自由爱情的追求，同时也寄托了作者美好的愿望。

沈璟(1553—1610)，字伯英，号宁庵，江苏吴江人，进士出身，但因受科场舞弊案的牵连,37岁就告老还乡。他自署“词隐生”,从事戏曲创作20年,一共改编、创作了17本昆剧,合称为《属玉堂传奇》。作为一位曲学大师,在创作的同时,他也致力于昆腔格律体系的建立,他的《南九宫十三调曲谱》一书编辑整理了七百种左右的昆曲曲牌,成为后世曲家填谱的法则。沈璟影响最大的是他的曲学主张,他重视戏曲的格律,要求“合律依腔”、“语言本色”,有时因为强调音律,反而忽视了文辞。他和重视辞采意趣的汤显祖两人因具体主张的不同而引发了文学史上著名的“沈汤之争”。据记载,沈璟、吕玉绳曾经将《牡丹亭》改成《同梦记》,汤显祖非常不满,说:“《牡丹亭》要依我原本,其吕家改的,切不可从。虽是增减一二字以便俗唱,却与我原做的意趣大不同了。”(《答宜伶罗章二》,《汤显祖集》卷49)“沈汤之争”由此产生。其实两位戏曲大家的主张各有道理,音律和意趣都不可偏废。

在沈璟周围也形成了一个流派—“吴江派”。这一派因为核心人物沈璟是吴江人而得名,主要成员有吕天成、冯梦龙、范文若、沈自晋等,他们的作品讲究格律,注重语言本色,内容上没什么特别的新意,多以宣传伦理道德为主。其中吕天成今天只有一部《齐东绝倒》传奇流传下来,他的《曲品》是继徐渭《南词叙录》之后又一部评论明传奇的专著。沈自晋除了写有传奇《望湖亭》、《翠屏山》之外,他的《南词新谱》对《南九宫十三调曲谱》进行了增补。冯梦龙也改编了包括《牡丹亭》在内的不少传奇。

总的来看,明后期传奇得到了繁荣发展,除了沈汤之外,有不少作家进行传奇创作,涌现出的数百种传奇大多不错,内容丰富,既有反抗封建礼教的婚恋戏,又有提倡爱国主义的戏曲,还有一些风趣的爱情喜剧,当然也有一些反映封建道德说教的传奇和宣传宗教因果报应的戏。

思考题

1. 请解释“传奇”、“三大传奇”、“临川四梦”、“临川派”、“吴江派”、“沈汤之争”。

2. 请简单谈谈《牡丹亭》的主要思想内容。

3. 请列举明代传奇不同时期的主要代表作家及其代表作品。

第八节　明代诗文

与通俗文学的繁荣发展相反，诗歌散文等正统文体在明代没有再度兴盛，虽有不少作家从事诗文创作，也出现了众多流派，文坛复古与反复古斗争交错进行，但总体创作成就不高。

明代开国之初从事诗文创作的有宋濂(1301—1381)、刘基(1311—1375)、高启(1336—1374)。宋濂号称“开国文臣之首”，在元代曾任翰林院编修，后来辞官归隐。朱元璋攻下南京之后，他被任命为江南儒学提举，深受朱元璋赏识。朝廷的许多文章如典章制度、祭祀宗庙山川的文，包括传记碑文大都出自他之手。他的散文代表作是《送东阳马生序》，以劝同乡后辈太学生马君则认真学习为主要内容，语言朴实流畅，影响很大。与宋濂“并为一代之宗”的刘基最擅长写寓言体散文，有寓言体散文集《郁离子》，代表作是《卖柑者言》。文章通过卖柑者的口，揭露了统治者“金玉其外，败絮其中”的本质，语言犀利辛辣。明初首屈一指的诗人是高启。他为人性情疏放，因为不肯应明政府的征召，被朱元璋下令腰斩。高启的诗歌自成一家，歌行、律体都很擅长，像怀古诗《登金陵雨花台望大江》气势雄浑，《养蚕词》等生活气息浓郁。

明初约在永乐、成化年间，主宰文坛的是流行于上层官僚中的“台阁体”。所谓“台阁体”是指当时以内阁和翰林院大臣杨士奇、杨荣、杨溥为代表的“颂圣德、歌太平”的文学创作风格。他们因为身居要职，生活优裕，诗文创作大多是应制、题赠、应酬之类，看似雍容典雅，实际上没有什么深刻的社会内容。这一时期有一个人不受“台阁体”的影响，创作了借物言志的作品，他就是民族英雄于谦，他的代表作如《石灰吟》：“千锤万击出深山，烈火焚烧若等闲。粉身碎骨全不怕，要留清白在人间。”全然不同于当时空虚浮泛的“台阁体”作品。

到成化、弘治年间，“台阁体”走向衰退，以湖南茶陵人李东阳为代表的“茶陵派”兴起，这一派主要成员有谢铎、张泰等人，他们从文学本身特点出发，强调学习汉唐诗歌，要求重视诗歌声调节奏等法度，其中最有成就的是李东阳。因为李东阳曾有过长期的台阁生活，有些作品还有台阁体的风格，以歌功颂德为主，但他有不少作品摆脱了台阁体的影响，写了更广阔的社会生活，其中也有诗人自己的真实情感，比如《幽怀》、《除夕》、《茶陵竹枝歌》等。

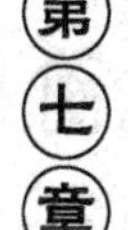

明中叶以后，文坛复古与反复古斗争交替进行。弘治、正德年间，首先出现了以李梦阳、何景明为代表的复古主义流派“前七子”，成员主要有边贡、康海、王廷相等人。这一派反对“台阁体”，主张“文必秦汉，诗必盛唐”，要求诗作要有民歌的真情，诗文要模拟汉魏盛唐的作品。“前七子”的作品大量的是拟古之作，但也有一些反映了当时的时事政治，既有个人的生活遭遇，也有对政治的批判和对民生疾苦的关注，如李梦阳的诗《马船行》、《离愤》等作品都是有感而发。

嘉靖中期，出现了以李攀龙(1514—1570)、王世贞(1526—1590)为首的“后七子”，他们同样提倡复古，成员还有谢榛、宗臣、徐中行等。他们的理论和“前七子”很接近，也要求模拟古人，注重法度格调，这使得他们的创作个性不鲜明，像李攀龙的拟乐府《有所思》、《陌上桑》都是照搬前人之作。不过，“后七子”中也有一些人的作品不错，就如李攀龙，他的七律如《寄别元美》、七绝如《席上鼓饮歌送元美》都情真意切。“后七子”中最有影响、创作最多的是王世贞。他的思想有一个变化的过程，早年多是模拟前人的作品，没有什么佳作，晚年开始修正自己的观点，提出“有真我而后有真诗”(《邹黄州鷦鷯集序》)。王世贞的一些古体、乐府比“后七子”中的其他人更加精练，有着对时政的慨叹，情感也更加真实，绝句中也有一些清新之作。

嘉靖年间，还有一些人不满前后七子提出的“文必秦汉”的说法，要求学习唐宋古文，提倡流畅自然的文风，反对模拟剽窃，这就是有名的散文复古流派“唐宋派”，代表人物是王慎中、唐顺之、茅坤、归有光等。虽然他们都主张学习唐宋古文，但每个人的具体主张又有不同的地方，如王慎中和唐顺之更侧重于宋代的理学，要求先有道德后有文学，而茅坤虽也推崇唐宋八大家的文章，但他侧重的是他们创作时的技巧形式，而不是内容。真正取得较高成就的是归有光(1506—1571)。他作文讲究文章的抒情性，创作了不少清淡真挚的佳作。他的散文创作被认为是“明文第一”，特别是他的那些记叙文，如《项脊轩志》、《先妣事略》、《寒花葬志》等都从日常生活中取材，在平淡简洁的笔墨下寄寓着深情，极具打动人心的力量。

晚明的诗文领域出现了新的特点。首先，杰出的思想家、文学家、“左派”王学成员之一李贽(1527—1602)提出了“童心说”。他针对复古派的理论，认为诗不必一定是古诗、文不必一定是先秦的才好，“天下之至文，未有不出于童心者也”，只要出自作者本然的情感，表现自己真实欲望的作品都是好的作品，而为了保持“绝假纯真，最初一念之本心”(《焚书》卷三)，就一定要去除那些道学等外在道理的干扰，这其中包括传统儒学经典在内。李贽的观点因为批判了伪道学，被视为异端，最后被当政者逮捕，他也在狱中自杀而死。

受李贽影响，以湖北公安人袁宗道、袁宏道、袁中道兄弟三人为首的“公安派”提出了一系列新的理论主张，其中著名的是“性灵说”。他们主张作品要“独抒性灵，不拘格套，非从自己胸臆流出，不肯下笔”（《锦帆集》之二，《袁宏道集笺校》卷四），这就是要求创作要有自己的个性，要有自己的真情，要保持个性的纯真，真实地表现自己的欲望，同时他们要求作品语言要自然、通俗，要有真趣，反对拟古。与他们的理论相应，公安三袁在创作时保持一种随意而出的写作态度，虽然有些作品过于率直甚至浅陋，失去诗歌本身的美感，但也有一些比较好的作品，如公安派中影响突出的袁宏道写有《满井游记》、《虎丘记》等清新自然的游记，诗歌如《戏题斋壁》也是直抒胸臆。

“公安派”提出的观点在当时有相当的影响。后起的以钟惺、谭元春为代表的“竟陵派”曾受到他们的影响，也要求“真诗”，要求“性灵”，强调作家在创作中要表现自己个人的性情和情感。不过，“竟陵派”对“公安派”的“信心而出，信口而谈”的主张和浅露、直率的风格不满，要求学习古人，要求诗歌表现“幽深孤峭”的境界，他们的作品很少直面现实人生，袒露自己的胸襟，一味地写清冷、幽寂的意象。

继“公安派”、“竟陵派”之后，晚明又有两个影响较大的文人团体——复社和几社。他们不满公安、竟陵派末流不问时事，空谈性灵，提出“兴复古学，务为有用”，要求文学为政治斗争服务。这是两个带有政治团体性质的文社。复社的发起人是太仓人张溥、张采，几社的发起人是松江人陈子龙、夏允彝、周立勋等。其中两社的重要代表人物是陈子龙（1608—1647），他是明末文坛成就较突出的作家。他的诗“高华雄浑”（《梅村诗话》，吴伟业《梅村家藏稿》卷五十八），如《岁暮作》表现了诗人欲建功立业又壮士失意的情感，《小车行》、《卖儿行》等富有时代气息，而《秋日杂感》十首深含国破家亡之痛。复社的张溥作有《五人墓碑记》，真实地记录了当时苏州市民与阉党的一次斗争，歌颂了为正义献身的“五义士”。而几社的夏完淳，虽然死时才 17 岁，但诗歌创作为人称道。

晚明的小品文创作颇有特点，不少作品表现出明显的生活化、个人化倾向，作品的艺术表现手法也更加细致与精雅。这一时期最著名的小品文作家是张岱（1597—1679）。他的《湖心亭看雪》、《柳敬亭说书》、《西湖七月半》等作品刻画细致生动，为人称颂。

思考题

1. 请解释“前七子”、“后七子”、“童心说”、“公安派”、复社、几社。

2. 请简单谈谈晚明小品文的创作情况。

清代及近代文学

1644年,李自成领导的农民起义军攻陷北京,清军在吴三桂的协助下趁机入关,打败李自成的起义军,建立了清朝。清朝是我国历史上最后一个封建王朝,也是一个由少数民族统治的朝代。清朝的历史从1644年到1911年共267年,但因为自1840年鸦片战争开始,外国列强侵入中国,改变了中国社会的性质,中国历史从此进入近代,因此,一般把1644年到1839年这一时间段的文学称为清代文学,而1840年到1911年的文学则属于近代文学。

清朝统治者在统治之初就尊孔崇儒,将程朱理学作为统治思想,规定以《四书》、《五经》等书作为教科书,继续实行八股考试制度,而且为了笼络汉族知识分子,清朝开设博学鸿词科,同时组织编集大型辞书、类书、丛书,一方面收缴销毁大批不利于统治的图书,另一方面借机消磨知识分子的心性。与此同时,为了控制社会思想,清王朝实行了文化专制制度,大兴文字狱,让文人终日惴惴不安。本来在清初,社会的大动荡、大变革使得一批思想家们在痛定思痛后反思,他们开始反对明代空言心性的文风,倡导经世致用的精神,要求文学关注社会,有益天下,但随着清政府政治高压越来越厉害,知识分子不再有清初知识分子关怀现实的精神,开始埋头故纸堆,进行文字训诂、考证、校勘等工作,越来越脱离现实,这极大地影响了文学的发展。不过在清中叶,也有一股反传统、要求思想解放的人文思潮涌现,如袁枚的"性灵说"、小说《红楼梦》等都是人性自我意识觉醒的表现。

清代文学的发展多姿多彩,可谓集历代文学之大成。元明以来开始兴盛的小说、戏曲在清代依旧保持兴盛的发展势头,而传统文体如诗、词、文在清代又重获发展。各种文体的作者、作品数量都大大超过前代,各种类型、风格的作品都有。

在小说方面,清初出现了中国古代最优秀的文言短篇小说集《聊斋志异》,后来又相继出现了中国古代小说中最成功的讽刺小说《儒林外史》和伟大的现实主义小说《红楼梦》。在戏曲方面,一些正统文人、文学名流如吴伟业、尤侗等因为遭受明清易代的巨变,开始写作戏曲来抒发心中的悲痛,另有

一些剧作家如李渔等人，不仅创作时更注重戏剧性，而且还从理论高度对戏曲创作进行了总结。洪昇的《长生殿》、孔尚任的《桃花扇》融爱情剧和历史剧的创作经验于一体，无论在思想上还是在艺术上都代表了清代戏曲发展的最高成就。

在诗歌方面，清代的诗歌学习了唐诗、宋诗的长处，又加以创新，形成了自己的特点。清代的诗人数量众多，据民国时徐世昌编的《清诗汇》（原名《晚晴簃诗汇》）统计，清代诗人有 6 100 多家，诗作 27 000 多首，而且出现了如神韵派、格调派、肌理派、性灵派等众多流派，并在诗体上做出了一定的开拓。清代词的创作也很兴盛，清初有效法苏轼、辛弃疾的陈维崧，他有词作 1 600 多首；有浙派词人的代表朱彝尊；还有颇有南唐词风的纳兰性德，他们被称为清初词坛"三大家"。嘉庆年间，又有张惠言开常州词派，以含蓄婉约为美。散文在清代也获得发展。清初顾炎武、黄宗羲等明朝遗民用散文表现他们强烈的民族意识，侯方域、魏禧、汪琬这"清初三大家"写作文学散文，艺术上有独到之处，而以方苞、刘大櫆、姚鼐为代表的"桐城派"的创作又掀开了清朝散文创作的高潮，影响深远。常州人恽敬、张惠言开创的"阳湖派"取法儒家经典又融以诸子百家之风，散文创作别具一格。骈文在清初重新复兴，乾嘉时期大盛。

自 1840 年鸦片战争之后，文学面貌又有了新变。龚自珍用诗文揭露统治集团的黑暗统治，魏源用诗歌表达对社会现实的不满和对国家前途的担忧，资产阶级改良派提出"诗界革命"、"文体革命"、"小说界革命"的口号，充分重视文学的社会作用，秋瑾等一批资产阶级革命派作家用诗文宣传革命，古典小说在这一阶段走向衰退，表现改良主义和民主革命思想的"新小说"开始兴盛，出现了"四大谴责小说"和革命派小说，戏曲创作方面也有了改良，产生了新戏曲形式——话剧。

第一节　清代诗词文

清代诗坛一派繁荣景象。清初八十年，既有一批保持民族气节、关注现实人生的遗民诗人，如顾炎武、黄宗羲、王夫之、屈大均、吴嘉纪等，又有一批入清后在清朝任职的入仕诗人，如钱谦益、吴伟业等，他们的诗在艺术上有一定的创新，而随着清朝统治逐渐稳定，一些诗人的民族感情渐渐淡薄，写诗时开始注重诗歌的形式技巧，如王士禛、朱彝尊、赵执信、查慎行等。到了清中叶，在文化专制和政治高压下，诗歌的形式主义、拟古主义风气盛行，出现了尊唐的“格调派”、宗宋的“肌理派”，以及继承晚明的“性灵派”。下面简要介绍一些重要的诗人和流派。

顾炎武(1613—1682)，初名绛，明朝灭亡以后改为炎武，字宁人，人称亭林先生，江苏昆山人，曾是复社成员，参加过抗清活动，失败后一直在北方活动。他今天保存下来的诗有400多首，多是拟古、咏怀、游览之作。和他强烈的民族感情和爱国思想相合，他的诗歌主要都是表现他的亡国之痛和反清复明的决心，诗风慷慨悲壮，如《秋山》、《海上》、《精卫》等诗。

黄宗羲(1610—1695)，字太冲，号南雷，学者称梨洲先生，浙江余姚人，曾积极参加抗清活动，后来隐居写书。他特别推崇宋代诗歌，曾与人选辑《宋诗选》，推动浙派形成。他的诗也有着强烈的爱国激情和亡国之痛，如《感旧》、《宋六陵》等诗。

王夫之(1619—1692)，字而农，号薑斋，学者称为船山先生，湖南衡阳人，明末时参加过抗清活动，南明灭亡后隐居著书。他的诗深受楚辞影响，诗中用香草美人传统来抒怀，如《绝句》等诗。

吴嘉纪(1618—1684)，字宾贤，号野人，江苏泰州人。一生贫困潦倒，所以他的诗歌较多地反映了当时的社会矛盾和民生疾苦，如《风潮行》、《难妇行》等诗，诗风质朴苍劲。

屈大均(1630—1696)，字翁山，广东番禺人。他曾经削发为僧，是清初影响比较大的一位遗民诗人。他的诗歌学习屈原、李白和杜甫，在当时独树一帜，诗歌中富有民族意识，或表现故国之悲，或反映民生疾苦，如《猛虎行》、《梅花岭吊史相国墓》等，悲慨雄健。

钱谦益(1582—1664)，字受之，号牧斋，江苏常熟人。曾在明朝任礼部尚书一职，清朝顺治二年投降清朝，深为当时人不耻。不过他很快就告病归家，而且还和抗清力量暗中联系，支持他们的活动，最后得到了大家的谅解。他

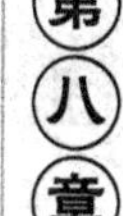

是清初诗坛的大师，对清诗的发展有很大影响。他强调诗作要有真情，又要有学问，要求转益多师，多方学习前人。他的诗作在内容和艺术上都有值得称道的地方，如《葛将军歌》歌颂市民领袖、《见盛集陶次他字韵诗重和五首》写自己的失国之哀。他还创造性地作了一组大型七律组诗《后秋兴》，共104首，毫无斧凿痕迹。在他的影响下，常熟产生了一个虞山诗派。

吴伟业(1609—1671)，字骏公，号梅村，江苏太仓人。他是明朝进士，复社成员，明亡后被迫出仕。不久因母病，还乡归隐。虽然吴伟业是为保全家族才在清朝任了官职，但他心中始终觉得愧疚，为了表示自己的悔恨之情，他将他的《梅村家藏稿》分成仕清前和仕清后两集，临终前让家人给他穿上僧衣，墓碑上也只有"诗人吴梅村之墓"几个简单的字。吴伟业现存诗歌1 000多首，有不少是借帝王、歌伎艺人和战争来表达他的兴亡感慨和失节悲叹，如《临江参军》、《临淮老妓行》、《过淮阴有感》等，还有一些诗歌则写下层百姓的痛苦，以此揭露清朝统治者的罪恶，如《捉船行》等。吴伟业的歌行体诗写得最好，尤其是七言歌行，他吸取了元白歌行体重在叙事的特点，又加上初唐四杰的绮丽辞藻和温、李的韵味，同时融入明传奇的戏剧性，以明清易代的史实为题材，创作出了一种新的诗歌风格，人称"梅村体"，代表作是《圆圆曲》、《永和宫词》等。《圆圆曲》中的"恸哭六军俱缟素，冲冠一怒为红颜"成了千古传颂的名句。

遗民诗人之后最有名的诗人是王士禛。王士禛(1634—1711)，字贻上，号阮亭，别号渔洋山人，山东人，世家大族出身，曾做到刑部尚书。他是钱谦益去世之后的诗坛新盟主。他论诗以"神韵"为主，主张诗歌语言要含蓄、言尽意不尽，诗歌的意境要淡远清幽。他的诗继承了王、孟一派风格，融情入景，意境闲淡，但较少反映社会矛盾，代表作如《再过露筋祠》、《寄陈伯玑金陵》都极富诗情画意。

清中叶的诗坛也是人才辈出。沈德潜(1673—1769)，恪守温柔敦厚的儒家诗教，尊崇唐人，提出了"格调说"，要求诗歌既有正统的思想感情，又要有格律、声韵。浙派盟主厉鹗(1692—1752)，主张学习宋人，论诗重学问。"肌理说"的提倡者翁方纲(1733—1818)，要求作诗必须以学问为根底，内容要合乎儒家思想，他作诗就有以学问为诗、用韵语作考据的弊病，诗作成就不高。这一时期还有号称"乾隆三大家"的袁枚(1716—1797)、赵翼(1727—1814)和蒋士铨(1725—1785)，最出名的是主张"性灵说"的袁枚。袁枚要求诗应该写个人的怀抱，要有真性情、自然，要有独创性。袁枚的主张有一定的进步意义，但也有自身的局限性。他现有诗歌4 000多首，多数写封建士大夫的闲情，较少有深刻的社会内容。乾嘉时还有一些诗人如郑板桥不受各种诗歌理论的束缚，用诗揭露社会黑暗，反映民生疾苦，创作上取得了一定的成就。

词在清代发展出现了中兴的局面。据今人叶恭绰编的《全清词钞》统计，清代词人有3 196人，词作8 260多首，比宋代还要多，而且这时期词的创作理论也有了很大的发展。清朝初期除了陈子龙、王夫之等词人之外，词坛有"三大家"——陈维崧、朱彝尊、纳兰性德，各有创作个性。乾隆年间，浙派词独领风骚。嘉庆初年，张惠言开创常州词派，盛极一时。

陈维崧(1625—1682)，字其年，号迦陵，江苏宜兴人，清初阳羡词派的领袖。他学习苏轼、辛弃疾的豪放词风，用词写时事，人称"词史"。他一生共有词作1 800多首，有同情人民疾苦的，如《贺新郎·纤夫词》等；有抒发壮志难酬的，如《醉落魄·咏鹰》等；还有怀古感伤的，如《夏初临·本意》等。

朱彝尊(1629—1709)，浙江嘉兴人。他是"浙西词派"(也有人称"浙派")的代表人物，现存词作500多首，他学习姜夔、张炎，特别重视词的字句声律，词作风格以典雅工丽为主。他写得最好的是那些写情的词作，如《桂殿秋》等，咏物怀古词如《卖花声·雨花台》也是佳作。

纳兰性德(1654—1685)，满洲正黄旗人，原名成德，后来因为避讳改名性德，字容若。他是太傅明珠的长子，进士出身，又做过皇帝的一等侍卫，深受宠幸。他的词学习李后主，情致婉转，但词中多是离别相思之情，如《长相思·山一程》：

> 山一程，水一程。身向榆关那畔行，夜深千帐灯。　风一更，雪一更。聒碎乡心梦不成，故园无此声。

感情哀怨缠绵，而《金缕曲·亡妇忌日有感》：

> 此恨何时已？滴空阶，寒更雨歇，葬花天气。三载悠悠魂梦杳，是梦久应醒矣。料也觉，人间无味。不及夜台尘土隔，冷清清，一片埋愁地。钗钿约，竟抛弃。　重泉若有双鱼寄。好知他，年来苦乐，与谁相倚。我自中宵成转侧，忍听湘弦重理。待结个，他生知己。还怕两人俱薄命，再缘悭，剩月零风里。清泪尽，纸灰起。

写尽对亡妻的思念。

乾隆年间，厉鹗继朱彝尊之后成为浙派词的领袖，他的词学习周邦彦、姜夔、张炎，音律、文词都很工整，词中多是记游、写景、咏物之作，代表作是《百字令》、《齐天乐》。浙派词不同于风格豪放悲愤的阳羡词派，风格以清空虚淡为主，词境单一，所以浙派渐渐走向没落。到了嘉庆初年，就出现了“常州词派”，主张词要有言外之意和比兴寄托，开山祖是张惠言，他的代表作有《木兰花慢·杨花》、《水调歌头·春日赋示杨生子掞》等。到了讲究词作技巧与审美的周济(1781—1839)那里，“常州词派”真正风靡当时，影响直到清朝末年。

清代散文发展也蔚为大观。清初有顾炎武、黄宗羲、王夫之等大家强调文章要有经世致用的功能，他们写作了许多有实用价值的学术论文和颇有文学色彩的人物传记，内容充实，情感真挚，文风朴实。还有“清初三大家”侯方域、魏禧、汪琬要求学习唐宋散文的传统，他们创作出了许多朴实流畅、叙事分明的散文。如侯方域的《李姬传》、汪琬的《江天一传》、魏禧的《大铁椎传》等。他们影响了后来的“桐城派”。

“桐城派”是清代最大的散文流派，代表人物是方苞(1668—1749)、刘大櫆(1698—1779)、姚鼐(1731—1815)，因为他们都是安徽桐城人，所以这一派被称为“桐城派”。方苞提出“义法”说，要求文章言之有物、言之有序，还要注意文章的写作技巧，在形式和内容之间，内容决定形式。方苞实际上是要求用散文来宣扬儒家思想。他的代表作有《左忠毅公逸事》、《狱中杂记》。刘大櫆主张文章要有高妙的文法和气势，要注意音节和字句。桐城派的集大成者姚鼐提出要“义理”、“考据”、“辞章”三者并重，也就是说文章要以程朱理学为内容，要注重对古代文献、文义和字句的考据，同时也要注意文采，他认为文章的要素是“神、理、气、味、格、律、声、色”八个字。他的主张是对方、刘二人的理论的补充发展。可以说，到了他这里，桐城派形成了完整的理论体系，而他编的《古文辞类纂》更是扩大了桐城派的影响。《登泰山记》是他的代表作。

“阳湖派”是桐城派的一个分支，代表人物是阳湖人恽敬(1757—1817)、张惠言。他们的主张和桐城派基本相同，但兼收子史百家、六朝辞赋，文章更加恣肆，并有词采。而曾国藩领导的湘乡派也是桐城派的后学。

除了这几派外，清代的袁枚、郑板桥和沈复等人的散文也颇有特点，类似明代小品文。

清代的骈文有所复兴。清初的陈维崧、毛奇龄等人就开始倡导骈文写作，乾嘉年间胡天游、汪中、袁枚、李兆洛等人也写作骈文，像阮元更是将骈文当成正宗。其中骈文创作成就最高的是汪中(1744—1794)，他的骈文不模仿古人，而是从现实生活中取材，有真挚的感情和浑厚的气势，著名的作品有《哀盐船文》、《广陵对》等，特别是《广陵对》用七体写广陵之事，现征引部分文字如下：

艺祖擢自行间，典兵宿卫，受周厚恩，幸主少国，疑而自立。其有前代懿亲，不乐身事二姓，陈兵守竟，城孤援绝，举族徇之，则李重进以淮南拒命，握节而死，下见世宗也。宋氏极衰，元兵南伐，势若摧枯，列郡土崩，不降则溃。其有孤城介立，血战经年，行在失守，三宫北迁，而焚诏斩使，勇气弥励，忠盛于张巡，守坚于墨翟。则李庭芝乘城百战，国亡与亡也。当明季世，流寇滔天，南都草创，奸人在朝，方镇擅命，国势亦殆哉不可为矣。其上匡暗主，下抚骄将，内揽群奄，外而直鞠躬进力，死而后已。则史可法效命封疆，终为社稷臣也。故以广陵一城之地，天下无事，则鬻海为盐，使万民食其业，上输少府，以宽农亩之力；及川渠所转，百货通焉，利尽四海。一旦有变，进则翼戴天子，立桓、文之功，退则保据州土，力图兴复。不幸天长丧乱，知勇俱困，犹复与民守之，效死勿去，以明为人臣之义，历十有八姓，二千余年，而亡城降子，不出于其间。由是言之。广陵何负于天下哉？

文中引广陵旧史，征引有据，辞富事核，真是一篇奇文。

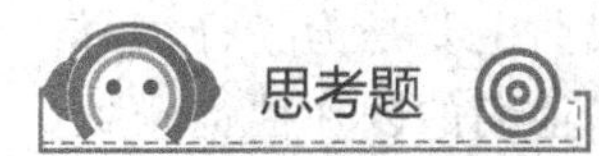

1. 请解释“梅村体”、“神韵说”、“桐城派”、“乾隆三大家”、“词坛三大家”。
2. 请简单谈谈桐城派的散文理论及其创作。

第二节　清代戏曲与《长生殿》、《桃花扇》

清代戏曲在明代戏曲的基础上继续向前发展。清初既有以李玉为首的苏州派剧作家从事新编历史剧的创作，又有吴伟业、尤侗等文学名流进行的抒情戏创作，还有专门从事喜剧创作的剧作家李渔。康熙时期出现了像《长生殿》、《桃花扇》这样优秀的传奇剧。

“苏州派”是指李玉、朱素臣、毕魏、丘园等苏州作家群，他们的创作风格与倾向大致接近，都较多地运用现实主义的创作方法来表现重大的政治斗争和市民生活，同时创作注重舞台效果，语言本色，戏剧性强，他们的剧中虽有浓重的道德观念，但也有市井百姓的愿望。这一派的代表人物是李玉(1610—1671?)，字玄玉，江苏吴县人，出身低贱。曾在明朝中过副榜举人，入清以后，不再仕进，一心从事戏曲创作。他有传奇三十多种，今天保存下来的有二十多种。他早年创作以《一捧雪》、《人兽关》、《永团圆》、《占花魁》(简称“一、人、永、占”)为代表。入清以后，最有名的是《千忠禄》(又叫《千忠戮》)、《清忠谱》。特别是《清忠谱》以东林党人周顺昌为中心，将晚明一场轰轰烈烈的苏州市民暴动搬上了舞台。作者通过这出剧歌颂了东林党人的崇高气节和斗争精神，表扬了以颜佩韦为代表的市民阶层见义勇为的优秀品质。

文学名流吴伟业和尤侗是诗文大家，他们创作戏曲主要是为了抒情，借戏曲寄托悲愤、抒发怀才不遇，而不是为了演出，所以他们的剧作曲词雅致，但戏剧性不强，不适合演出，只能作为案头读物。吴伟业作有传奇《秣陵春》，杂剧《通天台》、《临春阁》。尤侗写有传奇《钧天乐》，杂剧《读离骚》、《桃花源》、《清平调》、《黑白卫》等。

清初的李渔是我国第一个专门从事喜剧创作的人，他特别擅长写风情喜剧。李渔(1611—1680)，字笠翁，浙江兰溪人。他早年乡试不中，入清后，不再参加科举考试。清朝顺治年间，他在杭州生活了十年，他的戏曲、小说大部分就作于这段时间。后来他又到南京，经营芥子园书坊，并带领着一个以妻妾为主的戏班子到各地演出，晚年隐居在杭州。李渔极富才情，有晚明士人的放任自适，但少了一点面对现实的勇气，他常在达官贵人、社会名流身边周旋，以戏曲演出为生活的来源之一，所以他的戏曲创作主要是为了娱乐人心，有不少立意不高、投人所好的媚俗之作。不过，他的戏曲作品中生活气息比较浓重，表现了作者对自由婚恋和追求情欲的肯定。他的剧作中虽然有不少庸俗、秽亵的情节，格调不高，但他运用了如误会、巧合、弄假成真等喜剧手法，使得剧作构思精巧、情节新奇。他的戏曲语言通俗有趣，舞台演出效果特别好。他有剧作十种，总题为《笠翁十种曲》，里面的传奇故事都是喜剧，内容也差不多都是写才子佳人的婚恋故事。比如《比目鱼》写男女为情殉死化为比目鱼的故事，《玉搔头》写皇帝与妓女的爱情故事，《凰求凤》写三个美女追嫁一男的故事，《奈何天》写一个丑男子连娶三个美女的故事等，代表作是写才子配佳人、拙人配丑女的《风筝误》。另外，李渔还有比较系统的戏曲理论，他的《闲情偶寄》是古代戏曲理论的集大成之作。

康熙朝剧坛出现了《长生殿》和《桃花扇》这两部优秀剧作。《长生殿》的作者洪昇（1645—1704），字昉思，号稗畦，浙江杭州人。他出身于家道中落的世宦家庭，仕途一直不顺利，24 岁在国子监肄业，做了约二十年的太学生，与京城名流如王士禛、朱彝尊、赵执信等人交游唱和，虽然贫困潦倒，但在当时以诗名闻世。他的《长生殿》曾经三易其稿，康熙二十七年（1688）在京城演出，轰动一时。康熙二十八年（1689），他与赵执信、查慎行等人在佟皇后丧期内宴饮观剧，被人弹劾后革去国子监籍，返回家乡。康熙四十三年（1704），他应江宁织造曹寅的邀请，去南京看《长生殿》的演出，返乡的途中在乌镇醉酒失足，溺水身亡。除了传奇《长生殿》之外，他还写过许多剧本，今天存下来的有杂剧《四婵娟》，以四折短剧写历史上谢道韫、卫夫人、李清照、管仲姬四个才女的故事，歌颂女性的聪明才智，表达对美满婚姻的向往。

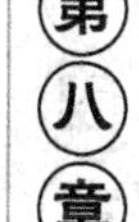

《长生殿》一书，洪昇前后写了十多年，从一开始借写李白表达自己怀才不遇的《沉香亭》，到后来的表现对国家命运思考的《舞霓裳》，最后才定稿为写李、杨爱情故事的《长生殿》。《长生殿》一共 50 出，33 出专门写李、杨的爱情，成功地塑造了一个高度真实的杨贵妃形象，而且整部剧作现实主义和浪漫主义创作方法巧妙结合，以李、杨爱情为主线，朝政军国大事为副线，结构紧密而自然，剧中多处化用唐诗、元曲中的名句，抒情色彩浓郁。在此之前《新唐书》、《旧唐书》中有关于李、杨故事的记载，白居易的《长恨歌》、陈鸿的《长恨歌传》、白朴的《梧桐雨》等也都是写关于李、杨的故事。洪昇的《长生殿》受到前人创作不同程度的影响，他对白居易等人的创作主题稍稍作了改变，将前人作品的悲剧结局改成了李、杨二人“死生仙鬼都经遍，直做天宫并蒂莲”，最后大彻大悟，不再沉迷情海，双双进入月宫，以精神的“长生”消解了人间的“长恨”，但在作品中又写了安史之乱前后的朝政大事，反映了皇帝荒淫、权臣误国等社会现实，流露出“乐极哀来，垂戒来世”的思想意识，而且又借李、杨的真挚爱情来宣扬至诚不变的人间真情，这一点又和白居易等人的作品意蕴一致。

历史剧《桃花扇》的作者孔尚任(1648—1718),字聘之,号东塘,山东曲阜人,孔子的六十四代孙。他20岁左右考取秀才,30岁左右卖田纳粟捐了监生的科名。康熙二十三年(1684),康熙南巡北归时在曲阜祭孔,孔尚任在祭典后讲经受到康熙的称赞,破格任命他为国子监博士。孔尚任在国子监做了半年学官后,又被任命随工部侍郎去淮扬治理下河,在淮扬治河的三年他没有什么业绩,但结交了不少名士和前朝遗老,为以后写《桃花扇》打下了基础。回到京城后,他又做了多年的国子监博士,然后才被转为户部官员。在京城的这一段日子,他一边和文人诗酒唱和,一边写《桃花扇》。康熙三十八年(1699)六月,《桃花扇》最后完成,在京城中一些王公官员中间传抄,康熙帝也要了一本去看。1670年春天,《桃花扇》上演,孔尚任也被不明不白地罢了官。

《桃花扇》以侯方域和秦淮名妓李香君的故事为线索,"借离合之情,写兴亡之感",展现南明小王朝的兴亡历史,揭示南明灭亡的原因。剧中基本是有根有据的实人实事,作者自己说:"朝政得失,文人聚散,皆确考时地,全无假借。至于儿女钟情,宾客解嘲,虽稍有点染,亦非乌有子虚之比。"当然,有一些情节比如清兵的进攻,因为当时的形势,孔尚任做了一些回避和改变。《桃花扇》在思想上有值得重视的地方,李香君与侯方域的爱情,不是一般的儿女私情,而是有着对复社文人的倾慕。而且剧的结尾写南明小朝廷灭亡后,李香君入山出家。扬州陷落后,侯方域与李香君再度重逢,两人受到道士的呵斥后顿然醒悟,双双抛弃了花月情根,入了道。作者借道士的口说:"呵呸!两个痴虫,你看国在哪里?家在哪里?君在哪里?父在哪里?偏是这点花月情根,割它不断么!"既表达了作者视国家为立身之本的观念,又唱出民族兴亡之悲。

《桃花扇》中人物形象众多,上至帝王将相,下至歌妓艺人,有姓名可考者就有39个,剧中以身殉国的史可法及下层艺人如柳敬亭、苏昆生等都是让人敬重的人物。其中最突出的是李香君的形象。李香君是秦淮名妓,多才多艺,但又有着高尚的节操和反抗精神。在复社文人与阉党的斗争中,她始终站在复社文人一边。阉党魏忠贤的亲信阮大铖为了拉拢侯方域,在侯方域与她梳拢时给她送来丰厚的妆奁,她断然拒绝,并义正词严地说:"官人是何说话,阮大铖趋附权奸,廉耻丧尽;妇人女子,无不唾骂,他人攻之,官人救之,官人自处于何处也?官人之意不过因他助俺妆奁,便要徇私废公,那知道这几件钗钏衣裙,原放不到我香君眼里!"侯方域被迫投奔史可法后,阮大铖强逼她嫁给新贵田仰作妾,她以"奴是薄福人,不愿入朱门"为由坚决不从,并不惜自毁容貌，血溅诗扇。此诗扇是她与侯方域的定情之物，侯方域的朋友杨龙友借扇中血点勾画出一树桃花。

在歌颂正面人物的同时，作者对导致南明小王朝灭亡的阉党余孽进行了激切的批判。在《桃花扇》中作者对这些权奸的丑恶嘴脸进行了淋漓尽致的描写，像阮大铖、马士英之流，不求励精图治，却唆使皇帝声色犬马。他们在大权独揽的同时，大力打击正派人士，这些人将国家、朝廷的不幸当成自己的大幸，并无耻地说："幸遇国家多故，正我辈得意之秋！"他们只顾谋取个人的权势、富贵，不顾国家民族存亡，清兵南下之时，带着自己的钱财早早逃跑。那些武将们"没有阵上逞威风，早已窝里相争斗"，忙着争夺地盘，自相残杀。

《桃花扇》有很高的艺术成就。作者自己曾说："《桃花扇》一剧，皆南朝新事，父老犹有存者，场上歌舞，局外指点，知三百年之基业，隳于何人？败于何事？消于何年？歇于何也？不独令观者感慨涕零，亦可惩创人心，为末世之一救矣。"因此他在剧中围绕着侯、李的爱情，展现了南明王朝的兴亡历史。侯、李的爱情始终与国家兴亡相系，与政治斗争紧密结合，与当时统治阶级内部的矛盾和黑暗统治相连。而且一柄诗扇贯穿全剧始终，剧作人物形象刻画生动，个性鲜明，曲词典雅，适合舞台演唱。

清中叶，随着文化专制的强化和昆曲的雅化甚至僵化，戏剧创作陷入低潮。传奇体制越来越多样化、灵活化，但剧本日益案头化，不适合演出，观众也越来越少。不少作家缺少关注现实的精神，从历史和传说中取材宣扬伦理道德，或者歌功颂德、描写男女风情，作品深度不足。这一时期成就比较大的是蒋士铨、黄图珌和杨潮观。

不过在剧坛上被士大夫视为"雅部"的昆曲几乎压倒一切的时候，被视为"花部"的各种地方戏从康熙末年到乾隆年间纷纷出现，并有了蓬勃发展，演出场所也从农村走向城市，虽然宫廷和官僚家庭还是以昆曲演出为主，但地方戏在民间受到了观众的欢迎。从乾隆年间开始，随着传奇和杂剧的逐渐衰退，地方戏以强烈的现实性和活泼的形式受到越来越多观众的喜爱，逐渐占据了剧坛的主导地位，特别是乾隆五十五年(1790)，四大徽班相继进京，在京城获得迅速发展，并以绝对优势战胜昆曲。花、雅之争以花部的胜利告终。在这场竞争中，地方剧种中的各种声腔互相交流，互相影响，最终形成了京剧。

思考题

1. 请简单谈谈李渔的戏曲创作及成就。

2. 请简单谈谈《长生殿》、《桃花扇》在思想内容上的独特之处及其艺术成就。

3. 请简单谈谈京剧的产生过程。

第三节 《聊斋志异》

清代文学成就最高的志怪文言小说是《聊斋志异》（简称《聊斋》，俗称《鬼狐传》）。作者蒲松龄（1640—1715），字留仙，一字剑臣，号柳泉居士，山东人。他的高祖、曾祖、祖父都是儒生，到他父亲这一代，因为科举失意，弃儒从商，受明清易代之际的战乱与年老、多子女等诸多因素的影响，到了清代家道便衰落了。蒲松龄受父亲影响，也热衷功名，19岁参加童子试，县、府、道三试都是第一，受到施闰章的赏识。但后来他的科考却一直不顺，到71岁时才取得岁贡生，被推荐为国子监生员，四年以后就病逝了。蒲松龄一生贫困潦倒，25岁前后分家，只分得三间老屋和几亩薄田，加上他一心读书，没有办法顾及家计，子女又多，生活非常窘困。31岁时应同乡友人孙蕙的邀请，在扬州府宝应县做了一年的幕僚，但他很不甘心，很快辞幕回了家。以后的一段时间，他以教书、代拟誊抄文稿养家糊口。40岁开始到70岁，蒲松龄在本县大乡绅毕际有家做家庭老师，一边教书一边准备科举考试，同时也进行《聊斋志异》的写作。

蒲松龄的人生经历对他写作《聊斋志异》十分有利。首先，科考的不顺使他对科举考试有了深刻的认识，他的作品中就对科举考试的弊病进行了深刻的揭露和抨击。一年的幕僚生活也让他对官场生活有了亲身体验，更让他看清了官场的污浊黑暗。其次，长期的读书、教书生活让他接触到社会各个阶层，既有贫苦大众，又有缙绅名流、地方官员。这些都成了他《聊斋志异》书中的众多形象来源。而且，他的读书、教书生活也让他有时间学习，搜集民间传说，为《聊斋志异》准备素材。他的小说有的就是在民间传说的基础上进行的加工。

康熙十九年（1680）《聊斋志异》写作完成。聊斋是蒲松龄书斋的名字，志是记载的意思。蒲松龄生前没有钱刻印这部《聊斋志异》，不过当时就有人传抄，在他死后抄本流传广泛。但直到蒲松龄死后51年才由赵起杲、鲍廷博根据抄本编成16卷在浙江刊刻，这就是“青柯亭本”，有故事431篇。到20世纪60年代，张友鹤整理了一部全校全注全评本，共12卷，收故事491篇，人称“三会本”。

《聊斋志异》中的故事既有作者在教书闲暇之余收集来的民间传说，也有他自己的亲身经历，还有从友人笔记、前代小说、戏曲故事中改编而成的。近五百篇的文章思想内容和艺术境界虽有高下之别，但绝大部分写了神仙狐魅

的故事。正如蒲松龄自己在《聊斋自志》中所说:“集腋为裘,妄续幽冥之录;浮白载笔,仅成孤愤之书。寄托如此,亦足悲矣!”在这些神仙花妖狐魅身上,寄寓着作者的思想感情。蒲松龄想借这些故事抒发自己的孤愤之情,他不是期望读他故事的人将这些故事当成真的来看,而是希望他们能了解虚幻的狐鬼世界背后的现实社会。《聊斋志异》的内容大致可分为以下几类。

一是揭露科举考试弊端。蒲松龄是清代第一个用小说形式表现这一主题的人。因为他自己有着多年科考的经验,对封建社会的科举考试有着深刻的认识,在他的这类作品中都凝聚着作者自己的辛酸和痛苦。如抒发科举失意悲愤之情的《叶生》。故事中的叶生在当时文章词赋都很有名,但一直命运不济,困于名场,抑郁而死。死后幻形留在世上,将所有的制艺都传给一位县令的儿子,帮他中了举人,进入了仕途。叶生也中了进士。但当叶生的魂乡试中举后回家时,却遭到妻子的棒喝:“君死已久,何复言贵?”最后叶生的魂魄扑地而灭。再如反映科场贿赂的《考弊司》写阴间主管考试的虚肚鬼王公然索贿,颁布条例说,凡是初次谒见的考生都要先割下一块髀肉孝敬他,但如果贿赂丰厚的人就可以免掉。还有像《司文郎》,写一个文章大家含冤而死后,化成盲僧,能用鼻子嗅出文章的好坏。一个学识渊博的王平子和一个文墨不通的余杭生都去向他请教,盲僧嗅出王平子的文章很好,但科举考试的结果却是余杭生高中,而王平子落选。作者通过这篇故事讽刺了那些昏聩、不能辨别贤愚的考官,指出是他们让士子们怀才不遇。《聊斋志异》中这类文章很多。

二是歌颂纯真爱情。这类作品在《聊斋志异》中篇数最多,描写也非常精彩。如《婴宁》篇写了王子服和婴宁的爱情喜剧,同时寄寓了作者对自然人性的赞美和对纯真生活的向往。而《阿宝》则写一个出身贫困、不善言辞又特别老实,人称“孙痴”的孙子楚不自量力地请媒人去向富商小姐阿宝求亲。阿宝开玩笑地让他去掉手上多余的第六根指头,孙子楚就真的不顾疼痛用斧子砍去了第六指。“女亦奇之,戏请再去其痴。生闻而哗辨,自谓不痴,然无由见而自剖。转念阿宝未必美如天人,何遂高自位置如此?由是曩念顿冷。”有一次阿宝清明节出游,别人都对在树下休息的阿宝品头论足,只有孙子楚默默地站在一旁,魂随着阿宝而去,与阿宝同居三天后魂才被女巫招回。浴佛节时孙子楚为了看阿宝,等了半天,回家后魂化成鹦鹉,飞入阿宝卧室,与之相伴。在得到阿宝的允诺后叼着阿宝的一只鞋返回家中,人也苏醒过来。孙子楚的痴情最终感动了阿宝,两人结为夫妻。孙子楚后来不仅家中富足,还在因糖尿病而死后又一次生还,最后考中进士,与阿宝一起受到皇帝赏赐。这篇小说突出表现了孙子楚的痴情和真心至情的力量，说明了在爱情中，真心至情可以让人实现爱情理想。《香玉》写人与牡丹精相恋的故事，也表现了可通鬼神的至情的力量。再如《连城》篇写连城与乔生因题诗而相爱，连城的父亲史孝廉嫌弃乔生太穷，将连城许配给了盐商的儿子王化成。后来连城病重，需要男子胸部的肉作药引，因为盐商之子不肯割肉，史孝廉无可奈何之下，说如果有谁能割肉，就把连城许配给他。乔生为报答连城的知己之爱，割下了自己的胸肉。但史孝廉却又突然反悔，只是设宴酬谢，以千金相赠。愤怒的乔生拂袖而去。后来连城旧病复发而死，乔生也悲痛而绝，两人在阴间相会，并在别人的帮助下，返魂复生。盐商之子重贿官员，连城被判给王家。但连城不断寻死以抗争，最后两人终于结为夫妻。小说借连城与乔生的故事宣扬了“知己之爱”。这类故事同时也表现出作者对破坏自由爱情的封建势力的憎恨。

三是揭露社会的黑暗。这类主题是《聊斋志异》中非常重要的主题。如《促织》写一个穷苦读书人成名多年却读书不成，受尽欺压，因为交不上一只促织，被打得鲜血淋漓。后来受到女巫指点，好不容易捉到了一只好的促织，准备上交官差。没想到九岁的儿子因为好奇偷偷地揭开盆看，结果导致促织跑了。孩子连忙去捉，结果又将促织的腿弄断、肚子弄破了。孩子害怕之下就投井自杀了。最后孩子的魂化作了一只善战的促织，连公鸡都甘拜下风。成名交上了儿子的魂化成的促织以后，皇帝非常高兴，层层赏赐，最后成名被破格提拔为秀才，一家享受富贵。这篇故事以明代为背景，批判了像喜爱斗蟋蟀的宣德皇帝等统治阶级建筑在劳动人民痛苦之上的荒淫享乐生活。这样的作品还有如《席方平》，对吏治腐败、官场黑暗做了揭露，歌颂了人民的反抗精神。而《梦狼》篇则讽刺了那些如同吃人血肉的虎狼一般的贪官。

《聊斋志异》代表了中国文言短篇小说的最高成就，虽然书中也是写神仙狐鬼的故事，但蒲松龄用唐传奇的手法写志怪小说，用花妖狐鬼来反映社会现实，表达自己的思想与情感，书中浪漫主义与现实主义紧密结合。作者特别注重塑造人物形象，用环境、心理等多种手法来表现人物，情节离奇却又真实可信，而且语言既简练又生动，具有生活情味。像《口技》篇即通过对口技表演的描写对女子的家庭生活做了生动刻画：

> 村中来一女子，年二十有四五。携一药囊，售其医。有问病者，女不能自为方，俟暮夜问诸神。晚洁斗室，闭置其中。众绕门窗，倾耳寂听；但窃窃语，莫敢欬。内外动息俱冥。至夜许，忽闻帘声。女在内曰：“九

姑来耶?"一女子答云:"来矣。"又曰:"腊梅从九姑耶?"似一婢答云:"来矣。"三人絮语间杂,刺刺不休。俄闻帘钩复动,女曰:"六姑至矣。"乱言曰:"春梅亦抱小郎子来耶?"一女曰:"拗哥子!呜呜不睡,定要从娘子来。身如百钧重,负累煞人!"旋闻女子殷勤声,九姑问讯声,六姑寒暄声,二婢慰劳声,小儿喜笑声,一齐嘈杂。即闻女子笑曰:"小郎君亦大好耍,远迢迢抱猫儿来。"既而声渐疏,帘又响,满室俱哗,曰:"四姑来何迟也?"有一小女子细声答曰:"路有千里且溢,与阿姑走尔许时始至。阿姑行且缓。"遂各各道温凉声,并移坐声,唤添坐声,参差并作,喧繁满室,食顷始定。即闻女子问病。九姑以为宜得参,六姑以为宜得芪,四姑以为宜得术。参酌移时,即闻九姑唤笔砚。无何,折纸戢戢然,拔笔掷帽丁丁然,磨墨隆隆然;既而投笔触几,震笔作响,便闻撮药包裹苏苏然。顷之,女子推帘,呼病者授药并方。反身入室,即闻三姑作别,三婢作别,小儿哑哑,猫儿唔唔,又一时并起。九姑之声清以越,六姑之声缓以苍,四姑之声娇以婉,以及三婢之声,各有态响,听之了了可辨。群讶以为真神。而试其方亦不甚效。此即所谓口技,特借之以售其术耳。然亦奇矣!

在《聊斋志异》的影响下,乾隆末年以来出现了不少文言小说,如袁枚的《子不语》、纪昀的《阅微草堂笔记》等,文言小说创作再度兴盛起来。

1. 蒲松龄的人生经历对《聊斋志异》的创作有什么影响?
2. 请举例论述《聊斋志异》的思想内容。

第四节 《儒林外史》

《儒林外史》是我国讽刺文学中最杰出的作品。它的作者吴敬梓(1701—1754),字敏轩,号粒民,自号秦淮寓客,晚年又自号文木老人,安徽人。他出身于科举世家,祖辈有不少人功名显赫,但到了他父亲这一辈,家道中落,他的父亲只做过赣榆县教谕,为人正直,一生清贫。吴敬梓13岁时母亲去世,14岁时跟随父亲到赣榆。23岁时父亲去世,族人欺负他家两代单传,纷纷来争夺田产,这让他认清了家族长辈的面目,看到了封建伦常所谓"孝慈爱"的虚伪。从这之后,他为人越来越放诞不羁,因为"性耽挥霍",又"遇贫即施",不到十年就将田产耗尽了。家乡亲友将他视为败类。在世俗舆论的压力下,33岁的吴敬梓变卖了祖产,举家迁往南京,以卖文为生,过着贫困的生活,常常靠典当度日,还断炊挨饿,尝尽了世态炎凉,也让他更清醒地认识了社会。不过在南京吴敬梓结交了不少真才实学的朋友,他们给了吴敬梓很大的影响。

吴敬梓从小接受的是传统的儒家思想教育,同时受家庭影响,他也准备以科举仕进。他18岁就考取了秀才,但后来的科考一直不顺。29岁时,因为"文章大好人大怪",乡试不中。这给了他很大的打击,也让他对科举制度产生了更深的怀疑。36岁时,他被推荐参加博学鸿词科的考试,在经过地方一级的考试后,他借口生病没有进京应试,这表明他不愿意再走科举的道路了。1751年,乾隆首次南巡,在南京征召文人,吴敬梓没有像其他文人一样去献诗,而是"企脚高卧"。1754年,吴敬梓在扬州病逝,靠朋友买了棺材葬于南京。

《儒林外史》主要作于吴敬梓迁到南京之后,到他49岁时已基本完成。作者从现实生活中提取创作素材,书中的人物原型多数是他的亲友、相知者,所以这部书中有着作者个人的生活体验,个性色彩非常强烈。

《儒林外史》假托明代故事,从明宪宗成化(1465—1487)末年写到神宗万历二十三年(1595)。在书中作者围绕着批判科举制度这个中心,描写了封建时代一群知识分子的形象,写出了他们的生活和精神状态,揭露了封建社会的种种丑恶现象。在书中,作者对那些热衷功名的科举迷们进行了无情的嘲讽,对鄙视功名富贵的文人进行了热情歌颂,而对由科举考试培养出来的贪官污吏、土豪劣绅们进行了狠狠的批判。

《儒林外史》第一回塑造了不受科举制度束缚的王冕形象,并借王冕之口痛斥科举制度,认为是科举让"一代文人有厄"。本着这一批判主旨,在书中

出现了一系列的科举迷形象，如鲁编修家的小姐、马二先生等人。如周进，一直将科举作为荣身之路，但一直考到 60 岁，却连个秀才也没考中，只好去偏僻的薛家集当塾师，受尽新进秀才、举人的奚落和侮辱。举人大吃大喝，周进只能在一旁陪用“一碟老菜叶，一壶热水”，等举人走后，还要扫一地的鸡骨头、鸭翅膀、鱼刺、瓜子壳。后来，他连家庭教师的工作也没了，只好跟着作商人的姐夫去混饭吃。有一次在省城，他参观贡院，看见号板，不觉眼睛一酸，长叹一声，“一头撞在号板上，直僵僵不省人事”。大家用水把他弄醒后，他看着号板又是一头撞去，放声大哭，从一号哭到二号、三号，满地打滚。人们可怜他，要凑钱替他捐个监生，他磕了几个头，表示“若得如此，便是重生父母，我周进变驴变马，也要报效”。再如范进，考了 20 多次，到 54 岁也没中秀才，“面黄肌瘦，花白胡须，头上戴一顶破毡帽”、“穿着麻布直裰，冻得乞乞缩缩”地进了考场。后来因为周进的关系，让他中了秀才又中了举人，最后竟然发了疯，半天才清醒过来。

在这些被科举弄得神魂颠倒的科举迷的身上，展现了科举制度的不合理和对人精神的摧残。如周进突然中了举人、进士，做了国子监司业之后，曾经奚落过他的秀才梅玖冒称是他的学生，曾经教书的山村也供起了他的长生禄位，他写过的对联都被恭恭敬敬地揭下来裱好。而范进中了举之后，身边那些以前看不起他的人都开始对他阿谀奉承，他的岳父以前说他长得尖嘴猴腮，“癞蛤蟆想吃天鹅肉”，现在夸他品貌好、才学高，是天上的星宿，态度一下转变极大。还有以前不怎么来往的人忙着给他送银子、赠房产，只两三个月的时间，家中奴仆、女佣什么的都有了，范进的母亲甚至因惊喜过大竟一下子死了。但这些人，一生只忙于八股举业，实际上却是腹内空空、愚昧无知，如当了主考官的范进连苏轼是谁都不知道。不仅是知识分子受到了腐蚀，认为人生除科举外无第二件事可以出头，那些与读书无关的人如屠夫、妓女、小商人都满脑子的功名利禄。还有一些人受科举的毒害，完全丧失了人性，没有了人的情感。如当了三十年秀才的王玉辉，不能中举，进不了官场，但对封建礼教与礼仪深信不疑。守寡的女儿要以死殉夫，他不劝阻，反而鼓励说：“这是青史上留名的事，我难道反拦阻你？你竟是这样做罢！”女儿绝食死了，还大叫“死的好”。

在畸变的科举制度下，人的精神受到了摧残，灵魂也发生了扭曲，人性蜕变，毫无道德廉耻之心。如书中的匡超人，原来是一个出身贫寒、纯朴忠厚的农村青年，后来在杭州流落时，遇到了马二先生，受他影响，视科举为唯一的出路。他在马二先生的资助下，回到家乡一边杀猪、磨豆腐，一边读书，但在考取秀才之后，生活开始发生变化。先是以“名士”身份参与营私舞弊案，后来又在衙吏潘三的教唆下，敲诈勒索，完全一副流氓行径。匡超人就这样一步步走向堕落，他装腔作势、吹牛撒谎、卖友求荣、停妻再娶、忘恩负义，无所不为，最后居然还以被温州学政“把他题了优行”，被保荐进了太学。作者用了五回篇幅刻画了这个纯朴的青年被科举制度一步步变成丑恶卑鄙的流氓恶棍的全过程，更深刻地揭露出科举制度的罪恶。

科举制度培养出来的不是贪官污吏就是土豪劣绅，他们只知升官发财、欺诈百姓、贪污受贿，无所不为。如南昌知府王惠，上任以后首先打听地方物产人情，“词讼里可也略有些甚么通融?”还钉了一把头号库戥，将各种余利全收进府里，衙门里一片戥子声、算盘声、板子声，“衙役百姓，一个个被他打得魂飞魄散”，全城的人连“睡梦里也是怕的”。这样一个酷吏，最后反而获得了朝廷的提升。再如严贡生，在乡下是横行霸道，无恶不作。他家一口小猪误入邻家，他逼人买下，待到邻家将猪养大，他趁猪错跑到自己家的机会，把猪圈为己有，还打折了前来讨猪的王大的腿；弟弟刚死，他就霸占了弟媳和侄子的房产；他雇船娶媳妇，但坐了船不给钱，反而诬赖舵工吃了他的贵重药(其实是云片糕)，假称要将舵工送到衙门里，因而赖掉了船钱。还有一些所谓的“名士”，没有取得功名进入仕途，但“激成了一肚子牢骚不平”。他们不甘寂寞，想尽方法沽名钓誉。如娄三、娄四公子，科举不中，回家以后，求贤养士想得到美名，结果，一帮所谓的“侠客”、“经天纬地之才”的名士丑态百出。西子湖畔的一群斗方名士，也只会附庸风雅、攀权附势。再如出身名门的杜慎卿虚伪做作，“太阳地里看见自己的影子，也要徘徊大半日”。而为了满足好色之心，还举办了一场品评旦角“色艺”的“莫愁湖高会”。

和这些丑恶嘴脸相对的是那些鄙视功名富贵、具有真才实学的善良正直的人物。作者在他们身上寄托了自己的理想。如轻财重义、鄙视功名富贵、豪放狂傲的杜少卿，“乡试也不应，科、岁也不考，逍遥自在，做些自己的事”。他敢于质疑朱子对《诗经》的解说，敢“携着娘子的手，出了园门，一手拿着金怀，大笑着，在清凉山冈子上走了一里多路”，他也反对纳妾，喜欢优游山水，追求自由的生活，是个有叛逆精神的真文士。而虞育德、庄绍光、迟衡山等人，也是轻视功名、有真才实学、一心讲求道德学问，力图挽救世道人心的人物。还有一些处于社会最底层的百姓，如戏子鲍文卿、米店老板卜老爹、反抗封建婚姻制度的沈琼枝等，都是善良诚实的正面形象。

《儒林外史》是中国讽刺小说中的杰作。正如胡适《吴敬梓评传》所言：“《儒林外史》的讽刺艺术有鲜明的目的，那便是‘作者之意为醒世计，非为骂

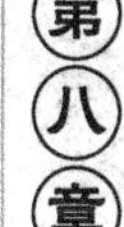

世也’。作者虽然极尽讽刺之能事，却是要挽救被讽刺的这一群，正所谓‘善者，感发人之善心；恶者，惩创人之逸志’。作者以悲天悯人的手笔描写了八股制度下众多儒林人士的悲剧性命运，进而展开了一幅封建科举时代的社会风情画，抨击了制度的腐朽和社会的黑暗，使《儒林外史》成为中国古典讽刺小说中的圣品。”为了达到讽刺的效果，吴敬梓运用了对比、夸张等多种手法来进行讽刺。作者写人写事态度客观公正，所以书中的人物形象让人感觉真实可靠，而且书中的人物性格丰富，270多个人物，各有各的特点。“《儒林外史》擅长运用‘皮里阳秋’的笔法，也就是‘口无所臧否，而心有所褒贬’。作者的看法并不是直接拿出来硬塞给读者，而是在具体形象的塑造中微言大义。周进和范进的中举，匡超人的转变，杜少卿的豪举，马二先生的迂腐，这一切都是通过具体的情节来表现深刻丰富的思想。作者并没有直接向我们褒贬什么，但每个形象都饱含着巨大力量的褒贬，传达着作者明确的正义观，我们必须从不同时期、不同场合的各种形象的关联、发展上体会和了解。这是一种富有现实主义色彩的叙事方式。”（胡适《吴敬梓评传》）确实，书里许多人和事都是让人发笑的，但在笑声之外，也能让人看到故事中所隐藏的深层悲哀。

思考题

1. 请简单谈谈《儒林外史》的思想内容。
2. 请结合具体事例论述《儒林外史》对科举制度的批判。

第五节 《红楼梦》

在明清小说中,《红楼梦》最为后人称道。它的作者曹雪芹(1715?—1763?),字梦阮,号雪芹,又号芹圃、芹溪。祖籍辽阳,满洲正白旗人。曹雪芹的祖上原来是汉人,但在明朝末年加入了满洲籍,清兵入关以后,曹雪芹的祖先也跟着入关。曹雪芹的高祖曹振彦是顺治帝的亲信,他的曾祖父曹玺、祖父曹寅和父辈曹顒、曹頫都做过江宁织造,他的曾祖母是康熙的乳母,祖父曾经是康熙的伴读,康熙六次南巡,四次都由曹寅负责接驾,可见他的家庭和清朝皇室关系比较密切。不过到了雍正即位以后,曹家这个江南的"百年望族"开始失势,雍正五年(1727),曹家因为曹雪芹的父亲曹頫在任上亏空织造款项和解送织物进京时骚扰驿站,被革职抄家。

曹雪芹就出生在这样一个家庭中,他少年时代在南京长大,也经历了一段富贵繁华的生活,但在父亲被革职抄家后,十三四岁的他随着全家从南京到了北京,生活日益穷困潦倒,晚年住在北京西山,全靠朋友救济和卖画为生。《红楼梦》开始写于乾隆六年(1741),"批阅十载,增删五次"。曹雪芹即使在极度贫困的生活中,也没有放弃《红楼梦》的写作与修订。乾隆二十七年(1762),曹雪芹因为幼子夭亡,过度忧伤之下,卧床不起,在这年的除夕去世,只留下一部没有完成的《红楼梦》。

《红楼梦》的版本系统很复杂。最早的时候以《石头记》的名字在社会上流传,当时只是80回的抄本。今天看到的120回本中的后40回一般认为是由高鹗补续而成的。在乾隆五十六年(1791),书商程伟元和高鹗将前80回和后40回合并成一个故事,以《红楼梦》的名字排印出版。1792年他们又进行了一些修改后再次出版,《红楼梦》因此得到了更为广泛的传播。高鹗的补续将一个没有完成的故事变得有头有尾,虽然总体艺术描写不如前80回,但有些情节如黛玉焚诗稿、魂归离恨天等写得还是很生动,故事中的主要人物也基本上符合曹雪芹前80回的精神,不过"兰桂齐芳,家道复初"的结局一定程度上违背了曹雪芹的原意。

《红楼梦》是一部思想性、艺术性都很高的作品。因为作者曾经亲身经历过生活的大起大落,体验过人生的悲苦,所以对封建家庭盛极必衰的命运有着清醒的认识。故事以贾、王、史、薛四大家族为背景,通过那位由无才补天的顽石幻化而成的贾宝玉在人间的经历,一方面写出了"木石前盟"、"金玉良缘"的爱情婚姻悲剧,另一方面又在对贾府的日常生活、家庭琐事的叙述中展

现出其中所有的各种复杂矛盾，写出了贾府从繁盛走向衰败的全过程，并对包括“金陵十二钗”等在内的女性人物的悲惨命运进行了展示。最难能可贵的是，书中既塑造出了像宝玉、黛玉这样一些充满理想色彩的人物形象，又歌颂了像晴雯等被压迫者的反抗行为，流露出朴素的民主思想，同时揭示出爱情、人生、命运悲剧产生的根源不是一个恶人，而是整个封建势力的摧残。

《红楼梦》取得了多方面的艺术成就。

首先最重要的是其中的人物形象塑造。全书有名有姓的人有480多个，重点描写的有几十个人物，无论正面的、反面的，还是主要的、次要的，个个都有极浓挚的个性。湘云之憨、香菱之呆、探春之敏、迎春之懦、晴雯之勇、紫鹃之慧，无不栩栩如生、跃然纸上。在他们中间，作者大力肯定的是封建贵族家庭的叛逆者贾宝玉与林黛玉。

贾宝玉衔玉而生，秉性聪慧，备受贾母钟爱，从小与诸姐妹在“内帏厮混”中长大。他性格缠绵而多情，对功名富贵、荣宗耀祖毫无兴趣，反而以生在这侯门公府之家为恨。他无视“男尊女卑”、“主贵奴贱”的封建伦常，对周围善良纯洁的女孩子们的悲惨命运表现出深刻的同情。他说：“原来天生人为万物之灵，凡山川日月之精秀，只钟于女儿，须眉男子，不过是些渣滓浊末而已。”他不信“金玉良缘”只求“木石前盟”，而与林黛玉建立在互相了解和思想一致基础上的知己之爱，是促使他一步步走上叛逆的主要原因。林黛玉是宝玉姑母贾敏之女，因父母早丧，寄居贾府。黛玉自幼体弱多病，形成了其多愁善感的性格。同时，面对贾府污浊势利的环境，一方面她“自矜自重”，另一方面她又任性乖僻，常常以“比刀子还厉害”的语言发出讽刺。“孤高自许”的个性和离经叛道的思想使她陷于一种被孤立的境地，惟有与宝玉的真挚爱情才是她生活中的精神支柱。可以说，林黛玉是与贾宝玉互为表里的一个形象，也是封建贵族阶级女性叛逆者的一个典型。

《红楼梦》在广阔的社会背景下，以精雕细琢的工夫，刻画了一大批鲜明生动的人物形象。作者往往根据人物的社会地位分别采取不同的手法进行描绘。对小说中的主要人物，主要通过情节的发展、角度的转换来层层剖析人物的复杂性格，如王熙凤的泼辣、奸诈和歹毒，正是在“毒设相思局”、“协理宁国府”、“弄权铁槛寺”、“借剑杀人”等情节的逐渐展开中得以完善和体现的。对一些次要人物，一般先用淡笔勾勒，而在典型事件中集中完成对其性格的塑造，如晴雯补裘、鸳鸯抗婚、探春理家、平儿行权等无不给读者留下深刻的印象。同时，作者又善于在对比中突出那些性别相同、年龄性格相近的人物自己独特的个性，如宝钗和袭人无疑是大观园里最贤惠的两个人，但宝钗的贤惠透着大户小姐的世故和圆滑，袭人的贤惠却出于奴仆的媚骨与顺从。此外，在特定的艺术气氛里，渲染和烘托人物的内心情绪，给人以强烈的感染力，也是《红楼梦》人物塑造艺术的重要特点。大观园中每一处宅院的风格无不与主人的性格一一对应，如清幽凄冷的潇湘馆与黛玉的孤高忧郁、朴素淡雅的蘅芜院与宝钗的冷情寡欲、宛如田舍农庄的稻香村与静心守寡的李纨等。而宝、黛爱情的发展，也是随着季节环境的变化而变化着的。当萧瑟悲凉的季节来临，宝、黛爱情的悲剧结局也就拉开了帷幕。

与传统的中国古典小说不同，《红楼梦》还十分重视人物的内心描写，并把对人物的心理活动的展示作为揭示人物性格的重要方法。尤其是在描写宝、黛爱情发展的过程中，二人心理活动的描绘担当了重要的角色。二十九回写宝、黛二人因为“金玉”之说赌气，宝玉心想：“别人不知道我的心，还有可恕，难道你就不想我的心里眼里只有你……”黛玉却想：“你心里自然有我……如何我只一提这‘金玉’的事，你就着急，可知你心里时时有‘金玉’，见我一提，你又怕我多心，故意着急，安心哄我。”本是同心，却又误会难消，反映了林黛玉多愁善感的复杂性格。三十四回写宝玉挨打之后，打发晴雯送两条半旧不新的手帕子给黛玉，黛玉先是“闷住”，想了一会才“大悟”，不觉“神魂驰荡”：“宝玉这番苦心，能领会我这番苦意，又令我可喜；我这番苦意，不知将来如何，又令我可悲……”这段细致的心理描写，生动揭示了人物复杂微妙的内心世界，写黛玉感触而萌生病端，又埋下宝、黛爱情的发展线索。

其次，《红楼梦》在艺术结构方面也取得了突出成就。全书以贾宝玉和林黛玉的爱情和贾府的盛极而衰为主要线索，把众多人物和复杂的矛盾、纷繁的事件组织在一起，这些人物、矛盾和事件交错发展，彼此制约，构成了一个巨大的艺术结构。以甄士隐和贾雨村的故事，作为全书的起、结，首尾贯通；用刘姥姥三进荣国府来见证贾府的兴衰，独具匠心。总之，与在它以前的小说如《三国演义》等相比，《红楼梦》的结构更为宏伟、严密和完整。

再次，《红楼梦》中充满着日常生活的描写。这种描写显然是继承了《金瓶梅》以来世情小说的艺术传统。作者更善于从生活中提炼出具有典型性和倾向性的细节，并在这些细节的描写中穿插大波澜，使情节起伏跌宕，引人入胜。书中最重要的大波澜有“宝玉挨打”、“抄检大观园”等，通过这些波澜的起落，作者以细腻逼真的笔触，集中表现了新旧两种敌对势力的剧烈冲突，并一步步丰富了人物性格，推动了新的情节的展开。

最后，《红楼梦》的语言达到了炉火纯青的境界，主要特点是简洁而纯净、准确而传神、朴素而多采。第四十回中有刘姥姥游宴大观园，凤姐、鸳鸯二人

戏弄她让她说酒令，刘姥姥顺水推舟给贾母逗乐的一段描写：

> 贾母这边说声“请”，刘姥姥便站起身来，高声说道：“老刘，老刘，食量大似牛，吃个老母猪，不抬头。”自己却鼓着腮不语。众人先是发怔，后来一听，上上下下都哈哈大笑起来。史湘云撑不住，一口饭都喷了出来；林黛玉笑岔了气，伏着桌子“嗳哟”；宝玉早滚到贾母怀里，贾母笑的搂着宝玉叫“心肝”；王夫人笑的用手指着凤姐儿，只说不出话来；薛姨妈也撑不住，口里茶喷了探春一裙子；探春手里的饭碗都合在迎春身上；惜春离了坐位，拉着她奶母叫揉一揉肠子。地下无一个不弯腰屈背，也有躲出去蹲着笑去的，也有忍着笑上来替他姊妹换衣裳的，独有凤姐鸳鸯二人撑着，还只管让刘姥姥。

不过寥寥百字，已将座中众人形态各异的笑与貌一一勾画出来，让人如临其境、如闻其声。除了人物语言高度个性化以外，作者还将诗词和人物的性格命运紧紧结合在一起。全书一开篇，写宝玉梦游幻境，借《十二钗判词》预示人物命运。后来又写“大观园试才题对额”、众姐妹结社作诗，屡次用人物所作诗词来彰显其性格、暗示其命运。如同作《柳絮词》，黛玉《唐多令》词云：“草木也知愁，韶华竟白头！叹今生谁舍谁收。”宝钗《临江仙》词则云：“好风凭借力，送我上青云。”一个善感中流露悲观，一个敦厚中不乏野心，正是文如其人。

《红楼梦》代表了我国古典小说的最高艺术成就。鲁迅在《中国小说的历史的变迁》中曾给予高度评价，他说：“自有《红楼梦》出来以后，传统的思想和写法都打破了。”自《红楼梦》问世之日起，对《红楼梦》的研究工作一直没有间断，并有大量的论著产生，成为一门独立的学问——“红学”。

思考题

1. 请简单谈谈《红楼梦》的思想内容。
2. 请举例论述《红楼梦》的艺术成就。
3. 请举例分析《红楼梦》中的女性人物形象。

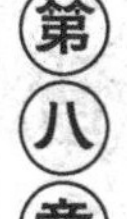

第六节　近代文学

1840 年的鸦片战争改变了中国社会的性质，中国文学的面貌也有了新的变化。一批文人学士用新的创作揭开了近代文学的序幕。龚自珍、魏源是其中的领头人物。

龚自珍(1792—1841)，字璱人，号定盦，又号羽琌山民，浙江人，出身于官僚家庭。他自小受到良好教育，母亲是著名学者段玉裁的女儿，龚自珍也跟着外祖父学习。龚自珍的人生并不顺利，他自 19 岁开始参加科举考试，直到 38 岁才中了进士，29 岁时进入官场，直到 48 岁辞官，出任的都是一些地位卑微的小官。50 岁时，龚自珍在丹阳的云阳书院暴亡。

龚自珍的文学成就非常突出，他是近代文学史上最杰出的文学家之一。他生活在中国封建社会的末期，独特的人生经历让他看清了社会的黑暗和政治的腐败。他关心现实，25 岁之前就写出了要求政治改革的文章。他认为文学应该对社会有用，应该发挥批判现实的功能，在实际创作中，他也切实遵守他的理论主张。他有 600 多首诗流传下来，诗中反映了当时的社会现实，如作于道光十九年(1839)的著名的《己亥杂诗》315 首中写到了资本主义势力的侵略和人民的痛苦，而《咏史》七律借南朝历史对清朝那些埋头故纸堆、“避席畏闻文字狱，著书都为稻粱谋”的人进行了讽刺，同时揭穿了清政府用名利来拉拢文人的卑劣用心。龚自珍有着强烈的爱国热情，关心国家的命运前途，他也有着满腔的抱负，但现实是无情的，所以，他始终处在一种矛盾的感情状态中。在他的诗歌中既有“一箫一剑平生意，负尽狂名十五年”(《漫感》)这样报国无门的苦闷，也有如“一山突起丘陵妒，万籁无言帝座灵”(《夜坐》)的孤独，还有“九州生气恃风雷，万马齐喑究可哀！我劝天公重抖擞，不拘一格降人材”(《己亥杂诗》一二五首)的深切希望，以及“落红不是无情物，化作春泥更护花”(《己亥杂诗》一七 O 首)的伟大胸怀。他的诗抒情、议论结合，内容丰富，思想深刻。

龚自珍的词也很有名。他现存词作 150 多首，词中主要抒发了他的个人感情，其中既有乡情友情，又有身世感慨。不过在词的创作上，他还是遵循传统词的言情本性，较少像诗那样表现社会现实。

比起诗词来，龚自珍的散文在当时影响更大。他一反桐城派的理论主张，在散文中直抒胸臆，像《明良论》一文就大胆揭露统治者的腐败堕落，《对策》等文则积极地要求变革，而《尊隐》一文表达了对隐居的不满，《病梅馆记》

则对封建社会扼杀和摧残人才进行了强烈的讽刺，发出了个性解放的呼声。龚自珍的散文有着极强的现实意义，标志着清代散文文风转折的开始。

与龚自珍齐名，人称“龚魏”的魏源(1794—1857)也是当时著名的学者。他名远达，字默深，湖南人，为人知识渊博。他曾经直接参加了抗英斗争，后来因为不满清政府的投降政策而辞职回家著书。他的《圣武记》记录了清朝的军事历史，提出了他的人才观念。而他在林则徐《四洲志》基础上编写的100卷《海国图志》对当时世界各国地理、历史、政治进行了介绍，其中提出的“师夷长技以制夷”的观点更是影响巨大。他写了不少的山水诗表达对祖国河山的热爱，诗歌主要针对具体的政治弊端而生发议论，而他的七律组诗《寰海》、《寰海后》、《秋兴》、《秋兴后》记录了鸦片战争这一历史，有一定的现实意义。

1894年中日甲午战争之后，新兴的资产阶级登上历史舞台，开始了改良主义运动和民主革命运动，文学界受到影响，也兴起了“诗界革命”、“文界革命”和“小说界革命”，其中黄遵宪、梁启超等人是代表。除了黄遵宪、梁启超之外，像康有为、秋瑾及南社的柳亚子、苏曼殊等人都创作了许多优秀的作品。这一时期，许多外国作品也被翻译介绍到中国来，这些新情况都促进了中国文学的发展。

黄遵宪(1848—1905)，字公度，别号人境庐主人，广东人。他是清朝末年杰出的外交家，也是著名的爱国诗人。他曾经出使日本、英国、法国、美国、新加坡等地，接受了资产阶级新文化的影响。他的《日本国志》介绍了日本的明治维新，而像达尔文的进化论、卢梭的民约论也都是由他介绍到中国来的，他提出学习西方的主张，并参加了戊戌变法。在文学领域，他是梁启超提出的“诗界革命”口号的践行者。他的诗歌创作突破了古典诗歌的传统，主张“我手写吾口，古岂能拘牵”。他自称他的诗是“新派诗”(《酬曾重伯编修》其二，《人境庐诗草》卷八)。他的《人境庐诗草》真实地记录了当时的许多历史事件，诗歌中表达了他反抗帝国主义、保家卫国、变法图强的主张，如《哀旅顺》、《哭威海》、《台湾行》、《冯将军》等都是如此。在他的诗中出现了许多古典诗歌题材中不见的新事物，如轮船、火车、电报等，诗的题材得到了新的拓展。所以，他的诗在生前就获得了高度的评价。

梁启超(1873—1929)，字卓如，别号饮冰室主人，广东人。他小时候接受的是传统教育，但后来认识了康有为，受到康有为的影响，他的思想发生了很大的改变。1895年，他协助康有为，发动了“公车上书”的请愿活动，1898年他参加了“百日维新”。变法失败后，他逃亡到日本，在那他创办了《清议报》、

《新民丛报》等来宣传资产阶级思想。他曾一度和孙中山的革命派接触过，不过后来他又坚持改良，主张君主立宪。辛亥革命以后，他曾支持过袁世凯，袁世凯称帝的野心暴露之后，他又参加反袁活动。袁世凯死后，梁启超曾在段祺瑞政府担任职务。晚年他退出了政界。1918 年去欧洲，回国后，从事文化教育和研究工作。梁启超一生著作非常多，内容涉及史学、哲学、文学、经学等领域。1899 年他在《夏威夷游记》中提出了“文界革命”、“诗界革命”等口号，也是他全面倡导了诗、文、小说、戏曲的革命，影响巨大。他的散文如《少年中国说》、《新民说》、《说希望》等语言通俗、条理清楚、感情充沛，杂有俚语、韵语，甚至还有外国语法，被当时的人们称为“新文体”。

1902 年，梁启超发表《论小说与群治之关系》的文章，指出“欲新一国之民，不可不先新一国之小说”，他要求用小说来启发民智、拯救人心。他的政治小说《新中国未来记》就宣传了他的政治理想。在他的倡导下，小说界也兴起了革命，新小说的创作空前繁荣，其中最有名的是被鲁迅先生称为“谴责小说”的四部小说，它们分别是李宝嘉（1867—1906）的《官场现形记》、吴沃尧（1866—1910）的《二十年目睹之怪现状》、刘鹗（1857—1909）的《老残游记》和曾朴（1872—1935）的《孽海花》。

《官场现形记》共 60 回，每章独立成篇，书中全面揭露了官场的黑暗，书中大大小小的官员无官不贪，贪污受贿、买官卖官已成为官场常态，整个官僚体制早已腐朽不堪。这部书最早在报刊上连载，更因为此书有一定的纪实性，其中的人物多数是以真人真事作为蓝本，比如黑大叔就影射了李莲英，从而取得了轰动的社会效应。

《二十年目睹之怪现状》全书共 108 回，通过主人公九死一生 20 年来的经历展现了中法战争之后中国社会的各种怪现状，书中有各色人物，如堂而皇之倾吞死去弟弟遗产的伪君子子仁；逼死同胞弟弟，并将弟媳卖入妓院的官家子弟黎景翼；还有为了求官，不惜将守寡的媳妇献给制台的官员苟才等，上至官吏，下至三教九流，无所不包。书中虽然也有一些正面人物，但作者通过这些正面人物最后被浑浊的社会同化的事实无情地揭示出社会的没落。

《老残游记》共 20 回，全书以一个摇串铃的江湖郎中老残的游历为线索，记下了他游历时的见闻和感想。书中生动地刻画了贪官酷吏的形象，像玉贤和刚弼这两个“清官”、“能吏”，刚愎自用，通过滥杀无辜而一步步往上爬；所谓的“好官”则是糊涂无能的代名词。《老残游记》是晚清四大谴责小说中艺术成就最高的一本。全书洋溢着浓郁的情感色彩，语言优美，特别是描写大明湖秋色和白妞说书的那些文字，达到了诗化的境界。

《孽海花》共30回，附录5回。全书通过名妓傅彩云和状元金雯青的故事批判了封建专制制度与中国旧文化，暗示出其必然腐朽没落的命运。同时也表现出作者的革命倾向。傅彩云的原型就是清末民初的名妓赛金花。她出身低贱，但为人聪明能干，结识金雯青后就成了金雯青的宠妾，后来又随着金雯青出使欧洲，因为她机敏老练、能说外语，在欧洲社交场合出尽风头，人称"放诞美人"。而金雯青这个堂堂的朝廷使臣却不能适应西方的新思想，每天闭门谢客，只在书房中读书。最后金雯青被傅彩云活活气死。这本书在结构上独具匠心，正如作者所说："譬如穿珠，《儒林外史》等是直穿的，拿着一根线，穿一颗算一颗，一直穿到底，是一根珠练；我是蟠曲回旋着穿的，时收时放，东西交错，不离中心，是一朵珠花。"(《修改后要说的几句话》)这本书内容精彩、艺术表现独特，在刚出版后就引起了轰动。

与诗歌、散文、小说的革命同时发生的还有戏剧界的改良运动。1902年，梁启超的传奇《劫灰梦》在《新民丛报》创刊号上发表，揭开了戏剧改良的序幕。之后不断有新的传奇作品出现，内容多是与政治相关的，表现了强烈的爱国热情。1906年，在东京的中国留学生李叔同等成立了"春柳社"，这是我国第一个戏剧团体。第二年春天"春柳社"演出了《茶花女》第三幕，六月又演出了《黑奴吁天录》。之后，受"春柳社"的影响，我国早期话剧取得了良好的发展。1907年，"春阳社"在上海成立，1908年一所专门培养戏剧人才的学校"通鉴学校"成立，1910年，进化团在上海成立。到"五四"时期则有更多、更好的话剧剧本创作出来。

当然，清代后期的文坛还有像"宋诗派"、"桐城派"、"常州词派"、"同光体"、"晚唐诗派"等坚持进行传统的诗词、散文创作，但是，文坛革新的趋势已是不可阻挡。1919年的"五四"新文化运动使中国文学的面貌发生了划时代的改变，至此，近代文学结束。

思考题

1. 请解释"小说界革命"、"四大谴责小说"、"春柳社"。
2. 请举例论述龚自珍的文学创作成就。
3. 请简单谈谈"四大谴责小说"的主要思想内容。

参考文献

[1]（战国）屈原，等. 楚辞集注[M].（宋）朱熹 集注. 上海：上海古籍出版社，1979.

[2]（汉）班固 . 汉书[M].（唐）颜师古 注. 北京：中华书局，1975.

[3]（汉）司马迁. 史记[M].（南朝宋）裴骃 集解.（唐）司马贞 索隐.（唐）张守节 正义. 北京：中华书局，1975.

[4]（汉）无名氏. 古诗十九首集释[M]. 隋树森 集释. 北京：中华书局，1955.

[5]（三国魏）曹操，曹丕. 魏武帝魏文帝诗注[M]. 黄节 注. 北京：人民文学出版社，1958.

[6]（三国魏）曹植. 曹子建诗注[M]. 黄节 注. 北京：人民文学出版社，1957.

[7]（晋）阮籍. 阮籍集校注[M]. 陈伯君 校注. 北京：中华书局，1987.

[8]（东晋）陶渊明. 陶渊明集笺注[M]. 袁行霈 笺注. 北京：中华书局，2003.

[9]（南朝宋）鲍照. 鲍参军集注[M]. 钱仲联 增补集说校，上海：上海古籍出版社，1980.

[10]（南朝梁）萧统. 文选[M].（唐）李善 注. 北京：中华书局，1974 年。

[11]（南朝宋）谢灵运. 谢灵运集校注[M]. 顾绍柏 校注. 郑州：中州古籍出版社，1987.

[12]（唐）白居易. 白居易集笺校[M]. 朱金城 笺校. 上海：上海古籍出版社，1989.

[13]（唐）岑参. 岑参集校注[M]. 陈铁民，侯忠义 校注. 上海：上海古籍出版社，1981.

[14]（唐）杜甫. 杜诗详注[M].（清）仇兆鳌 注. 北京：中华书局，1979.

[15]（唐）高适. 高适集校注[M]. 孙钦善 校注. 北京：中华书局，1984.

[16]（唐）李白.李白全集校注汇释集评[M].詹锳 主编.天津:百花文艺出版社,1996.

[17]（唐）李商隐.李商隐诗歌集解[M].刘学谐,余恕诚 集解.北京:中华书局,1988.

[18]（唐）孟浩然.孟浩然集[M].（明）朱警 辑.上海:上海古籍出版社,1982.

[19]（唐）王维.王右丞集笺注[M].（清）赵殿成 注.上海:上海古籍出版社,1984.

[20]（后蜀）赵崇祚.花间集校[M].李一氓 校.北京:人民文学出版社,1958.

[21]（宋）郭茂倩.乐府诗集[M].北京:中华书局,1979.

[22]（宋）李清照.李清照集校注[M].徐培均 笺注.上海:上海古籍出版社,2002.

[23]（宋）柳永.乐章集校注[M].薛瑞生 校注.北京:中华书局,1994.

[24]（宋）陆游.放翁词编年笺注[M].夏承焘,吴熊和 笺注.上海:上海古籍出版社,1981.

[25]（宋）陆游.剑南诗稿校注[M].钱仲联 校注.上海:上海古籍出版社,1985.

[26]（宋）欧阳修.欧阳修全集[M].北京:中国书店,1986.

[27]（宋）苏轼.苏轼诗集[M].孔凡礼 点校.北京:中华书局,1982.

[28]（宋）苏轼.苏轼文集[M].孔凡礼 点校.北京:中华书局,1986.

[29]（宋）苏轼.苏轼词编年校注[M].邹同庆,王宗堂 校注.北京:中华书局,2002.

[30]（宋）辛弃疾.稼轩词编年笺注[M].邓广铭 笺注.上海:上海古籍出版社,1993.

[31]（宋）辛弃疾.辛稼轩诗文笺注[M].邓广铭 辑校审订.辛更儒 笺注.上海:上海古籍出版社,1995.

[32]（元）王实甫.集评校注西厢记[M].王季思 校注.张人和 集评.上海:上海古籍出版社,1987.

[33]（明）冯梦龙.古今小说[M].陈曦钟 校注.北京:北京十月文艺出版社,1994.

[34]（明）冯梦龙.警世通言[M].吴书荫 校注.北京:北京十月文艺出版社,1994.

[35]（明）冯梦龙.醒世恒言[M].张明高 校注.北京:北京十月文艺出版社,1994.

[36]（明）兰陵笑笑生.新刻金瓶梅词话[M].戴鸿森 校点.北京:人民文学出版社,1985.

[37]（明）凌濛初.拍案惊奇[M].上海:上海古籍出版社,1985.

[38]（明）凌濛初.二刻拍案惊奇[M].上海:上海古籍出版社,1985.

[39]（明）罗贯中.三国志演义[M].(清)毛伦,毛宗岗 评点.刘世德，郑铭 点校.北京:中华书局,1995.

[40]（明）施耐庵.水浒全传(120 回)[M].郑振铎,王利器,吴晓铃 校点.北京:人民文学出版社,1954.

[41]（明）汤显祖.汤显祖全集[M].徐朔方 笺校.北京:北京古籍出版社,1999.

[42]（明）吴承恩.西游记[M].北京:人民文学出版社,1980.

[43]（明）臧晋叔.元曲选[M].北京:中华书局,1958.

[44]（清）曹雪芹. 红楼梦[M].中国艺术研究院红楼梦研究所 整理.北京:人民文学出版社,1982.

[45]（清）方苞.方苞集[M].刘季高 标点.上海:上海古籍出版社,1983.

[46]（清）龚自珍.龚自珍全集[M].王佩诤 校.北京:中华书局,1959.

[47]（清）洪昇.长生殿[M].徐朔方 校注.北京:人民文学出版社,1958.

[48]（清）焦循.孟子正义[M].沈文倬 点校.北京:中华书局,1987.

[49]（清）孔尚任.桃花扇[M].王季思,等校注.人民文学出版社,1959.

[50]（清）李宝嘉.官场现形记[M].张友鹤 校注.北京:人民文学出版社,1979.

[51]（清）刘鹗.老残游记[M].陈翔鹤 校. 戴鸿森 注.北京:人民文学出版社,1982.

[52]（清）刘宝楠.论语正义[M].北京:中华书局,1990.

[53]（清）彭定求,等.全唐诗[M].北京:中华书局,1960.

[54]（清）蒲松龄.聊斋志异[M].张友鹤 整理.上海:上海古籍出版社,1979.

[55]（清）沈德潜．明诗明裁集[M]．上海：上海古籍出版社，1979．

[56]（清）王先谦．庄子集解[M]．刘武，沈啸寰 点校．北京：中华书局，1987．

[57]（清）吴敬梓．儒林外史[M]．上海：上海古籍出版社，1994．

[58]（清）吴沃尧．二十年目睹之怪现状[M]．张友鹤 校注．北京：人民文学出版社，1981．

[59]（清）严可均．全上古三代秦汉三国六朝文[M]．北京：中华书局，1985．

[60]（清）曾朴．孽海花（增订本）[M]．上海：上海古籍出版社，1980．

[61]（清）朱彝尊．明诗综[M]．上海：上海古籍出版社，1993．

[62]阿英．晚清文学丛钞·小说戏曲研究卷[M]．北京：中华书局，1960．

[63]北京大学古文献研究所 编．全宋诗[M]．北京：北京大学出版社，1998．

[64]陈尚君 辑校．全唐诗补编[M]．北京：中华书局，1992．

[65]程郁缀．唐诗宋词[M]．北京：北京大学出版社，2002．

[66]褚斌杰．诗经与楚辞[M]．北京：北京大学出版社，2002．

[67]邓绍基，史铁良 主编．明代文学研究[M]．北京：北京出版社，2001．

[68]杜晓勤 主编．隋唐五代文学研究[M]．北京：北京出版社，2001．

[69]段启明，汪龙麟 主编．清代文学研究[M]．北京：北京出版社，2001．

[70]费振刚 主编．先秦两汉文学研究[M]．北京：北京出版社，2001．

[71]傅璇琮．黄庭坚和江西诗派[M]．北京：中华书局，1978．

[72]高亨，董治安．上古神话[M]．北京：中华书局，1963．

[73]郭绍虞．中国文学批评史[M]．上海：上海古籍出版社，1979．

[74]郭预衡．中国散文史[M]．北京：中华书局，1986．

[75]郭预衡 主编．中国古代文学史[M]．上海：上海古籍出版社，1998．

[76]郭预衡 主编．中国古代文学史长编[M]．北京：首都师范大学出版社，1992．

[77]胡国瑞．魏晋南北朝文学史[M]．上海：上海文艺出版社，1980．

[78]李简．元明戏曲[M]．北京：北京大学出版社，2003．

[79]李学勤 主编．十三经注疏（整理本）[M]．北京：北京大学出版社，1999．

[80] 凌景埏，谢伯阳.全明散曲[M].济南:齐鲁书社,1995.
[81] 刘叶秋.魏晋南北朝小说[M].上海:上海古籍出版社,1978.
[82] 鲁迅 校录.古小说钩沉[M].北京:人民文学出版社,1953.
[83] 鲁迅.汉文学史纲要[M].北京:人民文学出版社,1971.
[84] 陆侃如,冯沅君.中国诗史[M].北京:作家出版社,1956.
[85] 逯钦立.先秦汉魏晋南北朝诗[M].北京:中华书局,1983.
[86] 乔象钟,等.唐代文学史[M].北京:人民文学出版社,1995.
[87] 宋尚斋.中国古代文学史纲[M].北京:北京语言大学出版社,2003.
[88] 四川大学古籍整理研究所 编.全宋文[M].成都:巴蜀书社,1988.
[89] 隋树森.元曲选外编[M].北京:中华书局,1959.
[90] 隋树森.全元散曲[M].北京:中华书局,1964.
[91] 唐圭璋 编.全宋词[M].北京:中华书局,1979.
[92] 唐圭璋 编.全金元词[M].北京:中华书局,1979.
[93] 王国安，施国峰.中国古代文学[M].上海:学林出版社,2001.
[94] 闻一多.神话与诗[M]. 北京:古籍出版社,1956.
[95] 吴云 主编.魏晋南北朝文学研究[M].北京:北京出版社,2001.
[96] 萧涤非.汉魏六朝乐府文学史[M].北京:人民文学出版社,1984.
[97] 徐沁君 校点.新刊元刊杂剧三十种[M].北京:中华书局,1980.
[98] 许金榜.元杂剧概论[M].济南:齐鲁书社,1985.
[99] 许金榜.中国戏曲文学史[M].北京:中国文学出版社,1994.
[100] 杨伯峻.孟子译注[M].北京:中华书局,1961.
[101] 杨伯峻.论语译注[M].北京:古籍出版社,1962.
[102] 游国恩 主编.中国文学史[M].北京:人民文学出版社,1987.
[103] 袁珂.中国古代神话[M].北京:商务印书馆,1957.
[104] 袁行霈 主编.中国文学史(1～4卷)[M].北京:高等教育出版社,2005.
[105] 曾昭岷，曹济平，王兆鹏，刘尊明 编著.全唐五代词[M].北京:中华书局.1999.
[106] 章培恒 ，骆玉明 主编.中国文学史[M].上海:复旦大学出版社,1997.
[107] 张毅 主编.宋代文学研究[M].北京:北京出版社,2001.

[108] 中国科学院文学研究所 编. 中国文学史[M]. 北京:人民文学出版社,1979.

[109] 周先慎. 明清小说[M]. 北京:北京大学出版社,2003.

[110] 周贻白 选注. 明人杂剧选[M]. 北京:人民文学出版社,1958.

[111] 朱东润 主编. 中国历代文学作品选(1—6 册)[M]. 上海:上海古籍出版社,2002.